홀연

온우주
단편선
0 0 7

홀연

김인정 작품집

온우주

차 례

온우주
단편선

역 천 만 담 逆 天 漫 談

역 천 만 담 逆 天 漫 談

젊은 왕의 얼굴에 시름이 깊었다. 부왕의 갑작스러운 승하로 약관에 즉위, 주위의 불안을 불식시키듯 안정적인 정사를 펼치고 있는 젊은 왕은 휘諱를 선選이라 한다. 즉위한 지 1년. 나라 안팎은 평온하여 특기할 것 없는 나날이 계속되고 있었으나 태평성대에도 반드시 죄인은 있는 법이라 그는 방금 역모죄로 붙잡힌 일당에 관해 보고를 받은 참이었다.

　"나 원 참. 쉴 틈을 안 주는군."

　젊은 왕은 투덜거리며 의장을 갖추기 위해 몸을 일으켰다. 책과 벼루를 사이에 두고 마주했던 다른 한 명의 사내가 예를 표했다.

　"유운柔檻. 오랜만에 함께 시나 지으려 했는데 미안하게 되었네."

　"나랏일이니 당연한 일입니다. 어차피 역모 사건이라면 신臣도

조정에 나아가봐야 할 테니까요."

"하긴 역모죄라니 또 붉은 무리 푸른 무리 모두 얼굴이 벌게서 길길이 날뛰고 있을 테지."

자신의 그, 붉고 푸른 신하 무리가 들었다면 한층 얼굴을 붉히며 주상 전하 통촉하시라는 등 떠들어댔을 어휘를 써가며 선이 말했다. 유운이라 불린 신하는 어차피 한 치도 흐트러뜨리지 않은 의관을 다시 매만지며 서책을 정리해 장에 챙겨 넣었다. 군주 된 몸으로 일개 관료의 사저에 사사로이 드나든 일이 밝혀지면 "통촉하시옵소서" 정도로 끝나지 않을 터였으며 삼사三司에서 벌떼같이 들고 일어날 것이다. 그러나 외궁 시절부터 고락을 함께 해온 친우를 만나는 것은 선에게 대단한 낙이었으므로 선은 성가신 후과를 감수하고서라도 그 낙을 포기할 생각이 없었다.

"도대체 내가 뭘 잘못했다고 이렇게들 못 잡아먹어 안달인 건지 모르겠네그래. 즉위 후로 별 같지 않은 것들까지 들고 일어나 왕이 되겠다고 설쳐댄 게 벌써 세 번째 아닌가."

왕이 한숨을 쉬며 푸념처럼 내뱉었다. 사실 정비 소생이 아닌지라 외궁에서 꽤나 분방한 어린 시절을 보낸 덕분에, 그에게는 반대 세력이 적지 않았다. "일국에서 가장 고귀한 남자의 피를 이었어도 여자의 신분이 낮으면 함께 천해진다는 건가. 그 무슨 셈법이신지." 하고 유운은 이죽거렸으나 선은 웃어넘기고 말았다. 선왕의 두 번째 정비 연 씨, 그러니까 이제는 대비마마가 되신 경헌왕후敬獻王后께도 아드님이 계셨다. 선에게는 이복동생이 되는 홍파대군. 아직 젖먹이인 그 아이의 일생이 험난할 것을 염려함인지 선왕은 일찌감치 중전 연 씨의 동의를 얻어 선 쪽을 태자로 지목해두었고 승하 이후 연 씨가 친히 나서 유언을 지킬 것을 종용하므로 감히 갑론을박이 없었을 뿐이다. 내심으로는 그래도 정비 소생 왕자가 왕위를 잇는 것이 마땅하지, 천한 침방 궁녀 태생 어미를 둔 왕자에게 옥좌를 넘기는 법도가 어디 있단 말인가 여기는 신하가 적지 않았다. 그러므로 각지에서 일고 있는, 역모라 이름 붙은 소요는 그 어린 왕자를 내세운 것이 대부분이었다. 유운은 그것을 다 알면서도 부러 아무렇지도 않은 표정으로 내뱉었다.

"그걸 모르셔서 하시는 말씀이옵니까? 왕이 정치에 재능이 없으면 백성이 들고 일어나는 거야 하늘의 이치 아니겠습니까? 정사는 뒷전인 채 하고한 날 홍문관 교리 집에나 드나들고 계시니……."

"거 내가 청루靑樓를 기웃거리는 것도 아닌데 오랜 벗과 우정을 나누는 걸 두고 그리 빈정대다니 너무하지 않는가?"

"그 말씀도 드리려고 했습니다, 주상 전하. 혹시 전하께서는 제 집을 청루로 착각하고 있으신 건 아닙니까? 그러실까 하여 지붕에 기와도 올리지 않고 짚을 이었는데 말입니다."

한 마디씩 대거리하다간 끝이 없을 것이다. 유운의 성격을 잘 아는 선은 결국 웃는 얼굴로 손을 젓고 만다.

"더 노닥거리고 싶다만 빨리 돌아가 심각한 척하지 않으면 층계 아래 사모 백 수십 개가 최소한 사흘 밤낮을 통촉하라며 춤을 출 걸세."

"노닥거리다니! 단심에서 나온 순수한 충언을 그런 식으로 받아들이시면 곤란합니다. 그런 식이니까 무지렁이 촌부들이 전하께서 두 살배기 대군보다도 정치에 재주가 없으실 거라고 여기는 게 아니겠습니까?"

확실히, 역적 도당 여러분께서 매번 깨끗하고 바람직한 핏줄로 추앙해 마지않는 그, 대비 연 씨 소생의 대군은 이제 두 살 되셨다. 선은 친구의 가시 돋친 말에 소리 내어 웃었다. 아무렇지도 않은 척 말하고 있지만 그의 오랜 벗은 심기가 불편한 것이다. 선대가 정당하게 물려준 옥좌인데도 불구하고 그 어미의 태생을 들어 끝끝내 얕잡아 보려는 자들을 향해 화가 나, 평정을 가장해도 영 치미는 분을 어쩌지 못한다.

ㄹ5ㄹ5ㄹㄹ

"이번에야말로 목을 베어 효수해 본보기를 보여야 하옵니다!"

기조騎曹에서 참판 벼슬을 지내는 사내가 목청을 높였다. 제 분에 못 이겨 어전임을 잊은 채 감히 주먹으로 바닥을 내리치기까지 한다.

"지난번 사건 때에 그 불온한 무리들을 다만 시골 촌부들이 멋모르고 저지른 일이라며 관대하게 풀어주니 감히 어전을 얕보고 더욱 적이 날뛰는 것이옵니다!"

침을 튀기며 떠드는 참판의 말에, 동이 트지도 않은 시각부터 불려 나와 심기가 불편한 우의정이 옹호하고 나섰다.

"임참판의 말이 참으로 맞사옵니다. 전하, 통촉하여주시옵소서!"

또 통촉하시란다.

조정의 대화란 무릇 이런 것을 알면서도 서른이 안 된 젊은 교리校理 신유운은 눈살을 찌푸렸다. 그보다 일곱 살이 어린 왕, 선이 가장 지긋지긋해 하는 말이 바로 그 "통촉하여주시옵소서"였다. 헤아려 살펴주십사 간하고 있으나 결국은 자신의 의견이 옳다는 게 아닌가. 결국 "내 의견을 따르지 않는다면 당신의 헤아림이 부족한 것이다"라고 말하고 싶은 게 아닌가. 어쩔 수 없다는 걸 알면서도 선이 그 빙 에두르는 말을 못 견디는 것은 그가 무골인 탓일 터였다. 유운은 낮게 한숨을 쉬었다.

"역모죄야 구족을 멸함이 원칙상 옳사옵니다마는 주상 전하께서 복된 날을 맞은 지 오래지 않았고 또한 안팎이 평안하니, 군사를 일으킨 것도 아니고 다만 촌부 몇이 어리석어 떠드는 소리에 동요할 백성도 없을 터입니다. 주상 전하께서는 친견하여 교화함을 원칙으로 밝은 정사를 베풀고자 하심이니 신하 된 도리로 뜻을 좇음이 어떠합니까?"

사병을 동원했거나 어디서 시위라도 일었다면야 혹 동정이 간다 해도 목을 베는 것이 맞다. 하지만 그야말로 잡다한 무리들이 원칙에 얽매여 적당히 모여 떠들어댄 소리를 두고 역모니 뭐니 죄목을 크게 씌운들 죄 없는 식솔들만 죽어나는 결과가 날 것이 뻔했다. 특히나 역모가 난 지방은 핏줄에 유난히 집착하는 곳이라 집성촌이 흔한 고로 구족을 멸한다 하면 지방민의 십중 태반이 목 떨어지는 결과에 이를지도 모른다.

"네, 네 이놈, 신유운!"

우의정 천홍근이 다시 주먹으로 바닥을 쳤다. 얼굴이 벌게서 목에 핏대를 세우는 것이 당장이라도 칼을 빼 들 기세였다.

"신교리 네놈이 보이는 것이 없는 모양이구나! 어디서 전하의 뜻을 혼자만 안다는 양 나서서 지껄이는 게냐! 새파란 놈이 전하의 비호를 등에 업더니 찬 것과 뜨거운 것도 구분 못하느냐?"

"휴우."

유운은 다시 한숨을 쉬고 잔뜩 찌푸린 얼굴로 말했다.

"합하. 제가 새파랗게 어린놈은 맞지만 전하의 비호라니, 좀 봐주십시오. 당치도 않은 말씀이십니다요. 비호는커녕 어제만 해도 전하께 '활을 잘 잡아 불쌍한 토끼만 꿰면 뭐합니까? 정작 정치에는 영 재능이 없으시니……' 하는 충의 어린 간언을 올렸다가 녹봉이 깎였단 말입니다."

감히 군주 면전에 대고 '정치에 재능이 없다'니, 솔직한 말로 당장 죽이지 않은 것만 해도 다행한 일이었건만 유운은 얼굴색 하나 바뀌지 않았다. 기가 질려 입을 딱 벌리고 앉은 신하들을 두고 선은 웃음을 참느라 용포 속에서 살을 꼬집어대야 했다. 입술을 깨물고 고개를 돌린 채 어깨를 떠는 그는 어찌 보면 역모 사건 때문에 심려에 찬 왕의 모습으로 보이기는 했다.

"자, 그럼."

결국 더 있다가는 하품이라도 하다가 이 사건에 영 관심이 없다는 걸 들켜 신하들에게 칠박팔일쯤 시달릴 것임을 깨달은 선은 이쯤에서 사라져주기로 결심했다.

"과인은 내 뜻을 경들이 충분히 알아들었으리라 믿소. 이번 일에 효수는 용납할 수 없네. 죄인도 과인의 백성이 아닌가? 자식이 아비 앞에서 실수를 좀 했기로서니 목을 벨 자신이 있는 자가 있다면 마음대로 해보게나. 그럼 뒷일은 알아서들 결정하시구려."

이제 덤터기 쓸 일만 남았군.

유운은 고개를 절레절레 저었다. 다음 일은 과연 유운이 짐작한 대로였다. 신하들은 한마음 한뜻으로 유운을 공박했으며 유운은 적당히 곤란한 척하여 공박에 온 힘을 쏟는 분들의 체면을 세워드렸다. 대충 일이 마무리된 후 바깥으로 나왔을 때는 날이 환히 밝아 아침을 먹기에 너무 늦은 시간이 되어 있었다. 문을 나서 샛길로 빠져들자 짙은 나무 그림자가 쏟아졌다.

"이보게나, 유운."

학우였던 예조 정랑 채아민이 달려와 스스럼없이 등을 쳤을 때 유운은 비로소 뒤를 돌아다보았다. 아민은 주위를 살피더니 목소리를 조금 낮췄다.

"자네 어쩌려고 그러나? 아무리 주상 전하께서 자네와 의형제나 다름없었다 해도 그건 오래된 일일세. 지금은 엄연히 주군과 신하란 말이네."

"누가 아니라고 하던가?"

"그런 게 아닐세. 자네 자꾸 언화言禍를 일으키다간 목이 떨어질지도 모르는 일 아닌가!"

꽤나 심각한 충고였다. 아민은 당장이라도 누군가 달려와 유운의 팔을 쥐고 끌고 가 목을 벤다고 할 것처럼 근심 어린 표정을 짓고 있었다. 유운은 입술을 비쭉거리며 친구가 근심스레 쥔 팔을 뿌리치고 앞장서 걸어갔다.

"흥. 나를 죽이면 곤란한 건 그쪽이야."

누구 때문에 악역을 도맡고 있는 건데, 라고 유운은 혼잣말을 중얼거렸다. 집에 들러 잠시 눈을 붙일 셈이었는데 방문을 열자마자 징글징글하게 낯익은 인물이 여, 하고 반갑게도 맞아준다.

"전하. 다시 한 번 충언을 올리옵니다만."

"음? 무언가, 내 충성된 지음知音 님?"

"차라리 청루로 가시지요."

씹어 뱉듯 말하며 유운은 제 방의 아랫목을 떡하니 차지한 벗이자, 그에 앞서 일국의 주인인 청년을 향해 못 이기는 척 예를 갖췄다. 황송하게도 왕께서 방석을 내주신다. 도대체가 주인만큼이나 집 구조를 잘 알고 있는 것 자체가 정상적인 상황은 아니지 않은가. 유운은 생각했다. 문제는 현 상황을 두고 위기의식이 상호간에 존재하는 것이 아니라 다만 유운의 절망감만이 존재한다는 것이겠다.

"청루라니. 여인네라면 궁 안에도 불쌍한 궁녀들이 얼마든지 있는 데다 눈앞에 벗이 있는데 어딜 가라는 건가? 야박하기도 하지."

빙글빙글 능청스럽게 웃는 선을 향해 유운은 책을 한 권 꺼내 내밀었다. 말투는 고약해도 예절만은 깍듯해 흠잡을 데가 없다.

"호오, 이건 옆 나라 사서로군?"

"저는 곧 다시 나가봐야 하니 남아 계시려거든 빈둥대지 말고 그거나 읽어두시지요. 도대체 백성의 피 같은 세금을 받아 자시면서 양심이 있거든 정사를 좀 돌보십시오."

"누가 아니 돌본다던가? 그나저나 그 일은 어떻게 되었나?"

"지난번과 같사옵니다. 관리가 나아가 역도의 괴수와 대면하는 걸로 결정되었습니다."

그 말에 왕은 만족한 듯 빙그레 웃음을 지었다. 그리고 뻔히 짐작을 하면서도 친우에게 묻는 것이다.

"그럼 그 일은 어느 잘난 분이 맡으셨는가?"

"그야 이번에도 권력 없고 돈 없는 제가 맡기로 했습니다. 가외 수당 몇 푼 받아 챙기려고 망나니도 귀찮아서 하지 않을 일을 하는 겁니다요. 주상 전하, 신이 가련하지도 않으십니까?"

선은 억울해 죽겠다는 친구의 표정에 파안대소했다. 소리를 내지 않으려고 한참이나 끅끅 숨넘어가는 소리를 내던 선은 몸을 일으키는 유운을 향해 손에 든 서책을 흔들어 보였다.

"그럼 소명召命을 받잡아 역도의 괴수를 잘 괴롭히고 오시게. 불쌍하니까 살살 하게나. 자네한테 혼나는 건 나도 아직 무서운데 적응 안 된 사람은 기가 질려 죽을지도 모르는 일 아닌가?"

"아니 전하, 괴롭히다니요? 어디까지나 가련한 관리가 가련한 백성을 '교화'하는 것이옵니다, 교화. 이것이 다 어느 무능한 군주 아래 왕도 정치를 펼쳐보려는 관리의 처절한 발버둥의 소산인 것입지요."

"네에, 네에, 잘 알겠습니다. 교리 나리! 이거야 원, 자네한테 또 귀찮은 일을 시켜버렸구먼. 잘 다녀오시게."

"귀찮은 일을 시킨 건 아시니 이 신유운, 눈물이 앞을 가립니다. 주상 전하께도 양심이라는 것이 꽃피기 시작한 모양이로군요. 고무적입니다. 성은에 감읍하옵니다. 부탁입니다만 제가 돌아왔을 때는 반드시 제궐에 돌아가 계셨으면 좋겠습니다. 왕을 유괴했다는 소문이라도 나면 제가 곤란하지 않습니까?"

그리고 유운은, "유괴가 아니라 납치겠지" 하는 선의 말을 듣지도 않고 방문을 힘차게 닫았다. 씩씩한 발소리가 멀어지자 선은 친우가 건네주고 간 서책을 몇 장 펼쳐보다 벌렁 드러누워버렸다.

정사에 관심이 없는 건 아니었다. 오히려 그 반대다. 외궁 시절에 우연이지만 유운을 만나 학문도 제대로 닦았고, 처지가 처지인 만큼 권력의 그림자 진 부분은 웬만큼 배웠다. 가능하다면 모두가 행복해졌으면 좋겠다. 백성을 자식처럼 생각한다는 건 아무래도 자식이 없어 어떤 감각인지 알 수 없지만 애틋한 마음이라면 분명히 품고 있다. 괜찮은 왕이 될 수 있다면 좋겠다고도 생각한다. 그거면 된 걸까. 친어머니는 어린 시절에 죽어 얼굴을 기억할 수 없고 외궁 생활은 부족한 것 없는 대신 적막했다. 벗이자 스승으로 어울려준 유운이 없었다면 꽤나 비뚤어진 인간이 되었을 터다. 그러니 유운에게 보은하는 차원에서라도 그가 원하는 건 되도록 이뤄주고 싶다.

'차라리 재물이나 권력 따위를 바라주었으면 처신하기 편했을 것을.'

선은 한숨을 쉬었다. 사서 안에는 맑고 기개 높은 사람이 끊임없이 나왔다. 세상을 바꾸고 혹은 실패하고 죽고 죽이는 사람이 몇 명이나 나와, 옳거나 혹은 그른 것을 말했다. 따지고 보면 역사에 관해 선에게 말해준 것도 유운이었다. 처음 만났을 때 선은 겨우 열 살 남짓, 열일곱이 갓 넘은 유운은 소년 급제를 했다는 명예뿐, 현실을 바꿀 힘은 한 줌도 지니지 못한 아이였다. 어린 학생이 품었던 청운의 꿈은 어사화의 꽃을 떼어낼 적에 함께 구겨져 어디 창고에나 처박힌 것 같았다. 어렸던 그에게 현실은 지나치게 차갑고 막막한 것이었으리라.

두 사람이 처음 만난 것은 선왕이 모처럼 선을 데리고 별궁으로 행차하였다가 사냥 대회를 열었던 날이었다. 동궁마마 대신 봉휘궁 도련님으로 불리던 어린 왕자 선은 활을 쏘아 여우와 사슴을 잡고 시원스레 말머리를 돌렸으나 유운은 그 장쾌한 광경에도 손뼉을 치기는커녕 어두운 표정으로 선을 바라보았다. 거나한 축배가 머리 위를 넘실대고 왜뚜며 노랫소리가 병풍 같은 잔칫자리가 이어졌다. 내내 입을 다물고 있던 선은 슬그머니 그 자리를 벗어나 화치하게 꾸민 일산日傘과 깃발들의 숲을 되짚어 짐승 시체를 직접 거두러 돌아왔다. 그때 유운은 텅 빈 광장에 남아 물끄러미 짐승 핏자국을 보며 울고 있었다. 뭔가가 죽는 게 아쉽고 뭔가가 부서지는 게 아까워 울 줄 아는 사람이라서 선은 유운이 마음에 들었다.

―자비로운 왕이 되시옵소서.

후에 봉휘대군 선이 옥좌에 앉게 되었을 때 유운은 고두叩頭하며 말했다. 그가 바라는 건 그것뿐일 것이다.

차라리 제 한 몸의 안위를 바라주었으면 얼마나 좋았을까.

선은 그럴 수 없음을 알고, 그러지 않기 때문에 유운을 아끼는 자신을 알고 그래도 애틋하여 생각했다. 만인지상萬人之上의 자리에 올랐어도 사는 건 목숨 아슬아슬한 외궁 왕자 적보다 편할 게 없다.

"쯧, 사람. 말이라도 꾸미면 좋을 것을 말이야."

마음 복잡한 것에 심경이 거슬려 선은 사서를 아무렇게나 집어 던지고 눈을 감아버렸다. 서책 집어 던진 것을 그 주인이 알아채는 날에는 평지풍파가 일 터였다.

CECEG

"……한즉 홍파대군 마마께 선위함이 옳지 않은가! 큰 도리를 따르는 선비를 이렇게 가두어 단죄하려 하다니 그러고도 나라 녹을 먹는 관리라 하겠는가!"

목에 칼을 차고 머리를 풀어 헤쳤는데도 이 '역도의 괴수'는 기세가 꺾이지 않았다. 쩌렁쩌렁 울리는 목소리로 마구잡이 떠드는 노익장 앞에 서서 신유운은 여느 때처럼 한숨을 푹 쉬었다.

"노인장께서는 사모를 쓰지 않은 몸이시니 그리 말씀하시는 것이지요. 하루라도 관직에 있어보십시오. 지금처럼 말귀 알아든는 다 큰 어른이 옥좌에 앉아 있어도 그 앞에서 개굴개굴 끝도 없이 울어대야 일이 되는데, 그 자리에 글도 못 쓰는 어린애를 앉혀놓겠다는 겁니까? 나 참, 그깟 알량한 녹봉 좀 받는다고 애까지 보라니, 과하십니다."

"어, 어디서 그런 천박한 말을 지껄이는 겐가! 지금 나는 국가 대의를 논하고 있는 거란 말이네! 국가의 자존심을 생각해보게나, 천출을 군주로 모시는 게 창피하지도 않은가?"

"글쎄요. 죄송한 말씀입니다만 노인장, 저는 정치를 못하는 군주를 모시는 편이 훨씬 더 창피할 거라고 생각합니다. 도대체가 노인장처럼 말 많은 백성들까지 일일이 상대하다간 나라가 돌아가질 않는단 말씀입니다. 관리를 더 뽑는다면 그렇잖아도 좁아터진 관청에 자릴 만드느라 죽어나느니 백성이고요. 뭐, 불행히도 문관인 탓에 저도 좀 가엾어지겠군요. 하여간 노인장, 항의를 하려거든 좀 더 건설적인 방향으로 해주십시오. 지금 옥좌에 앉아 있는 저 왕이라는 작자가 못 미더우니 세금을 못 내겠다든가, 지방 수령이 공금을 횡령하니 모가지를 치라든가. 저로서는 가능한 한 국고를 절약하는 방향이 좋겠습니다만."

정색을 하고 쏘아대는 말에 노인장은 어안이 벙벙해졌다. 난다 긴다 하는 정객들이 들어찬 조회에서도 밀린 적 없는 신유운의 화려한 언변은 과연 허명이 아니었다.

"뭐…… 뭔가, 자네는! 결국 자네는 군주의 혈통은 상관도 없다는 게야? 그러고도 관리라고 할 수 있겠는가! 도리를 모르는 소인배 같으니!"

"이제 목이 아프기 시작했으니 짧게 끝내고 싶군요, 노인장. 우리 월휀국 법률상 왕은 왕의 아들로서 정당한 선양을 받은 경우에 한합니다. 주상 전하께서는 틀림없는 선대왕 전하의 아드님이시며 유언을 받들어 사직에 고하시기까지 그 어떤 문제도 없었나이다. 아니면 우리 전하께서 딸이라도 된다고 주장하고 싶으십니까? 여왕도 나쁘지 않습니다만…… 그 용안으로 여성이라면 앞으로의 국혼을 두고 저와 제 동료들이 매우 골치를 썩지 않겠습니까?"

게다가 그 몸에 맞는 의복을 죄다 여성용으로 지으려면 세금도 많이 들고 말이지.

라고, 유운은 생각했다. 아무렴 곤란하고말고. 이제 갓 스물 넘었으나 키는 유운보다 크고 골격도 퍽 단단해 힘 자랑 좀 하자면 허약해빠진 관리 하나 둘이야 목을 꺾어 죽일지도 모르는 왕이시다. 그걸 두고 묘령妙齡의 여인 운운하기에 유운의 신경은 지나치게 섬세했으며, 아마 사관들도 그 용모를 묘사하는 일을 두고 꽤나 고생을 할 터였다.

"결론부터 말씀드리자면 말입니다, 노인장. 홍파대군 마마를 왕위에 세우는 것은 나라를 위해 바람직하지 못합니다. 대비마마께서도 그런 일을 원하지 않으시는 건 물론입니다. 게다가……."

근심 가득한 표정으로 유운은 힘주어 덧붙였다.

"게다가 일 못하는 상관을 모셔야 하는 관리만큼 불쌍한 게 다시없지요. 사실 지금 전하께선 좀 뻔뻔해서 그렇지 제법 일은 잘하는 편인데도 저는 위胃가 상한단 말입니다. 말도 안 통하는 어린애를 모시라니 도대체, 백성이라는 이유로 불가능한 걸 요구하지 마십시오. 이거야 원, 일을 할 수가 있나."

끝까지 자기 할 말만 하고 실컷 투덜거린 후에 유운은 일방적으로 '교화'를 끝내버렸다. 몸을 일으켜 이제 밀린 일을 하러 가야겠다고 거침없이 걸어 나가는 그를 다른 관리들이 불러 세웠다.

"교, 교리 나리! 죄인이 전혀 교화되지 않았는데 이대로 풀어줘야 합니까요? 도로 잡아넣을깝쇼?"

이 말에 짜증이 덕지덕지 붙은 얼굴로 유운은 돌아서서 버럭 소리 질렀다.

"가둬놓으면 밥 먹여야지, 보초 세워야지. 그 돈은 또 어디서 나온단 말인가? 그리고 교화는 무슨 놈의 얼어 죽을 교화? 아니, 애초에 이해할 생각이 없는 늙은이를 무슨 수로 교화시켜! 정말 역모를 꾸밀 생각이면 군대라도 끌고 다시 오십시오, 영감님. 아시겠습니까? 하나 군기를 높이 올리신즉 그때야말로 미련 없이 목을 날려드리고 한솥밥 먹던 식구, 십 년 동안 왕래 없던 친척에 한 동네 친구들까지 죄다 저승길 동무가 될 것이니 그리 아시오!"

언제쯤 혈통이니 뭐니 하며 멋대로 타인을 비하하는 인간들에게서 자유로워질 수 있을 것인가. 유운은 울지 않게 된 날부터 버릇이 된 대로 하늘을 올려다보았다. 여며 입은 관복에 땀이 차 목이 근질거렸다. 근심 어린 옷자락으로 바람을 일으키며 집으로 돌아가 문을 열었을 때, 없으려니 했던 인물이 아직도 남아 있는 걸 발견하고 유운은 까무러칠 뻔했다.

"전하!"

"여, 유운! 어떤가, 순박한 백성을 교화하는 숭고한 작업은? 보람찼는가?"

한 소리 하려는 유운의 말을 잽싸게 끊어내며 선이 물었다.

"보람차고말고요. 소귀에 경을 외는 재미는 해보지 않은 사람은 모르는 법이지요. 반야심경을 외면 음머, 하고 금강경을 외면 음메에, 한답니다. 어찌나 귀엽던지."

"흐음. 말투를 보아하니 또 징계받을 소리를 실컷 지껄이고 왔구먼? 조만간 삼사합계三司合啓로 올라올 것이 기대가 되네."

"어차피 내놓은 녹봉이니 실컷 깎으시지요, 주상 전하."

무서울 게 없단 건지 자포자기한 건지 모를 목소리로 유운이 떠들었다. 그제야 방 안으로 들어서고 관을 벗어 갑에 갈무리한다. 선은 비스듬히 기대 누웠던 몸을 반듯하게 일으켜 유운이 자리에 앉는 것을 지켜보았다. 은근히 걱정이 된 탓에 선은 말했다.

"이봐, 유운. 자네 그러다 정말 녹봉이 한 푼도 남지 않게 되면 어쩌려고 그러나? 어디서 뇌물 받아 챙길 주변머리도 없으면서 호구지책은 있으신가?"

"글쎄요. 녹봉이 없어져 제가 굶어 죽는다면 온 도성 백성들이 전하를 욕할 테니 그것도 나름대로 나쁘지 않겠군요. 적당한 변명거리는 준비해두신 겁니까?"

말로는 못 당하겠다 싶어 선은 웃었다.

"유운. 굶어 죽지 않기 위해 장차 말을 좀 조심할 생각은 없나?"

역시 한 마디도 지지 않겠다는 자세로 유운이 받아쳤다.

"주상 전하야말로 이 불쌍한 신하가 굶어 죽지 않도록 장차 비호해주실 생각은 없으시온지."

"비호는 해줄 수 없어. 하지만 쓸 만한 왕이 되도록 노력은 해보겠네. 자네 목은 자네가 지키라고."

"이런이런. 누구 덕분에 목이 떨어지게 됐는데? 전하께서는 보은에 관해 배우실 필요가 있겠습니다. 그러한즉, 어서 북궁으로 꺼져주십시오."

조금 더 지체하는 순간 발로 걷어차이는 참람한 광경이 펼쳐질지도 모른다는 걸 아는 선은, 아슬아슬한 순간 바깥으로 뛰쳐나오는 데 성공했다.

"보은에 관해서는 차후에 배울 테니 일단 가외 수당을 받아두게. 조회 때 배에서 소리가 나면 위엄이 없어 뵈잖겠는가."

좁은 마당에 쌀이 몇 섬인가 쌓였다. 반찬 삼을 소금도 똑 떨어진 지 오래인데 맨밥을 먹으라는 말씀이신가, 유운은 투덜거리면서도 그의 주인이 제법 귀여운 사람이라 다행이라는 생각도, 이럴 때면 슬쩍 해보는 것이다.

'그나저나 정말로 녹봉이 또 깎였으면 앞으로 살아갈 일이 걱정인데.'

이렇게 또 흰 머리가 는다.

온우주
단편선

유 순 만 담 柔淳漫談

유순만담 柔淳漫談

예홍禮泓 32년 난월蘭月 열이레, 눈이 내렸다. 월훤국은 눈은 커녕 겨울이라 부를 만한 계절조차 그리 길지 않은 곳이었으므로 한여름에 내린 눈을 두고 전국이 들썩였다. 상서로운 조짐임이 틀림없다 하여 천관이 백방으로 떠돌았고 제궐 문이 한밤중에 열리더니 여러 무리의 사내들이 바람같이 내달리더라는 소문도 온 도성을 쑤셔놓았다.

난리가 나는 것이 아니냐?

여염집 아낙들도 사립 저편 어둠을 건너다보며 숙덕거렸다. 높은 나리들이 초헌도 제대로 안 타고 천방지방 드나드는 걸 보니 필시 무슨 큰 사달이 난 게다. 조만간 또 피바람이 불지도 모를 일이다.

일전에도 태학에서 자리를 깔고 수백 명이나 나와 엎드렸는데 그걸 반나마 목을 치고 대감들을 줄줄이 귀양 보냈더랬지. 그때에도 괴상한 일이 많았다.

거리를 떠다니는 소문이 구르고 굴러 누가 툭 건드리기만 해도 터질 폭약 창고 같아졌을 무렵 해가 뉘엿뉘엿 지는데 비로소 온 나라를 휘감았던 불안의 정체가 밝혀졌다. 제궐 문이 왈칵 열리고 군사를 앞장세운 제관이 목청을 돋워 한 장 방을 외쳐 읊자 도성은 순식간에 완전히 새로운 일로 하여 다시금 파란에 휩싸였다.

천붕天崩.

□□□□□

"빌어먹을."

젊은 사내는 등에 활통을 지고 있었다. 손에는 절피에다 화살을 떡하니 꿰어 당장이라도 쏠 수 있을 만한 활을 쥐었고 머리카락은 아무렇게나 땋아 느지막이 내려 묶었다. 어두운 빛 머리카락 아래 눈매는 잔뜩 짜증은 났을망정 총기로 반짝이고 푸른 옷으로 감싼 몸 또한 건강했다. 한창 생명력이 넘쳐나, 죽어가던 이 두엇은 살려놓을 듯 성성한, 더없이 잘난 청년이었다. 그러나 사내 앞에 머리를 조아린 중노인은 사내의 화살이 당장이라도 제 목을 뚫을 것처럼 어쩔 줄 몰라 하는 것이다.

"대…… 대군마마! 그런 상스러운……!"

"그럼 이 상황에 욕 한 마디도 못하면 날더러 어쩌란 거야? 젠장! 빌어먹을 인간, 그러길래 아랫도리 간수 좀 잘 하라니까! 어리고 예쁜 정실부인 두고 궁둥짝 붙일 새도 없이 뻔질나게 싸다닐 적부터 내 이런 날이 올 줄 알았다!"

"대군마마! 다시 한 번 말씀 드리거니와 마마께서는 오늘부터 포의의 몸이 아니십니다. 날이 밝는 대로 당장 제궐로 행차하시어 대업을 도모하시지 않으면 안…… 마마! 대군마마!"

애타게 부르짖는데도 '대군마마'라고 불린 사내는 한 번 돌아보는 일도 없이 성큼성큼 걸어 저만치 매어놓았던 말 잔등에 훌쩍 뛰어올랐다.

"제기랄…… 두고 보자, 신유운!"

월훤국 외궁인 봉휘궁에서 어린 시절을 보낸 덕에 봉휘대군으로 불리는 사내, 선은 기실 왕후 소생이 아니었으므로 대군 칭호가 가당치 않았다. 그러나 그는 세자였다. 봉휘 자신은 물론 주변 사람 그 누구도 그렇게 생각하지는 않았지만 명목상으로는 그랬다. 그것은 미앙왕후美仰王后로 불리는 돌아가신 전 왕후의 문제에서 비롯한다. 미앙왕후께서는 일찍이 첫 아이를 유산하신 후 한 번도 태기가 없어 선대왕, 그러니까 봉휘의 부왕이 즉위한 지 열 해가 넘도록 후사를 보지 못했다. 그러한 때 우연히 하룻밤 가까이 했던 침방 궁녀가 바로 봉휘군 선을 낳았던 것이다.

온 나라는 그야말로 잔치 분위기에 휩싸였다. 아명을 선이라 지은 이 귀하디귀한 황자는 만인의 사랑과 더불어 우려를 한몸에 받았고, 부왕의 배려로 동궁 대신 외궁에 기거하며 자유롭게 자랐다. 아니, 그것은 표면적인 이유일 뿐 기실 그가 외궁에 기거함은 조금이나마 왕후의 눈 바깥에 두기 위함이다. 선을 낳다 죽었다는 선의 어미만 해도 아이를 낳고 기진해 있는 걸 왕후가 독을 먹였다더라는 공공연한 뒷말이 돌고 있을 정도니, 하나뿐인 후계자를 동궁에 두어 갖은 위험에 노출시킬 이유가 없는 것이다.

미앙왕후는 월훤에서도 제일가는 가문인 순 씨 가문의 딸이었으므로 순 씨의 눈 밖에 나고 싶지 않았던 관리들은 하나뿐인 왕자인데도 선을 챙겨두려 하지 않았다. 봉휘궁까지 발길했다면 금세 중전마마 귀에 들 것이며 그러한즉 왕자 덕을 보기 전에 왕후 손에 쥐도 새도 모르게 벼슬이, 아니 아예 목이 날아갈지도 모르는 것이다. 그런 위험을 감수할 만큼 대단한 이익을 선에게서 기대할 수도 없었다. 물론 왕후가 차후로도 왕자를 낳지 못한다면 선이 용상에 앉을 수도 있다. 그러나 그건 너무나 요원한 날의 일개 가능성에 불과했다. 젊은 왕이 아직 자리를 굳건히 지키고 있었고 또한, 왕후는 몸이 몹시 약했다. 생활의 절반쯤은 자리에 누워 보전하던 그녀가 숨을 거둔다면 새로 어린 왕후를 들여 정통성 있는 후계자가 태어날지도 몰랐다.

서툰 짓으로 명을 재촉하지 말자.

당대 백관들 사이에 떠돌던 공기는, 굳이 이름하자면 그런 것이었다. 모두들 봉휘궁에 사내애가 하나 존재한다는 사실 자체를 애써 잊은 듯 살아갔다. 왕 역시 어쩌다 태어난 제 자식에게 애정이 없는 건 아닌 모양이었으나 남 앞에서 그걸 괜히 내세워 위험에 빠뜨릴 만큼 어리석지도 않았다. 적당한 거리감과 침묵만이 아들을 지키는 길이라는 걸 아직 젊었던 왕은 잘 알고 있었다.

그러다 선이 열다섯 되던 해, 예흥 27년에 더 이상 미루는 건 의미가 없다는 왕의 결정에 따라 선은 정식으로 책봉을 받게 되었다. 한데 이 왕자님 인생이 차후로도 별로 순탄하지 않을 것을 상징이라도 하듯 일은 그리 편안하게 풀리지 않았다. 책봉 절차를 밟는 사이 참으로 급작스레 왕후가 승하하는 바람에 일단 선의 책봉이 미루어졌던 것이다. 그러자마자 그의 책봉 절차를 두고 한없이 미적거리던 바로 그 문무백관들께서 이번에는 세상에 더 이상 급한 일은 없다는 양 우르르 들고 일어나 일사천리로 새 왕후를 뽑아 올린 것이다. 새로 든 어리디어린 왕후는 순 씨만큼은 아니지만 역시 내로라하는 명문가인 연 씨의 영애로, 빛나는 미모와 꽃 같은 나이에 어울리지 않을 만큼이나 당찬 여성이셨는데, 중궁전에 들자마자 기다렸다는 듯이 곧장 회임하시어 공주님을 낳았다. 덕분에 선으로 하여금 이대로 책봉을 받게 할 것인가를 두고 온 조정은 다시 긴장에 빠져들었다. 어느 줄에 서는 것이 유리할 것인가를 두고 젖 먹던 힘까지 동원해 머리를 굴리기 시작한 조정 대신들은…….

—요즘 조정은 어때, 유운? 제법 시끌벅적 우왕좌왕, 구경하는 재미 좀 나나?

—재미는 무슨.

그러고 보니 그때에도 이른 서리가 내렸지.

선은 생각했다. 말을 달려 제 아늑한 처소인 봉휘궁으로 달려가며 누구든 이게 다 거짓말이라고 말해주기를 바라면서.

"신유운은! 안 왔나?"

"어디 가시려구요, 마마!"

주위를 휘 둘러본 후 다시 바깥으로 나가려는 선의 앞을 낯익은 아랫것이 가로막았다. 궁녀일 테지만 지위 같은 건 잘 기억나지 않는다. 선은 눈살을 찌푸렸다.

"비켜서라. 유운, 이 망할 놈의 자식, 한 달 전에 왔을 때 상황을 대충 짐작하고 있었던 모양인데 그런 주제에 한 마디 언질도 아니 주었단 말이지. 이놈이 사람을 가지고 놀아도 분수가 있지!"

잇새로 으르렁거리는 소리를 내며 선은 궁녀 곁을 비켜 지나려 몸을 거칠게 빼냈다. 그러나 궁녀가 한 발 옆으로 대담하게 물러서더니 다시 가로막는다. 선은 잠시나마 이 궁녀가 미쳤다고 생각했다. 외궁에 거의 유폐되다시피 한, 권력이라고는 쥐꼬리만큼도 없는 몸이나마 어쨌거나 왕자다. 일개 궁녀가 그 앞을 가로막고 두 눈을 똑바로 떠도 좋을 만한 상대는 아니다. 게다가 방금 이 선이라는 왕자께서는 정식으로 구오九五의 위位에 나아가게 되었다는 통보를 받으신 참이다.

"비켜서라고 분명히 일렀다!"

"신정언正言 나리께서는 경京에 계시지 않사옵니다."

"뭣이?"

당장이라도 궁녀를 밀치고 지나려는 듯 허공에 머물렀던 선의 손이 힘없이 아래로 떨어져 내렸다. 눈을 둥그렇게 뜨고 그게 무슨 소리냐고 무언의 질문을 던지는 주인을 똑바로 치어다보던 궁녀는 입술을 가볍게 깨물었다가 결심했다는 양 빠른 목소리로 내뱉었다.

"나리께서는 보름 전에 순평으로 유배를 가셨나이다."

"신유운, 이……!"

이 개자식. 과연 다 알고 있었던 주제에 어째서 유배를 가버린 거냐.

선은 비명이라도 지르고 싶은 심정이었다.

— 요즘 조정은 어때, 유운? 제법 시끌벅적해서 재미 좀 나?

— 재미는 무슨, 의뭉스러운 여우들이 싸울 제에는 시장통처럼 구경하는 맛도 없답니다. 그저 요렇게 노려보고 조렇게 꼬리를 치는 것뿐이지요. 하지만 그치들, 요즘은 머리에서 김이 모락모락 나는 것이 이 불민한 눈에도 훤히 보이오니 그건 제법 재미나지요.

신유운.

겨우 십칠 세 나이에 대과大科에 급제, 출륙出六하여 정언正言 직위를 받든 재사로, 선에게는 거의 유일하게 친우라고 부를 만한 사람이었다.

— 어느 줄에 설까 말이지? 어쩐지 요즘 유운 자네가 주저리주저리 포도 넝쿨 모양으로 이것저것 달고 온다 했더니 죄다 그 붉고 푸른 나리들이 들려 보낸 겐가?

선이 열여덟 되던 해에 선의 부왕은 대신들이 고민하는 틈을 타고 선의 후계 책봉을 서둘러 진행해버렸고, 그는 정식으로 월훤의 저사儲嗣가 되었다. 그러자 선을 찾아오던 유일한 사람인 탓에 당대의 재사才士임에도 불구하고 육품 이하 관직만 근 여덟 해 동안 맴돌던 신유운에게도 이제야 봄이 왔노라고, 사람들은 너나없이 수군거렸다.

─저더러 어릴 적부터 미리 줄을 잘 섰다면서 추켜세우더군요. 허, 참, 역경易經을 볼 줄 아는 게 아니냐는 소리까지 들었답니다.

─그래서?

─그래서는 무슨 그래서입니까? 주역이 아니라 천문이라고 했더니 믿는 눈치더군요. 나중에 관직에서 쫓겨나도 책 한 권 옆구리에 끼고 천문을 아는 척 혀를 놀리고 다니면 끼니 걱정 없을 것 같습니다요.

─흐음. 그럼 신유운도 드디어 오품을 따려는가.

애초에 그런 일에는 크게 관심이 없는 신유운은 쓴 웃음을 지으며 어깨를 으쓱거렸다.

─두고 봐야지요. 품계석 한 걸음 나아가는 데 여덟 해가 걸리는데 이제 와 한두 해 더 걸린들 어떻고 아닌들 또 어떻답니까? 그야 녹봉이 늘면 생계에 보탬은 되겠습니다만…… 그저 이게 모두 대군마마께서 애매하게 태어나신 탓 아닙니까?

─그게 왜 내 탓이란 말이야? 하지만 새 어마마마께서 남동생을 하나 낳아주시면 이 동궁전 마마 꼬리표를 어떤 편법에 기대서든 떼어 가겠지. 그때까지 나는 뒤통수나 조심하면서 토끼를 잡고 살면 돼. 자네도 지금 벌이가 좋을 때 실컷 받아 챙겨두라고, 남동생이 태어나면 다시는 그런 거 들어오지 않을 테니까 말일세.

─여부가 있겠습니까. 다만 이건 전부 돌려드릴 것이니 알아서 처분해주십시오. 전해드리라니 전해드린 것뿐, 받아서 좋을 건 없사옵니다. 차후 정말 그 세자인지 갑자인지가 떨어져 나가고 나면 시비가 걸릴지도 모르거든요. 그럼 벼슬도 떨어질 테고.

심각한 표정으로, 유운은 미간을 좁혀 보였다. 선은 키득키득 웃으며 산더미같이 쌓인 '뇌물'들에 흘깃 시선을 두었다.

─왜? 그때에야말로 자네는 옆구리에 주역과 천문서를 끼고 거리로 나아가야지. 돗자리 한두 장은 내가 챙겨주겠네. 세자 꼬리표가 떼인들 설마 그런 거 마련할 돈이 없을까.

그러고 떠들어댔던 게 예언이나 되는 양, 선이 열아홉 되던 해에 과연 새 왕후 소생 왕자가 태어나고 말았다.

─얼씨구. 이제 누구님은 드디어 끈 떨어진 연이 되시겠군요.

소식을 듣고 찾아온 유운은 그러나 그럴 줄 알았다는 양 빙글빙글 웃는 낯이었다. 저더러 끈 떨어진 신세라고 놀려대는 걸 보며 그는 제 몫 화살을 만지던 손을 쉬고 유운의 농을 되받아쳤다.

─흐응. 줄 한번 잘 서서 영화를 누리려나 싶었더니, 신유운 자네야말로 부평초 신세가 되었군?

─그 무슨 섭섭한 말씀을. 우국충정에 불타는 저로서는 근심거리가 사라져 마음이 아주 개운하옵니다, 마마. 마마께서 제위에 오르시면 밑에서 죽어나는 건 가련하기 짝이 없는 관리들이니 장차 월횡을 어찌하면 좋은가 잠도 아니 오던 참이었으니까요.

그랬던 것을.

"신유운 이 자식! 비상 시국에 저 혼자 순평으로 도망가 꼭꼭

숨으면 누가 못 찾아갈 줄 알고?"

선은 포효했다. 만나 따지지 않으면 도무지 이 사태를 혼자 감당해낼 자신이 없었다. 일단 세자가 되었다고는 하나 자신이 옥좌에 앉을 날이 오리라고는 꿈조차 꾸지 않았다. 사냥을 즐기는 터라 이래저래 교유하는 한량들이야 있지만 제대로 된 친우라고는 유운밖에 없는 처지다. 시강원 교육은 고갯짓으로나 받았을까, 그럴듯한 경전 몇 권이나마 유운이 억지로 갖은 회유와 협박을 동원해가며 가르치지 않았다면 제 이름자 쓰는 게 고작이었을 정도다. 사실 이왕 권력에서 멀어질 거면 괜히 똑똑한 척 행세해봤자 소용없다고 생각해왔고 그래야만 차후 군주가 갈렸을 때도 얌전히 목숨을 부지할 수 있으리라 여겼다. 유운 자신도 분명 그렇게 말하지 않았는가, 틀림없이 새 왕후께서 왕자를 낳으시면 저한테 주어진 동궁전 지위는 뚝 소리도 안 내고 떨어져 나갈 것이라고. 그게 합법이든 아니든 그저 선이라는 존재가 탐탁하지 않은 저 대신 나리들은 온 마음과 힘을 모아 선을 폐세자로 만들고야 말리라고.

"마마! 대군마마, 가면 아니 됩…… 어딜 가시려는 겁니까! 곧 궐에서 사람이 나올 것이온데! 마마!"

궁녀의 부르짖음을 뒤로한 채 선은 정신없이 달렸다. 순평까지는 지금부터 밤을 꼬박 새워 달리면 적어도 낮에는 도착할 수 있을 테다. 당장 유운을 만나야 한다. 그 뻔뻔한 자식을 만나 한 달 전부터 너는 짐작하고 있었던 것이냐고, 왜 궁궐이 그렇게 돌아간다는 소리를 전하지 않았느냐고 따지지 않으면 안 된다.

선은 달렸다. 선을 닮아 날렵해 뵈는 봉휘궁의 정문은 그 주인이 내달리는 양을 지켜보고 있을 뿐이었다. 그 안에 기거하는 다른 인간들이 당황해 혼절하든 말든 아랑곳하지 않고.

― 왕위를 받잡고 싶은 마음은 전혀 없으십니까, 마마?

그것은 한 달 전의 일이다. 여느 때와 다름없이 토끼나 잡고 노루나 구경하려고 활을 고르고 있는데 불쑥 찾아들더니 다짜고짜 그걸 묻고 들었다. 왕위 같은 데는 본디부터 관심 없었던 선이었고 유운이었다. 권력에 가까이 갈 생각이 손끝만치나마 있는 인간이었다면 애당초 선과 가까이 지냈을 리 없는 것이니까. 선은 꽤나 오랜만에 찾아든 유운이 심상치 않다는 생각을 하면서도 보나마나 너구리며 여우 같은 대신 나리들이 제 일까지 유운에게 떠넘겨 일에 치인 탓이려니 여겨버렸다.

― 그게 뭔가? 먹는 건가?

― 그렇게 말하실 줄 알았습니다.

농으로 받아넘겼더니 한숨을 푹 쉬며 고개를 젓고는,

― 하나 정말 먹는 거냐고 물을 줄은 몰랐군요. 농을 거시려거든 조금이나마 상상력을 발휘해보시는 게 어떻습니까? 이거야 원, 김 빠져서.

그런 소리나 지껄인다.

― 어떤 반응이 나오나 떠보러 온 건가, 유운? 오랜만에 찾아놓고는 너무하는군. 나는 이제야 신유운도 정신을 차리고 승진을 해보려는가 생각했다네.

근 십 년이 된다. 십 년이면 강 빛깔도 산 그림자도 바꿀 수 있

을 만한 시간이라고 세간에서 말하거니와 그런 속담을 빌리지 않
아도 어린애가 제몫을 할 만큼 긴 세월이다. 소년의 몸으로 장원
을 차지하여 육품 벼슬을 받아 세상에 나온 한 명 꽃 같은 인간은
이제 없다. 십 년이 되도록 승진하지 못한, 남 보기에는 더없이 미
련한 청년이 하나 있을 뿐이다.

—흥. 애매하게 태어나서 혼자서는 서책 한 권 읽지 아니하는
어디어디의 대군마마 아니면야 저도 진작에 승진을 했겠지요.

내뱉는 말투는 평소의 유운이 맞는데, 어째 와서 앉을 기색도
없고 여느 때처럼 지리서니 역사서니 경서니 주섬주섬 꺼내 놓으
려고도 하지 않았다. 선은 비로소 화살을 통에 갈무리하고 제 쪽
에서 유운을 향해 걸어 나왔다. 푸른 빛깔 기와를 얹은 지붕을 한
발만 벗어나면 기다렸다는 듯 빛이 똑바로 쏟아져 내렸다. 눈이
부실 지경이라 선은 한쪽 눈을 찡그렸다. 유운은 그림 족자처럼
제자리에서 옷깃이나 펄럭거리고 있었다. 이런 때라면 혹시, 하
고 심상한 척 선이 손을 뻗어봤더니 역시 유운도 표표하니 몸을
피해버린다. 다른 뜻이 있는 게 아니라 그는 본디 그렇다. 그 누
구라 해도 얽히는 일을 끔찍하게 싫어하는 천성인지라 선이 겨우
열 살 났을 적에도 가엾게 여겨 손 잡아준 일이 한 번 없는 인간
이다, 저 신유운은.

—박정한 사람 같으니라고.

—무슨 생각을 하시는 겁니까, 대군께서는! 지금 제가 장난이
나 치자고 이 먼 길을 온 줄로 아십니까? 도대체 사람을 이렇게
괴롭혀서야 기본부터 안 되었다는 반증밖에 더 되겠습니까? 이

런 분을 주인이라고 모시다니 그거야말로…….

—그럼 내가 찾아갈까, 사간원 문 앞으로? 찾아가서 목청 높여 내 벗님을 찾으러 왔으니 돌려달라고 한번 외쳐본즉 퍽 볼 만하겠구먼. 적어도 석 달 열흘은 온 나라가 유쾌할 걸세.

—허어…… 거 뜻대로 하십시오. 노닥거리러 온 게 아닌데 또 이런 꼴이니. 도대체가 대군께서는 통 발전이 없으시군요.

유운은 진심으로 피곤한 표정을 지었다. 선은 무슨 일인가 있긴 있는가보다 여기면서도 순순히 말하지 않으려는 유운이 괘씸해 짐짓 모르는 척 끝까지 시치미를 떼어보았다.

—글쎄. 그러는 유운 자네야말로 이제 이립而立이 가까운데 언제까지 어린애 장난을 칠 작정인가?

—허, 저야 마음이 도덕 위에 단단히 섰으며 기초쯤은 확실히 있겠거니 감히 자신한답니다. 걱정 마시지요. 대군께서나 지학志學도 애저녁에 지나신 마당에 이제라도 학문에 뜻을 두시는 게 어떻습니까? 이제 곧…….

—이제 곧?

—아니, 아닙니다. 그것보다, 대군께서는 진정으로 그 대군 칭호에 마음 두신 바가 없으신 것이지요? 온 월훤의 용이 될 마음도 없으시며 그저 토끼나 잡으면 족하신 것이지요?

과연 이상했다. 왜 뻔한 소리를 두 번 세 번 확인하는 것인가.

선은 잠깐 입을 다물고 유운을 바라보았다. 표정에 다른 것이 떠오르지 않는다. 뭐냐, 매번 대궐에 근엄하게 좌정한 너구리가 어쩌고 해대더니 이 녀석이야말로 능글맞은 너구리가 아닌가. 선은 얄밉고 또 얄미워 고민을 거듭했다. 이쯤에서 두 손을 들고 항복을 외친다면 유운은 무엇이든 실토해줄지도 모르겠다. 하지만 그것도 모르냐고 한숨을 쉬면서 피곤해할 유운을 생각하니 자존심이 이만저만 상하는 게 아니다. 그래서—

—그래. 두 번 말하게 하지 말게나, 유운. 자네가 보기에 내가 옥좌를 차지할 만하다 여기는가? 내게 만백성을 피와 살처럼 돌보아 미쁘게 여길 품성이 있어 보이는가?

—그것은…… 마마, 물론 대군께 정치 재능을 말하는 건 우스운 노릇이옵니다만, 저는…….

—됐네. 이제 정치 이야긴 됐어. 듣는 것만으로도 여기에 주름이 잡힐 지경이란 말이네. 하면 유운, 오늘은 무슨 일로…….

—마마의 뜻은 알겠습니다.

선의 말이 채 끝나기도 전에 유운은 크게 한숨을 쉬더니 그 말을 끝으로 몸을 돌렸다.

—어, 어이! 유운?

—당분간 찾지 마십시오. 제 쪽에서 뵈러 오겠나이다.

그때 선은 유운에게 어쩐지 소외된 기분이라 어린애처럼 잔뜩 토라져보고 싶었다. 하여 내 쪽에서 먼저 찾나보자고 잔뜩 어깨에 기합을 주고 있었던 것이다. 열흘이 지나고 보름이 지나도 어째 연락이 없다 하였더니 한 달 만에 돌아온 소식이라고는.

"두고 보자, 신유운. 이 개자식, 젠장!"

뭐, 왕위?

아닌 밤중에 홍두깨라도 이것보다 어이가 없지는 않을 게다. 선은 생각하고 또 생각했다. 아무렇게나 차려입은 옷이라 누가 보아도 정신 나간 사냥꾼 한량 행색을 하고선, 밤이슬에 말발굽이 젖고 얕은 개천에 두어 번 나뒹굴었어도 지치지 않고 말을 달렸다. 달리고 또 달리면서도 한 가지 생각뿐이었다.

신유운, 이 녀석이 한 달 전에 찾아들어 낮도깨비 같은 말놀음을 너절너절 늘어놓았을 적에 눈치를 챘어야 했다고. 이 녀석 분명 그때 낌새를 채고 있었던 것이라고. 그런데 일이 이렇게 되고 나니 공황 상태에 빠질 선을 뒷수습해줄 자신이 없어 신유운은 저 혼자 슬그머니 줄행랑을 친 게다. 귀찮은 것이라면 딱 질색인지라 그 성격에 끼니는 어떻게 굶지 않고 의관은 어떻게 챙기는 것인가 궁금할 지경인 인간이었으니 갑자기 왕위에 오르는 천덕꾸러기 세자의 하나뿐인 친우…… 따위 듣기만 해도 귀찮은 일은 피해버린 게 분명했다.

나를 이제 와서 버릴 셈이냐?

선은 생각했다. 이 사내에게 버림받을지도 모른다고, 이 사내와 멀어질지도 모른다고, 그런 생각은 해본 적이 없다. 십 년 전에 처음 알게 된 시절부터 워낙 최악의 상태에 놓인 자신이었기에 그런 자신 곁에 남아준 사람이 멀어질 일 따위 생길 거라고 짐작한 적도 없었다. 왕이라니, 그런 거 필요로 해본 적도 없다. 만약 유운이 권력을 바랐다면 자신도 조금은…….

아니, 도대체 뭐가 앞이고 뭐가 뒤라는 거지. 도대체 무엇부터 잘못된 거냐.

─못난 꼴을 보였군요.

처음 봤을 때부터 알 수 없는 사람이기는 했다. 그림 속의 미인처럼 구슬 같은 눈물을 뚝뚝 떨어뜨리며 텅 빈 사냥터에 서 있었던 열일곱 살 소년, 그 시절부터.

—소속도 성명도 밝히지 않고 줄행랑을 치시나? 당장 소리를 질러 사람을 불러 모아도 좋은 게냐?

—무례를 용서하십시오. 사간원 정언 신유운이라고 합니다, 마마.

그렇게 만나 십 년. 생각해보면 관리와 관리 사이에 흐를 법한 우정을 말할 수도 없고 스승과 제자 사이에서 잠깐 잠깐 향기 풍길 법한 자애를 바랄 수도 없는 사이였다. 혈연 한 줄기 닿은 것도 아니요, 그렇다고 해서 감히 한 줌짜리 권력을 핑계 삼아 휘두를 염치도 없었다. 그렇다면 무엇이 남는 것일까. 왕위 같은 것…… 그래, 거짓말을 했다. 왕을 바란 적이 없다고, 완전히 거짓말을 하고 있었다. 하나뿐인 벗을 잃어버릴까 두려워 가능한 한 공기처럼 가볍게, 바람처럼 쉽게 흐르며 살아왔다.

내가 만약 왕이 된다면 적어도 네게 충성을 요구할 수 있겠지.

그 가뭇없는 바람이 헛헛하여 사람이란 우스운 족속이로다 자조도 했다. 그래서야 사판仕版에 들어 목을 뻣뻣하게 한번 세워보자는 욕망과 별반 다르지도 않은 것을. 금金을 주고 웃음을 사고 뜻을 팔아 이름을 산다. 매문賣文과 매명賣名마저 쓸쓸하나마 세속의 이치라면 냉엄한 그 정치의 그늘에서 안선이라는 사람은 무얼 내다 팔아 정情을 사고 연緣을 얻을까.

"그러므로 불변하는 본질을 어떤 극極이라고 말한다면 앞서 언급한…… 엉? 자, 잠깐! 대…… 아니, 마…… 아니! 아무튼! 어째서 여기에 계신 겁니까!"

예상한 것보다 한참 뒤늦은 유시酉時나 술시戌時 무렵 되어 선이 간신히 순평에 닿았을 때, 묻고 물어 찾아간 초막에서 유운은 꽤나 신세 좋게 앉아 시골 학생들과 주거니 받거니 책 이야기나 나누고 있었다. 선은 귓것이라도 본 것처럼 새하얗게 질려 버럭 외치는 유운을 말없이 바라보았다.

"너, 너 말이다, 신유, 신유운, 너……. 하아, 잠…… 잠깐, 숨, 숨을…… 숨을 좀…… 쉬고…… 하아."

기실, 한동안 말을 할 수 없었던 것이다.

"선생님께 용무가 있는 분이십니까? 간원諫院의 친우인가요?"

순평에서 관리직을 맡고 있거나 혹은 학생으로 지내고 있을 사내들이 모여 앉아 선을 두고 물었을 때 유운은 난처한 듯 땅이 꺼져라 한숨 지었다.

"신선생님과는 아는 사이십니까?"

학생 하나가 물을 떠다 주며 친절하게 물었다. 선은 기다렸다는 듯 물을 단숨에 넘기고, 사레가 들려 다시 한참이나 기침을 해 댄 후 눈가에 맺힌 눈물도 아랑곳 않고 퉁명스레 대꾸했다.

"아는 사이고말고. 내 정인情人일세."

"……."

말로는 너구리와 여우가 범과 더불어 뛰노는 조정에서도 개굴개굴 적당히 잘 버텨왔노라 자평해왔던 신유운도, 이때만은 기가

막혀 입을 딱 벌린 채 아무 말도 하지 못했다. 그리고 곧이어,

"무, 무…… 무슨 말씀을 하시는 겁니까!"

하고 외쳐봤으나 이미 순평의 순박한 학자 여러분께서는 번개같이 문방제구를 챙겨 꽁무니를 빼고 계셨던 것이다.

"빌어먹을. 오자마자 흰소리 늘어놓는 솜씨가 대단하십니다그래. 이 신아무개는 죽을 때까지 순평에는 다시 오지 못하게 됐잖습니까?"

"아아, 좋아. 사고를 쳐서 또 유배를 보낼 일이 생기면 반드시 순평으로 해줄 테니 최선을 다해서 일해달라고."

"허!"

유운은 기가 막힌다는 양 고개를 절레절레 젓더니 이내 다시 물었다.

"그래도 왕위에 오르실 마음은 계신 모양이니 다행이로군요. 저는 또 옥좌에 앉기 싫다고 투정이라도 부리러 납셨는가 하고 겁을 먹은 참이옵니다."

"왜, 투정을 부리면 업어라도 주려나?"

"예까지 오셔서 또 우스개를 하시렵니까?"

그리고 침묵이 흘렀다. 이제 자존심이고 나발이고 내세울 상황이 아니었기에 선은 먼저 외쳤다.

"신유운, 이 망할 자식! 혼자 순평으로 도망 오면 다냐? 나는 어쩌라고!"

"즉위 준비는 어쩌고 여기까지 도망 온 겁니까!"

본의 아니게 동시에 외친 꼴이 되자, 선과 유운은 서로의 얼굴

을 멀거니 마주 보았다. 묻는 것이 동시였으니 답하는 것도 동시였다.

"도망은 누가! 네놈 혼자 편한 꼴 볼 수 없으니까 끌고 가려고 온 거지!"

"도망은 누가! 중전마마와 뒷거래가 있었다는 소문이 무성하니까 피신 온 겁니다!"

불꽃이 튀었다. 이제는 상대의 말을 차분히 기다려 우아하게 받아치고 자시고 하는 절차도 생략해버리고 만다.

"그런 소문이 돌면 나한테 이야기했어야 할 거 아냐! 이 답답한 꽁생원아! 혼자 고민하면 다냐? 왕위에는 네놈이 오르냐? 네가 올라?"

"편하긴 뭐가 편하단 말씀이십니까! 도대체가 남 편한 꼴을 눈 뜨고 보지 못하시니 이 망할 놈의 팔자하고는!"

"그럼 아니란 말이냐? 네놈처럼 귀찮은 걸 싫어하는 놈이 월훤 땅을 통틀어 또 있을까보냐? 승진하려고 손 비비고 다니는 것도 귀찮아 툭하면 봉휘궁에 도망을 왔던 주제에!"

"말도 안 되는 소리 하지 마십시오! 저처럼 부지런하고 착실한 관리가 또 있는 줄 아십니까? 월훤을 통틀어 관리의 귀감인 걸 두고 생사람을 잡습니다그래? 게다가 대군께서 남 말을 할 처지셨습니까? 대군마마야말로 귀찮아서 온갖 할 일을 두고 지금 도망을 오지 않으셨습니까?"

"누가 귀찮아서 도망을 왔다는 거냐? 네놈이 나를 버리고 도망쳤으니까 내가……!"

선은 저도 모르게 본심을 내뱉은 것이 무안해 입을 다물었다. 빙글 돌아서서 냅다 발로 벽을 걷어찼더니 유운은 여운이라고는 반 푼어치도 없는 목소리로 꼬장꼬장 쏘아붙였다.

"벽 차지 마십시오! 제 집도 아닌데 발자국 남으면 이 집 주인 보기 미안하지도 않습니까?"

"언제부터냐?"

"네?"

"언제부터냐고 물었다, 신유운. 그 망할 영감이…… 그러니까 언제부터, 그렇게 몸이……. 젠장! 그 쌩쌩하던 양반이 언제부터 그렇게 빌빌댔냐고 묻는 거다, 이 멍청한 놈아! 다 알고 있었으면서 한 마디도 안 했겠다, 네놈!"

"죄송합니다."

깔끔하고 담백하게 답해서, 선은 더 이상 무어라 입을 댈 수 없었다. 그것이 또 짜증이 났다. 도대체 어디다 분풀이를 하고 어디다 정신을 쏟으면 좋은가.

"빌어먹을!"

"변명처럼 들릴지 모르겠습니다만. 마마, 저는 마마를 감히 혼자 두고 도망칠 생각 따위는 추호도 없습니다. 이번 일은 워낙 상황이 급작스레 전개된 탓에 저도 제대로 대책을 세울 틈이 없었습니다. 조정에서도 지금 한창 제정신이 아닐 테지요."

"그런 소리를 들으러 온 게 아니잖나!"

아니, 사실은 그런 소리를 들으러 온 거다. 한심하지만 그거면 된 것이다, 선은. 신유운이라는 사람이 자신을 버리지 않았다는 걸 확인한 것만으로도 근 하루 밤낮을 꼬박 달려 순평까지 닥쳐든 수확이 있다.

"마마. 마마께서 왕위를 바라지 않으셨기 때문에 저도 중전마마께 그리 뜻을 비쳐드렸습니다. 하나 중전마마께오서 선대왕 전하의 유지를 받들고자 하는 뜻이 확고하셨고 더욱이 홍파대군 마마께서 지나치게 어리니 오직 그 안위를 염려하실 뿐, 관을 탐내 나라를 위태롭게 하지 않겠다고 말씀하셨나이다."

"흥. 연 씨 멍청이들만 좋다가 말았군그래."

"선대왕 전하께옵서 지혜롭게 순 씨와 연 씨 사이를 오가며 조율을 해두셨으니 순 씨로서는 차라리 마마께서 즉위하시기를 은근히 기대한 모양입니다. 그걸 잊고 있었으니 이 신유운도 소견이 좁았습니다만……."

"너는 어떠냐?"

선은 물었다. 사실 가장 묻고 싶은 것이었다.

"네? 무얼 말씀이십니까?"

"나를 누구보다 잘 아는 것은 자네가 아닌가? 그리고 자네가 알다시피 나는, 정치에는 뜻이 없었고 재주도 없어. 차라리 조정 백관들을 죄다 토끼 꿰듯 화살로 꿰어놓으라면 자신이 있을 테지만 흰 종이에 붓을 쥐고 어진 뜻을 적는 재주는 없단 말이다."

"그거야 저도 알고 있사옵니다. 마마께서는 진실로 문文과 치治에 재주가 없으시지요."

"그래. 그런데도 너는 내가 만인지상의 자리에 오르기를 바라는 거냐?"

유운은 선을 똑바로 바라보았다. 어두운 빛깔 눈동자는 흔들리는 법 없고 감정을 짚을 수 없는 표정도 여전했다. 선은 유운이 한참 만에 무거운 입을 열어,

"바랍니다."

하고 답하는 것을 들었다. 그 한 마디로 선은 제 장래를 결의하였다. 다시는 흔들리지 않으리라, 돌아보지도 후회하지도 않으리라.

"휴우…… 대군마마, 솔직히 다른 대안이 없지 않습니까?"

그러므로 유운이 그렇게 한 마디 사족을 달지만 않았더라면 선은 순순히 제궐로 돌아갔을 것이다.

"잘 나가다가 무슨 소리야, 인마!"

"말이야 바른 말이지 관리로서 제일 못할 짓이 무능한 데다 손 많이 가는 상관을 모시는 거란 말입니다. 홍파대군은 이제 겨우 걸음마를 하고 옹알이하시는데 그걸 어느 세월에 씻기고 얼러 기른단 말입니까? 생각만 해도 아찔합지요. 차라리 재주는 요만큼도 없지만 최소한 제 앞가림이나마 할 줄 아는 마마를 모셔 올리는 게 정궁의 모든 관리들에게 나은 선택일 테지요."

"그 이유냐?"

"그렇사옵니다만."

"……."

선은 문을 나서려던 걸음을 멈춘 채 그대로 주저앉았다. 단단하게 팔짱을 끼고 귀여운 손자가 할머니 앞에서 엿 달라고 조르는 자세를 충실히 재현하며 선언했다.

"나, 안 가!"

유운은 이 대군을 열 해나 봐왔으면서도 '정인' 운운 했던 때와 비슷한 정도로 당황해 마지않았다. 한시가 급한데 이게 뭐 하는 노릇이란 말인가.

"마마?"

"나 안 간단 말일세!"

"안, 안 가면 어쩌겠다는 말씀이십니까? 당장 왕위에는 누가 오르고…… 마마!"

"자네가 가서 오르든 말든 난 모르는 일이야. 흥, 그래, 나 재주 없으니까 어디 가서 재주 있고 튼실한 소나 말이라도 골라 옥좌에 올리지 그러나? 여하간에 난 안 가. 이 고을에 뿌리박고 이대로 착한 백성이 될 테니 그리 알게."

"지금 어리광 부리시는 겁니까! 지금이 그럴 때냐고요! 마마!"

유운이 바락바락 소리를 질렀으나 선은 할 테면 해보라는 듯이 요지부동이었다. 유운이 타인에게 닿는 것을 귀찮은 만큼이나 질색하니, 제 곁을 빙글빙글 돌며 초조해 할망정 제 옷깃 하나 제대로 건드리지 못한다는 걸 아는 탓이었다.

"마마!"

"아, 아, 안 들려. 안 들려. 성가시게 왕이니 뭐니 될까보냐?"

"나 참…… 뭡니까, 지금! 업어라도 달라고 떼를 쓰는 어린애도 아니고 도대체가……!"

"그거 좋군."

"네?"

선은 몸을 수월하게 일으키고 유운 쪽을 향해 빙글빙글 웃었다.

"즉위하는 대신, 업어줘."

"네에에에에?"

"네에에에에, 라니. 그런 넋 나간 소리 하지 말게나. 괜찮은 거래 아닌가?"

"마마!"

이만하면 목숨을 받는 거나 다름이 없을 테다. 선은 그렇게 생각하고 좋은 핑계를 잡았다며 즐거운 표정으로 웃었다. 발걸음도 가볍게 말에 올라, 선은 유운을 향해 손을 흔들어주었다.

"그럼 푹 쉬다 오게나. 즉위 후에 봅세!"

예홍禮泓 32년 난월蘭月 열이레, 눈이 내렸다. 이날에 월훤이 천붕을 맞으니 세자 봉휘, 선업을 받들어 적통을 잇다.

⊐⊐⊐⊐⊐

"왜 이렇게 늦었나?"

선은 즉위한 후 두 달이 지나서야 슬그머니 어전에 나타나서는 모르쇠로 일관하는 유운이 얄미워 죽을 지경이었다. 한시라도 일 안 하고 노는 꼴을 볼 수 없다며 쪼아대는 조정 대신들 눈을 피해 간신히 짬을 내어 독대하였을 때, 선은 당연히 잔뜩 기분이상해 있었다.

"좋은 묏자리를 알아보고 왔사옵니다."

"묏자리?"

무슨 난데없는 소리냐는 듯 되묻는 선에게 유운은 능청스레 답했다.

"신臣이 듣자 하니 신하 된 자, 감히 옥체에 닿은 즉시 모가지가 달아난다고 하더이다. 그래도 괜찮으시다면 당장이라도 감히 무례를 자처하여 어화둥둥 옥체를 받아 업은 후 의금부로 걸어 들어가기로 합지요."

"흥."

가들거리긴.

선은 생각했다. 그리고 무심히 몸을 일으켰다.

"좋아. 장례는 꼭 국장으로 치러주지."

"노, 농담이시겠죠. 좀 봐주십시오. 그렇잖아도 정치에 재주 없는 분을 혼자 두고 눈을 감는다면 저는 분명 극락에 가지 못할 겁니다요."

그래도 누가 닿는 건 싫은지 최선을 다해 손사래를 친다. 조금 더 놀려주는 건 다음으로 미루기로, 선은 결정했다. 그리고 문갑을 열어 한 장 종이를 꺼내 펼쳐 보였다.

"어떤가, 이 글씨."

질만은 나무랄 데 없이 좋아 보이는 종이에 멋없는 글씨 두 자가 적혔다. 크게만 적으면 호방한 기상을 나타내는 거라고 믿는 어린애들이 도전했다가 종이 아까운 줄 모른다고 훈장에게 뒤통수를 맞을 만한, 하도 형편이 없어서 언급하는 게 남부끄러운 글씨였다.

"어떠냐니까? 유운."

"어떠냐니…… 뭐, 종이가 무척 불쌍하군요."

"그, 그게 아니라! 연호 말이네, 연호! 유순柔淳…… 뭔가 낯이 익지 않아? 유운柔橒?"

유운의 유에 순평의 순이라니, 천진난만하기도 하지.

'칭찬해줘'라고 얼굴에 쓰여 있는 듯한 이 귀여운 주군을 물끄러미 바라보던 유운은 보기에도 상쾌한 미소를 지어 화답했다.

"네에. 과연 무척 낯이 익사옵니다, 주상 전하. 제 육촌 여동생 이름이 바로 유순이니까요."

"뭣? 이거 여자 이름이었어? 이런 젠장, 벌써 이걸로 정해 올렸는데!"

"알고 정하신 거 아니었습니까?"

거추장스러운 옷자락을 한 손에 휘어잡고 자리를 박차는 선의 뒷모습을 향해, 유운은 무엄하게도 한숨을 푹푹 쉴 뿐이었다.

예홍禮泓 32년 난월蘭月 열이레, 눈이 내렸다. 이날에 월훤이 천붕을 맞으니 태자 봉휘, 선업을 받들어 적통을 잇다. 이어 예홍 33년 원월元月 유순柔淳 원년을 선포하자 월훤이 이로써 평온을 얻다.

지 배 만 담 紙背漫談

지 배 만 담 紙背漫談

아직 동이 트지도 않은 시각, 소심한 백성은 감히 그 이름만 들어도 경기를 일으킨다는 제궐帝闕 문틈으로 슬금슬금 빠져나오는 그림자가 하나 있었다. 얼른 보기에는 서생 같으나 경비가 삼엄하여 왕의 밀서를 받은 대신이라 하여도 허투루 드나들 수 없는 것이 법도이니 예사 서생이 아닐 터였다.

"휴우."

서생은 소리가 나지 않게 주의하여 문을 벗어나 여러 걸음을 걸은 후 비로소 뒤를 돌아보며 안도한 듯 한숨을 쉬었다. 등에 진 짐을 고쳐 메고 걸음을 재촉하는데 문득 목소리가 들렸다.

"호오. 늦어도 자시子詩에는 출발을 하신다더니 묘시卯時가 다 되어가는군요."

"아, 그게 깜박 잠이 들…… 와, 와아아아악!"

저도 모르게 웃는 낯으로 대답하던 사내는 이내 무언가를 깨닫고 도깨비라도 본 것처럼 소스라쳐 비명을 질렀다.

"저승사자라도 본 것처럼 뭘 그렇게 비명을 지르십니까?"

"시…… 신유운!"

유운은 빙긋 웃어 보였으나 조금도 기꺼워 보이는 웃음이 아니었다. 사내는 기가 질려 고개를 내저었다. 유운은 어둠에 녹아 윤곽이 잘 보이지 않는 흑립을 썼고 그 아래로 얼굴만큼이나 흰 바지와 창의를 차려입었다.

"유운, 자네가 어떻게…… 어라, 자네 여기서 쭉 기다린 건가?"

사내, 선은 눈을 둥그렇게 떴다. 유운은 오래 서서 기다리는 내내 쏘아붙일 말만 갈고 닦아 준비한 양, 선의 질문이 떨어지자마자 와르르 말을 쏟아냈다.

"몰래 빠져나갈 생각이셨던 거 같은데, 전하. 몰래 사라질 거면 제대로나 하실 일이지 여기저기 소문은 다 흘려놓고, 이게 뭡니까? 어린앱니까? 뒤치다꺼리하느라 죽어나는 건 누군데, 도대체 생각이라는 게 있으신 겁니까?"

"어…… 소문이 났나? 난 분명 얘기하지 말라고 했는데."

"후우."

유운은 미간을 좁혀 내 천[川]자를 만들어 보이며 관자놀이를 문질렀다.

"전하. 전하께서야 일개 병졸에게만 귀띔을 하시었으니 말이 새 나갈 리 없다 판단하신 모양이옵니다만, 그 병졸로서는 후일 책임을 질 일이 깜깜했을 거라는 건 생각하지 않으셨습니까? 전하께서 사라지고 나면 그 병졸이 책임을 져야 할 수도 있으며 사형이라도 받게 되면 그 식솔은……."

"자, 잠깐! 잠깐! 이봐, 유운. 비약이 지나친 게 아닌가? 돌아온 후에 내가 직접 변명을 할 생각이었단 말이네."

이쯤 되면.

"도대체가!"

그럼 그렇지.

선은 저도 모르게 과연, 하고 생각했다. 하기사 선이 유운과 왕래한 세월이 벌써 열 해가 넘는 만큼 선도 유운도 서로 제법 많은 부분을 안다고 자부할 수 있는 사이다. 유운으로 말하자면, 선이 아는 한 진심으로 화를 내는 일이 없는 데 비하면 신기할 정도로 소리를 잘 질러대는 성격이었다.

"도대체 그 머리는 장식품입니까? 전하께서 돌아오기 전에 고문이라도 당하면 살아남아도 죽느니만 못할 수도 있다는 것쯤은, 조금만 생각해보면 알 수 있지 않습니까?"

"어, 그래. 미안하게 됐어."

이런 경우에는 깨끗하게 잘못을 시인하는 편이 좋다. 솔직히 정말로 그런 것까지는 생각하지 않았으므로 선은 진심을 담아 사과했다. 유운은 더 소리를 지를 이유가 없었으므로 버릇처럼 한숨을 쉬고 주위를 둘러보았다. 아직 날이 밝으려면 시간이 있다.

"그래서 궐내에 하마 소문이 쫙 퍼진 거냐?"

낭패다. 선은 낯을 찌푸렸다. 유운은 푸르스름한 기운이 도는 새벽빛에 비추어 선의 옆얼굴을 흘끔 곁눈으로 살폈다. 곧 동이

틀 테고 성문이 열릴 테다. 기실 제궐 문이야 선으로서는 이리저리 샛길을 많이 아는 데다 나름대로 몰래 빠져나오겠다고 준비를 했을 테니 경비를 서는 이 하나 둘 포섭으로 족했을 것이다. 하나 태어나 서울京을 벗어난 적이 손으로 꼽을 정도밖에 없는 이 도련님은, 물어보나마나 그 뒷일은 생각도 아니하셨을 게 틀림없었다. 선은 유운을 더러 왜 그리 한숨만 달고 사느냐고, 그래서야 제 아무리 조화옹造化翁께옵서 단단하니 낳으신 땅이라 하여도 그만 지쳐 푹푹 꺼지고 말 거라고 농을 던지곤 하나, 유운으로서는 한숨 없이 이 아슬아슬한 도련님을 어쩔 도리가 없는 게다. 물으나마나지. 그러나 혼자 고민하고 신경을 나눠 쓰느라 속이 타는 건 억울하니 말이라도 하여 속에 맺힌 걸 풀어내야 하지 않겠는가.

"아닙니다. 감히 전하께서 귀띔하신 걸 두고 떠들어댈 만큼 앞뒤 없는 인물은 아니었으니까요. 그 사람 입은 무거워 비밀을 잘 지켰습니다만."

"하면 자네는 어찌 알고 기다린 건가?"

"안절부절못하고 있길래 집안에 큰일이라도 있느냐고 말을 붙여보았습니다. 그랬더니 제 얼굴을 보고 왈칵 눈물을 쏟더군요. 그 사람 참……."

"젠장, 약해 빠진 놈."

선이 투덜댔다. 유운은 동녘이 밝아오는 걸 보아 성문 열릴 때가 되었으려니 짐작을 했다. 그렇다, 이 귀하디귀한 도련님께서는 성문을 지나는 데 신분증이 필요하다는 식의 상식이 결여된 채 살아오신 거다. 하기야 그 상식이라는 건 대저 자기 생활에 쓰임새 있는 것만 알고 살아도 족한 것이니 이 도련님이 신분증이니 통행 검문이니 하는 데 신경을 쓸 이유가 없었다. 또한 얌전하게만 살아주시었다면 앞으로도 없을 예정이었다.

"그 사람이 약해 빠진 게 아니라 전하께서 지나치게 무신경하신 겁니다. 아랫사람으로서는 감히 전하께서 갑자기 어깨에 지우신 비밀을, 그것도 혼자서는 감당할 수 없는 게 당연하지요. 그게 보통 사람의 깜냥이라는 거고 말입니다."

한 마디쯤 해두는 게 도리다 싶어 유운은 말했다. 선도 무엇이든 궁금한 건 곧장 물어야 한다는, 평소의 신념에 입각하여 거침없이 물었다.

"호오, 그래? 하면 유운 자네도 꽤나 무신경하다고 할 수 있겠군. 자네는 내 외궁 시절부터 혼자 몸으로 잘도 온갖 비밀들을 감당해오지 않았나?"

"무슨 말씀을. 그때에는 전하께서 전하가 아니셨지요. 주상 전하와 봉휘궁 마마의 무게는 좀 다른 법인 데다 그때 제 상관은 전하가 아니셨으니 밥줄에 큰 위협은 없었단 말입니다."

승진에는 큰 위협이 되었지만, 하고 유운은 생각했다. 선은 그제야 시간을 지나치게 지체했다 싶었는지 몸을 돌려 앞장서 걸으며 손을 흔들어 보였다.

"그럼 지금부터 그 '보통 사람의 깜냥'이라는 걸 체험해보도록 하게. 그 사람하고 자네 두 사람이 나눠 진다면 비밀 무게도 한결 가벼울 테니 말일세. 뒷일을 부탁하네."

"하아, 잘 모르시는 모양이군요. 전하. 제 깜냥은 간장 종지만

합니다. 보잘것없고 소박합지요. 그 사람은 눈물만 쏟고 말았지만 제 경우에는 졸도라도 해서 영영 이 세상에 하직을 올리게 될지도 모릅니다. 그런 의미에서……."

"엉? 그런 의미에서…… 라니? 자네, 설마하니 날 끌고 돌아가기라도 할 생각이라면 관두시게. 난 자네를 치고 싶진 않아."

신유운이라는 인물은 이래 봬도 한때 장안을 떠들썩하게 했던 신동으로, 약관도 되기 전에 소년급제하였을 적엔 비선飛仙 소리마저 들었던 모양이지만 무武에는 영 재주도 흥미도 없는 사람이었다. 반면 선은 적어도 겉으로만 보기에도 제법 기골에 장대한 무인 체격으로 유운 정도 인물이라면 두엇쯤 힘 안 들이고도 팔을 꺾어놓을 수 있을 법했다.

"걱정하실 필요는 없습니다. 뒷정리는 대충 해놓고 왔으니까요. 다만 아무래도 제 신경이 견뎌낼 것 같지 않은지라 저도 간밤에 결단을 좀 내리고 왔지요."

"결단? 도대체 자네는 말을 빙글빙글 돌려대는 게 문제야. 속에 뱀이라도 들어찼나, 어째서 그리 배배 꼬지 않고는 아무 말도 못하는 겐가?"

"이걸 보고도 그런 말씀이 나오십니까? 자, 서두르십시오. 대충 문 열릴 시각이 되었으니 서두르지 않으면 괜한 시간을 길바닥에서 허비해야 할 테니까요."

유운은 등짐에 매단 미투리 몇 켤레를 내보였다. 선은 비로소 유운이 미투리를 신고 걷는 걸 발견하고 머리를 긁적였다. 평소 유운이라면 사치하다는 이유로 남이 사주어도 마다하던 것이 미투리다. 그런 걸 부러 신고 나선 데다 몇 켤레 더 챙겨 온 걸 보니 따라나서겠다는 의미인 게다.

"허, 어디로 가는 줄 알고 따라나선다는 겐가?"

"왜 모르겠습니까? 전…… 아니, 도련님 생각이라면야 갓 열 살 시절부터 별로 달라지지 않으셨으니 제게는 훤하답니다."

"다섯 해 뒤면 남휘하고 똑같다는 소릴 할 속셈이구먼?"

남휘공주南輝公主는 올해 네 살로 선에게는 이복누이다. 아명은 향이지만 아무래도 거리가 느껴지는지 선은 예의를 차리는 양 반드시 남휘라고 부르는 것이다. 유운은 굳이 부정하지 않고 걸음을 재촉했다. 하기야 반쯤 심술이 나서 하는 소리지, 정말로 열 살 때와 같다고 생각하는 건 아니다.

"열 살은 너무했고, 열다섯 정도는 된다고 생각하지 않나?"

선은 지지 않고 뒤에서 중얼거렸다. 유운은 자신도, 열다섯 정도는 쳐줘야겠지 생각하면서도 여지를 주지 않고 잘라냈다.

"열 살입니다."

"뭐야? 한 삼 년쯤 전에도 자네 나더러 열 살 수준이라고 쏘아붙이지 않았나? 하면 나는 그 시절부터 조금치도 자라지 않았다고 생각하는 건가, 자네?"

"삼 년입니다. 삼 년새에 다섯 살이나 더 보태드릴 만큼 자라셨다고 장담하십니까, 도련님?"

남의 눈과 귀를 생각해 유운은 도련님 소리를 부러 강조했다. 한데 선이라는 이름의 이 도련님은 여전히 남 눈 따위는 생각하지 않는 양 시원시원한 목청으로 소리치는 것이다.

"그럼 적어도 세 살은 더 쳐주어야지. 한 해에 한 살은 먹지 않으면 곤란하네, 유운. 차후에 남휘와 같다는 소릴 듣게 되면 그 애 앞에서 오라비로 체면이 서지 않을 테니."

열다섯쯤 되지 하고 생각했던 건 취소다.

유운은 한숨을 폭 쉬었다. 앞뒤 생각 없는 도련님 같으니라고. 목소리 하나는 뭐 백만 대군을 호령할 모양으로 우렁차고 덧붙여 꼬박꼬박 남휘, 남휘다. 차라리 아명인 향이라고 하면 여자 이름으로 굳이 드물다 할 수 없겠으나 남휘쯤 되면 특색이 넘치니 이 근방 사람이라면 누구나 공주님 이름인 줄 훤히 안다. 이러다 기껏 잘 무마해놓은 뒷일이 죄 어그러져 어느 군졸 눈에든 띄어 끌려가고 말지, 하고 유운은 생각했다. 이 도련님과 함께 있으면서 한숨을 줄인다는 건 주당에게 술을 줄이고 세상을 즐기라는 말이나 다를 바가 없을 터였다.

"전하. 남의 귀를 생각해두십시오. 저는 지금부터 신 씨이고 말단 관리입니다. 전하께서는 제 상관의 영식令息으로 저는 도련님을 뫼시고 산천 유람을 하는 것이옵니다, 아셨습니까?"

"왜? 나는 종이 장수인 척할 생각이었는데?"

"……."

일일이 대거리할 가치조차 없다.

유운은 몸을 돌려 성큼성큼 걸었다. 선은 왜 대답을 아니하냐고 고래고래 고함을 질러대며 강아지같이 졸래졸래 쫓아왔다. 몸집만 작고 어리다면 일견 귀엽기나 했을 이 광경은, 그러나 뒤를 따르는 이의 체격 덕분으로 기괴해 보일 뿐이었다. 유운은 간신히 남문이 멀찍이 보였을 때 이미 국토를 절반은 종주한 양 정신이 아뜩해지는 것을 느꼈다. 이래서야 오래 살기는 영 글렀다.

명령만 아니면 이판사판으로 감히 물어뜯어서라도 끌고 돌아가는 건데. 안타깝고도 고통스럽게, 유운은 생각했다.

"저게 남문이로군? 그러고 보니 예전에도 몇 번 본 것 같지만 말이나 가마 타지 않고 보는 건 처음이네."

"네에, 어련하시겠습니까요. 도련님."

—그런 일이 있었나요? 주상께서 어디로 가셨을지 짐작 가는 데 없으십니까?

이틀 전, 군졸 전 아무개라는 자로부터 본의 아니게 선의 가출 계획을 입수하게 된 유운은 난감한 나머지 감히 대비전을 찾아뵈었다. 선왕의 두 번째 비妃이자 선에게는 새어머니가 되는 인혜대비仁惠大妃는 연 씨의 딸로, 어리지만 제법 호탕한 데가 있는 여성이었다. 대비로 봉해지기 전까지 경헌왕후敬獻王后라 불렸던 여인은, 발 너머로 한참 침묵을 지키더니 곁에 끼고 있던 튀긴 과자를 아작아작 소리 내어 씹었다.

—저어, 대비마마?

—짐작 가는 데가 없다는 건가요? 온 천하가 신유운 그대를 두고 말하기를 '새 주상께옵서는 외궁 시절부터 의형제처럼 지냈던 신유운만을 총애하신다'고 하더니 모두 헛말이었군요. 그대가 모른다면 누가 안다는 겁니까?

—황송하옵니다. 감히 신이 생각하기로는…… 아무래도 덕산

이 아닌가 싶사옵니다.

— 덕산?

대비 연 씨가 되물었다. 심기가 불편한 듯 한층 소리를 내어 튀긴 과자를 씹어 넘긴다.

— 덕산이라면 과윤 오라버니께서 가 계신 곳이 아닌가요? 그러한 곳에 왜…….

과윤이란 대비 연 씨의 오라비인 연과윤을 말함이다. 그는 붉은 얼굴에 백색 명주실을 감아놓은 듯 흐릿한 머리카락을 지닌 것으로 유명한 사내로 성격이 급한 데다 안하무인이라 연 씨 가문에서도 몹시 골칫덩어리였다.

— 일전에 그분께서 신臣에게 서신 한 장을 보내신 일이 있는 줄로 아뢰옵니다.

— 서신이라 하면?

대비 연 씨가 불편한 심기를 감추려 하지도 않고 물었다. 언짢은 기색이 역력한 목소리로 헛기침을 했다. 유운은 잠시 망설였으나 다른 방도가 없다고 판단하여 솔직하게 털어놓았다.

— 네. 덕산에서 불온한 움직임이 감지되어 밀명을 받고 특별히 덕산으로 가게 되었다…… 그런 내용이었사옵니다.

— 허!

기실 연과윤이라는 자에 관해 말하는 것은 유운도 대비 연 씨도 피차 골치 아픈 일이었다. 유운에게 과윤은 나이 차이가 크지 않은 학우였고 대비 연 씨에게는 남이 뭐라고 하든 한 배에서 난 남매인 것이다. 언급하기 껄끄럽지 않을 수 없다. 게다가 이번 일의 시작은 곰곰이 따지고 들어가면 대비 연 씨라고도 할 수 있고 유운이라고도 할 수 있었다.

대비 연 씨, 그러니까 아명을 다인茶刃이라고 한다는 이 아름다운 아씨께옵서 일찍이 선왕의 비가 되셨을 때 연 씨 집안 중에서도 특히 기뻐했다고 전하는 것이 바로 그 과윤이라는 오라비였다. 대대로 세도 당당한 명문가이며 특히 무인으로서는 누구에게도 지지 않을 만큼 무수한 공을 세운 연 씨 집안에서 이 연과윤이라는 막내아들의 존재는 실로 특이한 것이었는데, 어린 시절부터 무예에는 영 재주가 없는 데다 산만하기 이를 데 없고 성품 또한 다혈질이었던 것이다. 연 씨 집안에서는 옛적부터 막내 도련님의 장래를 두고 무거운 침묵과 비탄이 오가는 일이 하고 많았다. 그러던 중 다행히 어린 도련님 스스로 글월 읽는 것에 재미를 제법 붙이더란다. 꼭 무武로 제몫을 할 이유는 없지, 하고 연 씨 집안의 가장은 머리를 끄덕이셨고 과윤은 그날로 이름 높은 선생들을 모시며 학문의 길로 들어섰다.

이후 연 씨 가문은 만사가 순탄한 듯 보였다. 도련님들은 차례차례 무과에 합격하여 관직에 나아가 전국 각지로 흩어지거나 혹 영예로이 궐에 들었고 애기씨들은 좋은 혼처로 시집을 가거나 오라비를 따라나서 여관女官이 되었다. 남은 것은 막내딸 다인을 제외하고는 과윤 하나뿐이었다. 모두들 과윤이 적당한 때에 급제하여 벼슬길에 나아갈 것을 믿어 의심치 않았으나 그는 퍽 젊은 나이부터 과시에 응시하는 족족 낙방을 반복했던 것이다. 기실 급제란 늦어도 나쁜 것이 아니었으나 과윤은, 한 스승 아래 수학

한 친우인 유운에게 한사코 밀리고 싶지 않았다. 유운이 십칠 세에 급제하였으니 자신이라고 못할까보냐 생각하여 곧장 따라 응시하였다가 낙방하자, 고향으로 돌아가지 않고 그대로 경에 남고 말았다. 이쯤에서 그쳤다면야 어린 나이에 한 번쯤 좋은 경험을 했다 말할 수 있겠으나 과윤의 문제는 여기에서 끝나지 않았다. 그는 뒷돈을 써 시제를 입수하려 드는가 하면 시관을 매수하겠다고 나섰다가 형들에게 들통이 나기에 이르렀던 것이다. 이에 연씨 집안의 가장이자 이름 높은 장수였던 연충후는 가문의 이름에 먹칠을 한 데다 연 씨의 높은 기개를 꺾었다 하여 과윤을 끌어다 집안 창고에 가두었다. 정신이 똑바로 박히지 않은 놈이 공부는 해서 무엇하냐고 연충후는 호통을 쳤으나 애걸하는 아들이 가엾어 그만 다시 과시 보는 걸 허락하고 말았다.

그러나 이 선택 덕분에 이후 연충후는 자주,

—내 미욱하나마 주상 전하께 충성을 다하여 월훤의 각지를 돌며 소임에 충실해왔다. 때로 도적을 잡고 때로 외적을 치거늘 한 번도 실패한 일이 없거니와 길지도 짧지도 않은 인생에서 단 한 번 실수한 것이 그때 과윤이 놈을 창고에서 풀어 경으로 내보낸 일이로다.

하고 탄식하게 되었다.

나라에 경사가 있을 때면 별시를 치르는데 이런 경우 먼 지방에서는 그 시험 유무를 알기 어려우므로 경에 머무는 이가 유리하였다. 과윤은 이를 핑계로 부득불 경에 살아야 한다고 우겨 상경했는데 관직에 있는 형제들도 분주한 탓에 막내 동생을 따로 챙길 수 없었다. 이를 틈타 과윤은 좋은 문구를 써야 한다며 돈을 허투루 쓰는가 하면 용이 나온 연못 돌로 만든 연적이니 호랑이 털 붓이니 하는 걸 구하러 다니는 데 시간을 허비했다. 하늘이 요행을 허락하지 않아 과윤은 이후로도 과시마다 성적이 나빴는데 여동생 다인이 이때 왕후가 되시었다. 게다가 왕후 되신 이 여동생님께서 남휘공주에 이어 홍파대군을 낳으시니 과윤은 제 조카가 하마 세자라도 된 양 안하무인으로 날뛰기 시작했다.

─신교리, 신교리도 들어 알겠지만 내 입궐한 후로 과윤 오라버님께서 워낙 활개를 치신 탓에 우리 집안은 온통 간을 졸였답니다.

연대비는 한숨을 푹 내쉬었다. 물론 유운도 그 이야기는 질릴 만큼 들어 잘 알고 있었다, 당시에는 나름대로 이야깃거리였으니까. 그건 홍파대군이 태어나신 후 연과윤은 턱이 하늘에 닿도록 치켜 올리고 거리 이곳 저곳을 돌아다니니 이러다 역모 혐의라도 걸릴까 하여 연충후는 머리를 싸맸고 왕후도 식은땀을 흘렸다는 둥 하는 이야기다. 오죽 연과윤이 세도를 부리고 다녔는가 하면 도통 관리들 사정에는 어둡기 짝이 없는 선, 그러니까 봉휘대군이 오랜만에 찾아든 유운에게 과윤에 관해 물을 정도였다.

─여하간 일이 이렇게 되어 면목이 없습니다, 대비마마.

─아니, 그대 잘못이 아닙니다. 모든 것은.

선왕께서 갑작스레 승하하시고 다인이 곧장 왕위를 선에게 양위해버리자 과윤은 희망이 꺾여 낙심, 세상을 다 잃은 듯 제 방에 처박혀 있었다. 이제 좀 얌전해지려는가 싶어 연 씨는 오히려 숨을 놓았는데 이번에는 대비마마 힘으로 어떻게든 해달라고 생떼를 피우러 하고한날 궐에 드나드니 안팎으로 우려하는 목소리가 높았다.

— 모든 것이 못난 내 오라비 탓이지요!

— 황송하옵니다.

대비 연 씨는 버티다 못해 순평사 비슷한 임시 직위를 줘서 적당한 지방으로 오라비를 돌리기로 하였다. 결단을 내리자 일은 일사천리로 진행되어 그럴싸한 이름을 잠시 빌려 과윤에게 맡기고 '민심을 돌아보고 오시라'고 등을 떠밀어드렸던 것이다. 그냥 유람이라도 하면서 조용히 시간을 보내다 오시라는 뜻에 가까웠을 뿐, 이 연과윤이라는 인간이 백성을 긍휼하게 여기고 산천을 고루 돌볼 거라는 기대를 품은 이는 하나도 없었건만 과윤은 제 나름 경쟁상대라고 여겨온 유운에게 친절히 서신을 보내왔다.

'이보게, 유운. 내 자네에게만 귀띔하는 걸세. 이건 비밀인데 덕산 지방에서 반란 기미가 있어 내 친히 대비마마의 밀명을 받고 다니러 간다네. 비밀일세. 다들 별거 아닌 명예직으로 다녀오는 걸로 알 터이나 실상은 대단한 일이라네.'

그랬다.

비밀감찰업무라고 한사코 강조를 하는 허영쯤이야 귀엽다 못해 징그러울 정도였다. 유운으로서는 서신을 한 번 읽어보고 적당히 갈무리해두면 그만이라, 사실 어느 청맹과니가 이런 허세를 믿을까 싶어 대수롭지 않게 여긴 탓도 있었다. 그런데 세상에는 신유운의 안이한 판단을 비웃듯 많은 바보가 있었고 그중 존재하지 않는 편이 유운의 속을 덜 괴롭혔을 바보가 기어이 최악의 수를 두고 말았다.

―내 오라비가 예로부터 허영 부리는 데는 재주를 타고나, 그대가 받았다는 서신을 필시 다른 이들도 받았을 겁니다. 오라비에 대해 제대로 들어본 자라면 반드시 웃고 넘길 것이나 잘 모르는 이라면 동요할 수도 있을 테지요.

―설마 전하께서 그 서신을 보실 줄은 헤아리지 못했나이다. 신의 탓이옵니다.

―아, 내 궁금하게 여기는 것도 바로 그 점입니다. 신교리.

연대비는 과자 접시를 비우고 자세를 바로잡은 후 새로 끓여 올린 차를 한 잔 자셨다. 좋은 차 향기가 발을 넘어 유운에게 풍겨 들었다.

―신교리, 그대라면 오라비가 농으로 보낸 서신이라고 해도 아무나 읽도록 방치할 리가 없을 텐데요. 도대체 어떻게, 그대에게 간 서신을 주상께서 읽으신 겁니까?

―그건…….

차마 답하지 못한 채, 유운은 이를 갈며 다짐했다. 그러길래 남의 집을 제 집 드나들 듯 하는 건 적당히 해두라고 그리 일러드렸거늘 어느 집 개 짖는 소리 취급도 아니하시더니 기어코 일이 났다. 이 주상 전하, 이번 일이 무마되고 나면 모가지 날아가 국장 치를 각오를 하고서라도 엎어놓고 엉덩이를 두들겨 패주고 말 테다.

―흐응. 답을 하지 못하는 걸 보면 이번 일은 그대에게도 제법

책임이 있다고 볼 수 있는 건가요?

차라리 그렇다고 해두자.

유운은 한숨을 삼키며 '송구하옵니다' 하고 고개를 조아렸다. 대비께서는 이 운수 나쁜 신하를 향해 발에 가려 보이지 않을 미소나마 아름다운 얼굴 가득 지어 보이시며 명하시기를.

―신교리. 주상께옵서 굳이 결심하신 일을 그르쳐서야 도리에 맞지 않겠지요. 그래서 말입니다만.

이에 떨어진 명령이 바로 '전하의 계획을 모르는 척하고 있다가 뒤를 따라가서 곁을 지키라'는 것이었다. 유운은 제몫으로 쌓인 일들을 떠올려보고 이내 납작 엎드려 우렁찬 목소리로 대비전에 읍소하였으니.

―대비마마, 아뢰옵기 황송하오나 전하께서는 호패도 준비하지 아니하셨고 그리고 또 옥좌란 감히 한시라도 비워서는 아니되는…….

이는 나름대로 중간직 관리의 고충에서 오는 토로였다. 하지만 대저 높은 전에서 일개 관리를 긍휼히 여겨 잔업을 줄여준 일은 고금에 드물다.

―하지만 그대가 따라가면 내 적이 안심이 되겠군요. 자, 내 작은 부탁을 들어주시렵니까, 신교리? 영 내키지 않으면 거절해도 괜찮답니다.

차라리 명령이라고 말씀해주시옵소서, 대비마마!

유운은 지끈거리는 머리를 감히 감싸 쥐지도 못한 채 입술을 깨물고 대비마마 앞에 고개를 박았다. 황송하옵게도 대비께서 직접 '부탁'을 해오시는데 그 앞에서 고개를 저을 만한 담력이, 유운에게는 없었다. 아마 월훤국 관리라면 그 누구에게도 그런 담력은 없을 것이다.

— 신이 목숨을 바쳐서라도 대비마마의 명을 받잡겠사옵니다.

이리하여 신유운은 팔자에도 없는 덕산 땅을 향하게 되었다. 선이 가출 날짜로 점지해뒀다는 날에 몇 식경 전부터 미리 진을 치고 앉아 기다리고 또 기다리는 걸로 방도를 정해둔 채 미투리며 짐이며 호패며 준비를 마쳐두었는데 아무래도 소식이 없어 온갖 가능성을 고민했던 게다. 그런데 느지막이, 그야말로 들키지 않은 게 신기할 만큼 조심성 없이 기어 나와놓고서는 이 도련님이 하는 소리라니. 뭐, 뭐가 어쩌고 어째? 깜박 잠이 들어?

이 상황에서 잠이 오냐!

유운은 마음속으로만 버럭 외쳐댔다. 도대체가 이 도련님, 과윤이 유운에게 보낸 서신을 보고 정말 덕산에 불온한 움직임이 있을 거라고 지레짐작한 것이 틀림없다. 한 번쯤 물어보거나 조사를 지시한다고 누가 따로 돈이라도 받을 리도 없건만 제 나름 골치를 며칠 썩다가 아예 덕산에 가보기로 결심했을 테지.

"곧 남문이니 이거 받으시지요."

"엉? 이건 뭔가? 마작 패…… 라기엔 큰데?"

"호패입니다, 호패. 도대체 이것도 없이 어떻게 성문을 통과할 셈이셨습니까?"

"아니, 그게 없으면 통과를 아니 시켜주는 겐가?"

관두자.

"도련님, 다시 말씀드리지만 저는 말단관리 신 씨고 도련님은 제가 모시는 분의 아들 되시⋯⋯."

기껏 설명을 해주려는데 선은 영 기분이 내키지 않는 모양으로 툴툴댔다.

"잠깐! 마음대로 정하지 말라고, 유운. 난 종이 장수인 척하거나 아니되면 명산대천을 유람하는 환쟁이인 척할 요량이었단 말이네."

아주 죽으려고 작정을 했다. 어지간한 반갓집에서는 계목啓目을 올릴 때나 쓸 법한 순백색 상품 종이를, 그것도 한 짐이나 메고 다니는 종이 장수 따위가 전국 어디에 있단 말이냐. 게다가 의복 차려입은 거며 말투가 영락없이 대갓집 도련님인데.

"그 종이, 조지서造紙署에서 슬쩍해오신 겁니까?"

"슬쩍하다니! 유운, 말이 심하지 않은가! 나는 다만⋯⋯ 그⋯⋯ 내가 쓸 종이를 얼마간 미리 빌린 것뿐이라네. 에헴."

"그러시겠죠, 도련님."

한 짐이나 되는 종이를 말아 지고 길을 떠났으니 관청에서는 지금쯤 난리가 났을 테다.

"어때? 이 종이. 제법 그럴듯하지 않아?"

"불 붙이면 잘 붙겠군요."

"어, 어이. 그게 아니라⋯⋯."

"자, 곧 우리 차례가 옵니다. 제가 답을 할 터이니 도련님께서는 적당히 위엄이나 부리고 계십시오."

남문 앞은 먼 길을 떠나려고 나선 사람들로 인산인해를 이루고 있었다. 유운은 옷 매무새를 반듯하게 하고 갓 끝을 잡아 위치를 잡았다. 선은 그저 물색 모르고 좋아 죽겠단다.

"이야아! 이거이거, 사람이 아주 많군그래. 유운, 저기 좀 보라구. 저기 말이야, 저기!"

"네, 네, 도련님. 알았으니 체통을 지키십시오."

줄이 줄어드는 내내 저기 지고 가는 게 뭐냐, 저기 저건 먹는 거냐, 저기 저 어린애가 길을 잃었나보다, 저기 돈 주머니를 잃어버렸나보다, 저기 싸움이 났다, 아주 끝도 없이 떠드는 통에 유운은 벌써 지쳐버렸다. 곁을 지나는 사람들이 '어느 집 도련님이 또 아랫것만 괴롭히는구나' 하고 안쓰러운 눈으로 흘깃 바라보고 갔다. 이윽고 차례가 되었을 때 유운은 소매에서 호패를 건네주었다.

"그쪽 분은?"

선은 아직 상황 파악이 안 되었는지 다른 쪽에 정신을 팔고 있었다. 이번엔 높이 솟은 남문 벽을 올려다보는 모양이다.

"저, 도련님. 호패를……."

"유운, 저것 봐. 제비가 저기 집을 지었나보다."

"……."

유운은 한숨을 푹 쉬었다.

"도련님! 호패를 주십사고 몇 번을 부르지 않았습니까! 그리고 지금 철에 제비가 어디 있습니까! 도련님은 겨울에 돌아다니는 제비 보셨습니까?"

"엉? 겨울에는 제비 없어?"

"도련님!"

대화를 포기한 유운이 선의 옷자락을 잡아당겨 호패를 찾아냈다. 잔뜩 짜증이 나서 불퉁거리기 시작한 유운을 가엾다는 눈으로 쳐다보며, 병졸들은 호패를 검사해 돌려주었다.

"자, 자. 줄이 기니까 빨리빨리 움직이시우. 어디 먼 데 가시는 모양이우? 그쪽 도련님 모시구."

"아, 네. 덕산에 들르러……."

하고 유운이 좋게 답하려는데 가만히 있으면 좋을 것을 이 도련님이 또 불쑥 끼어들었다.

"도련님이라니? 도련님 아냐, 나는 종이 장수란 말일세!"

병졸들은 뒷사람 호패를 받아 들다 말고 선 쪽을 흘끔 바라보았다. 그리고 이내 병졸로 있다보면 이런 일 정도야 우습다는 듯 빙글빙글 웃으며 적당히 대꾸했다.

"그러시겠죠, 암요. 잘 다녀오십시오, 종이 장수 나리."

유운은 그저 뒷머리가 지끈거릴 지경인데 선은 병졸이 적당히 대꾸해준 걸 가지고 또 의기양양 어깨를 들썩였다.

"그것 봐, 유운. 모두들 종이 장수로 보지 않는가? 아무도 나더러 왕……."

"아이구 이런, 도련님. 괜찮으십니까요?"

재빨리, 유운은 온몸에 힘과 감정을 실어 선의 옆구리를 후려쳤다. 선은 다행히도 하던 말을 마무리 짓지 못하고 몸의 균형을 잃었다. 감히 왕을 후려쳤으니 목이 잘려도 할 말이 없는 중대한 죄일 테지만 이 주상 전하와 같이 있자면 그깟 목 잘릴 죄 몇 가지

짓는 걸 두려워해선 안 된다. 유운은 될 대로 되라는 심정으로 이마의 땀을 닦았다. 덕산까지 당도하기 전에 말라 죽고 말겠구나.

"유운, 유운. 얼마나 남았나? 하루 종일 걷나?"

몇 걸음 걷다 마을만 하나 보이면 쉬었다 가세 하고 여유를 부린다. 이렇게나 세월아 네월아 갈 테면 가봐라 하는 사람이, 일전에 유운이 순평 땅에 잠시 유배를 갔을 적에는 하루 저녁 만에 내달려 왔단 말인가. 도대체 어느 쪽이 본성인 건지 알 수가 없어 유운은 그저 고개를 내둘렀다. 얼른 보아도 사흘이면 될 거리를 닷새 가까이 걸려서야 당도한 것은 그러므로 전적으로 이 철 없는 주상 전하의 탓이다.

"엄밀히 따지면 이 모든 것이 공금으로 이루어지는 것인데 이런 식으로 낭비하다니, 평범한 관리라면 죄를 물을 일입니다."

"아아, 뭘 그리 빡빡하게 굴고 그러나? 유운, 자네가 임관한 지도 하마 십 년여가 되지 않는가? 이번 걸음은 그대의 노고에 대한 보상이려니 생각하시게나. 유람하는 셈치고 천천히 가세."

주인된 자가 이렇게 뻔뻔하게 나오면 한갓 관리는 할 말이 없게 마련이다.

"죄송한 말씀입니다만, 이런 애보기를 하느니 차라리 일을 하는 편이 몇 배나 좋사옵니다."

유운은 다시 고개를 절레절레 저었다. 단단히 화가 난 친우를 향해, 선은 아무 눈치도 채지 못하는 척 싱글벙글 웃어댔다. 그러고는 더욱더 뻔뻔하게 군다.

"무어, 닷새가 걸리긴 했지만 결국 덕산엘 왔지 않은가? 종이는 한 장도 못 팔았지만 말일세."

"종이를 파실 마음은 있으셨습니까?"

"아니. 하지만 뭐, 이렇게 되면 종이 장수 대신 그림쟁이 행세를 하도록 하세."

선은 휘적휘적 산기슭을 내려가기 시작했다. 덕산은 제법 규모가 되는 군 지역이다. 면과 리로 나눈 크고 작은 마을이 여럿 묶이어 산과 내로 경계를 가른다. 높은 산에 둘러싸였고 물이 드물지 않아 인심이 좋으며 대다수 백성이 농사를 짓는 한편 향반층이 두꺼워 관리 중에는 이곳에 스승이나 친척을 둔 경우가 적지 않았다.

"그림쟁이인 것이 천만다행이군요. 글쟁이 흉내를 내시려 들었다면 제가 곤란했을 것입니다."

유운으로서는 나름대로 빈정거려본 것인데, 선은 활짝 웃는 얼굴로 수긍해버렸다.

"과연 그렇지. 나야 글씨를 쓰니 그림을 그리는 거나 마찬가지 아닌가? 하여 글쟁이 대신 그림쟁이 흉낼 내기로 한 건데, 어떤가?"

"화원들이 그 말씀을 들었을 제 틀림없이 낙심하였을 것입니다."

"그런가. 하기야 화원들에게는 미안한 말이 되겠구면."

또 진지하다. 사소한 일 하나, 사소한 말 하나에도 제법 자애롭게 신경을 기울이는 건 나쁘지 않지만 이왕 그럴 거라면 바로 곁에 있는 불쌍한 관리부터 좀 가엽게 여겨주면 좋으련만. 유운은 혼자 투덜거렸다.

"한데 이제부터가 문제입니다. 덕산이라고는 해도 제법 넓은 데다 연나리께서 어디 계실지는 통…… 전, 아니, 도련님!"

나름대로 심각하게 생각해서 말하고 있는데 선은 들을 생각이 조금도 없는지 벌써 길 지나는 사람을 붙들고 다짜고짜 묻기 시작했다.

"실례하오만 혹시 얼마 전에 경에서 높은 분 하나 내려오시지 않았소?"

"높은 분이라 하면?"

"높은 분은 높은 분이지."

선은 서글서글 웃으며 길 한 복판에서 봇짐을 풀더니 붓을 내보였다.

"떠도는 그림쟁이라오. 높은 분 오셨다는 소문을 듣고 혹시 인연이 되면 뵈옵고 그림 한 장 올려드릴까 하여 왔다오."

생각보다 노련한 말솜씨라 선은 감탄했다. 외궁에서 자랐다 하나 외부와 교류가 전혀 없다시피 한 채 토끼나 잡고 꿩이나 쫓아다니던 대군이셨다. 주상 자리에 오른 후로는 더욱이 이리 치이고 저리 치여, 태평한 척 가장하고 잘 웃어넘기는 와중에도 나름 고심하는 듯싶었다. 유운으로서는 그런 주인 보기가 못내 안쓰러울 뿐이었다. 고민은 깊은데 공부는 싫고 사람은 좋은데 두루 사귀는 건 꺼리니 대체 종잡을 수 없는 주인이시다 여겼던 탓이다. 하여 막내동생을 돌보듯 매사에 노심초사했건만 의외로 백성을 대하면서 낯을 바꾸는 게 제법이라 멀찍이서 넋을 놓고 지켜보았다.

그러나.

"자, 한 장 그려드릴 테니 보시고…… 어라?"

"도련님! 종이 앞면에 그리셔야지요, 앞면에!"

믿을 사람이 따로 있지.

유운은 툴툴거리며 재빨리 달려가 선의 손에 잡힌 종이를 뒤집어주었다. 글쓰기를 즐기는 선비라면 누구나 탐을 내어 손에 넣고도 아끼고 또 아껴 감히 붓을 대지 못할 만한 종이였다. 제관이 제문을 쓰매 하늘을 향해 백배 절하고 몸을 정결히 한 다음 정성을 기울여 밝은 빛 아래에서만 앞에 둘 만큼 귀한 물건인 것이다. 값을 들으면 가난한 선비는 벌린 입을 다물지 못할 것이며, 내로라하는 대갓집이라 해도 이런 종이를 멋대로 사재기하지는 못한다. 그런 종이를 선은 뭉치째로 등에 지고 덕산까지 내려와 아무렇게나 먹물 장난을 치고 있으니.

'천벌받지.'

글쓰기를 즐기는, 많고 많은 선비를 대표하여 신유운은 도끼눈을 떴다. 귀한 걸 귀한 줄 모르다가는 벼락 맞아 죽는다고 어릴 때부터 몇 번이나 가르쳤는데 왜 아직도 저 주상 전하는 엉덩이에 뿔난 송아지처럼 얄미운 짓만 저지르고 다니시는 걸까.

"쯧쯧. 금덩이가 소경 손에 들렸으니 돌덩인지 금덩인지 알 턱이 있나."

유운은 퍼뜩 고개를 돌렸다. 단정하게 차린 선비 하나가 아무렇게나 흙바닥에 앉아 이건 연꽃일세, 이건 매화일세, 그리고 저건 난이고 저건 국화라네, 신이 난 선을 내려다보며 혀를 찼다.

낭패다.

덕산은 향반이 많은 고을이라 벼슬을 못했어도 꼬장꼬장한 건 언관이며 사관에 비겨도 지지 않을 선비들이 널린 곳이다. 그런 데서 좋은 종일 저잣거리에서 보란 듯이 내놓고 저지레질하고 있으니 곱게 보일 턱이 없다. 유운은 자신이 왜 이런 어리석은 짓을 저질렀던가 한탄하고 또 한탄하면서 선비의 눈치를 살폈다. 나이는 유운과 비슷해 보이고 차림새를 보아하니 그럭저럭 밥술은 굶지 않는 집안 도련님이다.

"돌덩이든 금덩이든 손에 쥐었으면 그만이지. 아니 그렇소?"

선이 싱글싱글 웃는 낯으로 고개를 쳐들었다.

"범상한 그림쟁이는 아닌 모양이구먼? 상것처럼 차리고선 반말을 지껄이다니. 그쪽에 선 선비 양반을 보아하니 대충 알 만한 노릇이네. 보나마나 어디 한가한 도련님이 산천유람이니 뭐니 하고 나선 걸음일 테지."

사내는 그렇게 말하고 종자로 달고 온 듯싶은 하인을 손짓으로 불렀다.

"가치를 모르는 자의 손에 들어서야 이름 높은 난도 한갓 길가의 풀 한 포기인 법. 내가 그 종이를 몽땅 사겠네."

하였다. 감히 사긴 무얼 산다는 건가 하여 유운은 주먹 쥔 손에 힘이 들어갔다. 내쳐 끼어들려는 걸 사내 쪽이 먼저 유운을 향해 말을 던졌다.

"거기 자네, 자네가 이 도련님을 뫼시는 게 맞을 테지? 양반 자제는 돈에 손대지 않는 것이 법도임을 자네도 알 걸세."

"허어?"

사와 대부의 족속이라 해도 모두 한 가지인 것은 아니다. 위로 왕이 있으면 아래로는 천민이 있는 것이 정해진 법도. 유운은 그 지엄하신 주상의 자식조차 날 때부터 서열이 정해진다는 것을 알고 있었다. 그러니 양반이라 해도 위가 있고 아래가 있는 것은 당연하다. 유운은 쓴 웃음을 지으며 적당히 머리를 조아렸다.

"종이를 사고 싶으면 직접 거래를 해야지, 안 그런가? 얼마를 낼 수 있는지 한번 읊어보시게."

선이 끼어들었다. 유운은 일을 복잡하게 만들고 싶지 않아 인상을 썼지만 선은 본체만체. 사내는 뒷짐을 지고 몸을 돌렸다가 불쾌한 이야기를 들은 것처럼 역정이 난 표정으로 천천히 돌아섰다. 사내가 손짓을 하자 등짐을 메고 섰던 그의 하인이 재빨리 선의 앞을 가로막았다.

"자아, 나리. 진정하시고 돈 이야기는 이 천것과 하십시다. 이만큼 드리면 되겠소?"

하인은 이런 일에 이골이 났는지 적당히 손가락을 꼽으며 유운 쪽을 돌아보았다. 유운은 좋은 말로 에둘러 거절할 작정으로 말을 골랐다. 확실히 선이 낙서나 해 못쓰게 되느니보다 뜻 있는 사람 손에 넘어가 제대로 된 글과 그림을 담는 쪽이 종이로서도 기쁠 테다. 하나 저것은 명목상 왕실의 종이니 이런 곳에서 함부로 넘길 것은 못 되는 데다 유운으로서도, 어쩐지 저 선비가 통 마음에 들지 않았다.

"아아, 그 종이는……."

"종이를 사고 싶으면 직접 거래하라고 하지 않았나!"

어떻게든 적당히 무마하려는 눈물겨운 노력은 보이지도 않는지, 선은 다시 버럭 소리를 질렀다. 저자 한가운데서 실랑일 하고 있으니 사람이 모이는 건 당연지사. 선비 쪽은 남의 눈앞에서 큰 소리를 내는 선을 경멸하는 눈빛으로 돌아보며 부채를 펴 입가를 가렸다. 부채를 다루는 동작이며 걸음걸이, 돈 이야기가 오가는 장소에서 적당히 떨어져 외면하는 모양새가 과연 이름 좀 있는 가문 도련님이겠구나 싶다. 유운은 팔짱을 낀 채 선을 향해 말로 달랬다.

"도련님. 이런 데서 싸움이라도 하실 요량이십니까. 갈 길이 바쁘니 그쯤 해두십시오. 종이는 팔지 않으면 그만입니다. 하면 나리, 이만 물러가겠으니 무례를 용서하십시오."

선비 쪽을 향해 고개를 숙이고 곧장 몸을 돌려 걸어 나가자, 선은 유운을 따라 고개를 돌렸다가 다시 선비 쪽을 향했다가 그저 분이 나서 어쩔 줄 몰랐다. 유운은 선이 부르는 소리를 무시하고 빠른 걸음으로 걸었다. 선은 결국 선비 쪽을 향해 벌컥 호통쳤다.

"나더러 귀한 걸 보는 눈이 없다 하더니 자네에게는 귀한 걸 쥐는 손도, 바라는 입도 없는 모양이구먼. 종이는 넘길 수 없네."

유운은 부리나케 달려 주인 곁으로 돌아오는 수밖에 없었다.

"부러 일을 만들 건 무업니까? 시골 도련님이란 꼿꼿한 만큼 앞뒤가 막힌 경우가 많으니 굳이 탓하실 것도 없습니다. 금전을 입에 올리지 않고 손대지 않는 것도 나름대로 뜻을 담아 그러는 것이니……."

"신유운, 너는!"

잔소리를 늘어놓는 유운의 말을 자르고 선은 잔뜩 성이 나 으르렁거렸다. 선이 등짐을 대충 둘러 메고 한쪽 팔을 뻗어 제 옷자락을 잡아채는 것을, 유운은 가만히 몸을 빼 피해냈다. 선은 자신만만하게 쏜 화살이 목표를 빗나갔을 때처럼 풀이 죽은 것도 같고, 어미의 출생이 어떻고 홍파대군이 저렇다 하더라 말을 옮겨대는 치를 대면한 것처럼 짜증이 난 듯도 싶었다. 선은 말했다.

"신유운, 너는 왜 그런 자에게 고개를 숙이는 거냐? 이 덕산 땅에서 자네가 고개 숙이는 건 나로 족해. 허투루 고개 조아려 주인의 품격까지 깎아 내리지 마라."

아아, 그래서 화가 났나.

유운은 납득했다. 미운 정이 들었든 고운 정이 들었든 의형제처럼 나란히 자란 친우이며 총신寵臣인 자신이 마음에 안 드는 자에게 고개 숙이는 게 불쾌하다는 것이다.

"원, 어린애도 아니고."

"뭣?"

"고개 숙이는 것쯤 뭐 대수란 말입니까? 그런 것에 일일이 화를 내시다가는 경으로 돌아가기 전에 말라 죽을 겁니다요."

"네 주인은 나다. 개는 주인한테만 꼬릴 흔들면 되는 거야."

그러니까 어린애라는 거지요, 하고 목까지 올라온 말을 삼키고 유운은 다만 한숨을 쉬었다.

"도련님, 제가 드린 책은 한 줄도 읽지 않으셨군요."

"입만 열면 책, 책. 그래 또 그 잘난 책에 무어라고 했는데?"

"대저 이 땅의 주인은 백성이고 그를 위해 어버이 왕이 있다 하였나이다. 관리란 왕이 백성을 위해 부리는 종이니 셋 중에서는 가장 낮은 직책인 셈이지요. 왕의 종이 왕의 자식인 백성에게 절 좀 하기로서니 그게 뭐 어떻습니까?"

"흥. 말만 번지르르하지. 그러면 왜 이 땅의 주인인 백성이 관리 앞에 고개를 조아리느냐? 유운, 너는 내게 처음 책을 주며 '처음에는 종이를 만지고 다음에는 글을 읽으며 마침내는 종이 뒤[紙背]를 보시라' 하였다. 종이 뒤를 보는 눈을 얻으면 만사가 평안하리라고. 하면 자네가 지금 말하고 있는 그 책은, 그 종이 뒤에는 무엇이 있더냐?"

"그것은⋯⋯."

선은 대하기 편한 학생은 아니었으므로 길 위의 선생, 유운은 곤란에 빠졌다. 선은 알면서도 모르는 척했고 들었으면서도 흘린 척했고 이따금은 실제로 잊어버렸다. 귀에 앉은 먼지를 털어내듯 마음을 훑고 간 한 구절을 필사의 힘으로 부정하곤 했다. 유운은 그럴 때의 선에게 아무것도 전해줄 수 없었다.

'내 이리도 미욱하니 무얼 전해드릴 수 있으랴.'

해가 지기 전에 묵을 곳을 찾아야 하기에 유운은 애꿎은 한숨만 쉬어대며 걸음을 옮겼다. 선은 뚱한 얼굴로 뒤를 따르며 끝없이 중얼거렸다.

"거기 가는 나리."

부르는 소리에 돌아보니 아까 종이를 사려 한 선비 곁에 있던 자다. 불길한 생각에 무시하고 싶었지만 말을 못 들은 체할 수는 없어 유운은 돌아섰다.

"아까 그놈 아냐? 모른 척하자고, 모른 척."

"……도련님."

과연 이 철 없는 도련님은 어린애 모양 토라진 지 오래였다. 유운은 끝없이 불행해졌다.

"나리, 아까는 죄송했습니다요. 저희 도련님께서 사죄의 의미로 머무실 방을 내주신다는데 어떠십니까요? 이 근방에서는 제일 좋은 집이니 마음에 드실 겁니다요."

"죄송한 말씀이지만……."

좋은 말로 거절하려는데 아니나 다를까 선이 치고 들었다.

"안 가, 인마! 재수 없어!"

"도련님, 체통을 좀 지키시지요."

"체통이고 나발이고 씨식잖은 건 씨식잖은 거야. 유운 자네 그렇게 일일이 체통 신경 쓰고 살다가는 주름살 늘어서 일찍 죽는다구."

이 주상 전하 곁에서 오래 살기를 바라는 것부터가 사치다.

"제가 오래 살기를 바라시면 외직을 주십시오. 보란 듯이 오래오래 살아드릴 테니까요."

"무슨 소리야? 곁에 끼고 오래오래 내가 돌봐준다는데."

누가 누굴 돌보는데?

불끈, 유운은 하마터면 주먹이 나갈 뻔한 상황을 이 악물어 참아냈다.

"그러지 말고 가시지요, 나리."

"안 간다니까 그러네! 그런 데 신세 안 져도 먹고 잘 돈은 충분히 있으니까 그 잘난 도련님한테 그렇게 전하게."

"그, 그러면 그렇게 알고 물러갑지요. 후일 괜한 원망이나 마시구려."

남자가 영 시원찮은 표정으로 뒷걸음질 쳐 물러가자마자 선은 다시금 목청을 높여 구시렁거리기 시작했다. 유운은 더더욱 불행해졌다.

⠿⠿⠿

"거절했단 말이냐?"

"니예, 니예, 도련님."

종이를 사려 했던 남자 앞에서 아랫것은 고개를 깊이 조아렸다.

남자는 관 씨의 자제로 이름을 춘목이라고 한다. 관 씨는 중앙 정계에 출사한 친족은 많지 않으나 은거 학자로 이름 떨친 이가 선대에 많았던 터라 덕산은 물론이려니와 그 근방을 두루 아울러 명망이 높았다. 춘목은 그 관씨의 종가 셋째로 얼마 전 초시에 합격, 차후 복시를 치를 요량으로 여러 문방구를 구입하던 차였다.

"귀한 종이를 귀한 줄도 모르는 놈이⋯⋯."

관춘목은 낯을 찌푸렸다. 돈깨나 있는 집 도련님이었겠지, 그 종이 장수. 하지만 학식이 깊어 보이지는 않았다. 양반이면서 돈 이야기 따위를 아무렇지도 않게 입에 올리지 않나, 길바닥에 장

사치처럼 앉아 낙서나 해대지 않나. 생각할수록 불쾌한 일이다.

"그러면 어떻게 하면 좋을까? 이봐, 자네는 뭐 생각이 없는가?"

"힘 좀 쓰는 녀석을 모아 밤 방문이라도 시킬깝쇼? 밤에 뵈면 해 있을 적과는 다른 말씀을 하실지도 모릅지요. 헤, 헤헤."

마음에 드는 아랫것이다. 관가의 자제쯤 되는 이가 돈이니 폭력이니 하는 걸 입에 올릴 수는 없으나 이 아랫것은 주인의 의중을 잘 짚어낸다. 관춘목은 그렇지, 그렇지, 하고 웃었다.

"나는 모르는 일이네."

"아무렴입죠, 도련님."

"그러면 들어가서 책을 좀 볼까. 성현의 말씀을 대하고 그 불량한 무리 따위 잊어야지."

"저어."

뒷짐을 지고 우아하게 걸어 대청으로 오르려는 관춘목을 아랫것이 불러 세웠다.

"왜 그러느냐?"

"저어, 도련님. 헌데 그 나리는 양반가 자제 같았는데 혹여 문제라도 생기면 어떻게 합니까요? 이 근방 사람이나 천것 같으면야 이놈 힘으로도 됩니다만……."

"흐음."

하긴 그런 고급 종이를 뭉치로 들고 다닐 정도면 모르긴 몰라도 꽤 높은 집 자제일지도 몰랐다. 덕산에서야 관 씨를 당할 집이 많지 않고 타지라고 해도 빈한한 가문 사람이면 돈을 써서 무마할 수 있다. 하나 아직 정확한 신분을 모르는 상태에서 주먹을 쓰는 건 위험부담이 큰 일이기도 했다. 관춘목은 대청에 오르던 자세 그대로 멈춰 서서 잠시 생각에 잠겼다. 자, 어떻게 할까. 신분이 더 높거나 재산이 월등히 많으면 모든 일은 쉽게 풀린다. 지금 문제는 그, 종이 장수입네 하는 망나니 도련님의 뒷배경을 알 수 없다는 점이다. 그러나.

"걱정 말게."

관춘목은 여유만만하게 웃었다.

"내일 현령께 말씀을 드려 궐에서 나온 그 나리를 모시기로 하였다네. 그러면 나리께 며칠 푹 쉬다 가시라 하며 종이 이야길 꺼내보도록 하지. 자네는 걱정 말고 일을 진행하게나."

"니예, 도련님."

아랫것이 잰걸음으로 물러갔다. 관춘목은 '궐에서 나온 나리'라고 말하는 것만으로도 가슴이 벅차와 뿌듯한 미소를 걸며 자신의 방으로 들었다. 서안 위에는 외출하기 전에 읽던 책이 고스란히 남았다. 흰 종이에 검은 글자가 나란나란 박혔는데 글자 글자마다 뜻이 깊어 평생을 읽어도 다 알고 가지 못하는 이야기들이다. 관춘목은 책이 좋았다. 책은 가격이 비싼 탓에 양반이라 해도 제 원하는 만큼 가진 이가 드물었으므로 많이 가질수록 유세를 할 수 있었다. 귀한 책을 마련해놓고 떡 펼치고 앉으면, 어째 자신이 대단히 심오한 이치를 통달한 양 느껴졌고 금세 책만큼이나 귀한 인물이 될 것 같았다.

'나는 돈만 믿고 품위 없이 구는 어리석은 놈들과는 질이 다르지.'

어깨를 으쓱거리며 관춘목은 고상하게 헛기침을 했다.

지방을 두루 돌아본다는 핑계로 유람이나 하러 내려온 외척이 하나 있다고 하였을 때에는 친해놓으면 보람이 있겠다는 생각뿐, 다른 용도를 고민하지 않고 잊었더랬다. 그런 걸 이런 식으로 써먹게 되는구나 하여 관춘목은 제법 뿌듯하였다. 천것과 사대부 족속이 다른 것이 바로 명성과 권력 아니던가. 그걸 빼면 힘은 천한 것들이 도리어 세며 생김생김도 그다지 다르지 않은 법이니 뉘라 한들 두 족속에 차이를 두겠는가. 뒷짐을 딱 지고 천천히 걸음하며 목청을 돋울 제 고개 숙이는 무릴 보는 맛이야말로 귀하게 난 보람인가 하였다.

'대비마마의 오라비라고 했던가. 적당히 담소를 나누며 말을 꺼내보면 설마 내치지 않으렷다?'

서안 앞에 자세만은 양반다릴 반듯이 하고 앉아 관춘목은 생각했다. 손에 쥔 서책 표지가 거꾸로 박혔든지 책장이 접혀 쥐였든지 눈에 드는 바 없어, 시선은 낮 꿈을 꾸듯 허공에 가 박힌 채였다.

⊏⊊⊏⊊⊐

"누구냐!"

선은 분이 나서 얼굴을 붉혔다. 간신히 민가에 방을 얻고 달구경을 하겠다며 마당을 어슬렁거렸더니 구름이 끼어 달 모서리도 보질 못했다. 그것만 해도 심술이 나는데 유운은 아랫목에 자리를 깔아놓은 후 저는 윗목에 대충 드러눕더니 콩 한쪽 구워 먹을 시간 만에 불러도 대답이 없을 만큼 곤히 잠들어버리는 것이 아닌가. 함께 술이라도 할까 했는데 혼자 남았구나 하고 선은 툴툴거렸다. 잠을 자려고 뒤척여도 잠이 잘 오지 않는데 바깥이 소란하여 문을 열어 보니 낯선 그림자 한 무리가 마당을 메우고 있었다.

"누구냐고 묻지 않는가!"

"미안하게 됐우, 도련님."

돌아온 답은 그것뿐, 선은 사내들이 몽둥이를 휘둘러 마당 구석에서 끵끵대는 개를 때려잡는 걸 고스란히 목도했다. 마을 외곽이라고는 하나 소란을 피우면 누군가 달려오지 않을 거리도 아니다. 한데 주위를 둘러보아도 다른 집에서 기척이 없는 걸 보니 마을에서도 이런 일에 익숙하다는 의미일 테다.

"무슨 일…… 아이고! 아이고, 나리들! 이, 이러지들 마시구…… 어이쿠!"

방에서 자다 영문도 모르고 끌려 나온 주인 내외가 냅다 빌기 시작한 것도, 역시 이런 일이 전에도 있었던 탓일 테다. 선은 문가까이 놓아둔 짐에 손을 뻗었다. 장검은 남의 눈에 지나치게 띈다 싶어 가져오지 않았지만 팔뚝만 한 검은 좋은 놈으로 골라 품어 왔다. 대군 시절부터 써오던 것으로 손에 익고 쓰기 편한 날붙이다. 선은 사내들의 수를 눈으로 헤아렸다. 여차하면 서너 놈 정도야 혼자서도 무리가 없으리라. 보아하니 훈련받은 군사가 아니니 죽이지 않고 제압하는 것도 가능할 것 같았다.

"······유운."

어느새 잠에서 깬 유운이 조용히 칼자루를 쥔 것이 그때였다. 선은 유운이 칼자루를 쥔 채 어둠 속에서 고개 젓는 것을 돌아보았다.

"자칫하면 저 죄 없는 내외에게 해가 갑니다."

선은 입술을 깨물었다.

"뭘 바라시오?"

유운이 옷매무새를 고치며 마당으로 내려서자 사내들은 몽둥이를 크게 휘둘러 바람 소리를 냈다. 자주 해본 솜씨다. 거들먹거리는 양이며 행동하는 원숙함을 미루어 보건대 근방 유지랍시고 행세하는 자가 벌이는 짓일 테다 싶어 유운은 한숨을 쉬었다. 선의 솜씨를 아는 탓에 설마 별일이나 있으랴 싶었다. 과윤을 만난 즉 적당히 그쪽 행차를 빌려 선을 돌려보낼 작정이었기에 비밀리에 혼자 움직이면서도 크게 준비하지 않은 것도 사실이었다.

내 실책이다.

다른 평계를 댈 수 없다고 유운은 생각했다. 신하 된 몸으로 감히 주인을 모시매 지극히 섬기어 주의하기는커녕 '험한 놈 두엇이야 손쉽게 해치우시리라' 하고 생각했다는 것 자체가 이미 무례다. 거기다, 보라. 실제로 주인을 위험에 빠뜨렸다.

"그 종이."

"종이?"

"모른 체할 생각 마라! 다 알고 왔으니 썩 내놓아!"

과연. 괜히 고급하게 꾸리지 않았다 생각했건만 종이만은 선이 직접 싸매고 온 터라 미처 신경 쓰지 못했더니 거기서 사달이 났다. 저자에서부터 눈길을 끄는가 싶었는데 이제는 종이 뺏겠다고 방문한 밤 손님까지 접대하게 생겼다. 유운은 한숨을 쉬는데 선은 호통을 쳤다.

"종이? 오호라, 네놈들은 낮에 본 그 재수 없는 선비 놈팽이 사주를 받은 모양이로구나? 두고 봐라, 날이 밝으면 곧장 관청에 일러 뜨거운 맛을⋯⋯."

"도련님."

관에도 연이 있으니 드러내 놓고 이런 짓을 할 터. 소란을 피우는데도 마을이 고요한 것을 짚어 생각하면 답은 쉽다. 신분을 밝히면 되겠지만 괜한 소란을 피워 주상의 체면을 깎아서야 유운 스스로 면목이 서지 않을 것이다. 이런 경우라면 별 수 없지. 유운은 제 업보려니 여기며 선을 만류했다.

"도련님, 여기서는 참으셔야 합니다."

"유운, 나는⋯⋯."

유운은 사내들 앞으로 나섰다. 사내들은 어떻게 하면 상대가 더 굴욕을 느끼는가 잘 알고 있는 듯했다. 약탈할 물건이 있으면 눈앞에서 걷어 가는 것이 아니라 그 손으로 직접 가져와 바치게 하는 편이 더 고통스럽다는 걸 그들은 잘 알고 있었다. 한 사람을 밟아 부술 때는 그 머리통을 가격하느니보다 아끼는 사람의 목을 죄는 편이 더 아프다는 것도.

"좋아, 좋아. 이쪽 양반은 좀 말이 통하는구먼. 그래, 그렇게 나오면 우리도 편하지. 자, 이제 어쩐다? 이 어르신들이 저깟 종이 뭉치를 져 날라야겠어?"

사내들은 그렇게 말하며 주인 내외의 머리채를 휘어잡았다. 선의 미간이 찌푸려지며 입술이 부르르 떨렸다. 유운은 선의 표정을 불안하게 곁눈질했다. 선이 곧고 어진 사람이라는 건 누구보다도 유운이 더 잘 알았다. 자기 한 몸 영달을 꾀한 일도 없고 제 몸 하나 건지자고 분탕질을 친 일도 없다.

"놓아주시게. 죄 없는 백성을 괴롭혀서야 주인의 명성만 해칠 터. 그대들의 주인도 그런 걸 바라지는 않겠지."

"헤, 그거 명성이라…… 명성. 그렇지, 허면 그쪽 도련님이 종일 날라주셔야겠는데? 응? 사흘 후까지 말이야."

"……."

과하다.

선의 평소 성품을 생각하면 당장이라도 칼을 뽑아 들고 죽이겠다고 날뛰거나 당장에 온 고을을 뒤집어 놓는다 해도 이상할 게 없다. 권력이 형태를 가졌다 한다면 바로 그 소용돌이 복판에서 나고 자란 것이 안선이라는 인물이다. 그런 만큼 권력에 진절머리가 나서, 그는 권력을 업고 저지르는 일에는 지레 심각하게 반응하는 면이 없지 않았다. 말 한 마디로 천지를 뒤엎을 지존이시니, 오히려 과민한 게 마땅하다고 유운은 중얼거렸다. 어린애가 나비 날개 잡아 뜯듯 휘둘러대서야 곤란한 것이 또한 권력이니.

"무어, 가져올 마음이 안 드신다면 어쩔 수 없지. 이쪽 백성 손을 잠시 빌리는 수밖에. 잠깐 우리 주인댁에 모셔둘 테니 종이를 가지고 와서 재회하시게."

"이 자식들!"

급기야 선이 눈에 핏발을 세우고 칼을 뽑아 들었다. 얼음을 갈아 놓은 것처럼 유난히 희고 깨끗한 날이 어둠 사이에서 섬뜩한 빛을 뿜어냈다. 사내들이 칼을 보고 주춤거리는가 싶더니 이내 주인 내외의 몸을 우악스레 발로 걷어차며 등을 밟고 고함을 쳤다. 달이 구름 사이로 언뜻 빛을 비추어 사내들의 당황한 눈매가 번들거렸다.

"어, 어디 할 테면 해봐라! 주, 주, 죽일 테다! 우린 수가 많아!"

"오호라! 수가 많은 걸 믿고 날뛰다니 산짐승만도 못한 놈들이로군. 그래 어디 죽일 수 있으면 죽…… 유운!"

이대로라면 저 사내들이 이성을 잃고 정말 내외를 해칠지도 모른다. 그렇게 되면 더욱 상처 입는 것은 선이 될 터. 유운은 그런 모습을 보고 싶지 않았다.

"유운, 이봐! 뭐 하는 거야!"

"부탁드리오."

유운은 사내들 앞에 공손히 무릎을 꿇었다.

"제게는 귀한 도련님이시오. 다치게 할 수는 없는 것, 물론 종이도 모두 드릴 것이니 이 이상 소란을 일으키지 말아주시오. 우리 도련님도 어쨌든 양가의 자제, 괜히 건드려 시끄러워지는 건 그대들도 원하는 바가 아니지 않소?"

"유, 유운! 이봐, 무릎 꿇지 마! 고개 숙이지 말란 말이다, 이 자식……!"

"소식을 드리겠습니다. 부디 옥체를 보존하소서."

소리를 죽여 선에게 속삭이고, 유운은 곧장 사내들 쪽으로 걸어갔다. 사내들은 선의 칼을 힐끗거리며 유운의 목에 둔기를 가져다 댔다. 겨우 선이 검을 빼 든 것만으로도 기가 죽어버리는 것은, 이 근방에서 저지레를 치고 다니는 동안 그 뒷배가 두려워 감히 대항한 자가 없었던 탓이렷다. 고분고분하게 고개를 숙여주면 큰 문제는 생기지 않겠다 싶어 유운은 내심 안도했다.

"우, 운이 좋았다! 젊은 도령. 어디 한 군데 부러뜨릴 작정이었다만 얌전하게 나오니 이 양반 낯을 봐서 관두기로 한다."

목청만은 당당하게 내어 사내 하나가 말했다.

"웃기지 마! 누가 네까짓 것들에게 내가…… 제기랄!"

선의 목소리는 유운이 놀랄 만큼 분노에 차 있었다. 나중에 일이 다 끝나고 나면 선에게 두고두고 욕을 먹으리라고, 유운은 직감했다. 하지만 지금은 이럴 수밖에 없지 않은가. 유운에게는 어차피 가족도 없었고 얻고 싶은 권력도 없었다. 어린 시절에야 관직에 나아가 세상을 바꿔보리라 제법 포부를 품었지만 출사 직후부터 실망과 굴욕의 연속이었다. 그렇게 십 년. 유운에게 꿈이 있고 그걸 이룰 수 있는 방도가 있다면 오로지 눈앞에 있는 이 철없는 주상 전하의 두 어깨에 있었다. 이 사람에게 모든 것을 걸기로 했을 때 바랄 것 없던 인생에 잃어서는 안 될 것이 생겼다.

'한심하구먼. 궐로 돌아간 다음 자칫하면 순평으로 귀양을 보내겠다고 나올지도 모르겠군.'

유운은 쓴 입술을 핥았다. 사내들은 분해서 주먹을 꽉 쥐고 있는 선을 향해 던지듯 남은 말을 전했다.

"사흘. 사흘 뒤다! 도련님, 사흘 뒤 해가 뜰 때 관 씨 댁으로 종이를 몽땅 지고 오너라. 오지 않으면 이 불쌍한 양반을 저자에 매달아주마."

혼 좀 나보라고 저자에 매달리게 둘지도 모를 사람인데, 하고 유운은 생각했다. 자존심 때문에 다른 관청에 가거나 과윤을 찾아 도움을 청할 분이 아니시니 아마도 사흘 후에 종일 지고 나타나 칼을 빼 들고 난동을 피울 가능성이 차라리 높았다. 유운은 순순히 끌려가면서 한숨을 여러 번 삼켰다. 여차하면 자신의 몸을 지켜야 할 테니 각오는 해두어야겠다.

"에라, 신유운! 잘난 네놈 저자에 매달리든지 말든지, 내가 가나봐라! 이 자식아! 나 아쉬울 거 하나 없다!"

……그렇다고 어쩌면 저렇게도 열 살 무렵과 달라진 게 없으실까, 저 주상 전하는.

유운은 그럴 상황이 아닌 걸 알면서도 뒤꼭지로 날아드는 선의 분한 목소리가 어쩐지 귀여워 웃음을 터뜨렸다.

⊏⊐⊏⊐⊏⊐

관춘목은 느지막한 시간에 기침하여 차림을 번듯하게 꾸리고 거동하였다. 물 좋은 누각에 높다라니 올라앉아 근방에서 유세깨나 떤다는 인사들과 음악이나 듣고 술잔이나 나누노라면 입술에 남는 술만큼이나 세상도 향기롭기만 했다. 질 좋은 술이 목구멍을 넘는 감각처럼 관춘목은 제 삶 역시 그리 술술 굴러가리라는 걸 의심한 적이 없었다.

"월훤의 모든 좋은 것은 왕실에 속해 마땅합니다. 그렇지 않사옵니까, 나리?"

게다가 오늘 눈앞에 앉은 자는 여느 높은 전과는 급수가 다르다. 피부가 불그스름하고 이목구비가 시원시원한 이 젊은이는 나이는 춘목과 큰 차이가 나지 않았으나 신분만은 하늘을 찌르는 것이다.

"그렇고말고. 자네는 충성심이 그리 강하니 필시 좋은 신하가 될 걸세!"

"과분한 말씀."

이 잘 웃고 잘 떠드는 사내는 일견 경박해 보이나 이자야말로 월훤국 대비 연 씨의 막내 오라비였다. 그 여동생이 왕후에 이어 대비가 되시거니 앞으로 연 씨의 권세가 뜨는 해와 같으리라. 춘목은 옥잔에 금빛 술을 따라 음악을 즐기며 마셨다. 시구 한 줄 읊지 않아도 살아 있는 것 자체가 한 편의 시詩이며 부賦이리라.

"월훤뿐 아니라 온 땅의 좋은 것은 모두 왕실 몫이니라! 그도 그럴 것이 사방 아홉 나라가 모두 우리 월훤의 아우를 자처하고 앞 다퉈 공물을 올리지 않는가? 나는 이 두 눈으로 보았네, 우리 동생님의 앞에 줄지어 엎드린 사신 무리가 금은보화 가져다 바치는 광경을 말일세."

"호오. 대단하군요. 저는 이런 시골 선비인지라 아홉 나라의 보물 따위는 먼발치에서도 본 일이 없으니 말입니다."

"자네는 참으로 말이 잘 통하는구먼. 경京에 머물 적에는 영 말 귀를 못 알아듣는 잔챙이들만……. 크으, 이거이거, 말 잘 통하는 친우와 잔을 나누니 금세 취하는구먼."

연과윤은 꿈만 같았다. 경에서는 천덕꾸러기 취급을 받았다. 비 위를 맞추고 슬슬 구슬려 얌전하게 굴길 바라는 무리뿐, 진지하게 힘이 되어주는 이는 없었다. 헌데 외지로 나오고 보니 걸음 닿는 자리마다 명성 높다는 사람들이 줄지어 맞이하며 번드르르하게 말을 발라 맞추고 알랑대는 낯을 지어 고개를 숙이지 않는가.

"하여 연나리를 위해 좋은 종일 보아두었사옵니다. 역시 황궁 에서 나온 분쯤 되시면 종이 한 장을 써도 좋은 물건을 쓰셔야 시 향이 더욱 돈독해지지 않겠습니까."

관춘목은 과윤의 빈 잔을 다시 채워주며 좋은 낯을 지었다. 과 윤은 기세가 하늘을 찔렀다. 날아가는 새라도 손가락질하여 떨 어뜨릴 수 있을 양 기분이 좋아 벌린 입이 다물어지지 않는 지경 이다.

"좋지, 좋아. 좋은 종이에 시를 쓰고 부를 지을 제 의기가 드높 으렷다?"

그러다 술김에도 잠시 잔뜩 분이 난 부친과 여동생 얼굴이 뇌 리를 스쳤다. 과윤은 옥잔에 찰랑거리는 호박색 술을 내려다보면 서 입맛을 다셨다.

"연나리?"

"좋지…… 좋지만 공금을 써서 종이를 사들이는 건 좀……. 백성들이 곤란을 겪어서야 체면이 안 서지 않나?"

"아하."

과윤은 춘목 쪽을 흘깃 돌아다보았다. 언짢은 듯한 기색이 있자 춘목은 같은 비밀을 공유한 것처럼 소리 낮춰 웃으며 제몫의 잔을 들어 보였다.

"그런 건 염려 마십시오. 나리의 존함을 듣고는 기꺼이 내놓겠다고 줄을 섰으니 말입니다요."

옥잔에 든 술을 달게 삼키며 춘목은 게으른 고양이처럼 느긋했다. 눈을 가늘게 뜨고 술기운이 올라 온화하게만 보이는 풍경을 둘러보자 세상이 모두 자신의 두 손에 들어온 양 배가 불러왔다.

이틀 뒤, 종이는 틀림없이 제 손에 들어오리라. 경과야 어찌 되었든 즐거운 일이다.

"책을 접할 제 '처음에는 종이를 만지고 다음에는 글을 읽으며 마침내는 종이 뒤[紙背]를 보는 것이 법도'라고 했나. 하면 빈 종이를 대할 때는 어쩌라는 말이냐, 유운."

선은 방구석에 주저앉아 종이 뭉치를 돌아다보았다. 무릎을 올려 턱을 고이고 짐 보퉁이를 만지작거려봐도 뾰족한 수가 없다. 설마 유운에게 큰일이 있을 거라고는 생각하지 않는다. 그쪽에서 노리는 건 종이뿐이고, 일단 선을 어디 대갓집 도련님 취급을 하는 걸로 보아 일을 키워 더 소동을 피울 마음이 없을 터였다.

'하지만 분하단 말이다.'

선은 칼집 자루를 덥석 움켜쥐었다. 졸지에 봉변을 당한 주인 내외가 이따금 기웃거리는 기색이 있어 드러내 놓고 칼을 빼 들 수가 없었다. 황궁에 두고 온 제 몫의 활이 괜히 아쉬워 허공을 여러 번 휘적거려보았지만 헛일이다. 독시라도 꿰어 가지고 가 그 선비 놈의 숨통을 끊어놓고 싶지만 그런 일을 저질렀다간 당장은 후련해도 도리어 난처할 일이 그 뒤에 차곡차곡 기다리고 있을 게 뻔했다.

'내 알 바 아니지.'

그런 생각마저 해보는 것이다. 혹여 곤란한 꼴을 당해 온 나라가 엉망이 된다 한들 이 분한 마음을 어찌할 도리가 없다고. 눈앞에서 유운이 무릎을 꿇고 이유 없이 머리를 조아렸다. 반쯤 휘장 걸음 해설랑 이끌려 가는데 잘난 척 까불던 저란 놈은 멀뚱하니 서서 손 한 번 제대로 놀리지 못했다.

"저어, 나리?"

주인 내외가 잠시 조용한가 싶더니 그새 또 와서 기웃거린다. 조심스레 부르기에 가능한 한 좋은 낯 하고 문을 열었더니 어깨를 움츠리고 내외가 나란히 서서 토끼 눈을 떴다. 선은 봉안을 가느다랗게 뜨고 씨익 웃었다. 내외는 더욱 겁을 먹었다. 하기야 조정에서도 웃는 낯을 모처럼 지어 보이면 고개를 조아리고 있던 신하들은 통촉하시라는 둥 황공무지라는 둥 새파랗게 질려 날뛰곤 했다.

"나리? 저어, 관나리 댁에서 사람이 나와서……."

"사람이?"

그제야 퍼뜩 정신이 들어서 선은 몸을 일으켰다. 본능적으로 환도를 쥐고 날듯이 달려 나왔더니 내외는 소스라쳐 흩어지고 말았다. 칼집을 감싼 어피의 촉감이 손바닥에 뿌듯하니 남았다. 선은 당장이라도 칼을 뽑아 들 듯이 사위를 휘둘러보았다. 만약 유운이 곁에 있었다면 틀림없이 냉정하게 처신하지 못하느니 비아냥거렸으리라.

"그 자식 집에서 나온 놈이 너냐?"

"그, 그렇구면요…… 그 흉한 것을 좀 치워주시우. 그렇지 않음 이걸 전해드리지 않겠시오."

"그게 무어냐?"

볼이 통통하고 행동이 둔해 보이는 사내였다. 나이를 많이 먹은 것 같지 않고 기껏해야 스물을 갓 넘은 듯 보이는 아랫것. 여기저기 기운 자국이 선명한 옷자락을 조심성 없이 들추며, 사내는 작게 접은 종이 한 장을 꺼내 보였다.

"이것이, 그, 선비 나리가 전해주십사 하여선 절 주시었구면요. 그냥 잔말 없이 전해주구 오문 된다서서 쇤네가 어지간허믄 아니 올라구 혔는디…… 에그, 그 흉물 아니 치우실 건가유?"

사내는 뽑아 들지도 않은 칼을 보고 치를 떨었다. 칼 그림자만 보고도 오금이 저리는 놈이라면 별 볼일 없는 심부름꾼일 터라 선은 맥이 풀려 방 안쪽으로 환도를 팩 내던졌다. 사내는 그제야 마음이 풀리는지 꼬깃꼬깃한 종이쪽을 조심조심 내밀었다. 선은 빼앗듯이 그것을 받아 펼쳤다. 사내가 조심성 없이 품어 온 탓에 종이는 하마 몇 년 길바닥을 구른 양 너덜너덜했다. 사내는 종이를 넘겨주고 몇 걸음 뒤로 물러서서는 괜히 훈수를 두듯 한 마디

덧붙였다.

"그저, 딴 생각일랑 마시구 가지구 오실 걸 꼭 줌 갖구 와주십사 허셨구먼유우. 혹시 아니 오실라넝가 해설랑 그걸 보내신 모양입지유우?"

선은 유운이 목숨 구걸할 사람 아닌 걸 알기에 도리어 의아했다. 선이 아는 한 이 신유운이라는 작자는 혹 험한 꼴을 당한들 그걸 어디다 호소할 만한 위인이 못 되었다.

─종이 뒤에 숨은 뜻이라? 유운, 자네 무슨 소릴 하고 싶은 건가? 종이를 뒤집어 보아도 아무것도 없지 않은가? 그건 다 옛 사람들의 그렇고 그런 헛소리야.

그리 말했을 때 유운은 잠시 할 말을 고민하는가 싶더니 그렇게 답했다.

─전하. 말이란 항시 부족한 것이옵기에 예로부터 글을 쓰는 이는 문자와 문자 사이에 뜻을 담고 행과 행 사이에 마음을 담사옵니다. 말할수록 깊은 뜻이 지워지는 일 흔하고, 늘어놓을수록 붉은 마음 흐려지는 일 역시 흔하거니…….

선은 유운의 목소리를 상기해내며 사내가 가져온 종이를 펼쳤다. 활짝 펼친 종이는 흔히 선비들이 지니고 다니다 서신을 적고 간혹 시구를 나누기도 하는 그것이었으나 적힌 글자는 지나치리만큼 빈약하였다.

단 한 글자만 쓰인 종이를 들여다보는 선의 눈빛은, 종이를 고스란히 뚫어 놓을 기세였다. 사내는 선을 그저 어느 방탕한 도련님쯤으로 여기는 양 한심해 죽겠다는 표정으로 나른하니 눈알을 굴리고 있었다. 선은 씩 웃어 우선 사내를 돌려보냈다.

"잘 받았다고 전해드리게나."

"알겠시유우. 낸중에 한 입으루 딴 소릴 허기 없기여유? 쉰년 분명 전한 것이니께유."

품이 큰 잠방이를 휘적휘적 흔들며 사내는 금세 멀어져갔다. 선은 주인 내외가 또 무슨 사달이라도 날까 싶은지 불안하게 기웃대는 걸 알면서도 보란 듯이 주저앉아 편지를 흔들어댔다. 흰 종이는 군데군데 해졌고 군데군데 땀에 번졌으나 어차피 쓰여 있는 글자는 단 한 자뿐인 것이다.

"따르겠다…… 는 건데, 뭘?"

뒤집어 본다고 뭐가 있을 리 없건만 선은 밝아오는 동녘 빛을 은은히 투사해내는 종이를 높다라니 들고 팽팽 당겨보았다. 파르스름하니 번지기 시작한 새벽은 유운이 쓴 글씨의 번진 자욱, 흔들린 획 하나와 갈라진 붓끝까지 선명하게 드러내주었다.

─전하. 말이란 항시 부족한 것이옵기에 예로부터 글을 쓰는 이는 문자와 문자 사이에 뜻을 담고 행과 행 사이에 마음을 담사옵니다. 말할수록 깊은 뜻이 지워지는 일 흔하고 늘어놓을수록 붉은 마음 흐려지는 일 역시 흔하거니, 결국 사람이 쓰고 지우고

쓰고 또 지우게 되옵니다. 마침내는 천 글자가 백 글자가 되고 백 글자가 다시 열 글자가 되어 기어이 단 한 글자만이 백지 위에 남 사옵니다. 대저 책이란 그 귀한 뜻과 마음이 간신히 모여 비로소 이루어지는 것이오니, 소신이 전하께 종이 뒤를 보시라 간원함은 한 글자 속에서 글 쓰는 이의 진심을 헤아려주십사 함에 다름 아 니옵니다.

저는 무사합니다. 부디 옥체 보존하소서.

비로소 그 마음이 떠와, 선은 편지를 냅다 움켜쥐고 입안으로 밀어 넣어 씹었다. 치솟은 분이 잦아들어 가슴의 불길마저 잠들 고 두 눈에 뻐근하니 돋은 독기까지 빠지도록 씹고 또 씹었더니 주먹을 지나치게 쥐었다는 걸 깨달을 무렵에는 그 질긴 종이가 삼키기 좋도록 입안에서 낙낙해져 있었다.

'뜻대로.'

그렇게 말하고 싶은 것이다, 그 녀석. 의견을 물을 필요 없으니 개의치 말라는 것일 터. 선은 싱긋 웃음을 띠웠다.

"자, 그럼 뒤처리는 떠맡기기로 하고 적당히 가볼까."

선은 손목을 걷어붙이고 짐 보퉁이를 끄집어내 아무렇게나 묶 어놓은 끈을 풀었다. 정작 애가 탄 것은 두 내외 쪽으로, 필시 해 가 뜰 때까지 관 씨 댁으로 오라고 그리 단단 일러놨는데 이 양반 이 어쩌려고 이러시는가 염려가 돼 내장이 뒤틀릴 지경이었다.

"저어, 나리?"

"나리, 아니 가실 건감유?"

기껏 용기를 내어 그리 묻자 선은 아까까지 화가 나고 애가 타서 지붕이라도 뚫을 양 굴던 것과는 대조적으로 여유만만한 낯으로 종이를 만져대고 있는 것이다.

"어차피 해뜰 시각에 와서 혀끝이 말라 갈라지도록 속 끓으며 기다려보라고 한 소리일 게 뻔하지 않소? 내 그간 본 바로는, 높은 나립네 하여 숙일 데 없는 놈들일수록 느지막하게 일어난다오. 아마 한창 기세 좋은 태양만 머리통에 매달고 살아야 직성이 풀리는 모양이지."

"하나……."

내외가 밭일을 나간 후에도 선은 남았다. 나중에 이웃 사람이 뭘 빌리러 왔다가 시커먼 사내가 쓱 나가는 걸 보고 놀라 자빠질 뻔은 했으되, 그것이 이틀인가 사흘 전 밤에 시끄러운 소릴 내던 그 관 씨네 일이란 걸 알고는 입을 조개 모양으로 꽉 다물어버렸다. 나중에 이웃 사람이 전한 말로, 선은 공포에 찬 자신을 향해 보름달만큼이나 훤한 웃음을 지어 보이더니 종이인지 떡인지 알 수 없는 것을 등에 가뿐히 짊어지고는 바람처럼 사라져버렸다는 것이다. 그리고 문제를 일으킨 그 방에 한 꿰미 돈이 놓였으니 나중에 이웃 사람들이 내외더러 복을 받은 거라고들 야단을 했다. 내외는 관 씨 일에 얽혀 들어 수모를 겪긴 했으되 과분할 만큼의 돈을 얻고 보니 마음이 퍽 기뻤다.

한편 선이 관 씨 댁 앞에 당도한 것은 오시午時가 된 지도 한참 지난 때였다. 약조를 어겨 주먹이 날아올 법도 했으나, 오히려 '이 놈이 도망친 게 아닌가' '잡으러 가야 하는 것이냐' '하면 주인님껜 뭐라 사뢸 것이냐' 하고 갑론을박이 한창이던 하인 놈들은 쌍

수를 들고 환영하며 안도의 한숨을 쉬었다. 다행히 관춘목은 막 현령과 왕실 손님을 모셔 들인 터라 풍악도 비로소 울리기 시작했으며 맛 좋은 음식은 눈으로도 채 다 즐기지 못한 터였다. 종이 이야기는 좀 더 분위기가 무르익으면 꺼내리라 작정한 듯 하인들을 부르지 않았던 것이다.

선은 하인의 지시를 따라 저택 안으로 들어섰다. 대문부터가 으리으리한 솟을대문이더니 과연 안쪽은 밭 몇 뙈기는 우습지 않게 들어가리만큼 너르고 쾌적했다. 마당에는 자리가 깔리고 먹을 것이 지천으로 놓였으며 사람들이 정신없이 오가는데 지붕이 있는 쪽으로 하늘하늘하게 차린 관기官妓들이 여럿 몽켜 서선 차례를 기다리고 있었다. 귀가 멍멍하도록 울리는 풍악 소리에 낯을 찌푸리며, 선은 햇볕이 환히 떨어지고 있는 마당이며 그 안쪽 대청에 앉은 높은 님네를 구경하였다.

작의를 입은 나장들이 줄줄이 들어서 있는 걸 보니 저기 높다라니 않은 무리 중에 적어도 하나 둘은 관에서 나왔으리라. 전복을 차린 놈도 몇 섞여선 고갤 빳빳하게 세우고 잘난 체를 하고 있다. 선이 보기에는 영 흉하지만 그들로서는 전립을 비뚜름하게 쓴 걸 멋이 난다고 여기는지도 모를 일이다.

"어이, 종이 가지고 납셨다! 예도 한 상 다오."

"이, 이 양반이 미쳤나! 게가 어느 안전인 줄 알구!"

하인들이 허둥허둥 붙잡는 걸 모른 척, 선은 그늘을 벗어나 빛이 쏟아져 눈마저 부신 마당으로 나섰다. 등에 진 광목 천을 끌러 종이를 냅다 던지자 풍악이 뚝 그쳤다. 관 씨 집안 도련님이라는 예의 그 잘난 선비 나리가 높이 들었던 술잔을 상에 두고 인상을 찌푸렸다. 가장 상석에 앉아 좋게 취해보려다 갑작스러운 일을 당해 어안이 벙벙한 자가 무슨 일인가 하고 고개를 디밀었다. 붉은 얼굴에 심술궂어 보이는 입매를 가진 사내는 시원시원하니 봉 같고 범 같은 눈매가 과연 연대비를 닮았다.

'뭐야. 굉장한 밀명을 받고 거사 일을 조사하러 온다고 거창하니 서신을 띄워놓고선 맹탕 헛도깨비 같은 놈이 아닌가.'

과윤의 얼빠진 얼굴을 마주하고 나니 선은, 그 서신을 보고 설마 저 모르는 자리에서 쉬쉬하며 큰일을 처분하려 특사를 파견한 것 아닌가 의심한 자신이 한껏 우스꽝스럽게 느껴졌다. 뾰족하니 비웃음을 물고 있는 선을 곱게 보아 넘길 과윤이 아니었다. 대비의 오라비라고는 하나 그뿐, 정식으로 임관한 것이 아니다보니 그는 선과 마주할 기회가 전혀 없어 낯을 알지 못한다. 하긴 감히 북면한 자리에서 고개를 바짝 치어들고 용안을 살피는 것도 죄다. 누가 왕을 알겠는가. 왕이란 사람이 두려워 쓰지 못한 한 글자이고, 결국 한 권의 책을 다 읽고 나서야 어렴풋이 떠올릴 큰 뜻의 그림자 같은 것이니.

"뭐냐, 저 버르장머리 없는 종이 장수는?"

과연.

누가 봐도 양가 도련님이 천것 흉내를 내는 걸로밖에 보이지 않건만 곧이곧대로 종이 장수인 줄 아는 것을 보면 연과윤이라는 자의 성장 환경 역시 알 만했다.

"종이를 진상하러 온 자이온데…… 여봐, 뭐하는 게냐? 썩 종일 내놓고 꺼져! 귀한 종이인 줄도 모르고 내던지는 꼬락서니를 보니 못 배운 놈은 어쩔 수 없구나!"

관춘목이 외쳤다. 선은 종이 짐 사이에서 쓱 검을 꺼내 날을 들어 보였다. 마당 가득 늘어져 있던 나졸들이 이건 또 무슨 불상사냐 싶어 술렁거렸다. 선은 주위를 쓱 둘러보고 전립 비뚜름하게 쓴 자를 가리켰다.

"네놈은 그 모잘 좀 똑바로 쓰는 게 어떠냐?"

그자는 경황없는 중에 선이 일갈하자 저도 모르게 전립을 고쳐 썼다. 곁에 섰던 다른 동료들도 그를 미처 힐난할 생각도 못한 채 앞으로 시선을 고정하고 있었다. 선은 콧노래라도 부를 듯이 경쾌한 동작으로 종이를 움켜쥐고 한 장 펼쳤다.

"자, 약속대로 종이는 가지고 왔다. 하나 귀한 것을 직접 취할 줄도 모르는 놈에게 넘겨줄 수는 없기에 이 몸이 몸소 걸작을 그려 오셨지! 새벽부터 꼬박 그린 것이니 두 눈깔을 크게 뜨고 똑똑히 보렷다?"

신유운을 비롯해 궐내 수많은 학자들이 보았다면 한숨과 경악과 비통을 섞어 '맙소사! 저 고급 종이에!'라고 외쳤을 것이 분명한 광경이었다. 정말로 한숨도 자지 않은 듯 붉게 충혈된 눈을 한 선이 당당하게 펼쳐 보인 것은, 한 짐이나 되는 종이마다 가득가득 그려진 정체불명의 '무언가' 였다. 그것은 난이라고 부르기에는 차라리 매화였으며 매화라고 부르기에는 차라리 국화, 국화라기에는 또 대나무거나 혹은 아무 뜻 없는 동그라미의 연속이어서 보는 이의 눈을 민망하게 만들었다.

"이, 이 멍청한 자식이 무슨 짓을 한 거냐!"

관춘목이 핏대를 세우고 외쳤다. 보통 사람이라면 그것이 당연한 반응이건만 물체라기에는 몸짓, 몸짓이라기에는 비명일 만한 그림으로 종이를 낭비한 선은 배포 유하게 한 상 차지하고 앉아 술병을 낚아챌 뿐이었다.

"그런 식으로 자주 화를 내면 오래 못 산다고 내 친우가 그러더군. 하긴 내 친우가 그렇게 말할 적마다 상대는 어쩐지 더 화를 내는 것 같았지만…… 뭐, 여하간에 자네는 내게 종이를 가져 오라고만 했지 깨끗한 놈으로 준비해 오라고는 아니했단 말일세. 그러니 나는 틀림없이 약조를 지킨 걸세."

"이, 이, 이 자식!"

초췌하기 짝이 없는 몰골에는 어울리지 않게도 느긋한 기지개를 길게 펴며, 유운이 등장한 것은 정확히 그때였다. 관춘목이 얼른 보기에도 웬만한 세간붙이만큼은 값이 나갑직한 잔을 내던져 그것이 퍽석 소리를 낸 순간.

"연나리, 시하 가절에 기체후 일향 만안하옵신지요? 가내 제절은 두루 평안하지 못하신 듯 하였사옵니다마는."

"시…… 신유운! 네놈이 왜 여기에?"

과윤의 붉은 얼굴이 시뻘겋게 달아올랐다.

"유운, 네놈이 무슨 연유로 예 있는가 모를 일이다마는…… 그, 우, 우리 집안이 왜 평안하지 못하다는 말이냐!"

유운은 미리 준비하기라도 한 양 과윤을 향해 눈 하나 깜짝 안 하고 연이어 내뱉었다.

"글쎄요. 적어도 춘부장 제절께서 반드시 찾으실 터이니 어찌 평안하다고 하겠습니까?"

"아…… 버님이?"

"대비께서 염려하고 계셨사온즉슨."

떨리는 손길을 숨기며 잔을 주워 들던 과윤이 소스라치며, 범처럼 위풍당당하던 눈빛이 동요했다. 곁에 있던 현령이 불안하여 돌아볼 만큼 과윤은 눈에 띄게 몸을 사리며 슬금슬금 물러나 앉더니 그대로 줄행랑을 칠 기세였다. 유운은 한숨을 쉬었다. 그리고 선에게 무슨 말인가 하려고 고개를 돌리다 말고, 그가 널어놓은 종이를 비로소 발견하고는 버럭 비명을 질렀다.

"아니! 그 비싼 종이에 이게 무슨 짓입니까? 천벌받습니다!"

回回回回

주인의 성격을 잘 아는 유운은 붙들려 들어간 후 선이 제 성격 못 이겨 몇 사람 잡으러 들이닥칠까 그것이 고민이었다. 붙들려 온 다음에 듣자 하니 관 씨가 그 종이를 궐에서 나온 이에게 바치리라 하니 보지 않아도 그게 과윤이라는 걸 알았고, 하여 일이 오히려 술술 풀리는구나 여기던 차였다. 한데 선이 환도를 비껴 차고 들이닥쳐 체면이고 무례고 뭐고 없이 다 때려 부수기라도 하면 뒤처리를 해야 하는 건 유운이 될 터다. 가정만으로도 뒤통수가 뻐근하니 수명이 십 년쯤 줄어들 일이 아닐 수 없다.

그런저런 계산 끝에 유운은 하인들에게 '우리 도련님 성미가 보통 아니니 이쪽 목숨만 간당간당할지 모른다'면서 짐짓 한탄을 하였다. 종이를 맞춰 아니 가져오면 성격 나쁜 도련님에게 된통 당할 건 마찬가지인 터라, 하인들은 유운을 나름 동정한 것인지 순순하게 서신 쓰는 걸 허락해주었다. 마음 같아서는 구구절절 써 올리고 싶었으나 보는 눈이 많아, 유운은 한 자만 큼직하니 쓰기로 했던 것이다.

순순하게 따를 순順.

"음전하니 순리에 따르신즉, 알아서 일이 풀리리라고 그리 써 올린 것이거늘!"

종이를 다 내버릴 수밖에 없어 거추장스러운 짐이 줄었으니 선과 유운의 걸음은 덕산으로 내려올 적에 비해 훨씬 빨랐다. 선비 된 몸으로 욕심 낸 적이 없지 않으나 워낙 귀한 것이라 제대로 만져본 적도 없는 종이였으니, 유운은 속이 잔뜩 상했다. 아깝다는 생각이 지나쳐 화가 날 정도였다. 끝없이 투덜대며 미간에 주름을 잡는 유운에 비해 선은 그저 느긋하였다.

"그래? 난 또, 내 마음대로 하면 자네가 알아서 따르겠다는 뜻인 줄 알고 편히 거동하였지."

그러더니 부스럭부스럭 품에서 구겨진 종이 한 장을 꺼냈다. 유운은 뭔가 싶어 짜증스레 돌아 보았다.

"자, 자, 유운! 이제 자네도 내 마음을 읽어보게나!"

선이 내민 종이에는 괴발개발 지렁이 기는 글씨로 "지배紙背"

라고 쓰여 있었다. 기가 막히고 맥이 풀려 할 말을 잃은 유운은 안개가 끼어 묵빛으로 번져 보이는 먼 산을 바라기하다 마지못해 내뱉었다.

"전하, 외람된 말씀이오나 저는 도술을 쓸 줄 모르옵니다만."

"어엉? 그게 무슨 소린가, 자네! 나한테 종이 뒤에 관해 가르친 건 자네면서 정작 자네는 못 읽는다니 말이 되는 겐가?"

"……그러니까."

설명할 말이 궁해 유운은 한숨을 쉬었다. 말이 빈곤하고 글이 빈곤하니 인간에게 표정이 있고 한숨이 있는가 싶었다.

"그러니까, 상황에 따른 응용력을 키우기 위해 책을 좀 읽으시는 게 어떠할까 하옵니다."

뜻과 마음을 다하여 표현할 말이 없고 글이 없거니 그저 십 년은 늙어버린 얼굴로 한숨을 쉬는 수밖에. 이러다가는 경에 당도하기 전에 지쳐 죽을지도 모르겠으나 그마저도 죄다 이 몸의 팔자겠거니.

유운은 앞장서서 걸었다. 뒤를 느긋느긋 따르면서도 뒤처지지 않는, 이 만사태평한 주상 전하의 표정은 그러므로 앞서 가는 유운에게 보일 리가 없었다. 들리는 것은 목소리뿐. 말이 박하고 글이 빈곤하며 표정과 한숨조차 선명하지 않거니 과연 인간에게는 무엇이 남아 뜻과 마음을 오롯이 전할 것인가. 예로부터 선인이 있고 은사隱士가 있어 평생을 침묵 속에 그를 궁구窮究하거니와 답을 찾은 이는 도리어 그를 전하지 못한다.

그로써 넉 자, 심심상인心心相印.

"야아, 하지만 이거 정말 재미있군그래. 이왕 종이 뒤를 보게 된 김에 차후 모든 공문을 이걸로 내리면 아니될까?"

"참아주십시오, 제발. 이런 걸 가르친 게 저라고 알려지면 당장 남문 담벼락에 제 목이 걸릴 겁니다."

그리하여,

말의 끝과 글의 끝에 닿은 이는 웃으며 고개를 끄덕이리니 세상이 비로소 두루 평안하리라.

■ 만 담   연 작 은 ……

'만담 시리즈'. 원래는 '월훤잡기'라고 시리즈 제목(?)을 따로 지어뒀는데
세 편밖에 안 썼고 해서 모두가 그저 만담 시리즈라고 부릅니다. 2004년 혹
은 그 전에 쓴 글입니다. "군신물을 쓰고 싶다"는 마음만 가지고 아주 금방 써
내려간 소품으로, 경쾌한 분위기라 좋아합니다. 다만 이번에 단편집에 수록
하기 위해 다시 읽어보니 기억 속에서 실컷 미화가 됐던 건지 마음에 안 드
는 부분투성이라서…….

가상의 왕국이지만 명칭이나 설정을 보면 조선의 관제 같은 데서 따온 부
분이 많습니다. 전적으로 조선이라고 할 순 없는 것이, 실제로 신유운이나 선
처럼 행동했다간 그야말로 목숨 부지하기 어렵겠지요. 특히 유운. 연호나 휘
호 짓는 데도 역사와 전통을 자랑하는 심오한 법칙들이 있다는 걸 압니다. 연
호든 뭐든 왕 혼자 정할 수 있었을 리 없고 유배는 유람이 아닙니다. 그런 점
을 이래저래 따지기 시작하면 하나부터 열까지 말도 안 되는 이야기지만, 다
만 이런 게 쓰고 싶었습니다.

근본 없는! 밑도 끝도 없는 판타지!

그저 애정과 무지를 방패 삼아 쓰고 싶은 걸로만 골라 만들었으므로 눈감
아주셨으면 합니다.

워낙 부족한 면이 많아 단편집에 수록하기 위해 처음부터 완전히 다시 쓸
까 하는 생각마저 했습니다만, 이 헐렁하고 적당히 경쾌하다 못해 무모하게
질주하는 분위기를 살리고 싶어 그대로 두었습니다.

온우주
단편선

심 각 하 게 찬 란 한

심 각 하 게 찬 란 한

"단해 양. 아침부터 넋 놓고 뭐해?"

인간이란 쉽게 적응하는 생물입니다.

독서부실에 혼자 오도카니 앉아 창밖을 바라보고 있던 내 시야를 가리며 아무렇지도 않게 댕기머리 끝을 잡아당기는 이 선배님만 봐도 그 점은 명확합니다. 혹은 모처럼 사람이 책을 펴 들고 있는데 거리낌 없이 구는 남자를 향해 화를 내기는커녕 으레 그러려니 무덤덤하게 고개를 돌리고 있는 나부터가 '인간의 적응력'을 온몸으로 주장하는 것이겠지요.

"서겸 선배야말로 무슨 일이세요? 오늘은 보충수업 있다고 하시더니?"

"우리 단해가 보고 싶어서 왔지."

"아, 그러셨군요. 실컷 보고 얼른 가세요."

나는 적당히 대꾸합니다. 역시, 인간의 적응력은 무섭습니다.

"좀 있다가 농구부 정기 시합한다더라. 보러 안 갈래? 이 서겸 님도 한 자리 대신 뛰어주기로 했으니까, 응원하러 와."

싱그럽게 웃으며 습관처럼 내 댕기머리 끝을 살짝 잡아당깁니다. 그럴 때면 서겸 선배의 부드러운 갈색 머리카락도 그 웃음소리에 맞춰 반짝반짝 빛을 내는 것 같습니다. 볼 때마다 생각하지만 참 예쁜 사람입니다.

"제가 왜 선배님을 응원하러 가요?"

"탐정클럽의 부장인 나를, 하나뿐인 부원이 응원하지 않겠다고? 그러면 나 너무너무 쓸쓸하고 슬퍼서 농구 코트 한가운데서 주저앉아버릴 거야. 그리고 큰 소리로 단해 양을 원망하며 죽어가야지."

이 사람은 정말로 할 사람입니다.

"서겸 선배, 부탁이니까 왕족으로서 체통을 좀 지키세요. 그리고 어차피 저 하나뿐인데 이따위 클럽 빨리 해체해주시지 않겠어요? 몇 번이나 말씀드렸다시피 저는 애초에……."

"독서부에 들어갈 거였다고?"

"네!"

"책은 여기서 실컷 읽으면 되잖아. 휴…… 너무하네, 정말. 단해 양, 하나뿐인 부원이 부장을 버리고 떠나면 이 클럽은 문을 닫아야 하잖아. 그러면 나, 너무너무 쓸쓸하고 슬퍼서 부실 한복판에 주저앉아버릴 거야. 그리고 큰 소리로 단해 양을 원망하면서……."

"죽고 나서 일주일 후에나 발견되실걸요?"

쌀쌀맞게 말을 잘라버렸더니 서겸 선배는 눈을 동그랗게 뜨고 맞은편 의자에 앉아 고개를 바싹 들이밀었습니다.

"에이. 이래 봬도 나 왕족인데 일주일이나 못 찾을까?"

"네, 네, 알아 모시겠습니다. 그럼 사흘 정도로 해드릴게요. 혼자 부실에서 죽어버리시고, 사흘 후에 발견되시도록 해요. 전 선배에 대한 마지막 호의로 울면서 인터뷰를 해드릴 테니까요."

"와아! 단해 양, 날 위해서 울어줄 거구나? 착하기도 해라. 나 감격했어."

이제 귀찮습니다.

정말 인간은 적응이 빠른 생물이죠. 석 달도 채 안 되는 새 이렇게나 평서겸이라는 인간에게 길이 들다니 말입니다. 뭐, 어떤 의미에서는 서겸 선배도 나라는 인간에게 익숙해졌겠지만.

여기 위성도시 '영주'는 시국 '봉래'의 동북쪽 먼 곳에 위치하고 있습니다. 비행기로 사십 분 정도 걸리는 거리죠. 왕립영주학원재단은 봉래의 지원금을 받고 있으며, 초등부와 중등부, 고등부로 이루어져 있습니다. 연구소는 몇 개 있지만 대학은 영주, 방장 같은 위성도시에는 없기 때문에 진학을 바라는 아이들은 봉래로 유학을 갑니다. 도사 집안 아이들이 대개 그렇듯 나 역시 태어난 곳에서 쭉 자라왔습니다. 다시 말하자면 영주에서 태어나 보육원, 유치원, 초등부와 중등부를 거쳤다는 뜻이지요. 매일 뜨고 지는 해처럼 익숙한 광경 속에서 별다른 탈 없이 무난하게 살아온 인생이었는데, 고등부 진학을 앞두고 갑자기 다리가 부러졌지 뭡니까. 봉래의 백성, 그러니까 도사 집안 아이들 중에는 회복술에 반응이 약하거나 내성이 생긴 경우가 드물지 않은데, 나 역시 그런 케이스여서 '사회'에 나가 치료를 받아야 했습니다. 사회란 봉래에 속하지 않는 '나라들'을 의미합니다. 도사는커녕 봉래도, 영주나 방장도 전혀 모르고 살아가며 통치자 역시 따로 존재하는 '나라들' 말입니다. 아무튼 간에 그렇게 열흘 정도 치료를 받고 나서 돌아와 보니 고등부의 클럽 배정은 모두 끝난 뒤였고 나는 보도 듣도 못한 '탐정클럽'에 강제가입되어 있었습니다.

그것이 서겸 선배와의 첫 만남이었습니다.

평서겸.

놀랄 만큼 아름다운 얼굴에 표정도 부드러운 사람입니다. 우리들의 통치자이신 '봉래'의 현 국왕 폐하께서 바로 이 사람의 이복형님 되십니다. 그야말로 구름 위의 존재 같은 '왕제王弟 전하'께서 위성도시로 전학할 이유를 나는 도무지 모르겠습니다. 거기다 현재 봉래는 '그릇'을 소유하고 있기 때문에……. 아니, 이런 건 쓸데없는 이야기입니다. 아무튼 요약하자면 봉래는 아주 바쁘고, 아주 예민한 상황에 놓여 있으며, 왕족은 더더군다나 공사다망하시다는 겁니다. 국왕의 동생, 무슨 대군쯤 되는 사람이 한가하게 위성도시에서 학창시절을 만끽할 까닭이 없습니다. 그런데 어떤 이유에선지 서겸 선배는 갑자기 왕립 영주 학원재단의 고등부로 전학을 온 것입니다. 이 인간…… 아니 이 귀하신 몸께서는 입학 후 사흘째 되는 날 전학을 왔는데, 오자마자 어쩔 줄 몰라 하는 교사들을 향해 위풍당당하게 선언했다고 합니다.

―특별활동 클럽은 11학년 이상이면 자유롭게 만들 수 있다면서요? 저, 만들고 싶은 클럽이 하나 있는데요.

부원이 한 명도 없으면 클럽이 폐쇄되기 때문에 입원으로 부재 중이었던 나를 서겸 선배의 장난 같은 클럽에 강제로 편입한 것은, 학교 측의 배려였던 모양입니다. 아파서 입원 중이었던 나를! 아무것도 모르고 '사회'에서 차디찬 병원 침대에 널브러져 있던 나를! 처음 나가보는 사회였는데 가족들은 바쁘다고 면회 한 번 안 와서 울고 싶은 심정이었던 가엾은 나를! ……학교 측은 그냥 한 사람 남는다는 이유만으로 강제배정해버린 겁니다.

학교 따위 콱 망해버려랏!

"아, 시간 됐으니까 얼른 운동장으로 가자. 얼른!"

"재촉하지 말아주실래요? 전 응원하러 안 갈 거라구요."

"넋 놓고 축구 시합은 잘 보면서 농구 시합은 왜 안 보는데? 훨씬 재미있으니까 보러 와, 단해 양. 하나뿐인 부원이 와주지 않으면 나는 쓸쓸하고 슬퍼서……."

"어휴, 성가셔. 알았어요, 알았어. 가면 되잖아요."

"정말이지? 좋아, '언약'한 거다?"

"언약씩이나? 선배, 언약 낭비 좀 하지 말아요, 제발."

항상 이런 식입니다.

귀찮아서 적당히 져주는 게 습관이 되고 보니 이 평서겸이라는 인간은 끝까지 우기면 다 되는 줄 착각하고 계십니다. 슬슬 버릇을 다시 들여야 할 텐데 생각만 해도 귀찮아서 엄두가 안 나네요. 이런 자세로 동물을 대하는 사람들이 기르던 개에게 물리는 거겠지요.

"서겸 선배님!"

"서겸 님!"

"꺄, 선배님, 오늘도 멋있으세요!"

선배와 함께 걸어 나가면 언제 어디서고 인파가 양쪽으로 갈라져 길을 터주는 진풍경을 공짜로 감상할 수 있습니다. 서겸 선배는 봉래의 왕족이고 아주 상냥하기 때문에 적어도 영주 학원 중고등부 학생들에게는 절대적인 지지를 얻고 있으니까요.

뭐, 일단은 왕자님이기도 하고요.

"단해도 왔네. 잘됐다, 너 서겸 선배 응원할 거지?"

같은 반인 정세이. 짧게 잘라 귓불에서 찰랑거리는 단발이 무척 귀엽습니다. 운동 쪽 클럽 소속인 모양인데 아주 친한 사이가 아닌데도, 세이는 아무렇지도 않게 나한테 말을 걸었습니다. 항상 이렇다니까요. 이게 다 서겸 선배 때문입니다.

"글쎄……."

"글쎄가 뭐야? 단해 네가 선배님 응원 안 하면 누구 응원을 하려고?"

"글쎄에에……."

그렇습니다.

전교생이! 적어도 고등부의 모든 교사와 직원과 학생들이! 전부 나를 알고 있는 것입니다. 그야 그럴 만하죠. 나는 '그' 평서겸과 거의 매일 함께 있는 유일한 학생이니까요.

"단해야, 아무튼 이거 받아. 농구부 애들 수건 맡아왔는데 매니저가 어디 갔나봐. 시합 시작하는데."

"이 수건을 왜 날 주니? 세이 너는 응원 안 해?"

그 말에 세이는 고개를 갸웃거리며 왜 그런 걸 묻는지 모르겠다는 표정으로 답했습니다.

"나는 축구부 챙기러 가야지."

"어…… 그래?"

"그래. 거기 매니저니까."

"아, 세이 축구부였어? 몰랐네."

"그래, 단해는 왕자님하고 다니느라 다른 애들 일은 금방 잊지. 그럼그럼. 다 이해해."

그런 게 아닌데.

내가 입을 뻐끔거리는 사이 한 무더기의 수건과 물통을 넘겨준 채, 세이는 가벼운 걸음으로 팔랑팔랑 달려가버렸습니다.

"……해, 단해야!"

세이가 달려간 운동장 방향을 눈이 부신 듯 바라보다 그만 넋을 놓았나봅니다. 부르는 소리에 소스라쳐서 그제야 농구 코트쪽을 향하니, 주위에 늘어선 반 친구 몇이 눈을 동그랗게 뜨고 이쪽을 주시하고 있었습니다.

"어, 어…… 왜?"

"왜, 가 아니잖아. 방금 서겸 선배가 공 잡았었는데, 안 봤지?"

내가 왜 봐야 되는데?

그렇게 묻고 싶었지만 참습니다. 10학년, 고등부에 들어와서 서겸 선배와 함께 다니게 된 후로 수십 수백 수천 번은 묻고 또

물었던 말이니까요. 그러나 그럴 때마다 다들 이상한 사람 보듯이 도리어 물어오는 겁니다.

—그야, 단해는 서겸 선배랑 친하잖아.

하나도 안 친해! 안 친하다구요!

—에이, 농담도. 선배하고 그렇게 사이가 좋으면서.

사람이 말을 하면 좀 들어!

"봐봐, 서겸 선배가 또 공 잡았잖아. 어머, 멋있다."

"단해 좋겠다. 서겸 선배랑 친해서."

"우리, 단해랑 친해서 다행이야. 왠지 그것만으로도 왕자님하고 좀 가까워진 느낌이거든. 그치이?"

"그치."

신비와 여랑이가 방글방글 한 점 티 없는 미소를 지어 보이면서 떠들어댑니다. 뭐, 멋대로 말씀하세요. 난 이제 질렸습니다. 친구들이 내가 서겸 선배의 귀여움을 받는다고 생각해, 순수한 마음으로 기뻐해주는 걸 알고 있기 때문에 굳이 모난 소리를 늘어놓고 싶지 않을 뿐입니다. '나, 그 사람 싫어하거든?' 하고 말해봤자 괜히 친구들 기분만 상하게 만들 테지요.

"우와, 문은오! 한 골 넣었다아아!"

운동장 방향에서 터지는 함성 소리에, 나는 반사적으로 고개를 돌렸습니다. 눈이 부신, 쏟아지는 봄 햇살 아래에서 손톱만 한 크기로밖엔 보이지 않는 남학생들. 붉은 줄무늬 셔츠를 입은 쪽이 10학년입니다. 푸른 줄무늬는 11학년. 나는 문은오를 눈으로 좇습니다. 기쁨의 환성 한복판에서 쑥스러운 듯 두 팔을 번쩍 들어 보이는, 까무잡잡한 남자애.

그 애가 문은오입니다. 이렇게 멀리 있는데도 단번에 알아볼 수 있습니다.

─단해 너 마냥 꼬맹인 줄 알았더니 제법이다? 전하고 친하게 지낸다면서?

─글쎄…….

─퉁명스러운 표정은 여전하고만. 얼굴 좀 펴라, 너. 얼굴만 보면 다리 부러진 거 낫지도 않은 사람 같잖냐.

그런데 고등부 들어와 은오랑 나눈 말은 그게 전부입니다. 아주 어릴 때부터 이웃에 살았던 소꿉친구인데. 초등부에 들어와 얼마간은 나란히 손을 잡고 하교를 했는데. 같이 모래사장을 달리고 바다를 향해 소리를 지르기도 하고 흰 돌멩이를 주워 와 화단에 장식하기도 했는데. 그런데 은오는 이제 나와 함께 하교하지 않습니다.

"단해야!"

어깨를 두드리는 감촉에 놀라 고개를 돌렸더니 농구 코트에 모인 사람 전원의 시선이 모여든 후였습니다. 이유는 뻔하죠. 나는 한숨을 쉬며, 내 앞에 고개를 들이민 채 말간 얼굴로 눈을 맞추고 있던 서겸 선배를 향해 말했습니다.

"한 골 넣으신 거죠? 축하드려요."

"너무하네, 단해 양. 하나도 안 보고 있었지?"

"어쨌든 한 골 넣으신 거죠?"

"과연 탐정클럽의 하나뿐인 멤버답군. 뒤통수에도 눈이 달린 것 같잖아? 멋있다, 주단해."

서겸 선배는 싱글벙글 웃으며 내 머리를 마구마구 헝클어뜨리듯 쓰다듬었습니다. 성가셔 죽겠습니다. 그놈의 탐정클럽은 어차피 하는 일도 없이 빈둥거리는 주제에 추가 부원도 받지 못하는 신세입니다. 아마 서겸 선배 때문에 가입자가 몰릴 걸 염려한 학교 측에서 이동을 금지하고 있는 거겠죠. 즉 내년이 오기 전까지 나는 클럽을 옮길 수도 없고 새로운 부원을 뽑을 수도 없다는 결론이 나옵니다.

역시 방법은 하나뿐이에요. 이따위 학교, 콱 망하는 거.

─은오야, 저기…….

─정세이 좀 불러줄래? 축구부 시합 때문에 그러는데.

─어? 으, 응.

나도 축구부에 들 걸 그랬습니다. 중등부까지 쭉 독서부나 원예부같이 얌전한 부만 전전했지만 넘어지고 나동그라질망정 축구부에 들어서 은오한테 수건이랑 물통을 갖다주면 좋았을 텐데.

"단해 얘, 또 넋이 나갔네. 대체 뭘 보고 있는 거야?"

"단해야, 서겸 선배가 너 불러. 단해야?"

너나 할 것 없이 서겸 선배에게 내 등을 떠다밀지 못해 안달입니다. 왜, 흔히 동경하는 선배와 가깝게 지내는 여자아이를 질투한다든가 괴롭힌다든가…… 그런 유의 일조차 일어나지 않습니다. 한 번도. 가시 돋친 말을 하는 사람도 없고 어쩜 이럴 수 있을까 싶을 정도로 모두가 순수하게 나를 부러워해줍니다.

─주단해, 좋겠다. 전하께서 너를 아끼니까.

은오까지도.

"단해 양, 뒤통수로 시합을 관람한 소감이 어때?"

"그러니까 구경하기 싫다고 했잖아요. 서겸 선배, 부탁이니까 사람이 말을 하면 경청해주세요. 왕족이잖아요?"

"잘 듣고 있어. 거기다 단해 양이 하는 말이라면 더욱 귀 기울여 듣고 있는데?"

퍽이나.

수업이 끝나고 부실에 들러 창가 자리에 앉았습니다. 붉은빛을 띠기 시작한 저녁구름 아래로 빛이 쏟아져 내리는 모양이 선명하게 보였습니다. 운동장에서는 운동부 애들이 제각기 연습에 열중해선 고함을 질러댑니다. 구호에 맞춰 달리는 목소리, 뭘 던지라는 목소리, 뭘 가지고 오라는 목소리 사이로 분주하게 오가는 은오의 모습이 보였습니다. 창을 열어보아도 은오 목소리는 들리지 않아서 나는 읽으려던 책을 펼치지도 않은 채 우두커니 창밖만 내다보았습니다. 이 괴상한 클럽에도 장점이 하나 있다면, 부실이 조용하고 운동장에 가깝다는 점입니다. 덕분에 나는 매일매일 은오의 연습 장면을 빠짐없이 지켜볼 수 있었습니다.

"단해 양, 뭐해?"

깜짝이야.

"사람 머리에 손 얹는 버릇 좀 고쳐주실래요?"

"아하하."

"아하하, 가 아니잖아요! ……쓰다듬는 것도 안 되거든요? 듣고 있어요, 선배?"

"응. 싫어도 들리니까 어쩔 수 없이 듣고 있지."

그러고는 웃는 얼굴로 창을 닫습니다. 나는 커튼을 치려는 선배를 불만스레 바라보았습니다. 커튼을 치면 은오를 볼 수 없습니다.

"커튼을 치면 어둡잖아요."

"불 켜면 되잖아."

"절약 모르세요?"

"그럼 불 켜줄게. 돈 안 드는 걸로."

딱, 하고 손뼉을 치자 서겸 선배의 흰 손가락 사이에서 연기 같은 것이 피어올랐습니다. 연기는 허공으로 올라가면서 천천히 푸른빛을 띠더니 하나로 둥그렇게 뭉쳐져 창백한 은백색으로 변했습니다.

"도술을 그렇게 막 써도 돼요? 낭비하면 안 되죠."

"괜찮잖아? 이 정도는."

"왕족이시니까, 힘을 제대로 된 데 써야 하잖아요."

"제대로 된 데잖아."

도대체 말이 씨도 먹히지 않습니다. 언제가 되어야 이 인간이 정신을 차릴까요? 이렇게나 고운, 꼭 연필로 스케치한 것처럼 부드럽게 이어지는 얼굴선과 보기 좋은 이목구비를 겸비한 미남인데. 목소리도 듣기 좋은 데 더해 조각해놓은 것처럼 예쁜 손도 가지고 있는데. 왕족이고, 도사로서도 최고 수준의 재능을 가지고 태어나서 아무런 어려움도 없이 살아왔을 텐데 신은 참 이상한 부분에서 이 인간에게 엄정하셨던 모양입니다.

"선배의 '제대로 된'은 기준이 뭔지 도통 모르겠어요. 아무튼 평범한 기준은 아니신 것 같지만요."

이렇게나 예쁜 인간이. 입만 다물고 십 미터 앞에 서 있다면 다시 한 번 돌아보지 않을 수 없을 만큼 완벽한 미인이. 대체 왜, 무엇 때문에, 이렇게나 몰상식한 것일까요.

"탐정클럽의 본분을 다해야지, 단해 양. 의뢰가 들어왔다고."

이딴 곳에 의뢰를 해오는 정신 나간─혹은 지나치게 순수하신─학우 여러분이 존재하는 한 서겸 선배가 정신을 차릴 날은 요원한지도 모르겠습니다.

"누가 또 급식에 나온 피망을 대신 먹어버린 범인을 찾아달래요? 아니면 화단에 심어놓은 꽃을 누가 마음대로 분갈이해버렸나 찾아달래요? 그것도 아니면 격리해놓은 토끼를 멋대로 섞어놔서 교배시킨 인간 잡아달라는 건가요? 또 아니면……."

모두 지난 석 달도 안 되는 기간 동안 들어온 의뢰입니다. 그걸 범인을 잡겠답시고 나뭇잎으로 별 같잖은 위장을 한 채 토끼장 옆을 배회하며 지문 채취를 하셨던 게 바로 저 평서겸이라는 위인이고 말입니다. 저요? 저는 뭐 그냥…… 평범하게…….

전 평범하게 토끼 머리띠를 하고는, 탈출하는 토끼들을 쫓아 네 발로 기었습니다.

"어쨌든 전부 범인 잡혔잖아. 우린 훌륭했다고, 단해 양. 우리가 한 일을 폄하할 필요는 어디에도 없다니까?"

그렇습니다. 이런 바보 같은 탐정(자칭)에게 자수하는 범인이 속출하는 현실부터 어떻게든 하지 않으면 내가 꿈꾸는 평화로운 내일은 오지 않을 게 틀림없습니다. 에잇, 젠장, 역시 이따위 학교 콱 콱 콱 망해버려랏!

"그 의뢰인지 뭔지, 여하간 진갈색에 녹색이 섞인 체크무늬 레인코트를 입고 운동장 한가운데에서 노래 부를 일은 아닌 거죠?"

참고로, 이 인간은 정말 그걸 했습니다.

게다가 그 꼴을 하고 있는데 창문마다 들러붙은 학생 여러분은 열화와도 같은 성원을 보내주셨으며 교사들은 훈훈한 얼굴로 지켜봤으며…… 더 끔찍한 건 결국 범인이 자수를 했다는 데 있는 거겠죠. 아마 친구 사물함에 주말 동안 말린 오징어를 넣어놓은 범인을 찾는 의뢰였을 거예요. 체육 시간에 배구 토스 실기시험 치는데 받아주던 쪽에서 실수를 하는 바람에 점수가 깎였다던가? 뭐 그런 시답잖은 이유 때문에 '한번 맛 좀 봐랏' 하고 십년지기 친구의 사물함에 말린 오징어를 채워놓은 멍청이, 잊지 않겠다. 너 때문에 나까지 저 정신 나간 선배님과 더불어 봄 햇살이 따가운 운동장 한복판에 서 있었단 말입니다! 어휴. 그 우리 반 멍청이는 이름이…… 아차! 뭐였지?

"이번 의뢰는 아주아주 귀여운 거야. 단해 양."

"뭔데요?"

"사랑의 고백."

"어라. 이번에도 또 고백하려는데 용기가 안 나요, 도와주세요! 해놓고는 알고 보니 '내가 고백하고 싶은 상대는 바로 당신! 아이 깍쟁이 우후훗' 이런 시나리오로 가는 거 아닐까요?"

지난 몇 개월간, 이미 열일곱 명 이상의 여자애들이 저 코스를 밟았습니다.

"단해 양은 왜 그렇게 극단적으로 생각해? 그럴 리가 없잖아. 아하하하."

그럴 리가 있거든요? 아하하하.

실제 사례가 열일곱 건이나 있었는데 너라는 인간은 대체 왜 반복을 통해서도 '학습'을 못하시나요? 네? 그 머리는 왕관 받침으로 쓸 일도 없을 텐데 최소한의 영역에라도 활용을 하셔야 할 거 아닙니까!

"이번 의뢰인은 아주아주 귀여워, 단해 양."

"선배한테 귀엽지 않은 여자애도 있었어요?"

"어라…… 음, 없었던 것 같다. 이런, 단해 양은 역시 나에 관해 잘 알고 있구나? 감동했어."

"그딴 데 감동하지 마시구요."

서겸 선배를 무시하고 다시 책이나 읽으려는데, 이 선배라는 인간은 내 바로 앞자리의 책상 의자에 기대앉아 그늘을 드리운 채 흔들흔들 성가시게 굽니다.

"어휴. 알았어요, 들어드리죠."

탁, 하고 책을 덮자 서겸 선배는 기다렸다는 듯이 내 머리를 쓰다듬었습니다. 귀찮아서 내버려뒀더니 점점 사람을 강아지로 아는 것 같습니다. 하지만 역시 귀찮으니까 참기로 했습니다. 부당한 대우에 반항하지 않는 거야말로 계급 구조를 고착화시키는 거라고 아니할 수 없습니다만, 그럼에도 불구하고…….

"역시, 마음 착한 단해 양. 그러니까 말이지 단해 양, 이번 의뢰인 아가씨는 짝사랑하는 남학생한테 자기가 만든 도시락을 매일 매일 선물해주는 게 꿈이래."

그러면서, 선배는 그 누가 봐도 여학생다운 손길이 느껴지는 토끼무늬 도시락 가방을 한쪽 손으로 들어 보였습니다. 다른 손으로는 보온병을 들어 흔들면서 "이건 코코아."라고 세심한 설명을 덧붙여주셨지요. 아니, 알고 싶지 않거든요, 그런 거.

"저기요, 선배. 여긴 심부름센터가 아니라 탐정클럽이거든요? 도시락이든 뭐든 그냥 주면 되잖아요. 왜 그런 일을 일일이 못 해줘서 안달이신 건데요?"

"귀엽잖아."

한 치의 망설임도 없이 환한 미소와 함께 그런 대답을 하시다니, 어떤 의미로건 굉장하십니다. 선배님. 과연 왕자님은 다르군요. 존경하고 있으니 어서 봉래로 돌아가주셨으면 좋겠습니다. 바로 옆에서 이 머리 아픈 소릴 듣는 게 아니라 신문 사회면 같은 데에 '친절한 서겸 님, 여학생들의 연애 상담도 들어주셔서 호평' 뭐 그딴 기사가 실려서 그저 읽는 것뿐이라면 저도 얼마든지 선량한 백성이 되어 감탄해드릴 텐데.

"여하간 그런 쓸데없는 일에 들일 시간 없거든요? 이런 일…… 잠깐! 설마 선배 또 '언약'한 거예요?"

"응."

……죽어!

아, 순간 진심을 담아 소리칠 뻔했습니다.

"제발, 언약 낭비는 하지 마시라고 제가 몇 번이나 말씀드렸잖아요? 서겸 선배."

"약속은 중요한 거야. 단해 양."

"그런 문제가 아니죠. 선배 그러다가 죽어요."

"안 죽어, 안 죽어."

언약이란 봉래의 백성에게는 생명을 건 맹세입니다. 봉래의 족속은 결코 '언약'을 저버릴 수 없으니까요.

"안 죽긴 뭘 안 죽어요. 선배는 뭐 도사 아니세요? 제가 정말……"

그때, 노크 소리가 들렸습니다. '왕자님'이 있지만 예의 바른 영주 시민 여러분은 절대로 용건 없이 이 시시껄렁한 클럽엔 방문하지 않습니다. 그러므로, '실은 당신을 사랑했어요' 하고 의뢰를 핑계 삼아 수줍게 고백하러 올지언정 괜히 기웃거리러 오는 사람은 단 한 사람도―정말로 놀랍지만 정말입니다, 참으로 성숙한 시민의식이죠―없었던 것입니다.

"누구세요?"

즉 노크를 한다는 건 용건이 있는 방문객이란 의미가 됩니다.

"안녕하세요. 서겸 선배님. 갑자기 찾아뵈어서 죄송합니다. 저는 일학년 정세이라고 합니다."

세이는 들어서자마자 잔뜩 긴장한 표정으로 허리를 깊이 숙여 보였습니다. 눈매가 기름하고 새침한데, 시원시원한 성품이라 꽤 인망이 두터운 모양입니다. 잘은 모르지만요. 입고 있는 건 교복이 아니라 체육복. 붉은 스트라이프 무늬가 소매 끝에 들어갔고 가슴판에서 등판까지 빙 둘러 흰 띠에 한자로 자수 놓아진 왕립

영주라는 문자가 선명했습니다. 축구부 애들이 입는 것과 비슷한 모양입니다. 저게 바로 축구부 매니저 유니폼이겠죠.

저런 걸 입고 싶었습니다. 그랬다면 은오와 전처럼 얘기할 수 있었을 거예요.

— 단해야, 이제 같이 하교할 수 없어.

은오는 고등부로 진학이 결정된 후, 내게 일방적으로 통보해왔습니다.

겨울이었습니다. 영주는 겨울에 눈이 많이 옵니다. 섬 여기저기 눈꽃이 피어서 아침이면 헐벗은 나무들이 제법 자태를 뽐내며 반짝이지요. 그날은 입김이 바로 그 눈꽃들처럼 뽀얀 빛깔로 선명하게 얼어붙어, 짙은 색 코트로 몸을 감싼 나까지 나무가 된 듯한 날이었습니다. 중등부 졸업식을 마치고 하교하는 길에 은오는 문득 그렇게 이야기했습니다. 이제 같이 하교할 수 없어, 라고요.

— 왜?

— 축구부에 들어가기로 했어. 그러면 연습을 해야 하니까.

그렇다면 나도 축구부에 들어갈게.

그 자리에서 그렇게 말했다면 좋았을까요? 그 후로 매일 생각합니다. 잠자리에 누워서 캄캄한 천장을 아물아물 졸린 눈으로 올려다볼 때라든가 아니면 이렇게, 탐정클럽이니 하는 시시껄렁한 명패가 붙은 교실 창가를 차지하고 앉아 흔들거리는 커튼을 바라볼 때. 나는 좀 더, 무엇인가, 은오에게 말하지 않으면 안 됐다는 그런 후회에 사로잡힙니다.

"아, 기억하고 있어. 정세이 양. 그런데 세이 양이 여기에 웬일 이지? 의뢰?"

"아뇨…… 아니, 넓은 의미로 본다면 의뢰에 속할지도 모르겠 지만……. 서겸 선배님께 꼭 드리고 싶은 말씀이 있어서요."

그러면서 어깨를 긴장시킵니다. 혹시 세이도 서겸 선배한테 '실은 선배를 동경해왔습니다!' 하고 폭탄선언하려는 걸까? 나는 자리를 비켜줘야 할까 어쩔까 고민하며 세이 쪽을 바라보았습니 다. 그런데 세이는 별로 나를 신경 쓰는 눈치가 아니었습니다.

"상희 왔었죠? 상희가 선배님께 의뢰했다는 이야기를 들었어 요. 정말 죄송합니다. 상희가 선배님께 폐를 끼쳐서……."

상희?

으음…… 들은 적 있는 이름입니다. 민상희. 중등부 때 한 반이 었던 친구예요. 얼굴은 잘 기억나지 않지만 마주치면 아, 저 애로 군, 하고 알아보겠죠.

"아, 폐라니 당치 않아. 세이 양. 상희 양이 내게 의뢰했다는 걸 이미 알고 온 거니까 사실을 부정하지는 않겠어. 그렇지만 세이 양이 사과할 만한 일은 없었는데."

"아니, 아니에요! 선배님! 죄송한 말씀이지만 상희의 의뢰, 거 절해주실 수 없나요?"

세이는 다급한 얼굴로 외쳤습니다.

"그건 안 돼."

서겸 선배는 트레이드마크가 된 그 부드러운 미소를 지우지 않은 채 상냥하게 말했습니다. 사실 이 인간은 무슨 소리를 들어도, 무슨 일을 당해도, 저렇게 동화 속 왕자님 같은 표정과 목소리를 유지할 줄 아는 재능을 가지고 있습니다. 왕가에 전해 내려오는 비술이라도 되는 모양이죠.

"유감이지만 세이 양. 그 부탁은 들어줄 수 없어. 상희 양의 의뢰를 세이 양이 멋대로 취소할 자격은 없잖아? 네가 걱정할 만한 일도 아니고……."

"도시락을 전해달라는 부탁이었죠? 다 알아요!"

"어라…… 어떻게 알았어? 세이 양, 탐정이야?"

이 바보가 왕족이라니. 국민 여러분, 이런 인간이 '왕자님'이라며 손을 흔들고 계셔도 여러분은 정녕 괜찮으신 겁니까?

"대단하지, 단해 양? 단해 양의 반 친구 말이야."

"선배 바로 옆에 토끼무늬 도시락 가방이랑 보온병이 놓여 있잖아요. 그리고 세이는 처음부터 그 상희라는 애 의뢰에 대해 알고 온 거라구요. 보면 알죠!"

하도 한심해서 친히 설명해드렸더니 서겸 선배는 싱글벙글 웃으며 박수를 쳤습니다.

"역시 대단해, 단해 양! 역시 탐정클럽의 하나뿐인 멤버다워! 그리고 역시 나, 보는 눈이 있지?"

은근슬쩍 자기 자신을 칭찬하지 말아주세요, 선배. 정말 바보 같으니까.

라고 말하는 대신 나는 깊은 한숨을 쉬었습니다. 선배는 방금 전까지 어린애처럼 방글방글거리던 게 거짓말인가 싶을 정도로 우아하게 돌아섰습니다. 더없이 왕자님답게 말입니다. 역시, 이 인간은 왕가에 태어나 교육받지 않았으면 진짜 바보가 됐을 게 틀림없어요. 우연히도 왕가에 낳아주신 부모님께 평생 감사드리는 마음으로 열심히 살아줬으면 좋겠습니다.

"여하간 정세이 양. 걱정할 필요는 없어. 미안하지만 오늘은 돌아가줘."

"아…… 하지만……."

알맹이가 바보라도 서겸 선배는 '일단' 왕족입니다. 영주는 봉래의 위성도시이고, 왕족이란 우리에게 아주 오래된 전설 비슷한 겁니다. 명확히 '통치자'의 일족인 서겸 선배의 거절 의사 앞에서 봉래의 백성인 우리들은 어쩔 도리가 없습니다. 세이는 낯을 붉히고 고개를 꾸벅 숙여 보인 후, 몇 번이나 뒤를 돌아보면서 자리를 떠났습니다.

"민상희라는 여학생 말이야, 키가 요만하고…… 자그맣고 동글동글해서 귀여워."

"선배한테 안 귀여운 여자애도 있었나요?"

"어라, 단해 양. 질투?"

"안 하거든요!"

"염려하지 마. 단해 양도 아주 귀여우니까. 응."

"안 귀여워하셔도 되거든요!"

아우, 성가셔. 귀찮으니까 화제를 바꾸는 게 좋겠습니다.

"그래서 상희라는 애는 세이하고 친한 사이인가봐요?"

"응. 같은 부니까. 중등부 때부터 친구였다더라."

그럼 상희도 축구부 매니저인 걸까.

"좋아한다는 남자애, 축구부인가요?"

"응. 축구부야. 점심시간에 의뢰편지 받았는데, 오늘 아침의 시합 때문에 더 이상 참을 수 없게 됐다더라. 귀엽지? 더는 억누를 수 없는 감정, 이라는 거. 사랑스럽지 않아?"

픽이나. 그런 듣기만 해도 낯부끄러운 소리를 잘도 입에 올리시네요.

"아침 시합이 왜요?"

"참으려고 했대. 잊으려고 했는데 아침에 골을 넣는 걸 보는 순간 더는 참을 수 없게 됐대. 무슨 말을 들어도 좋으니까, 역시 도시락을 전해주고 싶다고."

어라.

아침에 골 넣은 거, 은오잖아.

나는 그야말로 남의 이야기를 듣듯 하던 자세를 고치지 않을 수 없었습니다. 틀림없이 그건 문은오였습니다. 아침에 서겸 선배에게 끌려 농구코트에 갔을 때 운동장 쪽에서는 축구부 시합이 한창이었으니까요. 그때 분명 은오가 골을 넣고 환호하던 모습을 나는 목격했습니다.

'상희가 은오를 좋아하는 거야?'

기분이 이상해졌습니다. 소꿉친구였는데. 오랫동안 좋아해왔는데. 혹시 고백해주지 않으려나 기대하면서 중등부 삼 년을 보냈는데. 그런데 어느새 은오는 손이 닿지 않는 곳으로 떠나버렸습니다. 축구부에 들어가고 다시는 함께 하교해주지 않고 대화도 잘 나누지 않고…… 그리고 드디어는, 귀여운 여자애한테 남몰래 눈길을 받고 있는 것입니다.

"단해 양, 듣고 있어? 표정이 어두운데. 그만 귀가할래?"

"아…… 네. 집에 가야겠어요."

"데려다줄게."

"됐거든요. 부담스러우니까 얌전히 댁으로 가시죠."

순식간에 가방을 챙겨서 운동장으로 나섰을 때, 축구부 애들은 여전히 고함을 치며 뛰어다니느라 여념이 없었습니다. 육상트랙 바깥쪽 용구창고 근처에 정세이와 함께 몇 명의 학생이 공이 굴러가는 방향을 지켜보며 서 있었습니다. 모두 세이와 같은 유니폼을 입고 있으니, 그 애들도 전부 축구부겠지요.

"세이 양에게서 오른쪽으로 세 번째 있는 여학생 보이지? 그게 민상희 양이야."

"그런 거 설명하면서 왜 또 제 머리를 누르세요? 키 안 커요."

"더 안 커도 괜찮아. 지금도 귀여우니까."

"선배한테 그런 말 들어도 위로가 안 되거든요. 왜 또 따라오세요? 다들 쳐다본다고요."

"심심하잖아. 혼자 집에 가면."

어이가 없습니다. 요 몇 달 열심히 구박해봤지만 결국 선배는 자기 좋을 대로 하는 인간이므로 저는 져주기로 결심했습니다. 자동차를 이용하면 편할 텐데 부득부득 걸어서 나와 함께 가겠다니, 요만큼도 고맙지 않습니다. 즐겁지도 않고 성가셔서 죽을 지경인데 선배는 사흘에 한 번쯤 나와 함께 교문을 나섭니다. 집까지는 걸어서 이십 분 거리. 우리 집 대문 앞까지 기어코 따라와서는 한

점 그늘 없는 그 짜증 나는 얼굴로 방글방글 작별 인사를 한 후, 내가 대문을 쾅 소리 나게 닫으면 그제야 돌아갑니다.

갈 때는 또 뭘 타고 얼마나 걸려서 어떻게 가는 걸까요.

그거야말로 제게는 일종의 미스터리이지만 풀어보고 싶은 마음은 별로 들지 않습니다.

"저랑 헤어진 다음에는 결국 혼자 가셔야 되잖아요. 똑같은 거 아닌가요?"

"단해 양을 바래다주는 동안 심심하지 않은 기분을 충전해놓고, 혼자서 돌아갈 때는 그걸 양분 삼아서 버티는 거야. 계산이 딱 맞아."

그게 뭐야.

물어본 사람 쪽이 이상해지는 느낌이니까 내버려둡시다.

"이게 상희 양의 의뢰서인데 볼래?"

"볼래요."

"웬일이야? 적극적이네, 단해 양."

그야 은오를 좋아하는 사람이니까 궁금한 게 당연하잖아요.

말없이 편지를 받아 펼쳐보았습니다. 노트 한 장을 깨끗하게 잘라내어 쓴 편지였습니다. 봉투 없이 쪽지 모양으로 접었던 자국이 남아 있고, 분량은 두 페이지. 구구절절 써 내려간 내용은 선배의 말처럼 귀엽지는 않았습니다.

……도시락을 만들어줘도 괜찮을까? 하고 물어 승낙받았을 땐 얼마나 기뻤는지 모릅니다. 그런데 내 친구가 그걸 비난하는 거예요. 그

자리에선 아무 말 안 하더니 내가 만든 도시락을 기쁜 얼굴로 먹는 그 애를 보고 나선 나를 따로 불러내, 그런 짓 그만하라며 화를 냈습니다. 처음 축구부 애들을 소개해준 건 자기면서 왜 그러는 걸까요? 왜 화를 내는 걸까요? 왜, 나를 바보 취급 하는 걸까요……. 그래서 이제는 도시락을 그만 주려고 했습니다. 참으려고 했습니다. 괜한 말까지 들을 필요가 뭐가 있나 싶어서 그만두자, 하고 생각했어요. 하지만 오늘 아침 골을 넣는 걸 보는 순간 더는 참을 수가 없었습니다. 도시락을 만들어주고 싶어요. 꼭 전해주고 싶어요. 이제 시간이 얼마 남지 않았지만…….

"시간이 왜 얼마 없다는 거예요?"

"그야 왕립방장학원재단 고등부하고 친선 경기하는 게 일주일 후거든. 그때까지만 도시락 주려는 모양이니까."

"어…… 그래요? 몰랐네, 그런 시합이 있는 거."

그나저나 상희를 비난했다는 친구가 정세이일까?

그러면…… 혹시 세이도 은오를 좋아하는 걸까요?

"혹시, 세이도 은오를 좋아하는 걸까요."

나도 모르게 소리 내어 말했더니 선배는 잠깐 걸음을 멈추더니 내 머리를 손바닥으로 덮고 답했습니다. 대답을 기대하며 내뱉은 말이 아닌데 너무나 아무렇지도 않게, 자연스러운 목소리로, 단번에.

"당연하잖아."

"네?"

"몰랐어? 단해 양. 세이 양은……."

"왜 선배가 그런 거 아세요? 말도 안 돼! 세이한테 들었어요?"

"어? 어…… 아니, 들은 건 아니지만. 세이 양은, 저기……."

"멋대로 말하지 마세요!"

탁, 하고 선배의 몸을 밀어내자 선배는 어리둥절한 표정으로 나를 바라보았습니다. 왠지 모르게 화가 나서, 목까지 짜증이 솟아서, 나는 어깨를 부르르 떨었습니다.

은오도 세이를 좋아하나요?

묻고 싶었지만, 혹시 마음에 안 드는 대답이 돌아올까 두려워서 입이 떨어지지 않았습니다.

—이제 그만두자, 이런 거.

중등부 졸업식이 끝나고 집으로 돌아오던 날 그런 이야기를 들었습니다. 나는 눈의 무게를 못 이겨서 가지가 부러지는 순간의 털썩 소리에 놀라 움찔 옆을 돌아보았는데 은오는 그사이 멀어져가고 있었습니다.

—은오야! 문은오!

달려가서 옷자락을 당겨보았는데 은오는 사정없이 뿌리쳤습니다. 슬펐는데. 정말 슬펐는데 눈물이 나오지 않았습니다. 왜일까요. 왜 은오는 내가 싫어진 걸까요.

—이제 같이 다니지도 않을 거야. 고등부에서 만나면 인사 정도는 하기로 하자.

—왜? 은오야, 왜 그러는데?

대체 왜? 나는 은오를 좋아했는데. 오래전부터, 아마도 만나기 전부터도 좋아하고 있었던 것만 같은데. 언젠가는 은오가 좋아한다고 말해주었으면 하고 매일 꿈꾸고 상상해왔는데.

—너는 말이지, 주단해…….

기억하고 싶지 않은, 마음에 안 드는 말을 들었습니다. 싫어서 은오의 뺨을 때렸는데 은오가 이럴 줄 알았다고 받아쳐서 오히려 놀랐습니다. 그래도 눈물이 나지 않아서 또 당황했습니다. 그리고 고등부 입학식 날. 사고를 당해 입원했다가 퇴원해보니 은오는 자기 말대로 축구부에 들어가 잔뜩 바빠졌더군요. 어쩌다 마주치면 아무 일도 없었던 사이처럼 웃으며 인사하곤 스쳐 지나갑니다.

내가 대체 뭘 잘못한 걸까요…….

"저기."

다음 날 아침에 버릇대로 탐정클럽의 부실에 앉아 있는데 문이 열렸습니다. 노크도 없이 문을 열어서 화가 났는데 고개를 내민 게 민상희였기 때문에 더 불쾌했습니다. 나는 대답도 하지 않고 쌀쌀맞은 표정으로 상희를 바라보았습니다.

"저기, 선배는…… 안 계시니? 저기, 서겸 선배님은……."

"자기소개부터 하는 게 예의 아니니? 나는 너, 잘 모르는데."

"응?"

상희는 차가운 대답에 놀랐는지 안절부절못하더니 어색하게 웃으며 말했습니다.

"아, 그렇구나. 어…… 미안해. 그래, 맞아. 난 민상희라고 해. 예전에 중등부에서…….."

"같은 반이었지? 알고 있어."

얼굴은 기억나지 않았지만 이름이 어렴풋이 귀에 익습니다.

"응. 같은 반이었어."

씁쓸한 표정으로 상희는 웃었습니다. 어쩐지 시선을 잠시 피하는가 싶더니 다시 똑바로 나를 봅니다. 뭘까요. 혹시 내가 은오를 좋아하고 있다는 거 눈치챈 걸까요?

그러면 어쩔 건데?

나는 가시가 돋친 마음속 소리를 감출 생각도 없이 상희 쪽을 노려보았습니다. 눈싸움이라도 하는 여자처럼.

"무슨 일인데? 선배는 아직 안 왔어."

"아, 그…… 그래? 갑자기 들어와서 미안. 저기, 이거, 서겸 선배님께 전해드릴래?"

상희는 쑥스러운 듯이 어깨를 움츠리며 희고 통통한 손을 내밀었습니다. 대롱대롱 매달린, 연두색 끈이 달린 도시락 가방에는 직접 천을 덧댄 것 같은 당근무늬가 들어가 있었습니다. 나는 받아 드는 대신 여전히 쌀쌀맞은 눈으로 물끄러미 상희를 노려보았습니다. 상희는 서글픈 얼굴로 웃으며 고개를 갸웃거렸습니다.

"자기 연애 정도는 자기가 알아서 하지그래?"

내 환심을 사려는 듯 억지로 웃던 상희의 표정이 순식간에 굳었습니다.

"단해 네가 상관할 일 아니잖아. 선배님한테는 미리 양해해주십사 말씀드렸어. 며칠 안 남았으니까……."

"엄청 성가시거든."

"……난 축구부 회의 때문에 가봐야 돼. 이거, 전해드려. 꼭."

두고 간다.

상희는 내 쪽을 다시 쳐다보지도 않고 가방을 문 가까운 곳의 책상 위에 올려놓고는 허둥지둥 달려가버렸습니다. 나는 펼쳐놓은 책 위에 손을 얹은 채로 멍하니 상희가 달려 나간 문 쪽에 시선을 고정하고 있었습니다. 충동이 몸 안을 휘저었습니다. 몸을 일으켜, 천천히 걸어가, 나는 상희가 두고 간 가방을 열었습니다.

수제 초콜릿, 베이컨으로 만 오이와 떡과 소시지, 호두가 들어간 크랜베리 빵 조각에 보기만 해도 달콤한 티라미수 조각. 구운 사과를 곁들여 레몬소스를 끼얹은 고로케도 있습니다. 밥이 없어서 끼니라기보다 간식거리 같습니다. 이건 뭔가 하고 마지막으로 조그만 보온병 뚜껑을 열자, 탄성이 터질 만큼 진한 핫초콜릿 냄새가 올라왔습니다.

포크도 숟가락도 쓰지 않고 나는 손가락을 뻗어 소스가 묻은 고로케를 집어 듭니다. 베이컨 말이도 한 개, 초콜릿도 한 개 집어 먹고 검지와 엄지를 차례차례 핥았습니다. 티라미수를 입에 문 채로 다시 도시락 뚜껑을 덮고 아무 일도 없었던 양 가방 안에 돌려놓았습니다. 창가로 돌아와 티라미수를 우물우물 대충 씹어 삼킨 후 입술을 핥자, 기다렸다는 듯이 문이 열렸습니다.

"단해 양, 일찍 왔네? 단해 양이 날 기다려주니까 좋다."

기다린 거 아니라고 말하는 것도 귀찮아서 힐끔 눈으로 인사를 하자 선배는 항상 그랬던 것처럼 곁으로 다가와 내 머리를 툭툭 두드렸습니다. 대화할 기운도 없었고 화를 내고 싶은 것도 아니어서 나는 선배를 없는 사람 취급합니다.

"상희 양이 두고 간 거지? 저거."

"네."

"음…… 그래. 알았어. 잘했어, 단해 양."

무슨 소린가 싶어 고개를 들어 눈으로 선배의 뒷모습을 좇았습니다. 선배는 등을 돌리고 선 채 상희가 두고 간 가방을 집어들고 있었습니다. 우후후, 듣기 좋은 웃음소리를 흘리며 선배는 날개가 달린 사람처럼 가볍게 걸어 클럽의 앞문으로 곧장 다가갔습니다. 저럴 수 있을까 싶어 눈을 의심할 만큼 아름답게, 선배는 앞문을 열고 내 쪽을 한 번 돌아봅니다. 희고 정결하고 반짝거리는 눈이 내려 헐벗은 나뭇가지 끝에 찬란한 눈꽃을 피울 때 그러했듯 나는 선배에게서 시선을 거두지 못합니다.

아름답고 지독하게 찬란한, 그러나 아무런 의미도 없는, 마치 아침 안개가 소리도 없이 흩어질 때 같은 찰나.

"안녕."

문이 닫히고 선배의 웃는 얼굴이 사라져버린 다음에야 비로소, 나는 쥐고 있던 책이 바닥으로 떨어져버렸다는 것을 깨달았습니다. 이런 순간에는 울어도 괜찮지 않을까요. 부풀어 오른 구름들이 비를 쏟아놓듯이 한 번 눈을 깜박이면 눈물이 흘러도 썩 좋은 것 아닐까요. 그런 생각을 했습니다.

은오가 '이제 그만두자' 하고 말했던 날 죽어버린 매화나무 곁을 지나다 생각했던 걸 고스란히 떠올렸습니다.

"단해야."

"어? 응? 어, 맞다. 응, 뭐?"

"무슨 반응이 그러니? 어휴, 또 혼자 정신이 저기 어디 콩밭에 가 있었군?"

수학 수업을 마친 후 여랑이가 내 머리카락 끝을 잡아당기며 투덜거렸습니다. 나는 히죽히죽 웃으며 여랑이에게 사과했습니다. 여랑이 곁에 앉아 내 책상에 턱을 괴고 있던 신비가 여랑이와 눈을 마주치며 눈을 깜박거렸습니다.

"왜? 할 말 있어?"

"아니. 그냥…… 다음 시간 음악이니까 이동하자고."

"그래. 얼른 가자."

여랑이와 신비가 그제야 환하게 웃으며 내 어깨를 만집니다. 나는 약간 위화감을 느꼈습니다. 가끔, 아침에 잘 다려놓은 교복 셔츠를 걸치며 불현듯 느끼곤 했던 그런 위화감. 있어서는 안 될 곳에 있어서는 안 될 무언가가 천연덕스럽게 놓여 있는 듯, 등줄기가 서늘해지는 그런 감각에 손끝이 흠칫 떨립니다.

"음악 끝나고 뭐 먹을까? 식당 갈래, 매점 갈래?"

"식단이 뭔데? 배춧국 아냐?"

"배춧국은 내일. 오늘은 매운 된장국이래. 콩자반하고 연두부하고……"

"아, 뭐야? 온통 콩밭이네. 이게 다 단해가 또 콩밭 갔다 와서 그런 거야."

그치?

여랑이와 신비가 내게 동의를 구합니다. 나는 응, 응, 하고 열심히 고개를 끄덕입니다. 위화감은 어느새 걷히고 나는 두 명의 친구와 더불어 10학년 건물의 층계를 소란스럽게 내달립니다. 늦은 봄, 하늘은 뺨을 가져다 대면 부들부들한 감촉이 느껴질 것처럼 곱고 탐스러운 빛깔입니다. 나는 그제야 기분이 좀 나아졌습니다.

지금이라면, 은오가 세이를 좋아한다 해도 너그럽게 웃을 수 있을 것 같습니다.

"단해야."

음악실 문 앞에서 세이가 내게 말을 걸었습니다.

"왜?"

"저기, 서겸 선배님이 네 말이라면 들어주실지도 모르니까 부탁하는 건데…….."

"선배는 내 말 안 들어."

세이는 난처한 표정으로 주위를 두리번거렸습니다. 여랑이와 신비가 의아한 듯 내 곁에서 한 발 물러섰습니다.

"미안. 잠깐만 단해 빌릴게."

"어, 어…… 그래. 단해야, 우리 먼저 들어갈게."

둘이 다른 아이들과 함께 웅성웅성 음악실로 들어갑니다. 나는 세이의 손에 끌려 창문을 등지고 섰습니다.

"단해 네가 부탁해서 상희 도시락 받지 말아달라고 해줄래? 상희가 가지고 왔을 땐 내가 험한 말 좀 해서라도 말렸는데, 서겸 선배님이 가지고 오시면 거절할 수 없어. 알잖아, 응?"

"왜? 서겸 선배님이 왕자님이라서 그래?"

"그래. 우린 어디까지나 봉래의 백성이야. 이런 경우에 선배님 호의를 거절할 명분은 없단 말이야. 그러니까……."

"내가 왜?"

종이 울리는 소리가 들렸습니다. 나는 어깨를 으쓱거리며 내가 듣기에도 냉정한 목소리로 딱 잘라 말했습니다.

"내가 왜 그래야 돼? 세이 너도 은오 좋아하잖아?"

그 말에, 정세이의 예쁘장한 얼굴이 새빨갛게 달아올랐습니다. 가슴속이 뒤틀리고, 입을 열면 나쁜 말이 쏟아질 것 같아서 나는 얼른 음악실 안으로 도망쳤습니다. 세이도 같은 수업을 들을 텐데 그 애는 출석하지 않았습니다.

"저기, 세이가 뭐래?"

"응? 별거 아냐. 서겸 선배한테 내가 이야기하면 들어줄지도 모른다고, 뭔가 부탁하러 왔어. 이상하지?"

"어……."

점심시간에 묻길래 대답해줬더니 여랑이와 신비는 젓가락을 쥔 채로 서로 눈을 마주 보며 어깨를 으쓱거렸습니다.

"왜?"

"그래도 세이가 모처럼 부탁하는 건데 서겸 선배님께 얘기 정도는 해주지그래?"

"내가 왜? 선배 일은 선배가 알아서 할 거야. 나랑 관계없어."

어색한 대화가 뚝 끊어진 사이로 학생식당의 소란이 스며들었습니다. 나는 숟가락이 식판 바닥을 긁는 소리에 맞추어 입안에 든 당근을 씹었습니다. 아침에 먹었던, 당근무늬 도시락 가방 안에서 꺼낸 기름진 고로케 맛이 불현듯 혀끝에서 되살아났습니다. 보온병 뚜껑을 열던 순간의 내음도, 티라미수가 입술에 흔적을 남기면서 부서지던 감촉이, 그리고 씁쓸하게 웃으며 이마를 기울였던 민상희의 발소리가…… 한꺼번에.

"단해, 주단해. 너 또 안 듣고 있지?"

"아? 응? 어, 미안."

밥이 반이나 남은 식판에 수저를 내려놓고 여랑이와 신비는 복잡한 표정을 지었습니다. 깊이깊이 한숨을 쉬고 할 말을 삼키듯 머뭇거리며 두 사람은 오래오래 나를 쳐다보았습니다. 나는 이해가 되지 않아서 고개를 갸웃거렸습니다.

"왜?"

"아무것도 아니야. 그냥 배가 불러서."

그제야 두 사람은 나를 향해 웃어주었습니다. 찌푸린 미간 때문에 웃는 얼굴은 조금도 즐겁게 보이지 않았지만 나는 두 사람에게 무엇을 물어야 할지, 어떻게 물어보아야 하는 건지, 도무지 알 수가 없었습니다.

점심을 먹고 나서 여랑이와 신비가 독서부인지 원예부인지 기억나지 않는 그 애들 특별활동 때문에 뭘 하러 간다고 해서, 나는 혼자 탐정클럽의 부실로 걸어왔습니다. 한 뼘 정도 문이 열린 채 안쪽에서 세이 목소리가 흘러나왔습니다.

"이렇게 될 줄은 몰랐습니다, 정말 몰랐습니다! 선배님, 부탁드릴게요."

"세이 양이 하는 말은 잘 알겠어. 그렇지만 나는 의뢰를 받았고, 그러니까 내가 이제 와서 그걸 거절할 수는 없어."

이건 서겸 선배의 목소리. 여전히 나긋나긋하고 상냥한 목소리입니다. 항상 이런 식이라면 필사적으로 말하는 쪽에서는 기분이 상할 법도 한데 지금껏 선배의 대응을 못마땅해하는 사람은 본적이 없으니까, 역시 이런 것도 나름대로 선배의 재능인가봅니다. 그놈의 재능은 쓸데없는 방향으로 다채롭기도 하지.

"선배님! 상희를 말려야 해요. 저는 책임감 느끼고 이렇게 쫓아온 겁니다. 선배님, 부탁 드립니다."

"자세히 말할 수 없는 데는 다른 이유가 있겠지?"

"저는, 그러니까, 저는…… 이건 다른 '언약' 때문에…….."

"저런. 그러면 어쩔 수 없지. 괴롭겠네."

"아, 역시 알아주시는 거군요!"

반색하는 세이의 목소리가 팽그르르 날아 내리는 꽃잎 같다면 서겸 선배의 부드러운 목소리는 말하자면…….

"그것과 이건 별개. 미안해, 세이 양. 알 수 없는 이유 때문에 일방적으로 의뢰를 파기할 수는 없어."

말하자면 장난삼아 꽃잎 위를 일부러 밟아버리는 꼬마들 같습니다.

"미안해, 세이 양. 그렇지만 염려하는 일은 일어나지 않을 거야.

약속할게."

"외람된 말씀이오나, 믿을 수 없습니다."

"세이 양이 불안하게 여기는 것도 무리는 아니야. 그렇지만…… 단해 양."

갑자기 선배가 이름을 불렀기 때문에 나는 조용히 문을 열었습니다. 문 바로 앞에 등지고 서 있던 세이는 화들짝 놀라 뒤를 휙 돌아보았습니다. 얼굴이 발갛게 상기되어 있었습니다. 선배는 이렇게 열심인 세이가 귀여워 어쩔 줄 모르고 있을 게 틀림없습니다. 원래 그런 사람이니까요.

"세이 양. 단해 양이 있으니까 안심해도 돼. 단해 양은 아주 유능한 멤버거든."

"그, 그렇지만!"

세이는 세차게 고개를 흔들며 선배에게 달려들었습니다. 정말 무릎이라도 꿇을 기세여서 선배는 난처한 얼굴로 세이의 어깨를 잡아 일으켜야 했습니다. 나는 뒷짐을 진 채 남의 일 구경하듯 멀뚱멀뚱 그런 두 사람을 바라볼 뿐이었습니다. 선배가 눈짓으로 문을 닫아달라고 해서 나는 마지못해 안으로 들어서며 몸을 반만 뒤로 돌렸습니다. 손잡이를 잡아당길 때 세이가 벌컥 선배를 향해 소리를 질렀습니다.

"저런 게 있으니까 더 안심이 안 된다구요!"

내가 멈칫하는 사이 세이는 눈물이 그렁그렁한 눈으로 나를 한 번 쏘아보고는 부실에서 뛰쳐나갔습니다.

"단해 양. 안 다쳤어?"

비로소 떠밀렸다, 는 사실을 깨달았습니다. 나는 꽃잎이 아니니까 한 번 밟혀도 시들거나 짓이겨지지 않는데요? 나는 고개를 끄덕거렸습니다.

"그럼요. 세이, 참 귀엽네요."

"……그렇지?"

미묘하게 사이를 두고 대답하는 목소리에 힘이 없어서, 나는 새삼스럽게 선배의 눈을 바라보았습니다. 부드럽게 웃고 있는 얼굴에서는 동요하는 기색을 찾아볼 수 없는데 어쩐지 평소랑은 조금 다른 것 같습니다. 역시 내 착각일까요?

"은오도 세이를 좋아하나요?"

불쑥 물었지만 선배의 웃는 얼굴은 역시 무너지지 않았습니다. 역시, 내 착각이었군요.

"은오에게 직접 묻는 편이 좋지 않을까? 단해 양. 어제는 내가 단해 양에게 말을 함부로 한 것 같아서 후회하던 참이거든. 역시 그런 건 직접 묻는 게 좋다고 생각해."

"정설을 듣고 싶은 게 아닌걸요. 결과가 뻔하면 굳이 물을 필요도 없잖아요? 상대한테도 얼마나 대답하기 거북한데요. 예를 들어서, 선배한테 지금 좋아하는 여자애가 있냐고 묻는다면 대답하실 수 있겠어요?"

"누가 묻는가의 문제 아닐까? 단해 양."

의외의 대답이라서 오히려 내가 동요하고 말았습니다.

"어라, 있어요? 누군데요?"

"그리고 어떻게, 어떤 기분으로 묻는가의 문제겠지. 아하하."

"아하하…… 가 아니잖아요. 쳇. 모처럼 재미있는 이야기라도 듣게 되는가 싶었더니. 역시 쓸모 없어, 이런 클럽. 괜히 팔뚝에 멍이나 들고 말이지요."

"다쳤어?"

깜짝이야. 항상 시끄러운 인간이긴 하지만 서겸 선배가 이렇게 큰 목소리를 내는 건 되게 오랜만입니다. 예전에도 들어본 거 같은데 그게 그러니까…… 아, 모르겠다. 어차피 잘 기억 안 나는 걸 보니 또 매우 사소한 일이었겠지만 여하간 흔하지 않다는 건 알거든요, 이런 거. 그냥 꿈에서 본 걸지도 모르죠. '일단은 왕자님'이라서 '그럭저럭 왕자님 교육'을 받은 평서겸 선배님은 언제나 상냥한 얼굴로, 언제나 부드러운 목소리로, 언제나 모두에게 공평무사친절하시니까요.

나한테도 공평무사친절하셔서 얼른 봉래로 돌아가주시면 참 좋을 텐데.

"미안해. 단해 양. 다치게 해서 정말 미안."

"다친 건 팔인데 머리 쓰다듬지 마시구요."

"대신 오늘 귀가할 때 가방 들어줄게."

"필요 없거든요. 오늘은 여랑이랑 신비랑 가야 돼요."

선배가 반 억지로 하교길에 동행하는 건 이틀에 하루 꼴. 그러니까 절반의 확률입니다. 선배가 클럽에서 나를 붙잡아두지 않는 날이면 대체로 여랑이, 신비와 함께 집에 갑니다. 두 사람은 고등부에 진학한 후에 하교 방향이 같아서 친해진 사이입니다. 은오가 이제는 같이 안 가겠다고 한 다음 외톨이가 될 뻔한 내게는 구원자 같은 친구들이라고 할까요.

물론.

"있지, 단해야. 당분간은…… 저기, 당분간…… 같이 못 갈 거 같아. 우리들, 저기, 그…… 특별활동 부서 일이 갑자기 생겨서…… 응? 알았지?"

물론 가끔은, 친구라고는 해도 다른 볼일이 생기곤 하지만요. 원래 누구든 항상 함께일 순 없잖아요? 친구라고는 해도, 어쩔 수 없는 일이 있는 거니까. 그러니까 괜찮습니다. 어차피 매일매일 같이 하교할 수 있었던 것도 아니고, 둘 다 특별활동 부서 때문에 바쁘다고 자주 이야기하곤 했으니까요. 나도 선배에게 붙들려 웃기지도 않은 의뢰 이야기 따위를 듣다보면 두 사람과 함께 갈 수 없는 날이 절반은 됐고 말이지요.

"그래. 알았어. 역시 같은 부 들었으면 좋았을 텐데. 아쉽다."

"그, 그래. 내년에는 단해도 우리랑 같이 원예부 하자. 알았지?"

독서부 아니었나? 아, 원예부…… 였지. 맞아. 중등부 때는 다 같이 원예부였지만, 고등부에 들어서는 독서부에 들기로…… 어라, 헷갈리네요. 수학 시간에 기초 문제를 눈으로 훑고 나서 첫 번째 연습 문제를 풀기 시작한 것마냥. 에이, 별로 중요한 것도 아니잖아요? 원예부든 독서부든 적당히 손을 들어 가입하는 건 마찬가지니까.

여랑이와 신비와 헤어진 다음에 운동장을 똑바로 가로질러 혼자서 씩씩하게 귀가했습니다. 따뜻한 바람이 뺨과 머리카락을 스치는 좁다란 골목길 위를 혼자 걸어, 처음 보는 방향으로도 시선을 주면서 집으로 돌아오니 가족들은 아직 귀가하지 않아 텅 빈 집에 또 혼자였습니다. 거실에서 텔레비전을 보고 냉장고에서 주스를 꺼내 마시고 숙제도 했습니다. 8시가 지나서야 어머니가, 아버지가, 오빠와 언니와 여동생이 차례차례 돌아왔고 그다음에는 숙부네 가족이 들러 함께 과일을 먹었습니다.

또,

이상한 위화감.

자려고 누웠는데 갑자기 주위의 정적과 밤 어둠마저 두려워져서 온몸이 떨렸습니다. 세상에 홀로 남겨진 것 같은 공포 때문에 울고 싶어 눈을 깜박였습니다. 그런데 눈물은 흐르지 않았습니다.

마치 꿈속처럼.

꿈에서 태어나 꿈에서 자라, 이게 꿈인지 모르는 사람처럼.

─이런 거, 이제 그만두자.

─왜?

─이제 같이 다니지도 않을 거야. 고등부에서 만나면 인사 정도는 하기로 하자.

─왜? 은오야, 왜 그러는데?

꿈속에서 은오가 고개를 흔들었습니다. 몇 번이나 반복되어서 시시한 악몽인지 실재한 일의 반향인지도 알 수 없는 목소리가 무겁게 떨어졌습니다.

─주단해 너는…….

……전부 꿈이니까, 괜찮아요. 울지 않습니다.

"서겸 선배 아직인데. 너 매일 시간 되게 못 맞추는 구나?"

잠을 제대로 못 자서 신경이 곤두선 채로, 아침 일찍 부실에 앉아 있는데 역시 상희가 고개를 들이밀었습니다. 까칠까칠한 목소리로 쏘아붙였더니 그녀는 어제의 어색한 표정이 무색할 만큼 당당하게 웃으며 대꾸했습니다.

"나, 축구부 회의 가야 되거든. 곧 친선 경기니까 그거 준비할게 많아서 빠지면 안 돼. 안 그래도 정세이가 눈 시퍼렇게 뜨고 꼬투리 잡으려 드는 판인데 틈을 보이면 잘릴지도 몰라."

"내가 이거 다 먹어버릴 거야."

"서겸 선배가 너한테 주면 된다고 했어. 아무리 너라도 설마 선배한테도 이상하게 구는 건 아니겠지? 그럼 나, 간다."

"……뭐? '이상하게'? 내가 뭐가?"

"아, 몰라. 아무튼 분명히 준 거야? 주단해."

문이 탁, 닫혔습니다.

나는 질까보냐 하는 심정이 되어서 상희가 가지고 온 도시락 가방을 기세 좋게 열어젖혔습니다. 죄책감 같은 건 상희가 문 닫을 때 같이 닫아버린 셈치죠, 뭐. 귀여운 무늬가 종종 박힌 도시락 통은 삼단. 우유 리조또, 진한 초콜릿 무스, 생크림이 들어간 슈와 마들렌, 닭가슴살과 체더치즈를 곁들인 샐러드, 토끼 모양으로 만든 달걀까지 오밀조밀 귀엽게도 싸놓았습니다. 정말 끼니를 준비하는 건지 간식거리인지 모를 만큼 기름진 데다 달콤한 메뉴인데 양만은 제법 푸짐합니다.

— 선배한테도 '이상하게' 구는 건 아니겠지?

알 게 뭐람. 신경 쓰이는 소리 같은 거 무시하고 눈앞의 먹거리에 집중해 빠짐없이 한두 개 집어 먹고 도시락 뚜껑을 잘 닫아놓자니, 곧 선배가 왕림하셨습니다.

아니, 출현. 심심산천의 노루처럼 유유하십니다.

"오늘도 고마워, 단해 양."

"별 말씀을요."

나는 태연한 표정으로 창가에 앉아 읽던 책의 한가운데 페이지를 펼쳐놓고 있었습니다. 그렇게 사흘간 매일 똑같은 일이 반복되었습니다. 삶에는 변화가 필요한 법이죠. 목요일 아침, 일찍 등교한 나는 부실에서 상희의 도시락을 받는 대신 일부러 교실로 왔습니다. 교실에 가방을 두고 조금 여유를 즐기다가 부실로 가면 상희가 애가 닳아서 기다리고 있지 않을까 했거든요. 오 분 정도는 지각해서 세이에게 한 번쯤 싫은 소리를 들어도 괜찮잖아요? 적어도 좋아하는 애한테 '권력'을 이용해서 도시락을 전해주고 있는 처지니까 그 정도 고난은 애교로 감수해주었으면 합니다.

"……정말 이해가 안 돼!"

나를 밀쳐내고 뛰쳐나가던 때처럼 격한 목소리. 분명 정세이입니다. 나는 교실 문을 열려던 손을 멈췄습니다. 일부러 인기척을 안 낸 것도 아닌데, 세이는 대화에 넋이 나가서 누가 오는 소리를 못 들었나봅니다. 엿듣는 꼴이 되기 싫어 슬그머니 돌아서려는데 낯익은 목소리가 이어서 들려왔습니다.

"어쩌겠니? 네가 참아, 세이야."

서여랑.

"그래, 네가 참아. 선배님한테 무슨 생각이 있겠지."

한신비.

"너희들도 대단하다, 정말. 은오도 대단하지만 여랑이랑 신비 너희들도 몇 달이나 그런 애랑 같이 하교하고, 같이 밥도 먹고…… 비위도 좋지."

무슨 소리지? 은오가 왜? 여랑이랑 신비가 왜?

"아냐. 은오가 진짜 대단하지. 우린…… 실은 우리, 같이 다니는 거 이제 못하겠어."

"응. 요 며칠 전부터 바쁘다고 하고 집에 갈 때 우리끼리 가. 일부러 원예부 가서 오래 남고 막 그래. 진짜 숨 막히더라."

"은오 진짜 대단해. 걔는 초등부 때부터 중등부 졸업할 때까지 쭉 같이 다녔다며? 진짜 무섭다. 문은오 걔는 벌써 봉래 가서 신선해도 될 거 같아."

내가 왜?

왜 거짓말까지 해가면서 따돌렸던 거지? 내가 뭘 잘못했는데?

도저히 답이 나오지 않아서, 차마 물어볼 엄두도 나지 않았습니다.

하지만 화가 났습니다. 더 듣고 있어도, 자리를 피해도, 어쨌거나 비겁한 사람이 될 것 같아 일단 문을 벌컥 열어젖혔습니다.

"다, 단해야."

당황한 얼굴의 세 사람을 향해 심호흡을 가다듬고, 외쳤습니다.

"정세이! 상희는 매일 이 시간쯤에 도시락을 맡기러 나한테 와! 선배는 십오 분 더 있어야 오니까 그사이에는 나밖에 없어. 알았어? 나 혼자라고!"

타앙.

문을 닫고 나는 정신없이 달려서 탐정부실로 가 문을 열었습니다. 숨을 헐떡이는 시야에 서성거리고 있던 민상희가 보였습니다. 한쪽 손에는 핑크색 손잡이가 달린 새 도시락 가방, 다른 손에는 커다란 귤색 보온병이 들려 있었습니다.

─이제 그만두자, 이런 거.

화가 나는데, 눈물이 날 것 같은데, 그런데 어떻게 해야 할지 모르겠습니다. 길을 잃어버린 어린애처럼 그저 혼란스러울 뿐, 무어라고 내뱉어야 하는지도 떠오르지 않아서. 머릿속은 그냥 새하얀 채로 텅 비어 있을 뿐이어서.

"저기, 단해…… 야?"

"아침마다 이거 내가 먹어버렸어! 전부 한 개씩 먹었다고. 맛있더라? 약 오르지? 너 음식 솜씨 되게 좋아. 흥."

어라. 이게 아닌데?

"전부?"

상희의 표정이 일그러졌습니다. 심장 근처가 쓰라렸습니다. 상처 주려던 게 아닙니다. 누군가를 상처 입히고 싶은 것이 아닙니다. 분노보다 슬픔의 크기가 커서 나는 세차게 고개만 저었습니다.

"한 개씩. 매일매일 한 개씩 먹어 치웠어."

"너, 정말 이상한 애구나."

세상이 뒤집힐 것처럼 서글픈 듯싶더니 어느새 마음이 편안해 졌습니다. 나는 한숨을 쉬었습니다. 아무렇지도 않아요. 왜 화를 냈더라, 하고 생각하니 교실 안에서 들려왔던 이해 못할 이야기 들이 아주 오래된 일 같기까지 합니다. 나는 포기가 빠른 타입 같 습니다. 단순하고 사소한 건 쉽게 잊고 별로 신경 쓰지 않는 성격. 이런 것도 사람 나름이니까 어쩔 수 없는 일이겠지요.

"민상희! 주단해!"

그에 반해 저렇게 열렬하고 적극적이며 에너지가 넘치는 타입 도 있습니다. 만사에 집착이 없다 못해 기운도 없는 나는, 신기한 생물 보듯이 정세이를 돌아보았습니다. 교실에서 여기까지 달려 온 모양인지 얼굴이 발갛게 달아 있었습니다.

"그러길래 도시락 주면 안 된다고 했잖아, 민상희! 몇 번을 말 해? 도대체 몇 명을 더 못살게 굴어야 직성이 풀리니?"

세이는 나를 확 밀쳐내고 상희에게 똑바로 다가가 버럭버럭 외쳤습니다. 싸늘한 데다 할 말은 할 것 같은 외모의 세이와는 달 리 상희는 어딘가 나른한 인상이었는데, 이때는 사람이 달라진 것처럼 지지 않고 소리를 질렀습니다.

"세이 넌 왜 방해야? 네가 뭔데! 네가 왜 이런 일까지 감 놔라 대추 놔라 끼어드는 거냐고! 도시락 좀 주는 게 뭐가 나빠? 왜 안 되는데, 왜!"

"글쎄, 안 된다면 안 되는 줄 알아라! 좀! 너 바보야? 사람이 눈치라는 게 있어야 할 거 아니니?"

"도시락 좀 주는 게 어때서!"

"어떻다, 왜? 사람 말 좀 들엇!"

나는 영화 구경을 하는 사람처럼 몇 발자국 뒤에 서서 멀뚱멀뚱 두 사람을 지켜보았습니다. 저렇게 오래, 짜증과 분노를 유지할 수 있다는 것도 재능이겠지요. 항상 이야기했다시피 나는 적응도 포기도 빠른 타입이라서 잘은 모르겠지만, 손가락으로 툭 건드리면 '감정'이라는 게 물씬 흘러나올 듯한 저런 열렬한 에너지가 싫지는 않습니다.

"주고 싶어…… 줄 거야! 꼭 줄 거야! 줘야 된단 말이야! 나, 이번 시합 때까지만이라도…… 주고 싶어, 나, 세이야. 제발."

상희는 이제 거의 울 것 같습니다. 눈물이 그렁그렁 맺혀선, 온 세상에서 자기가 제일 서러운 일을 당하기나 한 듯이 입술을 꼭 깨물더니 세이의 두 손을 덥석 잡아 제 가슴에 파묻었습니다.

"세이야, 너도 알잖아? 걔, 지난번 시합 때는 갑자기 아파서 출전도 못했어. 그때 앓고 나서 얼마나 야위었던지 내 마음이 다 아팠단 말이야. 그러니까 이번엔 꼭…… 꼭 좋은 것만 먹게 해주고 싶었어. 맛있고 영양가 높은 걸로 가득 준비해서, 시합 날에 제대로 뛰는 걸 보고 싶었단 말이야."

세이는 초조한 얼굴로 주위를 힐끔거렸습니다. 그리고 상희가 간곡하게 쥔 손을 뿌리치며 단호하게 말했습니다.

"그래도 안 돼! 민상희, 네가 얼마나 바보 같은 줄 알기나 하니?"

더 참지 못하고, 나는 두 사람 곁으로 다가갔습니다. 그리고 세이를 똑바로 바라보며 하고 싶었던 말을 고스란히 내뱉었습니다.

"그건 세이 너도 은오를 좋아하기 때문이지? 너도 바보 같아."

세이의 예쁜 얼굴이 새빨갛게 달아올랐습니다. 그 이상 빨갛게 될 수는 없을 정도로 달아올라서, 만져보면 따끈따끈할 것 같습니다.

"주단해! 너 정말……!"

번쩍 들려 올라간 세이의 한쪽 손목을 공중에서 튀어나온 다른 사람의 손이 붙잡았습니다. 나와 세이와 상희의 시선이 한곳으로 모였습니다.

"안녕. 정세이 양. 민상희 양. 회의에 한참 늦은 것 같은데, 괜찮겠어?"

서겸 선배.

소리도 없이 다가오는 법은 어디에서 언제 배운 걸까요? 정말 축지법이라도 쓰나?

"실, 실례했습니다. 선배님. 모쪼록 양해해주십시오."

맞춘 것처럼 허리 숙여 인사하며 두 여자아이가 부실을 빠져나갔습니다. 서겸 선배는 빙글빙글 웃는 얼굴로 난처한 듯 눈썹을 찡그리며 내 머리를 쓰다듬었습니다. 응, 이 인간은 그냥 이러고 싶었던 거겠죠.

"무슨 일인지 물어도 될까?"

"아뇨."

"하지만 알고 싶은데."

"음…… 다퉜어요. 여자애들끼리."

"그래?"

적당한 대답에 기쁜 듯 신기한 듯 복잡한 얼굴로 서겸 선배가 활짝 웃었습니다.

"잘됐네. 응, 잘했어, 단해 양."

서겸 선배의 그 표정을 보고 나는 생각했습니다.

'그렇구나. 선배도 내가 이상하다는 걸 알고 있었구나.'

저 표정은, 내가 '다룰 수 있을 리 없다'고 전제했던 사람이 짓는 거니까. 선배도 세이도 상희도 여랑이와 신비도, 그리고 은오도…… 모두 알고 있었던 거예요. 나만 몰랐던 겁니다. 나만. 모두들 나만 빼놓고 여기저기에서 수군수군 무언가를 이야기했던 거야. 항상, '이상한 애'라고 생각해왔던 거야.

'은오도…….'

나, 어디가 이상한 걸까요?

알고 싶지만 나는 알 수 없습니다. 왜냐하면 나는 언제나 나였고 어디까지나 나였으니까요. 이렇게 태어나 이렇게 살아온 내가 '나'인 건데 이제 와서 새삼 나 자신을 의심한다는 건 아주 어려운 일입니다. 알고 싶었습니다. 무엇이든, 내가 모르는 나에 대해서 묻고 싶었습니다. 그러나 서겸 선배한테는 그럴 수 없습니다. 선배는 아주아주 명석한 사람이니까요. 표정을 감추는 것도 적당히 말하는 것도 전부 대단히 잘하는, 그런 왕자님이니까요. 아무리 둔한 사람이라고 해도 나만큼 곁에 있으면 금세 깨닫게 될 거예요. 서겸 선배는, 이 공평무사친절하신 왕자님께서는, 실은 세상 모든 것과 거리를 두고 세계의 가장자리에서만 살아왔다는 사실을.

서겸 선배는 여자애들을 보고 귀엽다고 말하면서도 그게 자기 자신과는 아무 상관도 없다고 생각하는 사람입니다. 그러니까 귀여운 거예요. 상관이 없으니까 챙겨주고 상냥하게 대해주고 귀찮은 일을 부탁해와도 웃는 얼굴로 끝까지 들어주는 겁니다.

상관이 없으니까.

그쪽에서 내민 손을 잠깐 잡아준 다음 아름답게 웃으며 작별하면 손바닥과 손바닥이 닿았던 온기는 날아가버리고 아무런 흔적도 선배에게 남지 않게 되니까. 모든 건 그저 봄바람이 버드나무의 가장 연한 잎을 건드리고 지나듯 찰나에 불과하니까.

그리고 나는.

이상한, 그런데 어디가 이상한지를 나 자신만이 모르는, 그런 인간입니다.

"친선 경기가 끝난 다음에 물어볼 거예요."

"응?"

"친선 경기가 끝난 다음에 은오한테 물어볼 거예요. 내가 왜 싫어졌는지."

좋아했다고 이야기하자.

왜 싫어졌는지 알고 싶다고. 내가 어디가 그렇게나 이상한 인간이기에 너를 힘겹게 했던 것이냐고, 부디 알려달라고 하자. 나는 그렇게 다짐했습니다. 진지하게 이야기하면 은오는 분명 친절하게 대답해주겠지요. 은오는 좋은 애니까요.

틀림없이 나는 답을 얻을 수 있을 겁니다.

"단해 양, 지금도 문은오 군을 좋아해?"

"좋아해요."

나는 매우 중요한 질문에 대답하듯 열심히 말했습니다. 좋아해요. 다른 그 누구도 좋아해본 적이 없는 것처럼 느껴질 만큼. 그러니까 나는 알아야 합니다. 나만이 알지 못하는 내 모습을 똑바로 직시하지 않으면 안 됩니다.

"단해 양, 정말 귀여워."

"뭐가요?"

"그렇게 진지한 얼굴로 진지한 결심을 이야기하면서도 아무렇지도 않게 상희 양이 가지고 온 도시락 뚜껑을 열다니."

아, 이게 아닌데.

"그런데 선배, 야단 안 치세요? 저를 말리셔야지요."

"뭘? 문은오 군에게 고백하겠다는 결심? 그건 단해 양이 정할 문젠데?"

"아뇨. 전해줄 도시락을 먹어버렸잖아요. 한 개씩."

"그건 좋은 건데. 상희 양은 도시락을 '본래 형태 그대로 손대지 않고' 전해달라고는 말하지 않았잖아. 단해 양은 잘해줬어."

가만 있자.

잘해줬어, 라는 건…….

"제가 하나씩 꺼내 먹는 거 알고 계셨어요?"

"왜 몰랐을 거라고 생각해?"

도시락 뚜껑을 열고 손가락부터 들이대는 뻔뻔한 나를, 서겸 선배는 세상에서 가장 자애로운 얼굴로 지켜볼 뿐이었습니다. 가

없은 민상희. 계약은 신중하고 정확하게 했어야지.

"그런데요, 선배."

나는 우선 뽀얀 빛깔로 윤기가 줄줄 흐르는 생선 테린을 베어 물고, 다른 손으로 살라미 햄과 치즈를 얹은 포카치아를 집어 들었습니다. 우물우물 입안에 든 걸 삼키느라 선배를 불러놓고도 말을 잇지 못하다가 선배가 직접 따라 건네주는 국화차를 마시고서야 겨우 숨을 몰아쉴 수 있었습니다.

"선배, 어떻게 알았어요?"

그 말에 답하기 전에 다시 집어 든 건, 우유 푸딩. 탱글탱글한 질감도 혀끝에 감기는 맛도 최고입니다. 뽀얀 식빵에 얇게 썬 사과와 치즈를 잔뜩 넣어, 먹기 좋게 한입 크기로 잘라놓은 샌드위치. 버터 발라 구워낸 양파와 버섯소스를 부은 스테이크, 녹말가루를 입혀 튀겨낸 후 피자 치즈를 갈아 뿌려낸 감자튀김……몇 가지나 만든 걸까요. 푸짐하기 그지없는 도시락입니다. 나는 하나씩 하나씩 무엇 하나 빼놓지 않고 순서도 없이 아무렇게나 집어 먹었습니다.

"정말 잘 먹네. 단해 양."

내가 바닐라 마카롱과 으깬 딸기를 섞은 수제 요구르트를 마신 후 마지막으로 오렌지 필이 들어간 샤브레를 집어 먹고 입맛을 다실 때까지, 서겸 선배는 여전히 자애로운 얼굴로 턱을 괸 채 나를 바라보고 있었습니다. 원래는 이 시간쯤 도시락을 가지고 축구부에 다녀오곤 했지만 조금 늦어져버렸으니까요. 오늘은.

"제가 집어 먹고 있다는 거, 어떻게 아셨냐고요. 서겸 선배."

"그야 쉽잖아. 전혀 넘어가지 않는 책장이라든가, 묻어 있는 기름기만 봐도 누구나 쉽게 눈치챌 수 있지. 적어도 대상을 면밀하게 지켜봐온 사람이라면 말이야."

"와! 저, 감시당하고 있었나요?"

"관심 있게 지켜본다, 라고 하는 거야. 단해 양."

미풍에 나뭇잎이 팔락거리듯이 조그맣게, 선배는 웃었습니다.

"휴지를 가지고 다니지 않거든요. 손수건도 없고. 화장실까지 가는 건 어쩐지 귀찮아서 말이에요."

나는 손가락을 핥고 도시락 가방을 원래대로 돌려놓았습니다. 그리고 자, 하고 선배에게 뻔뻔스럽게 내밀자 선배는 공손하게 두 손을 내밀어 그것을 받아 들고 고개를 살짝 기울여 보였습니다. 부드럽게 빗어 내린 머리카락에서 방울 소리라도 날 것 같습니다.

"그리고 그런 게 아니라도, 예를 들면……."

소리도 없이 몸을 일으킨 선배는 문 쪽으로 다가가는 대신 나를 향해 몸을 숙이고 손가락을 뻗어, 엄지손가락으로 내 입술 끝을 가볍게 쓸었습니다.

"입가에 묻은 초콜릿크림 같은 걸 보면 누구나 방금 전에 무슨 일이 있었는지 알 수 있어. 단해 양."

갑작스러운 일에 놀라 머릿속이 새하얘졌습니다. 눈을 동그랗게 뜨고 낯선 생물을 보듯이 선배를 올려다보자, 선배는 다시 빙글빙글 상냥하게 웃었습니다.

"단해 양은 귀여워. 상희 양이 도시락을 주러 왔던 요 며칠간 읽고 있던 페이지가 단 한 번도 바뀌지를 않았거든. 정말 귀여워."

그제야 나는 읽던 페이지가 온통 기름 범벅이라는 걸 깨달았습니다. 맙소사. 매일매일, 아침저녁으로 부실에 와서 시간을 보냈는데 그동안 난 뭘한 걸까요. 모든 신경이 도시락과 세이와 상희와 그리고 은오에게 집중되어 있었던 걸까요. 하루 종일 아무것도 하지 않고 그것만 생각했던 것처럼, 나는 갑자기 막막해졌습니다. 그럴 리가 없는데. 과제도 틀림없이 해왔고 수업 시간에 필기도 하고 음악 시간에는 짧은 가곡을 듣고 채보도 했습니다.

"그럼, 다녀올게."

어라.

나는 갑자기 낯선 느낌이 들어서 부실을 나서는 선배를 향해 고개를 갸웃거렸습니다. 매번 하던 인사랑 다른 것 같기도 하고 그렇지 않은 것 같기도 합니다. 하지만 중요한 문제가 아니니까 아무래도 상관없다고, 곧 고쳐 생각했습니다.

결국 시합 전날, 그 사건이 일어났습니다.

사건이라고 하면 지나치게 거창해서 어울리지 않는 것 같습니다만.

"단해 양! 출동이다!"

라고 외치며, 서겸 선배님께서 오전 7시도 되지 않은 시간에 부실을 습격하셨기 때문에 어쩔 수 없습니다. 오전 7시도 되지 않은 이른 아침에 부실에 있었던 나도 이상하다고 생각하실지 모르겠지만, 이 부분에 대해서는 약간의 변명을 하겠습니다. 요 며칠간, 나는 상희의 도시락을 8시에는 받아야 했기 때문에 학교에 일찍 왔습니다. 수업은 9시부터였고 8시 40분까지는 교실로 돌아가 자리에 앉아야 합니다. 그래서 나는 7시 정도에는 학교에 도착해 다이어리를 뒤지며 과제를 체크해본다든가 운동장에서 일찍부터 연습 중인 축구부 애들을 구경한다든가 했던 것입니다. 충분한 변명이 안 되었을지도 모르겠습니다만…….

"무슨 출동이오?"

"얼른 일어나, 얼른! 단해 양, 비상사태라고!"

선배는 재촉하며 내게 손짓했습니다. 나는 필기하던 펜을 필통 안에 집어넣고 천천히 몸을 일으켰습니다.

"상희 양이 도시락을 직접 전해줄 생각이라는 첩보를 입수했거든. 곧 축구부에 도착할 거야!"

"……그런 첩보는 어디에서 입수하시는 거예요?"

"학생회 여학생들이 상희 양의 동태를 매일매일 알려주고 있어."

"아, 그렇군요. 과연."

나는 갑자기 복도를 질주하기 시작한 선배의 뒤를 따라 달렸습니다. 농익은 봄인데도 이른 아침의 공기에는 서늘한 느낌이 남아 있었습니다. 건물 밖으로 나와서 운동부실과 운동기구 창고가 있는 방향을 향해 달리는 동안 선배는 딱 한 마디 중얼거렸습니다.

"계약 위반이잖아……."

운동장 구석에서 스트레칭을 하는 남학생들을 풀쩍 뛰어넘고, 트랙을 달리던 여학생의 눈앞을 쌩하니 가로지르고, 배구공을 세 개나 안고 뒤뚱뒤뚱 걷던 배구부원과 충돌할 뻔하는 절체절명의 위기를 거쳐 선배와 나는 축구부실 앞에 도착했습니다.

"자, 단해 양. 부탁해."

선배가 내 어깨를 툭 두드렸습니다. 나는 한숨을 쉬며 축구부실의 문을 벌컥 열고 선배와 이 괴상망측한 '탐정클럽 놀이'를 장식하기 위해 몇 번이나 했던 대사를 당당하게 외쳤습니다.

"전원 동작 그만! 이것은 명백한……!"

……뭐더라.

이런, 또 까먹었다. 나는 눈을 동그랗게 뜬 채 이쪽을 주시하고 계신 축구부원 여러분을 향해 멀뚱멀뚱 선 채 에헷 하고 웃음으로 말끝을 얼버무리며 되는 대로 덧붙였습니다.

"명백한…… 아마 계약 위반, 인 것 같은데요. 에헤헤헷."

"에헤헤헷, 이 아니잖아. 이 아가씨야."

선배가 한숨을 폭 내쉬며 내 어깨에 손을 얹었습니다. 그치만 기억이 안 나는걸요. 그렇게나 수많은, 대단히 인상적인, 평생 잊지 못할, 어마어마한 생쇼를 눈앞에서 목격해왔는데도 나는 선배의 '열심히 밀고 있는 멘트'를 깜박깜박 잊습니다. 뭐 선배가 멘트보다 인상적이기 때문이 아닐까 싶어요. 인간은 원래 언어보다 비주얼에 약하게 마련이잖아요.

아님 말고.

"뭐, 봐줄게. 단해 양은 귀여우니까."

말도 안 되는 소리를 하면서 안쪽으로 들어선 서겸 선배는 여전히 얼어붙어 계신 축구부원 여러분을 자비와 사랑과 기품이 한껏 넘치는 눈길로 주욱 둘러보셨습니다. 자기 몸만 한 도시락을 안고 저쪽 벽에 기대서 있던 상희는 서겸 선배와 눈이 마주치자 움찔 시선을 피하더니, 중얼중얼 뭐라고 입안으로 되뇌며 이쪽으로 먼저 다가왔습니다. 무척이나 불안해 보이는 얼굴입니다. 입술이 새하얀데 괜찮을까 걱정이 될 정도로.

"민상희 양. 단해 양이 말한 대로 계약 위반이잖아? 도시락을 전달해주기로 한 계약, 내일까지 아니었던가? 아니면 이 평서겸이 잘못 기억하고 있다고 말씀하실 작정이야?"

"하, 하지만…… 하지만 한 번만이라도 맛있게 먹는 걸 보고 싶어서……. 오늘이 마지막이니까……."

"틀림없이 전해주고 있었는데 상희 양은 나를 못 믿었던 모양이지? 이거 서운한데?"

"그치만!"

목소리가 불쑥 커졌다가 다시 기어들어갑니다. 눈을 마주치지도 못한 채 상희는 안절부절못했습니다. 안고 있는 도시락 가방에 시선을 고정하고 오늘은 뭘 만들어 왔을까 상상하는 나를 돌아보며 서겸 선배가 말했습니다.

"특명이야. 단해 양."

"네?"

"먹어버려."

네?

"말이 돼요?"

"말이 되든 안 되든, 말 떨어지기가 무섭게 상희 양의 품에서 도시락 가방을 낚아챈 단해 양이 할 말은 아닌 것 같은데?"

"어머나."

하지만 오늘은 호락호락하게 맛있는 도시락을 먹을 수 있을 것 같지 않습니다. 상희가 조그맣고 통통한 몸집에는 어울리지 않을 만큼 날렵한 동작으로 내 손에서 다시 도시락 가방을 쟁취했으니까요. 세상 최고의 보물이라도 되는 양 도시락 가방을 품에 안은 상희는 적개심 가득한 얼굴로 나를 쏘아보았습니다. 아깝다. 맛있는데, 상희 도시락.

"역시 네 손에 잠시라도 맡기는 게 아니었어. 주단해, 이…… 이 괴, 괴물!"

우와! 괴물이래!

"서겸 선배님, 선배님 말씀대로 계약은 파기된 거예요! 그러니까 말씀해주시지 않겠어요? 제 도시락, 명준이는 안 먹었던 거죠?"

"이런이런. 상희 양, 정말로 나를 안 믿었구나?"

난처한 듯이 서겸 선배는 웃고, 온 세상 가득 평화가 있기를 바라는 사람마냥 상냥한 얼굴로 그녀의 질문에 답했습니다.

"그야 당연히 안 먹었지."

원래 이런 인간이라는 건 잘 알고 있었지만…… 이 아니라. 잠깐. '명준이'라니 그건 누구죠? 상희가 좋아하는 건 은오 아니었나요?

"명준이가 누구야? 민상희, 네가 좋아하는 거 명준이야?"

"이런 상황에서 무슨 소릴 하는 거야? 주단해, 진짜 너 이상해! 그리고 명준인 너랑 같은 반이잖아!"

어, 그래?

"주단해, 너야?"

"엉?"

"너구나! 너야, 역시, 너였어! 단해 네가 명준일 빼돌린 거지!"

"엉……?"

뭔 소리야!

나는 어이가 없어서 서겸 선배를 돌아보았지만 선배는 모든 걸 다 용서한다는 표정으로 나를 바라볼 뿐이었습니다. 아니, 자비에 찬 눈길 말고 지금은 해명이 필요합니다만, 선배님.

"이번에도 잘 부탁해, 단해 양."

그러니까 설명을 해달라고요!

외치려는 찰나, 서겸 선배가 내 이마를 쓰다듬었습니다. 선배의 흰 손이 앞머리를 살짝 누르며 내려와 두 눈을 가렸을 때, 손가락 틈새로 바람이 찬란한 빛을 뿜으며 부서지는 광경이 보였습니다.

보였던 것 같습니다.

그리고,

의식과 함께 묵직한 육신이 어딘가로 푹 빠져 들어가기 시작했습니다.

"저기 선배, 여기 어디예요?"

"탐정의 전장."

"⋯⋯아, 네. 일단 지구는 아니군요. 잘 알겠습니다."

치즈케이크가 산을 이루고 우유가 폭포처럼 흐르는 땅, 입니다. 이렇게 말해야 하는 저도 한심하다고 생각하지만 실제로 내 눈앞에서는 현재 엄청나게 거대한 슈크림들이 위협적인 속도로 쏟아져 내리고 있습니다. 깔리면 죽지 않을까요? 젖과 꿀 대신 핫 코코아가 발밑에서 꿀렁꿀렁 새어 나오는 이 괴상한 땅에서, 나는 단 냄새 때문에 목숨의 위협을 느끼며 서겸 선배를 따라 걸었습니다.

"다행히 무척 순조롭게 '금제禁制'가 풀렸네. 아, 정말 어떻게 되나 했더니."

"뭐든 상관없으니까 저한테도 좀 설명이라는 걸 해주지 않으실래요?"

"단해 양이 묻는다면 뭐든 대답해줘야지. 뭘 알고 싶은데?"

"일단 여긴 어디예요?"

"탐정의 전장."

⋯⋯자꾸 농담하면 슈크림 빵으로 눌러버리겠어!

"상희 양을 찾아야 해. 붙잡힐 때까지 도시락 가방을 내놓지 않을 테니까."

"그거 그렇게 중요해요?"

"중요해. 상희 양의 계약은 파기되었지만 명준 군의 '언약'은 아직 성립하거든. 그래서 일이 복잡해진 것 같은데……. 부탁할게."

"그러니까 뭘요!"

"상희 양의 도시락. 책임지고 뺏어볼 테니까 곧장 먹어버려. 이번엔 전부."

내 대답 같은 건 들을 생각도 없는지 서겸 선배는 자기 할 말만 줄줄 늘어놓고 곧바로 몸을 날리더니, 하늘을 유유히 가로지르는 거대한 판 초콜릿 위로 훌쩍 올라탔습니다. 판 초콜릿 위에 위풍당당하게 선 채 서겸 선배는 우아한 뒷모습을 내게 향하고는 별사탕 강과 우유푸딩 산을 넘어 멀리멀리 사라졌습니다.

"……."

저기, 선배.

그래서 전 이제부터 뭘 어쩌면 좋은 걸까요?

묻고 싶었지만 주위를 아무리 둘러봐도 분수처럼 치솟아 오르는 우유와 초콜릿과 온갖 과자의 왕국이 펼쳐져 있을 뿐이었습니다.

'뭐 어때. 일단 먹고 생각하자.'

나는 아몬드 마카롱으로 만들어진 날개를 달고 파닥파닥 내 앞을 가로지르던 귤젤리 나비를 덥석 붙들어 사정없이 베어 물었습니다. 태평하게 웨하스로 된 바위에 앉아 세 가지 색 우유의 강이 흐르는 광경을 지켜보려니 저쪽 지평선…… 이 아니라 과자평선에서 수없이 많은 화이트초콜릿 구름들이 떼를 지어 피어나고 있었습니다.

이런 곳이 탐정의 전장이라니 탐정은 좋은 거였군요.

옥수수가루로 만든 막대과자를 수저 삼아 주렁주렁 매달린 마들렌을 따먹고 딸기를 얹은 타르트를 몇 개쯤 주워 먹고 있으려니 한참 만에 저쪽 지평…… 아니, 음, 그러니까…… 과자평선으로부터 긴 솜사탕 구름을 이끌고 한 떼의 판 초콜릿들이 시원스레 하늘을 날았습니다. 실로 평온한 광경입니다. 여기에서 영원히 살아도 괜찮을 것 같아요. 와구와구 초콜릿을 먹다가 나도 천천히 초콜릿이 되어가는 거죠. 그리고 일백 년이 흐른 어느 날인가, 나와 똑같은 여자 하나가 반듯한 등을 가진 남자와 함께 나를 먹어 치우러 오는 겁니다.

"어머나."

입에 럼 맛이 나는 초콜릿과 누가가 든 초콜릿과 아몬드가 박힌 초콜릿을 동시에 쑤셔 넣고 있던 나는, 비로소 몸을 벌떡 일으켰습니다. 저쪽 과자평선에서 마지막으로 날아온 판 초콜릿이 꼬리처럼 매달고 온 것은, 솜사탕 구름이 아니라 과자 부스러기였습니다. 아니, 초콜릿 부스러기. 하늘을 나는 판 초콜릿의 끄트머리는 도깨비방망이로 두들겨 부순 것처럼 잘게잘게 부스러지고 있었습니다. 그에 따라 초콜릿은 휘청휘청. 접시돌리기 막대 위에서 곧 멈추어 바닥으로 추락할 접시마냥 위태롭기 그지없었습니다.

"단해 양, 이 난관을 어떻게 극복하면 좋을까아아아아아?"

바로 그 판 초콜릿 위에서 서핑 보드라도 타듯 그럴싸한 폼을 유지한 채, 선배는 물었습니다. 판 초콜릿은 분명 저만치 멀리에서 흔들리며 추락하고 있는데 어째서인지 거리감은 전혀 느껴지지 않았습니다. 선배의 목소리도 바로 곁에 있는 것처럼 선명하게 들렸기 때문에, 나는 선배가 듣지 못하리라는 일말의 의심도 없이 단박에 해답을 제시했습니다.

"뛰어내리세요, 선배! 뛰어내려서 초콜릿이 되는 거예요!"

"미안하지만 단해 양, 나는 초콜릿은 별로 좋아하지 않는데에에에…… 다른 건 안 될까아……."

이럴 땐 단호해야 합니다. 인간에게는 선택의 여지가 없어야만 하는 순간이라는 게 있는 법이니까요.

네? 그런 순간 같은 거 없다고요? 그럼 그때 가서 생각합시다.

"안 돼요, 선배! 어서 초콜릿이 되세요!"

"어휴."

여기까지 들릴 만큼 커다란 한숨을 지으며 서겸 선배는 훌쩍 추락하는 판 초콜릿 양탄자를 등졌습니다. 교복 재킷이 펄럭이며 위로 치솟고, 선배는 초콜릿이 되기 위해 투신하는 것이라고는 믿을 수 없을 정도로 우아하게 분유가루 늪으로 발끝부터 착지하셨습니다,

"단해 양, 발이 빠지는데 이러다가 죽는 거 아닐까?"

"그야 늪인데 빠지면 못 나오겠죠. 분유라고는 해도 늪은 늪이니까요."

지그시 바라보며 다시 막대과자로 된 나뭇가지를 꺾어 와작와작 씹기 시작한 내게, 선배는 허리까지 분유가루에 잠식당한 채

로 다시 물었습니다.

"단해 양. 어떻게 좀 해봐."

"어…… 선배님 파이팅?"

어휴. 서겸 선배는 또 한 번 한숨을 푹 쉬더니, 구시렁거리며 분유가루 늪에서 천천히 '걸어' 나왔습니다. 뭐야. 걸어 나올 수 있었으면 처음부터 그러실 일이지.

"단해 양 너무해. 단해 양 말대로 초콜릿이 되었는데 구해주지도 않고 말이야."

"전혀 초콜릿이 아니잖아요."

"자, 자. 똑바로 봐. 초콜릿이잖아. 여기, 여기."

선배가 두 손을 활짝 펼쳐서 내 눈앞에 내밀어 보였습니다.

"정말이네! 화이트초콜릿!"

"그렇지?"

"굉장하다. 어…… 그렇지만 선배, 그런 손으로는 상희의 도시락을 가지고 올 수 없으실 텐데요?"

"맞아. 그러니까 이 모든 정황 증거를 통틀어 볼 때 해답은 단하나."

"네?"

"단해 양이 가서 되찾아 오는 거야. 목숨을 걸고."

도시락 같은 거에 목숨 걸고 싶지 않거든요. 나는 항의의 뜻을 담아 선배를 지그시 노려보았습니다. 선배는 방금 분유가루에 빠져 죽을 뻔한 사람이라고는 생각할 수 없을 만큼 그럴싸한 표정으로 나를 향해 빙긋 웃었습니다.

"저기 말이지, 단해 양."

"네?"

"유감스럽게도 그거 내 손가락인데."

"어머나."

달달한 냄새를 풍기는 화이트초콜릿을 날름날름 핥고 있던 나는, 비로소 초콜릿은 초콜릿이로되 선배님의 귀중한 손가락이라는 사실을 깨닫고 파다닥 손을 뿌리쳤습니다. 간식거리를 보면 자연스럽게 손을 뻗어버리는 버릇은 대체 어디에서 비롯한 걸까요? 혹시 인간의 본성인가?

음, 다른 인간들은 안 그랬던 것 같은데.

"먹어버리지 않아줘서 고마워, 단해 양. 하마터면 다시는 남을 향해 삿대질할 수 없는 몸이 될 뻔했어."

"축하드려요."

"고마워. 자, 그런 의미에서 단해 양은 용기 있게 상희 양의 도시락을 탈취해 오는 거야. 이야아, 나를 위해 그렇게 어려운 결심을 해주다니 감격해서 눈물이 날 것만 같아. 고마워, 고마워."

"알았어요! 알았으니까 밀지 마세요. 등에 화이트초콜릿이 묻는단 말이에요!"

그리하여.

……어디가 그리하여인가는 묻지 마시고, 하여튼 과거 있는 여자처럼 신산한 표정으로 나는 출동했던 것입니다.

어라, 이게 아닌가?

뭐 좋은 게 좋은 거니까 상세한 부분은 건너뛰는 걸로 하고요.

문제는 단순합니다.

"여기 참 넓네요. 선배. 가도가도 끝이 안 나오는데…… 이런 데서 상희를 어떻게 찾죠?"

바로 그 '상희'를 찾을 수 없다는 것. 민상희가 나와 선배를 이런 멋진 곳…… 아니아니, 이상한 곳으로 불러들인 거겠지요? 상희에게 그런 대단한 능력이 있을 줄은 미처 몰랐지 뭡니까.

"찾을 수 있어. 단해 양. 이건 상희 양의 능력이 아니거든."

"그럼 선배가 도술을 쓰신 건가요? 대단하다. 정말 왕자님이었구나!"

"감탄해주는 건 고맙지만 그렇게 귀여운 표정으로 올려다보는 건 삼가줘, 단해 양. 자세가 흐트러지잖아? 모처럼 나, 진지하게 일하고 있으니까."

일?

"일이 아니라 취미 생활이잖아요. 선배의 경우에는."

"단해 양처럼 귀여운 아가씨랑 같이 하는 일이니까 즐겁고, 즐거운 일이 곧 '취미 생활'인 거라면 그 말도 맞는 거겠지만."

"낯간지러운 소리는 그쯤 해두세요, 선배님. 아무튼 상희를 찾아야 되니까."

"그러니까."

선배는 어디서부터 말해야 할지 모르겠지만, 하고 단서를 달면서 화이트초콜릿이 된 손가락을 쭉 뻗어 과자평선을 가리켰습니다. 이따금 계란과자로 된 몸뚱이에 그리시니 날개를 단 새들이 바삭바삭 소리를 내면서 날아다닐 뿐, 눈에 보이는 거라곤 온통 맛있는 간식거리인 평온한 곳입니다.

"단해 양, 그러니까 일단 내 손을 열렬하게 잡는 건 정말 기쁜 일인데 지금은 상황이 곤란하거든. 단해 양도 내 손을 먹어 치우고 나면 분명 후회할 거라고 생각해."

"어머나."

나는 얼른 선배의 손을 잡고 있던 내 손을 놓고, 손가락에 묻은 화이트초콜릿을 핥았습니다. 그리고 솔직하게 사죄했습니다.

"죄송해요."

"그러니까, 잘 들어. 단해 양. 이 영역으로 '침투'한 건 내 능력이야. 하지만 이렇게 '창고'를 만드는 건 단해 양의 능력이지. 다시 말해 여기는 단해 양의 왕국인 거야."

"탐정의 전장이라고 해놓고. 거짓말쟁이."

"전장은 전장이지."

"왕국이 전장인 건 왕족한테만 그렇겠죠."

"단해 양. 불청객을 빨리 물리치지 않으면 이 왕국이 엉망진창이 될 텐데, 괜찮아?"

아, 역시 그건 곤란하죠.

"그런데 저는 왜 저한테 이런 능력이 있다는 거, 전혀 몰랐을까요? 신기하네요."

선배는 조금 틈을 두고 내 앞머리에 시선을 두었다가,

"지금 알았으니 됐잖아."

하며 상냥한 미소를 지어주셨습니다.

─이제 그만두자, 이런 거.

—그 애 이상해. 정말 이상해…….

선배는 그저 아름답게 웃었을 뿐인데 어째서인지 몇 개의 목소리가 불쑥, 내 마음속에서 되살아났습니다. 나는 어색한 표정으로 따라 웃었습니다. 선배가 웃었기 때문에 나도 따라 웃으려고 노력했습니다. 어머니의 기분을 살펴 슬쩍 그 표정을 흉내 내는 어린애처럼. 꼭, 웃는 법을 모르는 사람처럼. 그러자 선배는 화이트초콜릿 손을 뻗어 내 머리카락을 버릇대로 쓰다듬으려다 초콜릿이 녹아 묻어나는 것을 깨닫고는 조금 당황해 손을 거둡니다.

끝끝내 모르는 편이 나은 것도 있지 않을까요.

그럼에도 불구하고 알고자 하는 마음 역시, 제 안 깊은 곳에 존재하지만.

"단해 양. 아까 내가 판 초콜릿을 타고 날아가다가 격추당한 장소가 저기쯤이거든. 반동으로 판 초콜릿이 이쪽 방향으로 흔들렸으니까 날아온 방향은 그 반대쪽일 거야. 저쪽."

"네에, 네에. 갑니다. 가요."

이 달달한 냄새 가득한 탐정의 전장…… 인지 왕국인지 아무튼 여길 만든 게 나라면, 왜 내게도 이렇게 낯선 걸까요? 그리고 선배는 판 초콜릿을 타고 날아가서 대체 뭘 보고 온 걸까요? 정말이지 도움이 되지 않는 사람입니다. 지금도 화이트초콜릿이 된 두 손이 녹아 사라질까봐 걱정이 되는 건지 두 손을 흔들흔들하면서 잔뜩 골몰한 표정으로 걸어가고 있습니다.

"……저기다! 단해 양, 빨리!"

계란과자로 된 돌담 뒤쪽에서 과연 사람 그림자가 얼핏 보였다가 사라졌습니다. 나는 앞뒤 생각할 것 없이 그 방향으로 달렸습니다. 어라, 그런데 왜 내가 선배 말을 들어야 되는 거죠. 음, 그러니까…… 뭐더라? 도시락 때문이었나요? 아닌가?

"민상희!"

"저, 절대로 안 줄 거야! 저리 가, 이 괴물!"

어머, 정말 낯 뜨거워서 못 들어주겠네. 괴물은 무슨 괴물이람.

"상희 양, 나는 계약을 어긴 적이 없어. 그런데 상희 양이 일방적으로 계약을 깨버리면 곤란해. 그러니 지금이라도 어서 그 도시락을……."

"싫어요! 아무리…… 아, 아무리 서겸 선배님이라고 해도 이제 안 믿을 거예요!"

어라? 나는 담장에 붙어서 계란과자를 집어 먹으며 중얼거렸습니다.

"상희야, 너 되게 맛있게 생겼다."

다크초콜릿 몸뚱어리에 설탕을 고아 만든 색색깔의 의복을 걸치고, 상희는 도시락 가방을 짊어진 채 서 있었습니다. 클로티드 크림을 발라놓은 것 같은 머리가 무척 이상하긴 했지만 그래도 정말 보기만 해도 침이 넘어갈 만큼 다디단걸요.

"손대지 마, 주단해! 이건 전부 명준이 거란 말이야! 명준이 주려고 만든 건데, 매일매일 열심히 만든 건데, 넌 날 속였어!"

겨우 먹…… 아니 붙잡나 싶더니 상희는 짊어진 도시락 가방에서 불쑥 튀어나온 날개를 펄럭이며 훌쩍 뒤로 물러났습니다. 설탕과자로 만든 치맛자락이 반짝반짝 빛을 반사해내면서 팔락거렸습니다. 부스러진 설탕 조각들이 튀어 오른 물방울 같습니다.

"유감스럽군, 상희 양. 나는 상희 양과 한 약속을 충실하게 지켰는데. 정말로 유감이야."

"서겸 선배님, 너무해요! 저런 애가 먹어 치우게 내버려두고!"

"단해 양은 한 개씩만 먹었을 뿐이야. 맛을 본 거라고 생각하면 되잖아?"

"저런 게 먹으라고 만든 게 아니라구요!"

서겸 선배는 어깨를 으쓱 했습니다.

"명준 군을 기쁘게 하기 위해서 만든 거 아니었던가? 그 도시락. 명준 군은 충분히 기뻐했고, 매일 운동장에서 상희 양을 생각하며 열심히 뛰었어. 상희 양, 나는 적어도 상희 양이 전하고자 하는 걸 제대로 명준 군에게 전했다고 생각하는데."

상희는 점점 더 어중간한 사탕과자로 변해갔습니다. 팔도 다리도 지고 있던 도시락 가방도 둥글둥글 알록달록 곱디고운 사탕과자, 싸구려 종이 포장지에 돌돌 말아서 낡은 좌판에 올려놓고 팔 듯한 모양새입니다. 맛있겠다. 나는 입맛을 다셨습니다. 계란과자 부스러기가 묻은 손가락 끝을 비벼 털어내고, 더는 목소리가 나오지 않게 된 상희에게 다가갔습니다.

"괴물!"

상희는 남은 힘을 다해 외쳤습니다.

그야, 이런 이상한 왕국을 만들 수 있다면 괴물이나 그 비슷한 뭘지도 모르겠습니다만. 하지만 억울해요. 이런 '세계'를 만들 수 있다는 것도 조금 전에 서겸 선배가 알려주기 전까지는 조금도…… 아닌가요? 다만 잊고 있었을 뿐인가요? 모르겠습니다. 기억하지 못하는 건 없는 일이나 매한가지. 알지 못하는 일은 일어나지 않은 사건이나 매한가지.

나는 둥그런 사탕과자가 된 상희의 몸에서 도시락 가방을 떼어냈습니다. 닿는 부분이 얼마간 녹아버려서 힘을 주어 잡아당기니 투명한 설탕가루가 부서지며 튀어 올랐습니다.

"단해 양."

서겸 선배는 상희 앞에 앉아 도시락 가방을 해체하기 시작한 내 곁에 허리를 굽히고 곤란한 듯 웃었습니다.

"어차피 슬슬 기억날 테니까 미리 요점정리를 해주는 건데 이 '전장'은 말이지, 단해 양이 요 며칠간 의뢰인에 대해 구축한 이미지로 형성되는 거야. 단해 양이 차곡차곡 모아놓은 창고에서 몇 가지를 꺼내 만든 인형의 집. 전장 안에서 단해 양은 의뢰인을 완벽하게 통제할 수 있거든?"

"그런데요?"

"단해 양이 상희 양의 도시락을 먹은 덕분에 이런 모양이 된 건 좋은데…… 상희 양까지 간식거리로 바꿔버리는 건 너무하지 않아? 성가시다고 생각하는 게 너무나 잘 드러나잖아."

내게 그런 힘이 있는 줄은 미처 몰랐네요.

"그럼 상희는 원래대로 돌려줄게요. 상희까지 먹을 필요 없으니까."

어떻게 돌리는 줄 모르면서 멋대로 떠들어봤는데 놀랍게도 상희는 곧 본디의 귀여운 모습을 회복하지 뭡니까. 이거, 정말 신기합니다. 매일 이런 '전장'인지 '세계'인지를 만들 수 있다면 좋을 텐데.

"괴물!"

"저기 말이야, 상희 양. 여기가 '어디인지' 이제 잘 알 테니까 상희 양도 단해 양을 자극하는 건 그만두도록 해. 현명하게 행동하는 편이 좋지 않을까?"

"하…… 하지만……. 하지만 이런 세계는 불합리해요. 선배님은 위대한 도사니까 이런 건 어떻게든……."

"미안하지만 난 단해 양의 의지를 거스를 생각이 전혀 없는데."

그러자 상희는 입을 다물었습니다. 못마땅한 표정으로 이것저것 간식거리를 입에 넣고 있는 나를 쏘아보다가 슬금슬금 제 품에 안긴 도시락을 바닥에 내려놓았습니다. 돌아가려면 시키는 대로 하는 수밖에 없다는 걸 이해한 모양입니다.

"자, 이제 슬슬 막을 내려야지? 단해 양."

"그러세요. 전 열심히 먹고 있을 테니까 선배님은 탐정놀이를 실컷 하도록 해요."

"그럼, 여긴 단해 양이 만든 거니까 한 가지 더 부탁을 들어주지 않겠어?"

"뭔데요?"

"다른 의뢰인들도 여기 어디 있을 텐데, 불러모아줘. 아까 판초콜릿을 타고 찾으러 갔었는데 상희 양 말고는 한 명밖에 못 찾았거든. 두 명일 줄 알았는데 아니어서 실망했지 뭐야?"

상희랑 우리들 말고 둘이나 더 있다니 믿을 수 없습니다. 그리고 불러모은다니 뭐 어떻게 하는 걸까요? 나는 여전히 아무것도 이해하지 못하면서도 될 대로 되라는 심정으로 고개를 끄덕였습니다. 그리고 딸기 웨하스를 쥔 손을 쭉 펼치고 다른 손에는 고르곤졸라 피자 조각을 집어 든 채 외쳤습니다.

"좋아요 그럼, 하해와 같은 아량을 베풀어 선배님의 '탐정 놀이'에 동참해드리죠. '모두들 여기로'! 아쉽지만 이제 배가 부르니까."

사람이란 배가 부르면 너그러워지게 마련입니다.

"주단해! 민상희!"

눈앞에 나타난 사람은, 그러나 서겸 선배에게는 유감스럽게도 단 한 명뿐이었습니다. 나로서는 한 명이든 두 명이든 그딴 괴상한 '부름'에 응답해 정말로 나타났다는 점이 더 놀라웠습니다만.

"정세이. 너는 왜 여기 있니? 너도 과자 때문에 온…… 어라?"

내가 세이와 무언가 이야기를 하기도 전에, 달콤한 냄새가 훅 풍겼습니다. 작은 짐승 같은 것이 지나갔나 싶었는데 실은 사람이었습니다. 민상희.

"세이! 너, 이 비겁한 계집애! 명준이에게 내 도시락을 전해주지 말라고 의뢰한 거지?"

상희는 번개처럼 달려가 방금 나타난 정세이의 뺨을 후려쳤습니다. 세이의 머리카락에서 반짝반짝 떨어져 내리는 건 사탕가루. 상희의 머리카락에서 흘러내리는 건 생크림입니다. 어느 쪽이든 끈적거리겠지 생각하니 한편으로는 가엾습니다. 치즈케이크를 한 조각 집어 들고 입을 크게 벌렸습니다.

"그런 유치한 의뢰를 할 것 같아? 이 바보!"

"그렇다면 세이 네가 왜 여기에 있는 거야?"

"상희 너, 정말로 아무것도 모르는구나."

세이는 목소리를 낮추고 앞머리를 쓸어 올렸습니다. 찡그린 눈으로 힐끔 내 쪽을 보았다가 서겸 선배의 눈치를 살핍니다.

"주단해가 '세계'를 만들 때 그 안에 부르는 건 '기억하고 있는 사람'이야. 적어도 현재로서는 너하고 내가 저 애 기억 속에 선명하단 의미지. 얼마나 오래갈지는 모르겠지만."

어라. 그건 또 무슨 말일까요?

나는 서겸 선배를 향해 설명해달라는 표정을 지었습니다. 선배는 내가 하고 싶은 말을 모를 리 없는데도 딴청을 피웁니다.

"그리고 여기에서는 '언약'이 전부 해제되는 모양이야. 서겸 선배님의 '약속한 의뢰는 어길 수 없다'는 언약도."

그런 게 다 있군요.

몇 달 동안 별의별 시시껄렁한 의뢰를 다 받길래 취미 생활인가 했더니 꼭 그런 것만은 아니었던 모양입니다.

"여기에선 모든 언약이 풀리니까 나도 너한테 이야기할 수 있어. 그 도시락."

역시, 모든 문제의 시작은 도시락.

세이는 상희를 향해 상희가 몇 번이나 악에 받쳐 물었어도 답할 수 없었던 것을, 비로소 이야기했습니다.

"민상희, 기억 안 나니? 명준이는 기름진 걸 먹으면 배탈이 나."

"엉?"

"거기다 우유가 들어간 걸 먹으면 곧바로 알레르기 증세를 보여. 열이 오르고 며칠간 사경을 헤맬 만큼 심각해."

"어…… 엉? 뭐, 라고……?"

그 때문이었어?

겨우 그거 때문에, 그렇게 모두들 난리를 피웠던 거야?

상희는 머리를 감싸 쥐고 주저앉았습니다. 울음을 터뜨릴 것처럼 비통한 목소리가 흘러나왔습니다. 나는 입안에 든 딸기 머핀을 꿀꺽 삼켰습니다. 누가가 들어간 초콜릿바는 반 남은 채 내 손에 쥐어 있었습니다만, 그걸 마저 먹는 것도 잊은 채 나는 상희를 바라보았습니다. 상희는 한참 만에 고개를 반짝 들어 올리고 항의하듯 외쳤습니다.

"거, 거짓말! 거짓말이지? 명준이, 예전에 내가 준 도시락 다 먹었단 말이야! 지난달에 내가 도시락 싸줬을 때…… 그때는……!"

"그때는."

그제야 뭔가 짚이는 게 떠오른 듯, 상희는 눈물이 끝없이 흘러넘치는 눈으로 세이를 올려다보았습니다. 설마, 그런 거야? 하고 상희는 절망적인 목소리로 중얼거렸습니다. 나는 한순간이지만 상희가 부러웠습니다. 나도 생각해내려고 노력해서 뭔가 떠올라 준다면 좀 속이 시원할 텐데요. 어째서 '그때' 은오는 내게 그렇게 말했던 것인지.

"바로 그 '설마'야. 명준이 지난번에 네가 준 도시락을 먹고 다음 날 배탈이 났어. 그 시합에서는 제대로 뛰지도 못했지. 그 후로도 며칠이나 연습을 못할 정도였어."

"나 때문에 명준이가…… 시합에……."

반짝, 몸을 일으켜서 상희는 세이에게 외쳤습니다.

"그럼, 그럼 명준인 왜 먹어줬던 건데! 왜!"

"그걸 모르겠니? 널 좋아하니까 그렇지, 이 바보 천치야!"

어머나, 축하해요.

라는 이야기를 할 때는 아닌 것 같은데. 어째서 남의 눈 앞에서 알콩달콩한 연애 이야기를 떠들고 있는 걸까. 별로 듣고 싶지도 않은데.

"왜…… 왜 이야기 안 했어? 왜 미리 나 때문이라고 말하지 않은 건데?"

"어휴, 정말 바보구나? 말하지 말랬어. 명준이가. 저번 시합에서 처참하게 져버린 게 전부 너 때문인 걸 알면 네가 상처받는다고. 절대로절대로절대로 말하지 말아달랬단 말이야. 난 언약을 해버렸어. 이 바보, 이 바보, 이 바보!"

곁에서 서겸 선배가 곤란한 듯 미소 지으며 내게 속삭였습니다.

"그러니까 말이야, 단해 양. '상희에게는 말하지 않는다'는 게 명준 군의 '언약'이었거든. 우리들은 상호간에 진심으로 건 언약을 결코 어길 수 없으니까."

"어머, 바보 같아라."

목소리를 감출 생각도 없었기 때문에 나는 아무렇지도 않게 말했습니다. 놀랍게도 혼절할 듯 울고 있던 상희가 칼로 잘라내기나 한 것처럼 울음을 딱 멈추었습니다.

"너!"

우와, 무서워라.

"주단해 너 때문이잖아! 너 때문에…… 너 때문에 이런 곳에서 저런 이야기를 알게 된 거잖아…… 전부 너 때문에!"

말도 안 되는 소리를 하고 있습니다. 난 아무것도 몰랐는데 말이죠. 화가 나서 아, 나도 맞받아쳐 소리를 질러줄까 했는데 거짓말처럼 금세 감정이 식어버려서, 어깨를 으쓱거렸습니다. 손을 뻗어 주위에 비죽비죽 돋아난 마들렌이며 롤리폴리를 집어 우물우물 씹는 내게 상희는 있는 대로 짜증을 부렸습니다.

"너 때문에……."

"시끄러워."

어라.

"서, 선배님?"

"시끄러워, 상희 양. 어쨌거나 최악의 방식으로 마무리하게 됐잖아? 상희 양은 죄책감 때문에 목이 졸렸고 세이 양은 매사가 엉망이 됐다는 생각으로 울고 싶을 테고. 안 그래? 제대로 정리하지 않으면 아마 명준 군도 컨디션이 망가져서 내일 시합에 나갈 수 없을 거야. 어때? 그래도 좋아?"

"그건 싫어요. 선배님 말씀대로 전 죄책감이 들고, 창피하고, 서글프고, 너무너무 마음이 아파서…… 그래서 미칠 것 같아요."

"그러면 선택을 해."

선배님은 내 쪽을 돌아보았습니다. 선택하는 건 저 앤데 왜 저를 보세요? 나는 눈으로 물었습니다. 상희의 시선이 느껴져서 나는 울 것 같은 얼굴로 서 있는 그 애와 눈을 맞췄습니다. 상희의 머리카락이 뭉실뭉실 솜사탕이 되어 자라났습니다.

"선택해, 민상희. 이렇게 되면 어쩔 수 없잖니? 단해에게 '먹어 달라'고 해."

세이가 말했습니다.

"세이 양은 잘 알고 있네. 내게 와서 만약 가능하다면 단해의 '세계'에 데리고 가달라고 해서 좀 놀랐어."

서겸 선배의 말에 세이는 내 눈치를 살피며, 미간을 살짝 찌푸렸습니다. 그리고 조심스럽게, 정말로 슬픈 이야기라도 꺼내듯이 그 이름을 입에 담습니다.

"은오에게 들었어요."

콜록.

밭은기침이 올라왔습니다. 과자를 너무 먹은 걸까 하면서 막힌 가슴을 움켜쥐었더니 속이 뒤집혔습니다.

"죄송하지만 저 뭔가를 더 먹을 만한 상태가 아닌데요. 서겸 선배님."

"여기서 토하지 마. 수습이 안 되니까, 단해 양."

"그래도 토할 거 같은데."

"그럼."

서겸 선배는 내 쪽으로 돌아서서 화이트초콜릿이 된 두 손을 활짝 펼쳤습니다. 그러고는 손바닥으로 주머니 모양을 만들어 여전히 웃는 낯으로 무서운 소리를 합니다.

"그럼 내 손에 토해. 내가 대신 먹어줄게."

미쳤어요? 나는 내 손으로 입을 감싼 채 인상을 찌푸렸습니다. 서겸 선배가 진지해서 더 무섭습니다. 이 사람은 진지할 때랑 진지할 필요가 없을 때를 전혀 가리지 못하는 것 같습니다. 언제까지 그렇게 살래요?

"자, 설명할 테니까 잘 들어. 단해 양. 여긴 단해 양이 '구체화'한 전장이라고 아까 말했지? 기억나?"

"기억나요."

"여긴 달콤한 간식거리의 세상 같은데, 상희 양이 간식거리가 되고 있는 건 상희 양의 '감정'이 계속해서 바깥으로 흘러넘치고 있기 때문이야. 단해 양의 '세계'에서 감정은 머무르거나 고이지 못하거든."

"무슨 소린지 모르겠는데요."

서겸 선배는 웃으며 자신의 손바닥을 내려다보고는, 허리를 굽혀 바닥에 돋아난 비스킷 꽃을 꺾어 들었습니다.

"예를 들어 이런 꽃 한 송이도 전부 단해 양이 인식한 '감정'이라는 거야. 감정을 느꼈던 모든 찰나를 단해 양은 '외부화'시켜. 대개 사람들은 마음속에 담아놓잖아? 단해 양은 그런 불확실한 걸 싫어하는 데다 단호한 사람이라서 말이지, 담아놓지 않고 이렇게 전부 꺼내버리는 거야."

"단호한 거랑 아무 상관 없는 것 같은데…… 뭐, 대충은 알겠어요. 그렇다고 치죠."

"그래서 상희 양이 문제를 일으키기 전에 난 단해 양의 '세계'로 들어온 거야. 단해 양이 기억하고 있는 사람만이 들어올 수 있긴 하지만 다행히 상희 양을 기억하고 있었으니까. 먹어 치우지 않고."

"내가 상희를 먹는다고요?"

"응. 먹어."

미쳤어.

나는 다른 한쪽 손을 들어 입을 막은 손 위를 덮었습니다. 속이 계속 울렁거려서 정말 금세라도 토할 것 같은데, 아무렇지도 않게 선배의 말에 대답할 수 있다니 이건 정말 괴상한 상황입니다. 머리가 아픈데, 짜증이 나는데, 왜 이런 기분이 드는지 전혀 알 수가 없어서 눈앞이 빙글빙글 돌 뿐입니다.

"단해 양은 감정을 담아두지 않고 흘려보내. 흘려보내서는 자신만의 세계에 담아뒀다가, 그걸 소화시키는 거야. 모두들 어리석게도 옛 기억을 잊지 못하고 담아둔 채 전전긍긍 살아가잖아? 단해 양은 현명한 사람이니까, 그걸 흘려보내 이렇게 굳히고는 이따금 찾아와서 맛있게 먹어 치우지. 그러면 부스러진 '감정'들은 아무것도 아니게 돼. 잊히는 거지. 깨끗하게."

"그거…… 이상한데요. 조금도 현명하지 않아요. 그 말은 곧, 저는 어떤 감정도 오랫동안 느끼지 못한다는 의미 같기도 하고 그리고 또……."

"맞아. 단해 양은 순간적인 감정을 지속시키지 못해. 그래서 어떤 '감정적인 것'도 오래 기억할 수 없지. 멋있어. 정말로."

서겸 선배는 그 어느 때보다도 환한 얼굴로 웃었습니다.

나는 구토를 멈출 수 없었습니다.

―주단해 너는…… 너는 괴물이야.

삼켜보려다 도로 토해낸 것이 입술을 타고 흘러내렸습니다. 반짝이는 구슬. 다행히 보기 흉한 음식물 찌꺼기는 아니지만 등줄기가 서늘해집니다. 동화 속에 나오는 공주님 같군요. 아, 그 공주님은 눈물이 보석이었던가요. 아니, 분명히 말을 하면 입에서 보석과 장미가 튀어나온다는 이야기가 있었던 것 같은데.

─넌 정말 이상해.

"여기에 토하라니까. 여기, 내 손에."

"헛소리 하지 말고 비켜요!"

"단해 양 거라면 나, 가지고 싶은데. 기념으로."

"미쳤어!"

"너무하네."

한숨을 쉬며, 서겸 선배는 내가 토해낸 구슬을 하나씩 주워 모으기 시작했습니다.

"서겸 선배님, 이제 주단해가 상희의 문제를 먹어줄 수 있을까요?"

세이가 다가왔습니다. 나는 화를 내려고 했는데 어째서인지 담담하기 그지없는 목소리로 세이에게 선배 대신 답해주었습니다.

"다 토하고 나면 먹을 수 있을 지도 몰라."

"토한다는 이야긴 못 들었어. 역시 내가 은오 이야기를 해서 토하는 거니?"

"우웩."

또, 한 움큼의 구슬을 토해냈습니다.

"맞구나. 주단해, 너는 왜 은오에 대해서는 잊어주지 않니?"

"너에 대해서도 안 잊었잖아. 상희에 대해서도."

세이는 한숨을 쉬었습니다.

"아니야, 주단해. 너는 잊었어. 전부 잊어버렸어."

"무슨 소리야? 난 분명히 네 이름 기억하고 있었어. 상회 얼굴도 보니까 낯이 익다는 거 알 수 있었고. 같은 반이었던 것도! 그렇지? 민상희."

"너는."

상회는 솜사탕 머리와 도너츠 가슴을 가지고 설탕을 사방에 흩뿌리며 멀찌감치 서서 내 부름에 답해주었습니다.

"너는 다 잊었어. 너랑 나, 중등부 때 같은 팀으로 묶여서 운동회에도 나갔고 일 년 내내 조리 실습 함께했잖아. 그런데 너는 하나도 기억하지 못했지. 어렴풋이 같은 반이라는 것만 알고 있었어."

그랬나?

"그럴 수도 있는 거 아냐? 원래 오래되면 그런 거 잊기도 하는 거야. 난 이상하지 않아."

"넌 이상해. 우리하고는 달라. 애들 모두 그러는데 모르고 있었니? 영주는 좁은 곳이야. 이렇게 좁은 곳인데 너는 그 누구에게도 관심이 없어. 그 누구에게도 눈길을 주지 않고 마음 주지 않아."

그런 말 들을 이유 없어.

"단해 너는…… 인간 같지 않아."

세이도 말했습니다.

"단해 너, 전혀 몰랐지? 네 친구들조차 넌 도무지 생일 하나 기억하지 못한다고, 전화 한 번 하는 법이 없다고, 그렇게 서운해하는 거 알지 못했지?"

상희는 둑이 터진 것처럼 쏟아내기 시작했습니다. 솜사탕 머리가 자꾸만 커져갑니다.

"주단해. 네가 그런 애라는 걸 모두가 아니까 아무도 널 질투하지 않는 거야. 서겸 선배 곁에 있는 건 주단해라는 여자애가 아니라 '물건'이니까. 무엇에도 관심 없는 '그림'이니까."

그래서 신비도 여랑이도 날 따돌리기로 한 거야?

그래서 모두들 날 버리는 거야?

은오도, 그래서 날 괴물이라고 말한 거야?

"무슨 말을 해도 넌 화를 내지 않아. 상처 입지도 않고 울음을 터뜨리는 일도 없어. 넌 참 좋겠다, 주단해. 슬픈 일도 괴로운 일도 없을 테니까."

"너라면 누굴 좋아할 일도 없겠지만 그런 걸로 상처받거나 수치스러워서 죽고 싶어 할 리도 없지. 넌 내 기분, 절대로 모를 거야. 이렇게나 괴로운 마음 같은 거 너는 평생 알 수 없겠지."

"너 같은 거 정말 싫어."

"혼자서만 아무렇지도 않은 얼굴로 살고 있어. 네 비위를 맞추려고, 친구인 척해보려고 노력하는 애들만 가엾어. 불쌍해. 넌 어차피 기억도 못할 텐데!"

"그 애들이 좋아서 네 옆에 있었다고 생각해? 모두들 명령 받은 거야. 네가 망가지면 안 되니까 친구가 되어주라고! 널 감시하라고!"

"이상한 짓 못하게 말이야. 넌 위험한 애니까. 이상하니까……
괴물이니까!"

멋대로들 말하지 마.

─ 이제 그만두자. 난…….

─ 은오야? 은오야, 왜 그래? 내가 뭔가 잘못했니?

같이 하교하지 않게 된 후, 나는 은오를 일부러 기다려서 대화한 적이 있습니다. 잊고 있었지만 토해낸 구슬을 보니까 생각이 났어요. 밤이 늦도록 은오를 기다려 그 애의 집 근처 골목길에 오도카니 앉아 있었습니다. 해가 지고 별이 뜨고 기온이 뚝 꺾어버린 양 떨어져도 꼼짝도 하지 않았습니다.

─ 은오야, 이제 나랑 같이 안 놀 거야? 이제 같이 바다에도 안 가고 자전거도 안 타고 산에도 안 가? 은오야, 나는…….

─ 나는. 주단해, 나는 말이지.

바짓단을 쥔 손을 가볍게 떨며, 은오는 내게 말했습니다.

─ 나는, 너를, 좋아했어…….

쥐어짜듯이 괴롭게 낮게 슬프게 은오는 말해주었습니다. 몇 번이고 몇 번이고 반복해서 내게, 마치 일생을 걸쳐 그 단어만 말할 사람처럼, 말하고 또 말했습니다.

─ 좋아했어. 좋아했다고, 젠장! 하지만…… 하지만 넌 너 자신 외에는 그 무엇에도 관심 없어. 아무것도 상관없다고, 그렇게 생각하면서 살잖아. 네 눈만 보면 짜증이 나. 주단해. 넌 결국 나에 관해 아무것도 몰라. 날 기억도 하지 못하겠지. 무슨 말을 해도, 무슨 일을 겪어도, 너한테는 아무런 의미가 없어! 넌 전부 잊어버릴 거잖아! 잊어버리잖아!

─ 아니야!

—거짓말하지 마! 내가 이런 이야기를 몇 번이나 했다고 생각해? 몇 번이나 네게…… 몇 번이나……. 나는…….

나는 이제 지쳤어.

나는 이제 네가 무서워.

너는 정말 괴물이었어.

—미안해, 주단해. 하지만 괜찮겠지? 그렇지? ……너는 곧 이 모든 걸 잊을 테니까. 넌 아무것도 기억하지 못하니까. 감정 같은 건, 너한테 아무 의미도 아니니까.

아, 그랬습니다.

그런 거였습니다.

아아, 끔찍해라. 기억해내고 말았어요. 기억할 리 없는 주제에. 여기는 창고. 모든 것이 차곡차곡 쌓인 세계. 여기에서 나는 흘려보냈던 모든 것을 돌이킵니다. 그래왔던 겁니다. 숨이 막혔습니다. 마치 주마등처럼 스쳐가는 모든 감정들이 올올이 날것 그대로여서, 새것 같아서, 한순간 발아래가 후들거렸습니다.

"단해 양."

"웩…….."

"그러니까 제발 내 손에 토하라니까, 단해 양. 아깝잖아. 단해 양의 감정."

대답도 하지 못하고 나는 계속해서 토했습니다. 색색깔의 구슬들이 드넓은 세상으로 뿔뿔이 흩어져 구르기 시작했습니다. 데굴데굴데굴데굴데굴데굴 데굴…… 굴러간 구슬들은 제각기 우유 강으로 스미거나 슈크림 바위로 변하거나 커스터드 푸딩 비둘기가 되어 푸드덕 날아올랐습니다.

"정말 열심히 토하네. 그렇게나 상희 양이 먹고 싶어? 단해 양."

"먹고 싶지 않아요."

"흐음."

"선배, 잔인하시네요. 상희가 계속 나를 욕하는데도 아무렇지도 않게 내 얼굴만 보고 계시다니. 상희를 위로할 생각은 없으신 거예요?"

웅크린 내 앞에 서겸 선배는 무릎을 껴안고 앉아 빙글빙글 웃고 있었습니다. 손을 뻗어 내 턱을 살짝 들어 올리고는,

"없어. 나는 단해 양의 상처받은 얼굴을 보는 게 좋거든."

하고 말할 뿐.

"감정 같은 거 기억하지 못하니까 상처받지 않는다고 말한 건, 선배잖아요."

"잊기 전까지는 기억하잖아."

"나쁜 사람이네요, 선배."

"언제나 잊고 마니까, 너는 언제나 새것처럼 상처를 입지. 예리한 칼로 저민 고통이 계속 더해지는 거야. 단해 양은 정말 멋있어."

위로하지 않아서 나는 안도했습니다. 이 사람은 나를 동정하지 않는구나, 생각하자 바닥을 짚고 벌떡 일어설 수 있었습니다.

그동안에 민상희와 정세이는 뭘 하고 있었는가 하면.

"아, 정말 싫었어! 너 같은 게 은오 옆에 붙어서 걔를 괴롭혔다니, 짜증나서 아침마다 널 한 대 후려치고 싶었어!"

"명준이에게 주려고 열심히 만든 도시락을 먹어 치우곤 뻔뻔

스럽게 그런 얼굴로…… 너 같은 거! 정말, 너 같은 거!"

"은오는 말이야, 어째서 네가 잊어주지 않는지 심난해했어. 괴로워했다고. 네가 그걸 알 리가 없지. 너는……."

"명준이 혼자서 얼마나 괴로웠을까. 내게 상처를 주고 싶지 않아서 고민했을 걸 생각하면 난 슬퍼서 죽을 것만 같아. 넌 내 이런 마음을……."

지치지도 않고 비난과 증오와 분노와 울음을 쏟아놓고 있었습니다.

"저런저런. 두 사람 다 진정해. 아주 둑이 터진 것처럼 마구잡이잖아?"

선배가 상희와 세이 앞에 섰습니다. 두 사람은 새빨개진 얼굴로 씩씩대다가 비로소 민망해졌는지 설탕과자로 된 날개를 파닥거렸습니다.

아, 어쩌면 좋아. 이제 거의 완전한 과자로 변해버렸잖아?

재재거리며 부리로 떠들고 있는, 거대한 펭귄 모양의 초콜릿과 아프로 머리의 솜사탕을 뒤집어 쓴 진저쿠키를 번갈아 바라보면서 나는 한숨을 푹 쉬었습니다.

아무래도 나는 저 애들의 비난을 더 듣고 싶지가 않았던가봅니다. 우습기도 하지. 어차피 전부 잊어버릴 거면서 그 순간엔 괴롭다니. 정말이지 나는 참 새삼스러운 인간입니다.

"뭐 그렇게 부끄러워하지는 마. 여기선 원래 자기 감정을 쉽게 토해내게 돼 있거든. 음…… 주위가 온통 감정이다보니까 자연스럽게."

선배는 손을 뻗어 날아가던 나비 한 마리를 잡아챘습니다.

나비는 찍찍 자그맣게 울부짖으며 캐러멜로 변했습니다. 선배의 초콜릿 손아귀에서 녹아 흘러내리는 캐러멜. 달고 달고 또 단 광경입니다. 나는 아까 토한 게 모자랐던지 다시 왹왹 귀염성 없이 토했습니다. 그래봤자 떨어져 내리는 건 M&M 초콜릿같이 생겼지만요.

"그렇지, 단해 양?"

"네?"

토해낸 초콜릿을 다시 집어 먹으면서 소처럼 되새김질하던 나는 선배의 부름에 겨우 고개를 들었습니다. 뭐라고 하셨는지 알 게 뭡니까. 고언 감사합니다. 아름다운 말씀이셨습니다. 훌륭하십니다. 물론 안 들었지만.

"그으으럼요! 선배님 말씀이 다 옳아요."

"고마워서 어쩌나. 단해 양도 이때를 틈타 하고 싶었던 이야기 한 마디쯤 해보면 어때?"

"아이, 전 워낙 정직한 인간이라 그럴 만한 게 없어요. 에헤헷. 학교 같은 거 확 망해버려라! ……어머, 본심이!"

"훌륭해, 훌륭해."

이 왕자님은 뭘 듣고 뭘 칭찬하고 계신 걸까요? 뇌까지 초콜릿으로 변해버린 게 아닐지 슬슬 걱정이 됩니다.

"자…… 아무튼 두 사람, 이제 후련하지?"

정세이와 민상희는 서로를 마주 보았다가 어색하게 고개를 끄덕였습니다.

"미안해. 너한테 제대로 말을 못 해서."

"아냐. 명준이가 날 신경 써주느라 이렇게 된 거니까…… 내가 너무 눈치가 없었지."

화기애애하게 손을 맞잡는 두 소녀를 보고 있자니 왠지 좀 억울해집니다. 하긴, 소녀라기엔 둘 다 이미 과자 그 자체로군요. 그래도 본디 소녀였으니까, 하고 굳이 이미지를 덧씌우고 보자면 눈부시게 사랑스러운 광경인데 말이죠. 아름다운 청춘 드라마를 찍기에 앞서 두 분 모두 나한테는 하실 말씀이 없나요?

웅…… 없겠지. 과자로 바꿔버리기도 했고 도시락도 먹어버렸고.

아이, 내 쪽에서 사과를 해야 되겠는걸?

"저기, 주단해. 그게……."

앗! 정말 사과하면 어떡하죠? 나 아직 마음의 준비가…….

"주단해. 그…… 너는 상처받지 않았지? 괜찮지?"

"그, 그래. 다, 단해 너는 어차피 전부 다 잊어버리니까. 우리들에 대해서도 금방 잊을 테니까. 그렇지?"

"여기에서 있었던 일은…… 없는 걸로 하는 거지?"

마음의 준비를 했으면 또 억울할 뻔했습니다. 나는 겨우 웃었습니다.

"어차피 잊어버릴 거니까? 그래. 너희들 말대로, 금방 잊을게."

그때, 서겸 선배가 초콜릿 손가락을 내 입술에 가져다 댔습니다. 반사적으로 핥아낸 손가락은 윤기 있게 반짝이고 입가에는 단맛과 함께 향기가 남았습니다. 선배는 웃는 얼굴로 상희와 세이의 이마에 초콜릿 글자를 남겼습니다.

무어라고 썼는지는 전혀 보이지 않았습니다.

어차피 기억하지도 못할 거면서, 나는 '읽고 싶지 않아'라든가 '알고 싶지 않아' 같은 웃기지도 않는 생각 때문에 눈을 꼭 감아 버렸습니다. 칼이 날아들면 목을 움츠리게 되듯 아주 반사적이고 본능적인 거였습니다.

"단해 양."

감았던 눈을 뜨자 과자로 가득한 세계는 무시무시할 정도로 고요했습니다. 두 아이는 이미 없고 나는 선배 곁에 서 있었습니다.

"단해 양 덕분에 그 애들은 아무것도 기억하지 못할 거야. 적당히 조작된 기억만 남게 돼 있으니까 아마 볼 만할걸."

"어차피 저도 기억하지 못한다면서요?"

"아…… 그러네? 아하하. 여기 일을 제대로 기억하는 건 결국 나 하나뿐이라는 거네."

선배는 유쾌한 듯 웃었습니다.

"왜 그런 거죠? 왜 선배만 여기에서 있었던 걸 기억하시는 거예요?"

"응? 그야 난 왕족이잖아."

"……그게 무슨 상관인지 모르겠는데요."

"아무튼, 그렇다는 거야. 말하자면……."

부드럽게 웃는 얼굴이 지독히도 낯익었습니다. 심각하게 찬란한, 반짝이는 그 시선에 나는 이상하리만큼 그리움을 느꼈습니다. 기억할 리 없는 것들이 무수히 내 세계의 지평선을 가로질러 눈치를 채기도 전에 어느 깊은 바다 밑바닥으로 내리꽂히는 듯한, 서글픈 기분.

기억할 리가 없는데도.

"말하자면 지금 울어도 괜찮다는 뜻이야. 단해 양이 얼마나 불쌍하고 서럽게 울든 기억하는 건 나뿐일 테니까."

"무슨 소리세요? 제가 왜 울어요?"

"아까 심한 말을 들었잖아."

"그러니까…… 무슨…… 심한 말을……."

목소리가 제대로 나오지 않았습니다. 아아, 이상하다. 정말로 이상해.

—너 같은 거 정말 싫어.

나는 선배를 똑바로 쳐다보았습니다.

—넌 이상해. 넌 괴물이야.

괜찮아.

나는 알고 있습니다. 이 순간에는 분명히 다 알고 있는 겁니다. 모든 것이 사라지리라는 사실을. 흘러넘쳐 마치 강물처럼 먼 곳으로 가버리리라는 사실을. 나는 담아놓지 못하고, 나는 지나치고, 나는 결국 잊을 것입니다.

—그 애 이상해. 정말 이상해…….

그러니까 괜찮아. 나는 조금도 슬프지 않습니다.

—그 애들이 좋아서 네 옆에 있었다고 생각해? 모두들 명령 받은 거야.

—너는 정말 괴물이었어.

……아프지도 않습니다.

—너 같은 거 정말 싫어.

"선배 같은 거 정말 싫어."

나는 절대로 울지 않을 거야.

주먹을 꼭 쥐고 정면을 노려보는 내게 두 팔을 뻗으며, 선배는 활짝 웃었습니다. 이내 선배의 부드러운 눈매도 그린 듯한 입매도 내 시야에서 사라졌습니다. 왜냐하면 선배가,

"단해 양이 정말 좋아."

선배가 나를 껴안았기 때문에.

"잊어버릴 걸 알고 이러는 거죠? 선배, 이거 성추행이라는 인식은 있으신가요?"

"울고 있는 아가씨에게 넓은 가슴을 빌려주는 것뿐인데. 단해 양이 매번 전부 잊는 건 내게는 오히려 애석한 일이라고."

"요 몇 달 동안 매번 선배는 내게 이런 걸 시키고, 설명하고, 껴안고, 울렸던 거군요. 잘 알겠습니다."

"맞아. 단해 양은 여기에서만 기억하고, 울고, 그리고 금방 잊어버리니까."

따끈따끈해서 온풍기 바로 앞에 선 것마냥 더운 품을 벗어나자, 선배는 방울방울 눈물이 흐르는 내 뺨을 두 손으로 꼭 감쌌습니다. 화이트초콜릿이 뺨을 감싼 감촉 같은 거 보통 사람들은 느껴볼 일이 없으리라 생각합니다. 진귀한 경험을 하게 해주셔서 이 얼마나 기가 막히는지 모릅니다. 세세대대로 두고두고 추궁할 일이건만 이 '전장'을 벗어나면 또 죄다 잊어버리겠지요.

"단해 양의 이렇게 귀여운 얼굴을 나만 안다는 건, 기쁘기도 하지만 역시 아까워."

"변태 같은 소리 작작 하세요."

"그런 소리를 하는 점까지 귀엽다니까. 아, 그러면 슬슬 돌아갈까? 응?"

화이트초콜릿 손가락이 입술을 쓱 문지르고 지나갔습니다. 나는 손을 들어 올려 그의 뺨을 후려치고, 앞이 보이지 않을 만큼 쏟아지는 눈물에 어쩔 줄 몰라 아무 말이나 마구 지껄여댔습니다. 마치 세이와 상희가 동글동글한 과자로 변해가며 내게 퍼부었던 진심들 비슷한 언어들을.

"선배가 싫어요. 싫어서 견딜 수 없어요. 선배는 날 이용하고 있으니까, 선배 같은 거 정말 싫어. 선배 따위 다시는 보고 싶지도 않아. 선배는…… 선배는……."

"매번 그렇게 말한다니까? 있는 힘껏 내게 전부 되돌려줘서 아주 고마워. 어차피 잊을 테니까, 실컷 말해도 좋아."

내 입술을 훑었던 손가락을 보란 듯이 핥으며, 선배는 웃었습니다.

"나는 괜찮으니까."

그럴 리가 없잖아요?

그런 말을 듣고도 괜찮은 사람 같은 거 없습니다. 누구보다도 잘 알면서도 나는 이전에 행했던 시행착오들을 죄다 잊기 때문에 다시금 잔인해지는 겁니다. 이곳에 올 때마다 나는 나를 지나쳐 간 모든 슬픔들을, 증오들을, 혹은 이해 불가능한 어떤 정서들을 되돌리고는 아무렇게나 그에게 쏟아놓았는지도 모릅니다. 내가 쌓아 올린 이 모든 세계를. 만물을 짊어져야 하는 단 한 사람이란 얼마나 외로운가요? 기억하지 못한대도 없어지지 않습니다. 그러니까 나는.

"미안해요."

그러니까 '세계'는, 굉음을 울리며 무너져 내리기 시작하는 겁니다. 이것들 모두 사라지지 않아요. 상희는 모두 내게 떠넘기고 후련해진 채 돌아갔지만. 세이도 더는 이 '전장'을 떠올릴 수 없을 테지만. 그 무엇도 사라지지 않습니다. 모두 여기에 있는 겁니다. 무너져 흩어지며 내 세계에, 무의식의 막막한 심연 밑바닥에, 언젠가 꺼내주길 기다리며 온전한 얼굴로 앉아 있습니다.

"미안해요."

모든 달콤한 것들이 다만 역겨운 냄새를 풍기는 액체로 변해 발치를 적시는, 그 호리병 속 같은 기괴한 폐허에서 나는 눈물을 닦아내며 몇 번이고 그에게 사과했습니다.

미안해요.

"서겸 선배님, 아침부터 왜 남의 머리를 잡아당기시는 거예요?"

인간은 적응하는 생물입니다.

저도 모르게 손을 뻗고 싶을 만큼 잘생긴 남자가 숨결이 닿을 만큼 가까운 거리에서 머리카락을 어루만져도, 문득 불어닥친 봄바람 정도로밖엔 느껴지지 않는 것만 봐도 그렇습니다.

"단해 양이 보고 싶어서 견딜 수가 없는 거야. 그래서 청소 당번인데 그냥 왔지!"

"부탁이니까 왕족으로서 체통을 좀 지키세요. 그리고 어차피 저 하나뿐인데 이따위 클럽 빨리 해체해주시지 않겠어요? 몇 번이나 말씀 드렸다시피 저는 애초에……."

"독서부에 들어갈 거였다고?"

"네!"

서겸 선배는 싱글벙글 웃으며 내 머리카락을 실컷 쓰다듬더니 주머니에서 주섬주섬 뭘 꺼내 내밀었습니다.

"독서부에 들어갔더라면 이런 건 못 받았을걸? 자, 자, 어때? 하나뿐인 부원이어서 다행이라는 생각이 들지 않아?"

나는 선배가 내민 화이트초콜릿을 멀거니 내려다보았습니다. 이 왕자님이 또 무슨 헛소리를 하시려고 평소에 안 하던 짓을 하는 걸까요? 갑자기 간식 제공이라니.

"초콜릿 하나 받았다고 그런 생각 할 것 같으세요?"

"어, 그래? 그러면 뭘 주면 단해 양은 웃어줄 거야?"

"뭘 주셔도 안 웃어요. 절대로."

"너무하네……."

축 처진 서겸 선배가 구시렁거리면서 주위를 빙글빙글 맴돌든지 말든지, 나는 화이트초콜릿의 포장을 벗겨 혼자 오독오독 씹어 먹으며 다시 독서에 집중했습니다.

"이건 별로 달지 않네요. 선배님 손은 토할 정도로 달았는데."

중얼거리자 선배는 한 번도 보여준 적이 없던 당황한 표정으로, 화급히 내 어깨를 움켜쥐었습니다.

"단해 양, 설마 기억해?"

"뭘 말인가요?"

"전장……!"

나는 고개를 갸웃거렸습니다.

"전장…… 이라니 그게 뭔가요? 전액장학금?"

"아, 뭐야. 생길 리도 없는 애가 뚝 떨어지는 줄 알았잖아."

"그게 뭐예요? 선배, 지금 울어요?"

정말로 울 것 같은 눈을 하고 있었기 때문에, 나도 조금은 당황했습니다. 내가 무슨 이상한 말을 했는지는 전혀 기억나지 않지만 초콜릿에 대해 무어라고 품평한 것 같기는 합니다. 혹시 내가 무의식 중에 맛이 없다고 불평을 했을까요? 겨우 그런 불평 한 마디에 평서겸 선배가 우울해 하다니 아무리 생각해봐도 이상합니다. 말도 안 됩니다. 꿈이겠죠.

그렇지만…….

"선배, 우는 거 아니죠? 울면 사진 찍어서 실컷 놀려먹을 거예요. 언론사에 제보해야지."

"일단 왕족이라서 언론 통제라는 걸 하는데…… 말이지, 단해 양. 나는 슬슬 청소하러 돌아가봐야겠는데 여기서 좀 더 기다려 줄래?"

"제가 선배를 왜 기다려야 하는데요?"

"아주 귀여운 의뢰를 받았거든. 단해 양은 하나뿐인 부원이니까 당연히 나를 도와주겠지?"

"또 무슨 이상한 의뢰를 받아서 그래요? 설마, 언약 같은 거 했어요? 안 했죠? 제발, 안 했다고 해줘요!"

"아…… 했는데."

"도대체! 한심하게! 선, 배!"

"그러니까 일단 기다려달라고, 응? 단해 양. 이야기 들으면 단해 양도 눈물을 그렁거리면서 이 의뢰를 받아야만 한다고 말할 거야. 진짜야."

"퍽이나 그러겠네요! 하지만 초콜릿 받았으니까, 기다려드리긴 할게요. 7시까지만이에요."

왕립방장학원재단 고등부와의 축구부 친선경기를 구경할 예정이었기 때문에, 사실 나는 어차피 남을 거였습니다. 시치미를 뚝 떼고 특별히 기다려드리는 척하자 선배는 다시 평소처럼 웃으며 내 어깨를 툭툭 두드려주었습니다.

"고마워, 단해 양. 아, 나는 정말 운이 좋다니까. 이렇게 귀여운 부원이 있다니."

키득키득 웃음이 터졌습니다. 선배는 기쁜 듯이 손을 흔들며 교실을 나갔습니다. 보나마나 쓸데라고는 하나도 없는 의뢰일 게 뻔합니다. 운동장 한가운데에서 노래를 부르거나 토끼 귀 같은 걸 달고 토끼장 앞을 엉금엉금 기는 유의 의뢰겠지요. 요번 일만 해도 그래요. 명준이라는 축구부원이 '도시락을 매번 가져다주는 우렁각시의 정체를 알아내주세요' 같은 한심해서 눈물 나는 의뢰를 했죠. 선배는 실컷 잘난 척을 하더니 나를 축구부에 밀어 넣었고, 와구와구 도시락을 먹어 치우라며 명령을 내리셨습니다. 나는 어이가 없어서 짜증을 부리다가 맛있는 냄새에 그만 도시락을 먹어버렸고, 민상희라는 매니저 여학생이 '너무해! 내가 만든 도시락!' 하고 엉엉 울었습니다.

— 역시 단해 양은 대단해. 단숨에 의뢰를 해결했잖아?

선배의 그 의기양양한 표정이라니. 십 년이 지나도 생생하게 기억날 것만 같습니다. 만사태평에 허우대 멀쩡한 것 빼곤 봐줄 것도 없는 그 인간이 왕가의 일원이라는 사실에 눈물을 참을 수 없었죠.

"선배, 계시니?"

노크도 없이 문을 열고 상희가 고개를 들이밀었습니다. 나는 고개를 저었고 그 애는 수줍은 듯 자그맣게, 웃었습니다.

"우리들 사귀기로 했어. 시합 전에 선배님께 보고해드리고 싶어서."

"그래. 전해드릴게."

"응. 고마워, 단해야. 괜찮으면 너도 시합 보러 와. 곧 시작해."

"선배 기다려야 하니까 됐어."

그럼, 하고 상희는 냉큼 문을 닫고 사라졌습니다. 여기서도 잘 보이고, 하는 말을 삼키며 홀로 남은 나는 얼른 커튼을 걷었습니다. 창밖으로 펼쳐진 운동장이 꼭 잘 만든 인형의 집 같아서 나는 이상한 기시감을 느꼈습니다. 꿈에서 본 듯한. 손을 내밀면 빵가루 같은 모래알갱이의 감촉이 느껴질 것만 같은. 나는 눈을 가늘게 뜨고는 분주한 학생들의 모습이며 바람을 머금고 기분 좋게 흔들리는 나무들을 새길 듯이 열심히 바라보았습니다. 아주 멀리 보이는 군중 속에서도 문은오의 등이 제일 먼저 눈에 들어옵니다.

아주아주 사랑하는 소꿉친구.

이유를 알 수 없이 고등부에 들어오면서 멀어져버렸지만, 이제는 전처럼 슬프지가 않았습니다. 이제는 이름을 떠올려도 가슴이 그렇게 답답하지는 않은걸요. 누구나 그렇겠지요. 아파도 괜찮아지고 슬퍼도 흘러갑니다. 완전히 없어지지 않아도 기억이란 마음 깊이 가라앉아 차곡차곡 쌓여가는 걸 겁니다. 세월처럼. 시간처럼. 아마도 곧 담담해지겠지요. 아주아주 사랑하는 소꿉친구. 아주아주 좋아했던 소꿉친구.

"은오, 파이팅."

자그맣게 웃으며 들릴 리 없는 응원을 던졌습니다.

손을 뻗어 유리창을 쓸고 나는 왜인지 모르게 가벼워진 기분으로 한껏 기지개를 폈습니다.

역시,

인간이란 쉽게 적응하는 생물입니다.

■ 심 각 하 게 찬 란 한 은 ……

2008년 3월에 시작해 몇 달 쓰다가, 마무리는 2012년 8월 31일에.

전 항상 제 글에 자신이 없기 때문에 쓰다보면 '아, 이게 아닌가봐' 하고 묻어버리곤 합니다. 나쁜 버릇이죠. 이 글도 그래서 몇 년이나 잊고 지냈던 거고요.

기억도 감정도 그 순간뿐이고 결코 영원할 수는 없죠. 드라마나 만화에선 대여섯 살에 만났던 것만으로도 십 수 년 후에 서로를 알아보기도 하는 모양입니다만, 현실에선 학창시절 같은 반이었던 친구도 몇 년 지나면 얼굴이 가물가물한 거예요. 분명히 기억하고 있는 줄 알았는데 어느 틈엔가 잊힌 것이 참으로 무수합니다. 그런 부분을 좀 더 극단으로 밀어낸, 그리하여 주변과 위화감을 느끼는 여자아이 이야기를 써보고 싶었습니다.

긴 이야기의 1편 같아 미진하고, 비슷한 테마로 작성한 다른 단편 쪽이 완성도 면에서 낫지 않나 하면서도 이 글을 싣기로 했습니다.

제 글 중에는 유난히 사제師弟를 다룬 작품이 많다 이야기하시는 편집장님께, 이 글도 정서적으로는 사제 관계가 아니냐고 운을 띄우자 단호하게 '아니. 그건 군신君臣이죠.'라고 하셨는데 그때 비로소 '앗, 그렇구나!' 하고 와닿는 부분이 있었습니다.

온우주
단편선

동백 冬柏

동백 冬柏

밤새 내린 눈이 반쯤 얼었다. 설피를 신은 발로 깨끗한 눈 위를 디디자 빳빳한 비단을 비빌 때처럼 쌀쌀한 소리가 났다. 혜령薫玲은 낡은 옷섶을 여미며 조심스레 걸음을 재촉했다.

'빨리 가야지. 섬이네 아줌마가 걱정하실 거야.'

부모를 나란히 병으로 잃은 혜령이 끈목 일을 배운 지도 2년. 이제는 곧잘 삼작노리개에도 장식을 달 수 있게 되었지만, 여전히 혜령은 몸이 약해 쉬는 날이 더 많았다.

"혜령 왔구나?"

가게에 들어서자 함께 일하는 여자들이 따뜻하게 맞아주었다. 혜령은 일일이 고개를 숙여가며 웃는 낯으로 인사를 했다. 주인 강 씨는 작년에 늦은 아들을 낳아, 섬이네라고 불린다. 아이를 낳고 보니 사람이 자비로워져서 의지할 데 없는 혜령을 비롯해 몇 몇 처녀들에게 일을 가르쳤다.

"아줌마, 늦어서 죄송해요. 저 괜찮아요."

"괜찮긴 뭐도. 건드리면 홍시처럼 폭 터질까 무섭다. 너 약은 잘 먹고 있니?"

섬이네가 통통한 낯을 찡그렸다. 혜령은 기침을 참으며 웃는 얼굴로 고개를 저었다. 사실은 가게에 들어오기 전에 혼자 코피를 한 말이나 쏟아서 얼굴에 눈이라도 얼비친 양 새하얗다. 그녀가 어릴 적부터 몸이 약해 내내 약을 달고 산다는 걸 교현 사람들이면 누구나 알았다.

"보는 내가 다 불안해 도리가 없다. 일은 이따 하고 가서 약부터 받아오너라."

"죄송해요. 얼른 약사 아저씨 뵙고 올게요."

실은 아무리 견뎌보려고 해도 눈앞이 핑핑 돌고 살에 꿰인 동박새처럼 하닥하닥 숨이 가빴다. 코끝이 새빨간데 뺨은 새파래서, 금방이라도 숨이 딱 끊어질 것만 같다. 혜령은 꾸벅 허리를 숙여 보이곤 끈목집을 나서서 큰길을 따라 걸었다. 수십 년 이 거리를 지켜온 약사 댁으로 가는 길은, 눈을 감아도 현기증이 일어도 절대로 헤매지 않았다.

"혜령!"

조 씨네 앞은 평소와 달리 소란스러웠다. 달려온 혜령을 받아 안듯이 붙들고, 근처 상인 여자가 목소리를 죽여 속삭였다.

"혜령, 지금은 안 된다. 아주, 아주, 상황이 안 좋구나."

"무슨 일이 있나요?"

"큰 싸움이야."

"싸움이오?"

"그래. 조 씨가 말이야. 무슨 약인갈 내놓으랬는데 거절한 모양이지. 글쎄, 그게 큰 싸움으로 번져서."

말을 받으며, 혜령은 또 코피가 날 것을 겁내듯 얼른 고개를 들었다. 하늘이 흐릿한 것이 현기증 탓인지 구름 탓인지 알 수 없었다. 천천히 머리가 맑아졌다. 곧 다시 극심한 두통과 어지럼증, 까무러칠 듯한 호흡곤란이 찾아오겠지만 혜령은 몇 식경씩 찾아오는 평온에도 금세 마음이 따뜻해지곤 했다.

"이상하네요. 약사 아저씨는 아무하고도 이야기 안 하시잖아요. 약만 파는 아저씨가 왜 싸운단 말이에요?"

"칼을 빼 들었는걸."

칼? 약사가 무슨 칼을 든단 말인가. 약초를 자르는 일이야 주로 작두를 쓰는걸.

혜령은 눈을 가늘게 뜨고 주위를 두리번거렸다. 모여 선 사람들이 수군대는 목소리가 들렸다.

"죽을지도 몰라. 조 씨."

"원, 하필이면 저런 일에 휘말려서……."

"관리한테 대들다니 저 작자도 참 목숨 아까운 걸 몰라."

"그야 딸린 입이 없어 그렇지."

"무슨 약인데?"

혜령은 등을 떠밀린 것처럼 조 씨 댁 문 안으로 달려들었다.

"약사 아저씨!"

조 씨라고 알려진 약사는 적어도 혜령이 철이 들 무렵부터는 쭉 이곳에서 약방을 열고 있었다. 늘 어두운 빛의 창의에, 두건과 목도리로 표정을 감춘 채 어두침침한 방 깊숙이 틀어박힌 그를 혜령은 거의 매일 대면해왔다. 항상 앓는 혜령의 약도, 오래 앓다 결국 죽어간 아버지와 어머니의 약도 모두 그에게서 샀다. 낳아준 건 부모지만 네 목숨 붙여주시고 키워주신 건 다 약사 양반 공이니 잊지 마라, 하고 살아생전 그네들은 말했다.

"웬 계집애냐?"

마구잡이로 널브러진 서책이며 부서진 오동나무 약장藥欌, 짓밟힌 약재 등속이 눈에 확 들어와서 혜령은 곧 울고 싶어졌다. 발 디딜 틈이 없는 약방이고 퀴퀴한 냄새에 먼지가 떠돌긴 했지만 그 무뚝뚝하고 음울한 약사는 한결같이 모두에게 약을 지어주었다. 쏟아진 이 약재도 누군가의 목숨을 구할 물건이었을지도 모른다.

그렇게 생각하자 약사를 둘러싸고 대거리를 하고 있는 너덧 명의 건장한 사내도 무섭지 않았다.

"야…… 약사 아저씨를 괴롭히지 마세요."

"성가신 계집애가 뉘 안전인 줄 알고 끼어드느냐?"

혜령은 을러대는 사람을 올려다보았다. 답호를 갖춰 입은 걸 보니 관리다. 귓속이 윙윙 울렸다. 바깥에서 사람들이 혜령을 염려하며 웅성대는 소리가 들렸다.

"여기 계신 새 절제도위 나리께서 급히 약을 청하셨는데 이 무엄한 촌것이 주제를 모르고 거절했단 말이다. 불복이란 백성에게 더할 것 없는 죄인데 당장 목을 친들 이 촌서생이 무어 할 말이 있겠느냐?"

"하, 하나…… 약사 아저씨가 이유 없이 약을 거절했을 리 없습니다. 필시 잘 설명하신다면, 곧바로 좋은 약을 지어주실 겁……."

"네년도 같이 목이 떨어지고 싶은 게냐?"

답호 입은 사람이 벽력처럼 소리를 질렀다. 혜령은 겁이 더럭 나서 어깨를 움츠렸다. 어두운 곳에 절제도위라는 사람이 서서 묵묵히 이쪽을 바라보고 있었다. 이마를 땅에 대고 조아려도 이상하지 않을 만큼 높은 나리라는 건 알겠지만, 혜령으로선 그 도위니 뭐니 하는 게 뭘 하는 자리인 줄은 통 짐작조차 가지 않았다. 두건을 쓰고 천을 두른 채 먼지와 서책과 약재 속에 파묻힌 약사는 말이 없었다. 그 앞에 선 덩치 큰 남자가 약사의 목 앞에 번쩍거리는 칼을 쑥 들이밀었다.

"죽을지도 몰라. 조씨."

사람들의 불안한 수군거림이 들렸다. 그건 싫다. 손쓸 도리 없이 넋 놓고 사람 죽는 걸 지켜보는 일은 괴롭다. 내내 후회가 남는다. 혜령은 눈을 질끈 감았다.

약사 아저씨는 길지 않은 이 목숨을 붙들어주신 분이니, 조금이라도 은혜를 갚도록 하자. 목숨에는 목숨으로 답해야 해.

생각을 굳히자 공포는 온데간데없이 사라졌다. 혜령은 얼른 무릎을 꿇고 엎드려, 떨리는 목소리를 가다듬으며 높은 나리를 향해 빌었다.

"제발, 제발 약사 아저씨를 놓아주세요. 아저씨는 우리 교현 사람들한테 아주 중요한 분입니다. 아저씨가 없었으면 어머니도 아버지도 할머니도 할아버지도 더 일찍 돌아가셨을 겁니다. 저도 더 어린 계집애일 적에 죽었을 것입니다. 나리, 부디 아저씨를 살려주십시오. 아저씨를 죽이면 나리의 백성들도 더 많이 죽게 됩니다. 나리."

"시끄럽게!"

퍽, 하고 답호 입은 사람이 혜령의 엎드린 등을 걷어찼다. 혜령은 뭉쳐놓은 끈목 실처럼 힘없이 나동그라졌다.

"나리, 나리. 제발 살려주십시오. 아저씨가 안 계시면 저도 곧 죽게 됩니다. 약을 쓰지 못해서 더 많은 사람이 괴로워집니다."

고통에 눈물이 그렁그렁 맺혔다. 혜령이 세 번째 채여 나동그러졌을 때, 가까스로 서 있던 약장이 쓰러져 몸을 덮쳤다. 아팠다. 매캐한 약 냄새에 혜령은 정신없이 기침을 뱉었다.

"그쯤 해둬라. 됐으니 그만 가자."

내내 침묵을 지키고 있던 절제도위가 무겁게 말했다. 그제야 매사가 바보처럼 느껴진 모양인지 픽, 웃더니 고개를 절레절레 흔들었다. 애초에 약사의 담담한 태도가 건방지다며, 아랫것들이 소란을 만들었을 뿐이다. 구경거리가 됐군, 하고 도위는 자조하며 몸을 돌렸다. 혜령은 고맙습니다, 나리, 하고 절하려 했지만 연신 이어지는 기침과 허리의 통증으로 말을 할 수가 없었다.

"자비로운 나리의 덕인 줄 알아라!"

답호 입은 사람이 기어이 쏘아붙이고는 칼 든 자들과 함께 기세등등하니 약방을 떠났다.

"아이고, 혜령! 이 어리석은 것이!"

"혜령! 괜찮으냐? 혜령!"

겁을 먹고 바깥에만 섰던 시장 사람들이 기다렸다는 듯 우르르 쏟아져 들어와 혜령의 몸을 보듬었다. 혜령은 눈물 때문에 흐려진 시야를 향해 무작정 웃었다. 괜찮아요, 말할 때 찝찔한 피맛이 났다.

"이 애, 코피가 나지 않니?"

어리석은 것, 어리석은 것.

사람들 틈에서 한탄 섞인 목소리가 계속 들렸다. 어리석은 것. 누군지 모를 목소리와 함께 약사가 사람들을 몰아내고 다가와 어깨를 가볍게 잡았다. 익숙한 손으로 피를 닦아주고 고개를 살짝 들게 했다. 혜령은 눈을 감았다. 피가 멎기를 기다려 그는 탕약을 내주었다. 혜령은 약을 마시고 약방 구석에서 잠깐 잤다.

"하지 않아도 될 일을 했다."

혜령이 눈을 뜨자 서늘한 손을 이마에 얹어주며 약사가 말했다. 한 번도 얼굴을 본 적 없고 목소리에도 온기가 없다. 사람일까. 저승사자가 아닐까. 혜령은 잠이 덜 깬 눈으로 멍하니 천장을 올려다보았다. 먼지가 빙빙 돌았다. 탕약 냄새, 서책에서 나는 먹 냄새. 약사의 잘 다린 옷자락에서 풍기는 겨울 햇볕 냄새.

"은혜를 갚고 싶었어요. 죽으면 안 돼요."

"나는 안 죽는다."

"세상에 아니 죽는 건 없어요. 옛날 교룡산에 계셨다던 용 님도, 옛날 황제 폐하도, 운서성 나리도, 전부 이젠 아니 계신걸요.

할머니도, 할아버지도, 어머니와 아버지도…… 전부, 전부, 오래 살겠다 다짐하시구선 돌아가셨어요."

"그러나 나는 안 죽어. 처자야말로 허튼짓으로 명을 재촉하지 마라. 어차피 길지 않은 목숨이 아니냐."

혜령은 몸을 일으켰다. 오래 살 수 없다. 아마, 남들처럼 혼인을 하고 아이를 낳을 만큼 살지도 못할 터다. 제 발로 걷기 시작할 무렵부터 알고 있었다. 그런 탓에 애당초 자포자기하고 '길게 남지 않았다' 여기며 꾹꾹 눌러온 듯도 싶다. 하지만 제 머리로 아는 것과 귀로 듣는 것 사이엔 혜령 제 마음과 달리 괴리가 남았던가보다. 역시 대놓고 듣자니 좀 괴로웠다. 혜령은 겨우 웃어 보였다.

"길지…… 길지 않은 목숨이니까요."

"잠시라도 더 살게 해달라며 매달리지 않느냐. 모두들."

"아저씨를 죽게 두고 제가 조금 더 살아 뭐하겠어요?"

"어려운 질문이로군. 할 일은 처자가 스스로 찾아야지."

"그러니까 은인이신 약사 아저씨께 도움이……."

"아니다. 무모한 짓을 해선 안 돼. 처자는 어린아이니까."

"……네에."

대화가 잘되지 않는다. 완전히 다른 생물 두 마리가 날갯짓 소리로 눈치를 보고 있는 것만 같다. 혜령은 피로를 느꼈다.

"저 이만 가볼게요."

약을 받아 들고 강씨네 댁으로 돌아갔지만, 결국 끈목 일은 반나절을 공치고 말았다. 여자들은 혜령의 몸 걱정을 하며 수다를 늘어놓았다.

"약방 조 씨도 참 모를 사람이지. 기십 해 전부터 낯을 봤단 말을 못 들었으니."

"채소가게 관 씨네 뒷방 할아범이 코찔찔일 적부터 드나들었다지 않아? 그럼 조 씨 나이가 적어도 고희란 소린데……."

"고희라니 말이나 되어? 우리 영감보담두 한참 쌩쌩한 목소린데."

"뭐 좋은 약이라두 됐다 자시나부지."

"에이, 아녀. 내 듣기로 조 씨는 그때 있던 조 씨가 들인 제자라던데? 수양아들 삼았던가, 몰래 바꿔쳤다던가."

"못 들었는디, 나는. 그런 말은. 왜? 차라리 어디 여우가 와서 홀딱 인두껍을 벗겨다 썼다구 하지?"

"아니, 아니. 들었다니까? 우리 시엄니헌티. 참말여."

친절하지만 남과 교류하는 일 없는 조 씨 이야기가 끈목하는 내내 오갔다. 도위인가 하는 대단하신 나리와 시비가 붙었으니만큼, 조그만 마을인 교현에선 꽤나 흥미로운 이야깃거리일 수밖에 없다. 사람들이 아는 대로 기억을 더듬어 떠드는 동안 혜령은 그저 듣기만 했다.

"이 애, 혜령. 교현에서 너처럼 약방에 자주 드나든 사람도 드문데 혹시 못 봤니? 조 씨 민낯."

"제가 무얼 봐요. 저는 인사하고 약을 받아 올 뿐인걸요."

"에그, 감히 원님 앞에 나서길래 넌 뭘 아는가 했다."

"그…… 래도 약사 아저씨가 좋은 분인 건 알아요. 아저씨가 안 계시면 누가 약을 지어주시겠어요?"

"어련하겠니, 혜령. 애가 그리 착해서 어찌 살려고. 자칫하면 네가 죽을 뻔했잖니?"

떠들던 여자들이 쓰게 웃었다. 쉬운 일감을 골라주고, 숨이 가빠오면 염려하며 등을 쓸어준다. 약을 타 오라며 잠깐씩 손을 쉬게 해주는 데다 날이 추우면 혹 얼어 죽었나 염려하며 일부러 들여다보러 와준다. 혜령이 생각하기엔 혜령 자신보다도 주위의 다른 사람들이야말로 참으로 착하고 선한 것만 같았다. 혜령의 아버지와 어머니가 병으로 죽은 후 장례를 도와준 것도, 생활을 걱정하며 끈목집 강 씨에게 소개해준 것도, 모두 교현 거리 사람들이었다. 그날도 늦게야 몇 땀을 엮고 나서 혜령은 주인 강 씨의 성화에 못 이겨 귀가하게 됐다. 한 손에는 지은 약을 들고 다른 손엔 덜 마친 끈목 일감을 추려 든 채.

'세상엔 좋은 사람이 참 많아. 나도 얼른 더 건강해져서 도움이 되었으면……'

끈목 일을 쥔 손에 힘을 주며 혜령은 교룡산 기슭으로 접어들었다. 내린 눈이 달빛을 받아 반짝거렸다. 절로 소원을 빌고 싶어질 만큼 훤한 만월이 천구의 중심을 가로지르고 있었다. 혜령은 작은 새처럼 팔딱거리는 자신의 맥박을 들으며 잠깐씩 발을 멈췄다. 낮에 약방에서 장정들에게 걷어차이기까지 했으니, 산길 몇 리를 걷는 것만으로도 숨이 가빠 현기증이 일었다.

'그래도 약사님이 무사하셔서 다행이야.'

절로 웃음이 나왔다. 사과꽃 같은 입김을 올려다보며 걷던 혜령의 다리가 갑자기 푹 꺾였다.

악, 소리를 내지르며 혜령은 눈밭에 파묻혔다. 뒤쪽에서 혜령을 후려친 사내 몇이 거드름을 부리며 모습을 드러냈다.

"쬐그만 계집애가 잘도 우릴 창피 줬겠다?"

"나리께선 됐다 하셨지만 우리 수치는 나리의 수치야. 요 맹랑한 것, 너 오늘 한번 죽어봐라."

낯익은 답호 자락이 시야에 비쳤다. 혜령은 무릎걸음으로 한 뼘 남짓 쌓인 눈 사이를 기었다. 뚝뚝 떨어진 코피가 새하얀 눈 위로 번졌다.

"일가붙이도 없는 년이."

"그 건방진 약사 놈도 곧 손을 봐줘야지. 감히 제까짓 것이 뭐라고!"

"뻣뻣한 모가지하며."

허둥허둥 그녀는 달아나려 했다. 살고 싶다, 살고 싶다, 비명조차 감히 목을 거슬러 나오지 못했다. 혜령은 반쯤 꺾인 허리로 허공에 헛손질을 했다. 퍽, 쌓인 눈이 천길 낭떠러지에서 떨어져 내릴 때처럼 둔중한 소리가 났다. 눈앞에 별이 번쩍했다.

"벌레 같은 것, 어차피 너 오래 살지도 못할 몸이 아니냐?"

아, 아…… 아!

공포에 질려 기괴한 목소리가 났다. 등 뒤에서 여유를 부리며 둔기가 휘익 허공을 갈랐다.

"예서 죽은들."

그들은 웃었다. 토끼새끼를 이리저리 내몰 듯 즐거운 목소리로

끼룩끼룩 웃었다.

"누구 있어서 너 시체나 찾으러 오겠느냐?"

살고 싶다.

저항하려고 발길질을 하고 손톱을 잔뜩 세워봤지만 도리어 뺨
에 주먹이 날아들었다. 어, 헉, 숨을 몰아쉬며 몸을 웅크린 채 손
으로 뺨을 감싸자 피가 묻어났다. 얼굴이 피투성이라는 걸 그제
야 알았다.

"이년이!"

"주제를 모르고."

살려주세…… 살려주세요!

말했다. 말했다고 생각했다. 애원하며 점박이 답호를 입은 남
자의 발목을 붙들고 늘어지자 그는 혜령의 허리를 서슴없이 걷어
차고 그 위에 한쪽 발을 올려놓았다.

"잘 안 들린다, 큰 소리로 빌어봐라."

살려…… 주, 세…….

살려달라고 애원하던 입이 곧 얼었다. 찬 눈에 의식이 가물거
렸다. 떨어진 약포를 일부러 노려 칼집을 휘두르고 끈목 일감을
짓밟으면서도 그들은 보란 듯이 웃었다. 그 이해 못할 악다구니
에 혜령은 할 말을 잊었다.

"너 같은 것 하나쯤!"

아, 결국 죽는구나 하며 눈을 딱 감았을 때 마음 한구석이 못
견디게 괴로웠다. 오래 살지 못할 걸 알고 있었는데. 그래서 죽음
따윈 무섭지 않을 줄 알았는데. 그런데 이렇게나 두렵다니.

이렇게나 살고 싶다니.

아픔 때문일까, 온몸이 불처럼 후끈 달았다.

"……."

하마 죽었는가.

죽었어도 몸 아픈 건 여전한가 하여 눈을 살금 떴더니 잠든 것처럼 널브러진 사내들이 보였다. 눈에 꽂힌 칼이 무게를 못 이겨 푹 모로 엎어졌다. 튀어오른 눈에 이마가 젖었다. 아직 제 다리로 서 있던 점박이 답호 차림의 사내 하나가 힘의 차이를 깨달은 듯 냉큼 등을 돌려 저편으로 달리기 시작했다.

"약사…… 아저씨."

도망치던 남자의 등을 가볍게 후려치고, 낯익은 남자가 눈 위에 내려섰다. 답호 자락이 시야에서 훅 내려앉았다. 십수 년을 보아온 검은 창의 자락이 선학의 날개처럼 우아하게 흔들렸다.

살았다.

죽지 않았다.

그것이 스스로도 놀랄 만큼 엄청난 감격이 되어 전신을 뒤흔들었다. 혜령은 당장이라도 벌떡 일어나 약사의 옷가슴에 뛰어들고 싶었다. 달려드는 속도 그 자체로밖에는 제 미욱한 언어를 대신할 방도가 전연 없을 듯이, 그저.

그저 기뻐서.

"아저씨 엄청 세네요!"

모르긴 해도 도위인가 하는 높은 분 모시던 자들이 약할 리 없다. 약사는 그걸 단숨에 쓰러뜨린 것이다. 비명 소리 한 번 듣지 못할 사이에.

"그러니 처자가 나를 도울 필요는 없었다. 이제 이해하겠나?"

"어머, 하지만 저는 아저씨가 안 도와주셨으면 큰일 났을 거예요. 정말……."

아픈 몸을 억지로 일으키며 혜령은 활짝 웃었다. 약사는 온통 새하얀 눈밭에 한 그루 나무 그림자처럼 서 있다가 천천히 다가왔다.

'그렇구나. 아저씨는 정말로 셌구나. 그래서 도와주지 않아도 된다고…… 모처럼 도움이 됐다고 생각했는데, 역시 괜한 일이었나봐. 이런 일이나 당하고. 또 도움을 받기나 하고.'

씁쓸한 기분으로 비틀대는 혜령을 붙잡아주며 약사는 꽁꽁 싸맸던 목도리를 풀었다. 자연스러운 호기심에 혜령은 고개를 들었다.

희다.

온 시야가, 눈부신 빛으로 가득 찬 것 같은 착각이 들었다.

"어…… 저기."

의외로 어린 얼굴이 드러났다. 약사는 목도리를 한 손에 쥔 채 다른 손으로 혜령의 상처를 부드럽게 닦아주었다.

"정, 정말 감사합니다. 아저…… 아저씨가 아니네요. 저기, 미안해요."

"맞는데."

또래 소년으로밖에는 보이지 않는 얼굴에 심드렁한 빛을 띄우며 그는 제 목도리로 혜령의 목과 어깨를 감쌌다. 단정한 이마는

옥을 깎아 만든 구슬처럼 맑고 깨끗했다. 흰 눈밭에 반사된 저녁 어스름에도 색이 바래지 않을 만큼 눈부신 머리타래가 목덜미를 덮고 등 뒤로 늘어져 부드럽게 흔들렸다. 봄바람에 호수의 물이랑 위로 하늘거리는 버들가지같이 곱게.

'예쁘다.'

그리 생각하자 저도 모르게 낯이 붉어졌다. 제비붓꽃 빛깔 눈동자가 똑바로 혜령을 바라보고 있었다. 괜히 수줍어 혜령은 어쩔 줄 몰랐다.

"아니, 아저씨가 아니잖아요."

"처자가 어린아이일 적부터 내내 약방에서 본 그게 내가 맞는데, 뭐가 또 아니라는 건가?"

"그러니까…… 그게, 아저씨…… 아저씨가 아니잖아요. 만난 건 아저씨가 맞지만, 그러니까, 아무리 봐도 어느 댁 젊은 서방님 같으시니……."

혜령은 목도리에 코끝을 파묻고 눈을 피했다. 약사는 양손으로 그녀의 뺨을 감싸 자신과 눈을 맞추고는 탐색하듯 물끄러미 들여다보았다.

"차갑구나."

"고, 곧 따뜻해질 거예요. 아까 눈에 파묻혀서……."

"왜 눈을 피하느냐? 아직 아픈가?"

"아, 아뇨! 그러니까, 아저…… 아저씨가 아니니까!"

그의 손을 뿌리치듯 고개를 힘껏 흔들었다. 눈앞이 핑 돌았다. 어째서 이렇게까지 몸이 약한 걸까. 어머니와 아버지와 다른 사람들과 그리고 누구보다도 약사의 도움이 없었다면 지금껏 살아남지도 못했다.

"무슨 말인지 전혀 모르겠다."

"아저씨 말고 뭐라고 불러드려야 돼요? 훤하니 약사 도련님이신데. 저기……."

"처자, 그 다리로는 못 걷는다."

이름을 알려주는 대신 담담하게 답하며, 약사는 도망치려는 혜령의 팔을 잡았다. 다리가 아파서 비명이 절로 터졌다. 혜령은 침울한 얼굴로 약사의 어깨에 기대섰다.

"자, 업혀라."

"하지만……."

머뭇거리는 혜령을 반쯤 강제로 업고, 그는 걸었다. 설피도 투혜도 없는데 잘 마른 땅을 걷듯이. 방년 열여섯이니 아무리 병약하다 해도 꽤 무거울 혜령을 업고도 한 번 흔들리는 기색도 없이. 그는 무던히도 잘 걸었다.

"떨어진다. 꽉 잡아라."

"……네에."

부끄러워서 옷깃 끝만 만지작거리는 혜령에게 몇 번이나 그가 말했다. 혜령은 네, 네, 황송하여 답하면서도 머뭇머뭇 목을 반쯤 감쌌다가 화들짝 팔을 풀었다.

"처자. 꽉 잡아. 떨어진다니까."

"아…… 아까 그 사람들이오."

화제를 돌릴 생각은 아니었지만 저도 모르게 다른 이야기가 툭 튀어나왔다. 약사는 조용히 혜령이 말을 잇는 것을 기다려주었다.

"그 사람들 그대로 두면 병이 나지 않을까요? 날이 추운데요, 아저…… 나리."

"죽이려 들던 인간들인데 밉지도 않은가?"

"아저씨가 구하러 와주신 덕분에 그분들만 다쳤지요."

"처자는 착한 인간이로군."

"다들 착해요. 약사 아저…… 나리한테 약을 사 가는 사람들도 다들 고마워하지요? 약을 먹고 아픈 게 나으면 매사가 참 고마우니 다들 착해져요."

혜령의 말에 그는 입을 잠시 다물었다가 말했다.

"돌아가는 길에 그들을 주워 시장에 놓아주지."

"네!"

혜령은 기뻐서 그의 목을 꼭 안았다. 꽁꽁 얼어 터진 뺨도 도리어 훈훈하게만 느껴졌다. 쌀랑쌀랑 겨울바람이 불었다. 현기증으로 까무룩하니 멀어졌다 돌아오는 시야에 쭉쭉 뻗은 전나무들이 호위병처럼 늠름하니 도열해 있었다. 한 뼘씩 보이는 하늘을 언뜻언뜻 스치는 인동초 같은 구름들이, 꼭 수놓은 비단이불 같아서 혜령은 마냥 들떴다.

"하늘, 참 곱네요."

"그러냐."

"네. 어머니께서 그러셨는데, 사람은 죽으면 다 하늘로 돌아가는 거래요. 저도 곧 돌아가겠지요."

괜한 말을 했나, 싶어 혜령은 약사의 부드러운 머리카락에 달아오른 뺨을 기댔다. 기분 좋은 흔들림에 몸을 맡긴 채 눈을 감았다.

"돌아가선?"

"네…… 네에?"

"돌아가선 어찌하려느냐?"

"어찌한다니요?"

약사는 흔들림 없이 걸음을 떼며 천천히 말을 보탰다.

"하늘 저 위에 무엇이 있는 줄이나 아느냐? 돌아가 그 후엔 어찌 할까 물었다."

"돌아가선…… 어머니께선 하늘루 돌아가 다시 목숨 받아 태어난다 하셨어요."

"다시 이 지상에 말이냐."

"지상에. 인간으루나 아니면 다른 무얼로요. ……저는요. 저는 다시 태어나면 새가 되고 싶어요."

"새."

"네, 새요. 오목눈이도 좋고 유리새도 좋고 제비도…… 뭐든 좋아요. 새는 저 산 너머로 날아가볼 수 있잖아요? 하늘로 훌쩍 날아서 저 지평선 너머도, 황제 폐하가 계신 곳도, 얼마든지 갈 수 있을 테죠. ……저, 저기. 약사…… 님은요?"

"나는 안 죽는다."

"그렇군요. ……저는."

저는 곧 죽을 테니까.

해서는 안 될 말을 삼켰다. 약사의 몸은 찼다. 꿈일까, 사실은 아까 죽어버려서 이미 하늘로 돌아온 걸까. 혜령은 조심스레 눈을 떴다. 목을 감쌌던 손을 풀어 조심스레 약사의 머리카락을 어루만졌다. 부드럽다.

"처자. 하늘로 돌아가고 싶으냐?"

"모르겠어요. 돌아가고 싶지만…… 그렇지만……."

죽고 싶지 않아요.

살고 싶어요.

혜령의 말에 약사는 아무 말도 하지 않았다. 이따금 눈 무게를 못 견딘 겨울 가지들이 후둑후둑 떨며 응달 위로 눈을 한 무더기씩 보냈다. 발걸음 소리도 없이 약사는 걸어 혜령을 그녀의 초막까지 바래다주었다.

"다 왔다. 처자, 이제 내려라."

"아…… 앗! 네, 네!"

처음엔 그렇게 부끄러워서 가시나무라도 끌어안고 있는 양 불편했는데 어느샌가 양팔로 한껏 어깨를 안고 있었다. 혜령은 당황해서 허둥지둥 팔을 풀고 약사의 등에서 몸을 떼어냈다. 발밑이 푹 꺼졌다.

"처자, 다친다."

거리를 잘못 재어 휘청거리는 팔을 가볍게 잡아주며 그가 말했다. 차마 눈을 마주칠 수가 없어서 고개를 돌린 채 네, 네 하고 그저 어깨를 움츠렸다. 부드러운 옅은 색 머리카락 아래 약사의 눈이 말끄러미 혜령을 내려다보고 있었다.

"저, 저기……."

다시 눈을 피하려는 혜령에게 그가 무심히 손을 뻗어 뺨을 감쌌다. 본의 아니게 눈이 마주쳤다. 얼굴이 화끈 달아올랐다.

"이제 따뜻하구나. 됐다."

그야, 따뜻하겠지요. 따뜻하다 못해 확 불이라도 붙어 이 자리에서 사라질 만큼이나요.

혜령은 입만 뻐끔거리다가 헐렁해진 목도리에 파묻힐 기세로 고개를 푹 숙였다. 주먹을 꽁꽁 쥔 채로 혼자 열을 삭히곤 힐끔 시선을 올려 그의 표정을 엿봤다. 기분 탓인지 그가 아주 조금이지만 웃어 보인 것도 같았다. 달빛에 홀린 사람처럼 혜령은 그 얼굴에서 눈을 뗄 수가 없었다.

"처자. 이건 새 약이다. 푹 자면 다친 다리도 나을 게다."

서늘한 얼굴에 기름한 눈매가 누그러졌다.

'아, 웃었다.'

혜령은 잠깐 넋을 잃고 약사를 올려다보았다. 소년다운 미소에 이상하게도 눈물이 날 것처럼 가슴속이 붕붕 부풀어 올랐다. 그는 가만히 혜령의 머리를 기특하다는 듯 쓰다듬어주고는 손 위에 약봉지를 떨어뜨렸다.

"이걸로 빚은 갚았다. 앞으로는 내 일에 개의치 말아라."

"하, 하지만……."

반사적으로 무어라 항변하려던 혜령의 눈에 활짝 핀 동백이 눈에 들어왔다. 아직 동백 철이 아니다. 해를 넘겨 봄바람이 어른어른 섞여들 때나 필 꽃송이들이련만 다투듯이 자태를 뽐내고 있었다.

"어머나! 도련님, 꽃이 피었어요! 저걸 보세요!"

얼른 달려가 돌아가려던 사람을 붙들었다. 아픈 다리를 잊고 달려들다 균형을 잃은 혜령의 이마가 그의 등에 부딪혔다. 약사는 비스듬히 시선을 돌려 혜령을 돌아보고는 어깨를 감싸 의지할 곳을 만들어주었다.

"때가 아닌데 피었으니 곧 진다. 이 밤도 견디지 못하겠지."

"가엾어라, 전 그저 고와서 들떴는데…… 미안한 짓을 했네요. 왜 지금 피었을까요?"

"왜 처자가 미안하지? 저건 내 탓에 핀 게야."

"네?"

무슨 의미일까.

어깨를 감싼 손이 차다. 벌린 입술로 흰 입김이 솟아 아뜩한 허공으로 열없이 스러졌다. 약사는 땀 한 방울 흐르지 않은 말끔한 이마를 찌푸렸다. 그의 얼굴에는 언 곳이 없다. 입김도 새어 나오지 않는다.

꼭 그림 같구나.

혜령은 순수하게 감탄했다.

"그래. 주인을 만나 계절을 잊고 피었으니 꽃에 죄를 지은 것은 나다. 처자가 아니다."

"주인?"

약사의 제비붓꽃색 눈이 어둡다.

"이 산의 주인은 용이지요. 교룡산 모양도 용이 웅크린 모양이

구요, 착한 용께서 산 아래 교현을 항상 지켜주신다고 아버님이 옛날에 말씀해주셨어요."

"용이 지키는 건 약속뿐이다."

활짝 핀 동백이 꼭 등잔불이 바람에 꺼지듯 훅 소리도 없이 목을 떨궜다. 약관도 되지 못한 소년의 자태엔 영 어울리지 않는 슬픈 낯으로 그는 떨어진 동백을 받아 들었다. 눈처럼 흰 손 위에 핏방울 같은 동백. 죽은 새를 바라보는 양 몹시도 쓸쓸한 그 눈빛에 혜령은 입을 다물었다.

"모두 꽃 같구나. 하루를 피든 천 년을 피든 똑같다. 죄 져버릴 꽃이거니."

새를 놓아주듯 풀어놓은 동백 꽃송이가 우두커니 선 혜령의 발치에 내려앉았다. 약사는 그녀를 정중하게 안아 다시 초막에 앉혀주고는 말없이 산그늘 속으로 멀어졌다. 혜령은 온 천지사방이 칠흑에 감싸일 때까지 그 자리에 가만히 앉아 있었다. 생각난 듯 약을 달여 마시고 한 장뿐인 알량한 방문을 열어젖히자, 어둠 사이로 분분하게 꽃이 지는 광경이 보였다.

'참말 하룻밤도 버티지 못하였구나.'

흰 눈밭에 점점이 죽은 꽃들이 스몄다.

얼룩은 땅 위로 새벽녘에 한소끔 눈이 더 내렸다.

점점이 동백 같은 핏자국이 남은 목도리를 껴안고, 그 최소한의 온기에 기대어 혜령은 비로소 잠들었다.

여느 때와 마찬가지로 교현 시장통을 가로질러 약방 앞에 당도한 후, 혜령은 생전 처음 오는 사람처럼 심호흡을 했다. 조금 서두르면서 걸음을 빨리 했을 뿐인데 돌이라도 지어 나른 것마냥 숨이 벅찼다.

"도…… 도려…… 님."

보는 사람이 없는데도 왠지 도련님, 하고 부르려니 유난스럽게 느껴져서 입안으로만 어물거렸다. 나리, 하고 들릴 만한 목소리로 고쳐 부르고 헛기침을 하며 안으로 들어서자 여느 때와 마찬가지로 각두건을 쓰고 물들인 목도리를 두른 약사가 어두침침한 방 저편에서 가만히 혜령을 응시하고 있었다. 어제 약을 지어갔으니 아직 남았다. 용건이 없는데 빈손으로 달려온 자신이 부끄러워서 혜령은 고개를 떨어뜨렸다.

"꽃은 모두 졌더냐?"

어두워서 표정을 알 수 없다. 혜령은 눈이 뚫어져라 약사를 바라보았다. 두건과 목도리를 벗은 그 얼굴을 어젯밤의 기억에 기대어 머릿속에서 그리자 괜히 뺨이 붉어졌다.

"남았더냐?"

약사가 재촉하듯 다시 물었다. 혜령은 보일 듯 말 듯 끄덕였다가 뭔가가 생각난 양 힘차게 휘휘 가로저었다.

"졌어요. 밤새 내린 눈에 전부 얼어 떨어졌습니다."

평퍼짐한 소맷자락에서 조심스레 가져온 동백 꽃송이를 주춤
주춤 내밀었다. 약사는 움직이지 않았다. 어둠에 몸을 기댄 듯 미
동도 없는 그에게 혜령은 다가가, 어지러운 서안 위에 살짝 꽃송
이를 올려놓았다.

"떨어진 것인데 깨끗해서 가지고 왔습니다. 저기, 다 져버렸지
만 내년에는 다시 꽃이 필 거예요. 제가…… 제가 잘 돌볼게요.
그리고 다음에 꽃이 피면……."

그때, 내려놓은 꽃송이 위로 툭, 툭 눈물처럼 핏방울이 떨어졌
다. 혜령은 당황한 얼굴로 펄쩍 물러섰다. 여기저기 기운 소매를
들어 얼른 제 코를 감추었다. 두건 아래 구슬 같은 눈동자가 혜령
을 비추었다.

"죄, 죄송합니다."

갑작스러운 코피도 갑작스러운 어지럼증도 익숙한 일이지만
놀라거나 마음 상하는 사람들을 보는 것에는 익숙해지지가 않았
다. 혜령은 어쩔 줄 몰라서 뒷걸음질 쳤다.

"다친다."

일어서는 기색을 못 느꼈는데, 등이 약장에 닿았을 때 그는 혜
령의 곁에 서 있었다. 떨어지던 약초 바구니를 한 손으로 받아 다
시 제자리에 올려놓는 그를 혜령은 코를 가린 채 올려다보았다.
불쑥, 소매 뒤에 감춘 입술이 멋대로 말을 뱉어냈다.

"저도 일찍 지는 꽃인가요?"

그는 묘한 시선으로 혜령을 바라보았다.

"지기 싫으냐? 하면 처자는 천 년 동안이라도 가지에 매달려

있고 싶은 것이냐?"

"아니에요. 아닙니다, 하지만……. 진 꽃도 다음 해에 다시 피지요. 저, 빌려주신 목도리에 동백 수를 놓으려고 했는데……."

"괜한 짓 마라."

"내년에도 필까요?"

그는 웃지도 화내지도 않고 그저 혜령의 머리 위를 차가운 손바닥으로 쓰다듬었다. 그러고는 무명수건으로 코를 닦아주고 멎기를 기다려 바깥으로 내보내주었다. 아무 말도 하지 않았다. 꾸짖지도 않고 왜 불쾌한 말을 하냐며 속상해 하지도 않고 염려하지도 않았다. 혜령은 홀린 사람처럼 시장길에 서 있었다.

'내년에도 살아 있을까?'

밝은 겨울 하늘을 올려다보니 언제 눈을 쏟았느냐는 듯 새침한 구름이 반쯤 북녘을 가린 채 교룡산 봉우리를 에워싸고 있었다. 멀리, 멀리, 기기묘묘한 모양의 산 너머로 구름들은 흘러갈 터였다. 이 몸뚱이도 그저 헐거워져 껍덕을 벗어 던지곤 훨훨 날아 흘러간다면 좋으련만. 한 번도 가본 일 없는 저 산등성이 너머에도 푸른 하늘은 펼쳐져 있을 터이니 차라리 구름으로 태어나 바람 가는 대로 떠밀리며, 혹은 흩어지며, 멀리 더 멀리 갈 수 있다면 마냥 기꺼우련만. 혜령은 더러운 소맷부리에서 앙상한 팔을 쭉 뻗었다. 코끝이 찡하게 아팠다.

'또, 코피가……'

제 뜨거운 손으로 코를 꼭 잡았다. 눈을 감자 흰 달을 등지고 날개라도 달린 생물처럼 서 있던 약사의 얼굴이 떠올랐다. 철이 아닌데 피어 분분하게도 지던 그 가엾은 동백들도. 핏방울같이 떨어진 꽃은 그래도 퍽 아름다웠다.

'내년에도 피면 좋을 텐데. 동백.'

비틀비틀 걸어 강 씨의 일터로 돌아갔다. 끈목 일감을 관리들이 짓밟아 못쓰게 만든 탓에, 혜령은 강 씨에게 안 좋은 말을 들었다. 혜령이 너끈히 한 사람 몫을 한다고는 해도 그 벌이에 비하면 짓밟힌 일감 쪽이 훨씬 비쌌다. 자연 끈목집 사람들이 모두 나서서 지청구를 했다. 혜령은 관리들 이야기를 할 수 없어서 죄송합니다, 죄송합니다, 하고 하루 종일 고개를 숙였다.

"혜령일 나무라고 싶지 않아. 가엾은 것이 또 집에 가다 어지러워 엎어진 모양이지. 그래도 앞으론 주의해야 해. 손해 본 것을 메우려면 좀 늦게까지 남아 해야겠다. 내 말, 알아듣지?"

"네, 죄송합니다. 정말 죄송합니다."

"그러면 이걸 채소가게 관 씨네 가져다주고 오렴. 가까우니까 괜찮겠지?"

"네. 바로 다녀올게요."

관 씨는 시집갈 딸을 위해 끈목을 맡겼다고 했다. 온 집안이 들뜬 탓에 혜령도 함께 환히 웃는 얼굴로 축하의 말을 전했다. 관 씨 부인이 단맛이 나는 과일 하나를 혜령에게 주었다. 처음 맡아보는 달콤한 냄새에 혜령은 눈을 커다랗게 떴다.

"이게 뭐죠?"

"말린 여지란다. 귀한 것이지만 경사를 맞았으니 네게도 주마."

과일을 손에 든 채로 혜령은 채소가게 문간으로 나왔다. 볕을

쬐며 졸고 있던 뒷방 노인이 주름에 뒤덮인 눈을 들어 혜령을 바라보았다.

"할아버지, 드시겠어요?"

"나는 됐다. 젊은 아가씨가 자셔야지."

"음……할아버지, 약사님 말인데요."

문득 끈목집 언니들이 떠들던 말이 떠올라, 혜령은 노인에게 약사에 관해 물었다. 올해 고희를 맞은 노인은 우물거리는 입으로 이런저런 이야기를 늘어놓았다. 자신이 아주 어린 아이였을 때에는 약사 양반이 무척 쾌활하고 의협심이 강한 사람이었다는 것. 아무아무 때 난리가 나서 가족이 죽었을 땐 사람이 변한 듯했다는 것. 그래도 약을 짓고 사람들을 널리 도왔다는 것. 아무아무 때 전염병이 돌아 많이들 죽어 나갔을 때에도 교현 사람들은 약사 덕분에 목숨을 구했다는 것.

'그렇지만 약사님은 내 또래로밖에 안 보였는걸.'

혜령은 고개를 갸웃거리며 자리를 떴다. 말린 여지는 소매 속 깊숙이 남겨두었다.

늦도록 끈목일을 하고 차례차례 집으로 돌아간 여자들의 뒷정리를 한 후, 혜령은 달이 떴을 때 끈목집을 나섰다. 어제 설피가 부러진 탓에 신만 덜렁 신은 발이 눈밭에 푹푹 잠겼다. 뽀득뽀득 소리를 들으며 혜령은 간신히 초막에 닿았다.

달이 밝은 날이라 길을 헤매지 않았다.

'달님, 용님 모두 감사합니다. 약사님도 감사합니다.'

숨을 몰아쉬며 버릇처럼 하늘을 올려다보았다. 열엿새답지 않게 제법 이운 달이 중천에 비스듬하게 걸려 있었다. 형체를 잘 감춘다는 마리지摩利支의 옷자락처럼 희미한 구름이 메마른 달 주위를 너울거리고 정작 멀리 산등성이를 감싼 구름들은 어느덧 말갛게 개어 있었다. 뿌연 달무리를 보며 혜령은 구름과 똑같은 빛의 입김을 후우, 소리 내어 불었다.

'약사님께 말린 여지를 드리고 올 걸 그랬나.'

발치에는 어제 떨어진 동백들이 음울하게 시들어갔다. 혜령은 동백을 눈에 담았다. 약사의 얼굴이 떠올랐다. 혜령이 아는 말로는 잘 설명할 수가 없어 가슴속에만 꼭꼭 담아두고 있어야 할, 아름다운 눈매며 표정 없이 내내 담담했던 입술. 혹은 중추절 달같이 눈부신 머리카락 같은 것을. 떠올리는 것만으로도 좀 부끄러워져서 제 소매를 만지작거리며 다시 한 걸음 발을 옮기려는데 툭, 새빨간 것이 발치로 떨어졌다.

동백,

일 리는 없다.

피다.

툭, 툭, 핏방울이 턱끝으로 흘렀다. 혜령은 아침나절에 코피로 더러워진 소매를 들어 상처를 어루만지며 천천히 고개를 들었다.

"아……."

그 남자다.

혜령을 습격했던 사내들 중 점박이 답호를 입었던 남자. 부러진 칼을 들여다보며 허겁지겁 도망쳤던 사람이 왜 다시 자신의 초막 앞에 서 있다가 둔기를 휘둘렀는지 혜령은 영문을 몰랐지만, 무작정 무릎을 꿇었다.

"계집. 두 번이나 수모를 줬겠다?"

낮은 목소리에는 감정이 없다. 혜령은 무서워서 어깨를 부들부들 떨었다. 욕을 하거나 침을 뱉으면 아, 화가 났구나, 하고 생각이나 할 텐데 남자는 꼭 나무로 된 신상처럼 멀었다. 현기증이 일었다. 이마를 눈밭에 파묻히도록 절하며 혜령은 그의 말을 듣기만 했다.

"시장 바닥 계집이 무슨 수를 쓴 거냐? 엉?"

"나리, 무슨 말씀이신지…… 저는, 아무것도…….'

혜령은 울고 싶은 심정으로 겨우겨우 말을 이었다. 남자는 자꾸만 모를 말을 했다. 자신들이 그렇게 터무니없이 패배할 리가 없었다, 볼썽사나운 꼴을 당했다, 체면이 땅에 떨어졌다 하며 그는 묻고, 윽박지르고, 벌컥 괴성을 지르는가 하면 곧 얼음처럼 차가워졌다. 혜령은 계속 '용서해주세요' 하고 말했다. 다른 말은 모른다. 어려운 말은 더욱 모른다. 쉬운 말도 잘 설명할 수가 없다.

"용서해주세요! 살려주세…… 아악!"

"요, 요, 볼것도 없는 계집애 하나 때문에! 몇 번이고 내가 수모를 당하다니!"

남자의 손아귀에서 벗어나기 위해 넓지도 않은 마당 안을 달리고 또 넘어져 나뒹굴며, 혜령은 그저 제 눈으로 본 것을 띄엄띄엄 쏟아놓았다. 활짝 핀 꽃 이야기를 하고, 가엾게도 밤새 떨어져 시들어간 동백꽃을 주워서 소매에 숨겼다가 시장으로 달려갔다는 말도 했다. 뒤죽박죽 떠드는 혜령의 말 따윈 아랑곳없이 남자가 툭 둔기를 눈밭에 던져놓았다. 마당을 지나 방문턱에 더듬더듬 팔을 뻗어, 몸을 기댄 채 혜령은 숨을 몰아쉬었다. 목에서 피맛이 났다. 남자는 비릿하게 웃으며 허리춤에서 뽑아낸 칼을 휘둘렀다. 열린 방문이 요란한 소리를 내고 대나무 바구니에 담겼던 조각천이며 매달아 놓은 기름병 따위가 마구 댓돌로 떨어졌다.

"어수룩한 것이 나를 능멸하다니!"

불쾌한 음성으로 남자는 혜령의 머리를 걷어찼다. 혜령은 비명을 지르며 도토리처럼 굴러갔다. 구르고 기고 넘어지며, 혜령은 마당을 벗어나고 시든 동백나무를 지났다. 남자는 큰 소리로 웃었다. 칼끝이 휘날리는 머리타래를 스쳤다. 겨울바람에 귓바퀴가 뚝 떨어질 것만 같았다.

"너 같은 것이! 너 때문에 나는 상관 앞에서도 수치를 당하고 부하들에게도 면목이 없게 됐다. 계집애 하나 때문에!"

모르겠다.

살려달라고 했을 뿐이다. 죽이지 말아달라고. 약사님을 용서해달라고.

그렇게 빌었을 뿐인데 그렇게도 공고한 악의가 태어나다니, 도저히 이해할 수 없었다. 혜령은 지난여름 산사태로 무너진 산비탈 앞에 멈추어 섰다. 발밑이 아찔하게 직각으로 꺾여 있었다. 눈이 쌓인 계곡이 보였다. 요란한 소리를 내며 얼지도 않고 흐르는 급류 소리가 혜령의 거친 숨소리를 삼켰다.

아, 이제 정말로 죽는구나.

혜령은 어깨를 늘어뜨렸다. 머리채가 휘어잡혔다.

"살려, 주세……."

"요, 계집애가…… 허억, 계집애가! 젠장, 벌레만도 못한 것이, 헉, 나를…… 나를, 허억……."

명치를 얻어맞고 혜령은 콜록거리며 눈밭에 모로 쓰러졌다. 기침이 새어 나와서, 입으로 눈이 들어가는데도 멎지 않았다. 기침 때문에 눈물이 흘렀다. 뺨이 뜨거운 것은 피 때문일까, 눈물 때문일까.

원망하는 마음은 없었다.

그저 조금 안타까울 뿐.

무엇이 안타까운지도 잘 몰랐다. 혜령에게 말은 좀 어려워서, 그냥 눈물 젖은 눈에 들어오는 약봉지며 파묻힌 말린 여지 하나에 이름을 붙일 수 있을 뿐이었다.

'역시 주고 올걸.'

말린 여지의 맛을 상상했다. 끈목 매듭을 지으며 풍기는 달큰한 향만큼이나 맛이 좋겠거니 생각하며 행복했다. 가슴속이 한껏 부풀어 올라서 선물로 주어야지, 다짐했다. 다짐과 함께 심장이 뛰었다.

따뜻했다.

세상에는 떠올리는 것만으로도 괜히 기뻐지는 사람도 있구나.

기쁘다.

기뻐서 얼른 만나고 싶다.

조금 전까지는 그렇게 생각했다.

"너 같은 것 하나 죽어도 이 분은 풀리지 않는다."

남자는 그렇게 말하며 발로 혜령을 걷어찼다. 나무둥치를 잡고 간신히 버티고 선 두 다리 아래로 눈과 눈물과 흙덩어리가 떨어져 몇 길 아래 급류에 휩쓸렸다.

떨어진다.

죽는다.

꽃처럼 져서 부모님이 계신 저 하늘로 돌아간다.

마음을 비우고도 미련이 남아 우악스럽게 나무둥치를 움켜쥔 혜령의 손앞에 남자는 떡 버티고 서서 핏발 선 눈으로 검을 높이 들어 올렸다. 달빛이 검신을 타고 흘렀다. 눈부셨다.

"손목째로 잘라주마."

혜령의 몸을 에워싸듯 한 무리 바람이 불었다. 하늘을 향해 땅을 단숨에 떠밀어 올릴 기세로 부는 바람에 가늘고 차가운 눈송이들이 뒤섞여 반짝반짝 빛났다. 핏방울과 눈물과 눈송이들이 하늘로 하늘로 소용돌이를 그리며 날아올라서 마치 온 지상이 구름인 것 같다. 혜령은 처참하게 찢어진 구름 저편에서 높게 치솟은 산봉우리를 등지고 흰 것이 구름의 무리처럼 우아하게 날아오는 것을 보았다.

용이다.

모습이 눈부셔서 잘 보이지 않는데도 혜령은 그것이 용이라는 사실을 알았다. 하얀 용은 눈과 빛과 바람을 거스르듯 천천히 두 발을 땅에 디뎠다. 하늘을 전부 뒤덮을 것처럼 거대하던 위용은 간 데 없고 다만 한 명의 소년이 거기 서 있었다.

"약……."

부름이 끝을 맺기도 전에 약사는 서슴없이 혜령에게 손을 뻗었다. 혜령은 고개를 저었다. 점박이 답호를 입은 남자가 살 맞은 새처럼 파득 떨더니 희열에 찬 웃음을 터뜨리며 약사의 어깨에 검을 꽂았다. 비명은 검을 맞은 약사가 아니라 혜령의 입에서 터졌다. 혜령은 입술을 깨물었다. 울음을 참으며 애원했다.

"나리, 저는 저 하늘로 돌아갑니다. 어머니와 아버지 곁으로요."

"잡아라. 어서."

혜령의 팔목에 차가운 손이 닿았다. 혜령은 한쪽 손을 뿌리쳤다. 약사의 등 뒤에서 남자는 두 번, 세 번 검을 휘둘렀다. 창의가 피에 젖었다. 그의 팔목을 타고 피가 흘렀다. 날카로운 검이 겨울바람에 울었다. 혜령은 가빠오는 호흡에 몸을 떨며 소리쳤다.

"죽지 마세요! 어서 가세요, 저는……! 저는 그냥 돌아가는 거니까! 그러니까……."

저는 괜찮아요.

허공에 놓인 한쪽 손에 부드러운 것이 닿았다. 동백이다. 철 모르고 피었구나. 약사가 발을 디디는 자리마다 지독한 겨울인데도 꼭 봄인 양 다투어 피었겠구나. 전과 같이. 혜령은 자신의 마당 앞 동백나무들을 올려다보던 약사의 표정을 떠올렸다. 고개를 들어 그를 바라보았다. 어깨에서, 소매를 타고, 혹은 눈 섞인 바람에 묻어 피가 떨어졌다. 그날 이르게 피었다 소리도 없이 져버린 동백 꽃송이처럼 저 창공에서 이 지상으로. 계곡 깊은 탁류의 한가운데로.

"가지 마라. 제발, 잡아라."

"저는."

"너희들은 항상 그러하다. 멋대로 달려들어 멋대로 이름을 붙이고는 멋대로 죽어버린다. 너희는 꽃이 지듯 쉬이 잊건만."

아, 그렇구나. 이 사람도 상처입는구나.

혜령은 그의 흰 얼굴을 올려다보며 비로소 그의 떨리는 손을 맞잡았다. 얽힌 손가락에 힘이 들어갔다. 환하게, 서글프게, 새로 태어난 달 같은 얼굴로 약사는 단숨에 혜령을 끌어 올렸다.

울지 말아요.

차마 말하지 못해 숨을 삼키며 혜령은 다시 지상에 발을 디뎠다.

죽지 말아요.

젖은 어깨에 코를 묻자 피 냄새가 났다. 사위가 밝았다. 어마어마한 풍압이 사방으로 뻗어 나갔다. 위압적인 목소리가 들렸다. 용의 노호성에 온 천지가 부르르 떨었다. 혜령은 눈물로 부연 눈을 떴다. 구름조차 물러나버렸는지 말갛게 개어 텅 빈 하늘에 달이 홀로 빛났다. 눈을 깜박여 눈물을 밀어내며 고개를 돌렸다. 부러진 칼 한 자루가 눈밭에 꽂혀 있었다. 미친 듯이 검을 휘두르던 남자는 자루만 남은 자신의 검 밑을 멍하니 내려다보았다. 동백나무를 등지고 서 있던 점박이 답호가 자리에 무너지듯 주저앉았다. 초라한 등을 구부리고 벌벌 떠는 남자의 목에서 저주와 악의와 절망이 뒤엉킨 언어가 끝없이 터져 나왔다.

"약사…… 님."

자신의 몸을 품에 가두고 있는 약사의 팔에서 벗어나, 혜령은 뚝뚝 피와 함께 떨어진 눈물이 눈밭에 조그만 구멍을 내는 것을 보았다.

"약사님, 이걸."

기듯이 움직이는 혜령의 등을 따라 약사의 시선이 옮겨왔다. 피에 젖은 소년이 불안한 얼굴로 달을 이고 있었다. 혜령은 기어서, 밟힌 여지를 눈 속에서 끄집어내 내밀었다. 빨갛게 언 그녀의 손끝을 바라보던 소년이 다가와 여지를 집어 들었다.

"달겠지요."

"달다."

고개를 끄덕여 답하며 그는 입김을 불어 여지에 붙은 눈을 훑었다. 어느새 기침은 멎었다. 혜령은 눈물 젖은 눈으로 부드럽게 웃었다. 푸른 그녀의 입에 여지를 넣어주고, 그는 무릎을 꿇어 혜령과 눈을 맞췄다. 달겠지. 그의 눈이 그렇게 물었다.

"달아요."

그는 손을 뻗었다. 손끝이 조심스럽게 혜령의 젖은 머리카락 끝을 스쳤다. 눈이 물방울이 되어 흘렀다. 눈물과 피와 녹은 눈이 함께 그녀의 뺨과 입술을 적셨다. 피가 멎고 눈물이 그치고 상처와 고통이 함께 가시는 동안 그는 혜령의 머리를 쓰다듬어주었다.

뜨겁다.

가슴 깊은 곳이 펄펄 끓듯 뜨거워 눈가가 붉어졌다.

혜령은 마주 손을 뻗어 그의 목도리를 끌어 당겼다. 손끝에 뜨거운 숨결이 닿았다. 살아 있구나, 이 사람은 꿈이 아니구나. 기이한 흥분과 감격에 혜령은 웃었다. 어두운 그의 눈동자에 비친 자신은 얼마나 덧없어 보일까.

잘못 피었다 한숨과 함께 져버린 그 동백 같은, 그런 목숨인데.

"피면 그저 지게 마련이니."

"약사님."

"쉬이 와서 쉬이 가는구나. 너희들은. 금세 죽는구나. 한데 나는. 그런데도 나는."

긴 머리카락을 쓸며 따라 내려온 손길이 혜령의 어깨를 잡았다.

무릇 산 목숨이란 봄바람에 꽃 피듯 왔다가 봄비에 꽃 지듯 그리 가더라. 가뭇없이 스쳐간 그림자에 기대듯 남은 생은 이내 뜻을 잃기도 하느니.

말하는 이의 손끝이 떨렸다. 혜령은 자신의 등을 얼싸안은 그 팔에 몸을 맡겼다. 안겼다, 하고 생각하는 것보다 앞서 눈물이 다시 흘렀다. 기침은 벌써 멎었는데 숨이 막혔다. 가슴속 깊은 곳이 저렸다. 이상하게 슬픈데 온몸 가득 따뜻한 기운이 흘렀다. 귓가에서 그의 목소리가 울렸다.

"나는 너를 잊을 거다."

그 억누른 목소리가 꼭 흐느끼는 것만 같아서 혜령은 눈을 감았다. 입안에 여지 맛이 남았다.

하늘로 돌아가자, 하늘로. 멀리 지평선 너머로 가자.

귓가에 여지맛 속삭임. 달고 시리고 아찔한 목소리에 한껏 웃으며 눈을 떴을 때, 그녀는 기분 좋은 겨울바람과 흰 구름 속에 있었다. 눈보라를 가득 담고 한껏 육중한 몸을 산봉우리에 부려놓은 북쪽 구름 떼를 지나 그녀는 높이 날아올랐다. 그의 품에 안겨서 십수 년 살아온 교현 성곽을 벗어나 교룡호며 병풍처럼 교현을 둘러친 교룡산을 발치에 두고, 그대로 하늘로 돌아갈 것처럼 높이높이.

용은 아무 말도 하지 않았다.

혜령은 젖은 솜처럼 무겁던 옷가지에서 습기가 날아가는 기척을 느끼며 가만히 몸을 기대고 숨을 골랐다.

이윽고 찬란한 빛과 채운을 두른 용은 멀리 지평선을 향해 날았다. 혜령은 한참 만에야 나른한 몸을 일으켜 고개를 들었다. 교룡호보다 몇 배나 거대한 호수가, 구름을 헤칠 듯 뾰족하게 치솟은 산봉우리들이, 거대한 성벽과 푸른 전각들이 연이어 나타났다. 희고 투명한 구름과 검고 음산한 폭풍과 누른 빗방울을 일별하며 그녀는 얼음으로 뒤덮인 땅을 내려다보았다. 모든 것이 작았지만 또한 압도될 만큼 거대해서 혜령은 지금까지의 제 인생이 죄 꿈이고 이것이야말로 정녕 현실이 아닌가 여겼다. 얼핏 손을 뻗어 저를 단단히 받아 업은 날개와 목을 쓸어보니 용의 잔등에는 오래된 바위만큼이나 상처가 많았다.

"약사님. 저요."

그녀는 눈을 가늘게 떴다. 끝 간 데 없이 탁 트인 시야로 짠 내음이 풍겼다. 오색 비단 치마 같은 하늘과 술잔에 담긴 맑은 술처럼 고요한 물이 맞닿은 곳에서 구름과 바람과 비와 태양이 다 함께 태어나고 있었다. 울고 싶었다. 세상 모든 것의 울음소리가 거기에 있는 것처럼 짠 내음과 만물이 태동하는 장관에 눈이 부셔서 그냥 울고 싶었다. 갓 태어난 구름이 뺨을 스치며 눈물을 대신하듯이 물방울을 남겼다.

"저요, 오래오래 살게요."

"천 년도 살 수 없지 않으냐."

"그래도 오래 살게요. 열심히 노력해서 백 년 정도."

오래된, 어마어마하게 거대한 세계가 일순 피에 젖은 소맷자락에 담을 수 있을 것처럼 소담하게만 보였다. 용의 등에 기댄 채 혜령은 세계를 향해 손을 뻗었다. 굳은살이 박히고 여기저기 얼어 터진 작은 손가락 틈새로 일찍 핀 동백인 양 사붉은 여명이 흘렀다. 혜령은 숨을 한껏 들이마셨다. 마음 깊은 곳이 옥죄듯 서글 퍼지고, 그러나 한편 따뜻해서 그녀는 등을 곧게 펴고 부드럽게 웃었다.

"그러면 백 년 동안은 너를 기억해주마. 혜령."

■ 동 백 은 ……

사실은 친구와 카페에 앉아 "이런 만화가 보고 싶다!" 하는 대화를 하다가
나온 이야기였습니다.

마법사나 약제사, 혹은 전설 속의 군사軍師 같은 스승님과 소녀의 조합을
좋아합니다. 옛날에 어떤 인간과 약속을 해서 쭉 약방을 물려받아 지키게 된
용이 계시고, 살날이 얼마 남지 않은 여자아이가 하나 있고, 그 소녀가 결코
가 닿을 수 없는 세계가 저 너머에 있고.

제목이 동백이고 내용이 동백인 건 당연히 동백이 좋기 때문입니다.

툭, 하고 동백 하나가 떨어지는 소리를 들은 적이 있는데(정말로 들었다
니까요!) 그야말로 한 세상이 무너지는 소리 같았어요. 목이 떨어지는 순간
의 처연하면서도 담담하고 아름다운, 핏자국 같은, 그런데 이상하리만큼 동
물 냄새 나는, 그 기름진 면모가 좋습니다.

지루한 플롯 작업을 내내 지켜봐주고 조언해준 친구 윤선 양에게 이 글을
바칩니다!

이 글의 절반은 당신이 쓴 거나 마찬가지예요. 고마워요.

화 선 花 仙

화 선 花 仙

물 위로 몸을 솟구쳤을 때 유난스레 맑은 달빛이 정수리를 쪼 갤 것처럼 흘러내려 만월임을 알았다. 설자유薛紫庚는 사람 껍덕 을 쓴 제 뺨을 양손으로 짝 소리가 나게 두들겼다.

　누가 보아도 훌륭한 서생 꼴이다.

　'옳다. 그러면 냉큼 다니러 가자.'

　자유는 붉은 더벅머리를 푸르르 털어놓고 구름을 잡아탔다. 동 해는 잔잔하여 큰 파도가 드물고 하늘은 더욱이 고요하여 숨이 막힐 지경이었다. 물에 닿을 듯이 낮은 높이로 허공을 가르자 구 름이 일으키는 바람에 이따금 은색 물방울이 튀어올랐다. 달빛은 만물을 적실 수 있을 만큼 흥건하고 은비늘처럼 반짝이는 도장을 여울 굽이마다 찍어놓았다.

　모처럼의 이승 나들이였지만 자유는 들뜬 것도 심각한 것도 아니었다. 기쁜 것은 아니었으나 그렇다고 슬픈 것도 아니어서, 그 자신도 어떤 기분이어야 하는가 도무지 짚어 알 수가 없었다. 사실 할 일 없는 선인이 슬렁슬렁 이승을 돌아다니는 건 이야깃 거리도 안 될 만큼 흔한 일이었다. 하지만 자유는 동해 용궁에 속한 관원이었고 지금 이승에 가는 것도 이승에서 직무를 수행하고 있는 용왕녀에게 은가위를 하나 전해드릴 임무를 받은 탓이었다. 일이 아니었다면 자유는 이승에는 조금도 가고 싶지 않았다.

己己己己己

"너, 누구냐?"

동해 용왕의 막내딸을 알아보는 일은 어렵지 않았다. 인적 드문 바닷가 바위틈에 앉아 울음을 참으려고 입술을 꾹 깨물고 있는 태가 어린 시절 그대로였으니 못 알아볼 리 없다.

"종친부 직장直長 설자유입니다, 마마."

"직장? 흥, 잔챙이나 내려보내고. 아바마마도 참으로 너무하시지 않는가?"

싸늘하게 웃더니 울음기 어렸던 얼굴은 간 데 없이 위엄 있게 팔을 뻗는다. 뺨에서 턱으로 내리긋는 선이 부드럽고 입술은 성성이 피처럼 붉다. 목도 손목도 어찌 저걸 버텨내나 싶도록 가느다랗고, 신묘한 흑발 아래 두 눈은 서릿발 같다.

"말하자면 이 몸은 네 주인이 아니냐? 한데 주인을 뵈는 꼴이 제법 배포 크기도 하구나. 네놈의 두 다리는 구름 따윌 디뎌 허공에 머물렀으며 고개를 빳빳이 허공을 이고 있거니, 네 몫의 하늘은 퍽 가벼운가보다."

비꼬는 목소리에 낭패구나 싶어 그제야 구름에서 내렸다. 자유는 공손하게 모래 바닥을 짚고 무릎을 꿇었다.

"무례를 용서해주시길……. 종친부 직장 설자유, 용왕녀마마를 뵙사옵니다."

"흥. 내다 버린 용왕녀라고 한갓 거북에게도 업신여김을 받게 되다니. 이 한사름, 처지가 말이 아니구나."

과연. 다감한 성격이라고는 거짓으로도 말하기 어렵다. 자유는 비슬비슬 몸을 일으켜 품에 소중하게 품어 가져온 은가위를 내밀었다.

"이 물건 일로 하여 왔나이다."

"은가위로군."

받아 들어 한참이나 바라보더니 꾹, 손에 쥔다. 다른 쪽으로 시선을 피하여 한참이나 하늘을 들여다보고 있더니 머리카락에서 휭 소리가 나도록 돌아선다. 은가위를 소매에 갈무리하고 이제 인사를 고하고 물러갈까 하여 구름이나 고르는 자유를 향해 불쑥 물었다.

"너, 이름이 뭐라 했느냐? 거북이, 너 말이다."

"설자유입니다요, 마마."

"자유, 뭐 쓸 만한 이름이로구나. 넌 이승이 싫으냐? 왜 그리 서

둘러 돌아가려고 구느냐?"

"그야…… 뭐, 오래 머문다고 해서 즐거울 것도 없으니 그런 것입니다."

자유는 비죽이 웃었다. 뭐 어리고 혈기방장하던 시절도 없었던 것 아니지만 그 생애는 끝났다. 엄밀히 말하면 이승에서 나서 선계에 오르는 자는 모두 한 번 죽었던 자인 것이니까.

"흐응. 너 이승에서도 거북이었느냐?"

"네에? 그야, 뭐, 당연한 일이 아닙니까. 거북이 아니었던 놈이 선적에 들어 굳이 거북이 노릇 한다는 소린 금시초문인 뎁쇼."

"왜, 이따금 있지 않느냐? 여우였던 주제에 꼭 사람 노릇을 하고 싶다든지, 학이었는데 꼭 생선이 되어 업을 갚고 싶다든지. 세상은 넓고 괴상한 일도 얼마든 있으니 말이다."

"그런 경우도 있겠습니다만, 저는 확실히 거북이었습니다요. 등딱지가 있고 사지가 들었다 나왔다 하는 그 거북이 말입니다."

한사릉은 아예 모래 바닥에 주저앉더니 소담스레 부풀어 오른 치맛자락 곁을 손가락질했다. 바닷가인지라 눈이 부시도록 흰 모래가 멀찍이까지 깔렸고 바다는 더욱이 끝없었다. 파도는 바위가 있는 데까지는 뻗어 들지 않았으나 밀려왔다 밀려가기를 지치지 않고 반복했다. 천 번이든 만 번이든 기껍다는 양 모래 위로 바스러졌다.

"앉으렴."

싫다고 왼고개를 저을 계제가 아닌 터라 자유는 뒷머리를 긁적이며 사릉 근처에 불편한 자세로 앉았다.

"등껍질까지 지고 다니는 꼴을 보니 어쩔 수 없는 거북인 건 잘 알겠다. 본녀가 알고 싶은 건 그대가 왜 이승을 싫어하는가 하는 게야. 선인들은 대개 이승에서 노는 걸 즐기지 않느냐? 괜한 사명감에 사로잡혀 인간을 돕겠다는 무리들이야 말할 것도 없고 됨됨이가 바르지 못한 것들도 이승을 싫어하는 일은 드물단 말이다."

"뭐어, 굳이 이야기하자면 대체로 그런 경향이 없지 않지요. 아무래도 자그만 술법이라도 부릴 줄 알면 이승은 지내기에 나쁜 곳이 아니니까요."

"그래. 그러한데 어찌하여 그대는 이승에 머물기를 꺼리는 것인가? 본녀는 그대 이야기를 듣고 싶다."

"제 이야기를요? 맙소사, 그건 뭐 그냥 거북이 이야기일 뿐이니 듣고 자시고 할 것도 없습니다요. 거북이 이야기 모르십니까? 태어나서 바다로 기어가고 알을 낳고, 그런 것이 전부입지요. 갈매기니 뭐니 하는 바닷새 피해 도망 다닌 이야길 듣고 싶으신 것도 아니실 테고……."

괜히 말꼬리를 늘려가며 의뭉을 떨었지만.

"감히 나를 떠보는가?"

상대가 나빴다. 아랫사람에게 괜한 흥미를 보이는 일이야 높은 신분을 가진 자들에게 인간이고 선인이고 할 것 없이 흔히 나타나는 현상이다. 하지만 그 흥미에는 두 가지가 있으니 한 가지는 순간적인 흥미, 다른 한 가지는 마음에 드는 이야기를 듣기 전까지는 직성이 풀리지 않는 흥미다. 자유는 한사릉의 날카로운 눈매를 곁눈질하며 이 용왕녀마마가 자신에게 보이기 시작한 흥미가 두 번째 종류의 것임을 깨닫고 한숨을 쉬었다.

"그러면 어떤 이야기가 좋을까……. 아, 해당화 이야기가 좋겠군요. 왜, 꽃 중의 신선이라고 하지 않습니까."

"꽃 신선이란 말이냐? 재미있는 말이로군. 하면 그대는 해당화 정령이라도 만나 교유하였더냐?"

"그렇다면 그런 셈입지요. 어떻습니까, 들려드릴까요?"

"좋아. 해봐라. 그것이 그대가 이승을 꺼리는 이유가 된다면."

하여, 설자유는 바닷바람을 맞으며 주인 앞에 해당화 낭랑 이야기를 하기 시작했다.

⊏⊐⊏⊐⊏⊐

그 해당화 낭랑을 처음 뵈온 것은 제가 우화등선하기 전의 일로, 그때 저는 제법 신선 노릇은 하되 거북이 태를 완전히 벗은 것도 아닌 반거들충이였습지요. 그때 한창 더운 데다 구름 타는 일에 맛을 들여 산이며 바다를 쏘다니던 적이었습니다. 웬 낭랑이 하나 바닷가에 오도카니 서 계셨는데 갈 때도 그 모양이던 것이 올 때에도 똑같더란 말입죠. 궁금하기도 하고 두고 보기에 위태하기도 하여 구름을 낮추어 내려갔더랬지요. 그즈음이…… 아마 지나는 길에 어느 결에선가 끼무룻[半夏] 알이 올망졸망했더 랬으니 모르긴 몰라도 하지夏至 무렵 아닌가 합니다.

―낭랑, 낭랑, 무얼 하고 계십니까?

하고 묻자, 낭랑은 어깨를 이렇게 움츠리더니 위태위태한 바위 위에서 걸음을 뒤로 빼더군요. 얼른 보기에도 사람 아닌 걸 제가 알아본 터라, 또한 낭랑 역시 제가 예사 인간 아닌 걸 알았던지 머뭇거리다가 문득 묻더군요.

―선인이시오? 악한 선인이어든 이냥 가시구 선한 선인이어 든 소녀를 좀 동정해주시오.

흰빛에 붉은 물이 든 옷자락 싸안고 바다 바람 마주하였기로 자태가 제법 고와 뭇 사내 마음 꽤나 흔들었겠더이다. 저는 별다 른 말 없이 좋지, 좋아, 하고 낭랑을 구름에 태워 기분 풀릴 때까 지 하늘을 맴돌았지요. 주천朱天 끝으로 내닫다 비구름을 만나면 현천玄天으로 가고, 혹 바람이 차 옷자락이 서늘하면 염천炎天으 로 이글이글하니 다시 날고, 또 해 지는 반대 방향으로 내리 돌고 말입니다. 얼마나 한참을 그리하였을까, 별이 좀 어슷어슷 서녘 에 지절대는 즈음 되어서야 낭랑이 입을 열더군요.

―고맙소. 이만 결심이 섰으니 본디 자리로 내려다주사이다.

구름을 낮추어, 제법 바르게 자란 밤나무며 산사나무 사이로 날고 있을 적입니다. 안개처럼 푸른 구름이 수풀을 적시니 예서 제서 매미 울음이 들리기 시작하고 밤새는 푸덕푸덕 놀란 닭처럼 튀어오르는데 스산하기가 보통 아니었답니다.

―구름 태워준 삯으로 낭랑 이야기나 좀 해주십시오. 가실 몸 이거든 품은 한이나마 갈라놓고 가시어야 몸이 가벼워진답니다. 가볍지 아니하면 하늘로는 영 못 가고 구천을 떠도는 영이 되고

말 테니.

— 구천을 떠돈들 무에 어떨까요. 가을 부채 모양 벼랑에 버려진 몸, 어찌 된들 더는 미련 없답니다.

저는 구름을 다시 솟구쳐 스무 방위를 휘이 아우를 수 있는 높이까지 올랐습니다. 그리고 낭랑에게 물었지요.

— 저쪽 수평선이 보이십니까. 밤인데도 희게 빛나는 백사장이며 그림자처럼 이리저리 솟은 바위에 밤물결이 부닥치는 것이 보이십니까?

— 아니, 보이지 않아요. 소녀는 선인나리처럼 눈이 좋지를 못하답니다. 오래오래 술법 쌓아 정령으로 맺힌 것을 그 술법 모다 깎아버렸으니 그 먼 거리까지 볼 수 없답니다. 이만 저를 그 수평선으로 보내주시어요.

해당화 낭랑은 내 옷자락을 쥐고 울음을 터뜨리더니 방울방울, 꽃잎에 감췄던 이슬을 떨구어 구름 위에 자욱을 남겼답니다. 그녀는 만개한 해당화, 이제 하나씩 둘씩 잎이 시들어 오므라들고 마르고 시들어, 결국은 죽어 없어질 해당화였던 겝니다. 손을 대는 것만으로도 다홍색 물이 들 것 같은 해당화도 한철인 법이니 말입니다.

— 왜 술법을 깎아버리셨나이까? 자, 천천히 저 밤물결로 실어다드리리다. 시들어가는 꽃잎이나마 지기를 원하시거든 그리하리다. 하나 만약…….

그때 저는 구름을 탈 줄 알게 된 지 오래지 않은 풋내기 선인이었습니다. 곧 바람을 타고 가장 높은 하늘까지도 오르리라 여기며 나름 마음이 자만했지요. 저 자신도 모르게. 그렇습니다, 용왕녀마마께서도 물론 서책에서 보아 아시리라 믿사옵니다만, 선인도 인간과 다르지 않아 교만하고 욕망하는 존재이옵니다. 또한 저는, 보시다시피 우매한 거북이온지라 스스로의 그 오만조차 눈치채지 못했던 것입니다.

— 만약 낭랑께서 제게 원을 빌고자 하신다면 부족한 선인이나마 힘을 다해 도와드리리다.

— 약조를 하신 겝니다? 선인의 언약은 결코 거스를 수 없는 것이니.

물이 한 번 흐르면 되돌아가는 법 없듯 선인의 언약이 그러하다는 것을, 지고하신 용왕녀께옵서도 아시겠지요. 그러하니 분명 개탄하며 이르실 것입니다, 알맹이를 알지 못하는 채 무턱대고 내세운 조건이야말로 얼마나 위태한가 말입니다. 때로는 위대한 선인들마저 동정이니 안타까움 같은 소소한 가치 때문에 자신이 쌓은 모든 것이 무위로 돌아갈 만큼이나 위험한 계약에 휩쓸리고 맙니다. 염원이란 그리도 격렬한 것이거니 세상 어느 것인들 그에 휩쓸리고 삼켜지지 않으리란 법이 있겠습니까?

— 약조하고말고요.

하여, 낭랑의 이야기를 듣게 되었습니다. 과연 밤 여울이 벼랑 위 암자에 닿고 소나무에 닿아 문득문득 흰 포말로 달빛을 되퉁기는데 물소리가 하도 거세어 눈이 밝지 않은 자는 제 귀를 떼버리고 싶었을 것입니다. 저는 선인으로 눈이 밝은 탓에 바위를 더듬어 낭랑이 처음 섰던 자리에 되서 나갔던 것인데, 낭랑은 가지

런히 치마를 떨치고 그 차운 바위에 앉더니만 비까지 부슬부슬 내리기 시작한 적에 담뿍 몸을 적시며 사연을 구절구절 풀었습니다. 네, 용왕녀마마께서 쉽게 추측하실 만한 그런 이야기였습지요. 흔히 꽃 정령들이 그러는 것과 같이, 인간 사내가 건네주는 붉은 연문 한 구절에 온몸 흔들리는 이야기 말입니다.

— 저는 해당화 정령으로 나서 빛 아래 바람 아래 마음 허비한 일 없었거니 차분히 갈고 닦아 선인이 될 요량이었나이다. 한데 막 꽃봉오리 자리가 맺힐 무렵 아직 덜 자란 몸으로 어슴푸레한 여명 무렵 모래 위를 거닐다 인간 사내를 하나 만나 마음을 주게 되었습니다. 사내는 얼굴이 희고 눈매가 선한 자로, 부모상을 당해 세 해를 이 지방에 머물렀다 그날 비로소 큰 도시로 돌아가는데, 학문을 좋아하나 가문이 빈한해 큰 시험에 응시할 수 없다 하였습니다. 그리 말하며 제 포부가 지나치게 크고 제 신세가 지나치게 박한 것을 탓해 눈물짓기에 보는 제 마음이 아파 그만 제 몫 비녀를 빼 건네었나이다.

선인께서도 아시옵거니 정령의 정표란 나름대로 크고 작은 재주를 부리게 마련입니다. 제 정인께 비녀를 드림은 그것으로 그이 품은 한이나마 푸시라는 것이었지 다른 마음 품으라는 것은 아니었습니다. 비녀 드리며 두 손 붙들고 헤어질 적에 눈물은 바람에 방울져 날고 귀밑머리는 흐트러졌더이다. 풀린 옷고름이 젖은 손목에 휘감기고 걸쳐 입은 푸른 치마 흰 속곳이 물결마냥 이 발목을 휘휘 붙들어도 그만 정령 지위 다 내다 버리고 그 뒤 따라 나설까 하였나이다. 하나 그것은 아니되는 일이려니, 소녀에게도 품은 꿈이 있으니 먼 지척에 머물러 눈길 나누지 못하여도 마음은 함께 있으려니 여기었나이다. 그러하였던 것을……

사내는 돌아오지 않았다 하더이다. 하기사 한창때 인간 사내에게 달이 두어 번 이지러지는 동안은 그리 긴 세월도 아닐 것이니까요. 긴 세월 사는 선인들이 이따금 인간 목숨이 덧없는 것에 크게 마음 상하듯 인간은 꽃이 열흘 붉고 그만 져버리는 것에 눈물 짓는답니다. 아마도 사내는 영영 해당화 낭랑을 잊은 것은 아닐 터입니다. 아마도 그럴 것입니다. 하나 낭랑에게는 남은 시간이 없었던 것이니. 용왕녀마마, 두 목숨이 눈 마주쳐 한 가지로 연정 품는 것마저 찰나와 찰나의 일이거니와 그나마도 서로 속한 시간 다른 탓에 이리도 덧없이 흐트러지고 어긋나는 이치임을 마마께서도 아실 것입니다.

―이제 곧 소서, 대서 지나 입추, 처서가 차례차례 닥칠 터이니 한 번 고운 해당화 제 아무리 만개하여도 찬바람에 추한 모양으로 잎 떨구고 말겠지요. 한데 다시 오마고 약조하고 거울 쪼개듯 마음 쪼개 품어 가신 이 다시 올 줄 모르시니 세간世間 흐르는 물 모양 바람 모양 세월만 남아 공허히도 가더이다. 홀로 남은 이 땅에선 은근한 정마저 그리 무참하나니.

―하여?

―하여, 연정은 갈망이 되고 갈망은 곧 원념이 되느니 그리움은 그리움만을 낳아 헛된 줄 알면서도 지극히 악해지기만 하더이다. 그러하니 선인이시여……!

그리고 해당화 낭랑께서 제게, 이 미욱하고도 어리석은 탓에 손에 쥔 힘을 주체 못하는 멍텅구리에게 소원하였던 것입니다.

— 이 보잘것없는 계집의 원은 오직 한 가지이오니, 이 몸 해당화 정령 아닌 인간 자식이 되어 제 정인 곁에 반려로 남는 것이옵니다.

용왕녀마마, 한때의 절실한 갈망이 얼마만큼이나 영원을 품을 수 있다고 생각하시나이까. 이 미욱한 거북은 아직도 알지 못하기에 이리 무엄하게 묻는 것이나이다. 갈망이 온몸을 불태워 죽음조차 두렵지 않아지는 순간, 그 불길이 격렬하다 하여 깊이 또한 끝없으리라 단정할 수 있으리까? 진심이라 믿어도 좋으리까?

— 인간 자식이 되어 정인의 반려가 되는 일이라…….

꽃 정령이 인간 되는 일은 어려운 것이 아닙니다. 품고 있던 그 비녀를 다른 선인에게 건네어 부러뜨리면 인간이 될 수 있는 것이니, 그때의 저는 별로 망설이지도 않았나이다.

— 좋습니다. 이 거북이라도 좋다면 낭랑의 비녀를 받아 저 깊고 깊은 동해 아래 묻어 낭랑을 인간 세상에 돌려드리겠나이다.

— 고, 고맙습니다! 선인나리! 참으로 고맙습니다!

저는 몰랐나이다. 미욱한 탓에, 마음 깊이 자만을 품은 탓에, 저는 알지 못했나이다. 어찌하여 뭇 선인들이 다른 선인의 물건을 받지 않으려 드는 것인지. 선인이 인간 땅에 돌아가는 일이 왜 그리 어려운 일로 전해오는 것인지 몰랐나이다.

— 제 임께서는 경京으로 오른다 하시었으니 그리로 가주사이다. 도달하여 임의 성명을 찾은즉 필시 놓치지 아니할 것이니.

— 허어? 하면 낭랑의 임께서는 이미 그 정표의 도움을 입은 일

이 있나이까?

낭랑은 고통스레 아랫입술을 깨물고 아미를 숙여 그늘을 만들더이다. 그리고 사락사락 머리카락이 흘러 귓등을 스치고 목덜미를 간질이며 자그만 목소리로 답했습니다.

—몇 번이나요, 선인나리.

꽃 정령 낭랑은 오래도록 선인의 도를 이루기 위하여 노력해왔고 그것이 한 개 정표가 된 것입니다. 그것이야 용왕녀마마도 물론 아시리이다. 모든 선인에게는 용이 여의주를 품듯 지니는 한 개 물건이 꾸려져 있게 마련이니까요. 꽃이 피어 붉고 싱그러운 시간은 퍽이나 짧으므로 인간이 보기에 꽃이 제몫 덕을 쌓은 기간 따위 하잘것없을지도 모르겠습니다. 용이 인간의 긴 고뇌를 짧다 탓하는 바와 같이 말입니다. 그러므로 그 귀한 것을, 해당화 낭랑이 어떤 마음으로 건네주었는지 어떤 다짐이었는지 알지 못하는 그 인간 사내가 함부로 써버렸다는 말을 듣는 순간 어리석었던 저는 마음이 아팠답니다. 지금이라면……

글쎄요, 용왕녀마마. 선명한 답 드리지 못하여 죄송하옵니다만 그나마 이 거북이 배운 바가 하나 있거니와 인간 땅에 '분명한 것'이란 진심만큼이나 불확실하더라는 것이옵니다. 돌이켜 후회하기 좋아하는 자들은 자신의 고통이 과거의 선택 때문이라고 생각하는 모양입니다만, 가지 않은 길의 목적지 따위 가지 않은 자는 알 수 없는 것이 아니옵니까?

저도 그렇사옵니다. 눈앞에 닥쳐 해당화 낭랑의 머리카락이 첫눈 내리는 소리를 내며 흐르고, 눈매에 진주처럼 방울진 눈물이 그윽한 향을 품어내고, 또한 소매를 들어 낭랑이 제 앞에 몇 번이고 절하던 그날로 돌아가보지 않는 한 저는 어떤 답도 고쳐 내놓을 수 없나이다.

지금의 저는 쉽게 말하지요. '이제 나는 가벼운 마음으로 내민 손이 도리어 상대를 망가뜨릴 수도 있음을 안다'고. 하나 과연 그러하리까. 같은 자리에 서면 저는 고쳐 살아낼 수 있을까요? 필시 냉혹의 본성보다 뿌리 깊은 것이 헛된 동정의 본성인 것이니.

— 그분께서는 제 술력으로 하여 재화를 얻으시고 문명마저 얻으셨으니, 이제 비녀를 돌려받을 수 있겠지요. 얻고자 하는 것은 모두 얻으셨을 터입니다.

— 돌려주지 않으려 하시면 어찌 하시렵니까?

— 그런 일은…… 절대 없습니다. 선인끼리의 약조이오니 소녀도 두말을 입에 담지 아니 하겠나이다.

언약은 무서운 것입니다. 용왕녀마마, 알아주시옵소서. 언약이란, '절대'란 선인에게는 독과 같은 것이니 인간을 뛰어넘는 술법도, 강물처럼 긴 생명도, 등꽃처럼 빛깔 은은한 흥취도 아무 의미가 없어져버리나이다.

— 네, 약조하옵니다. 소녀는 그분을 굳게 믿사오니.

인간의 눈이 깊고도 맑아 홀로 푸른 솔을 닮는 일이 간혹 있다 하더이다. 인간의 마음이 서리보다 정결하여, 그러나 서리와는 달라 녹지도 부러지지도 않는 일이 있다 하더이다. 그러나 용왕녀마마께서는 맑은 것을 믿사옵니까. 영원한 진심을 믿으십니까. 오랜 세월을 겪은 선인조차 자신의 선택, 자신의 믿음을 배반당하옵거니 하물며 인간에게서 '영원'이나 '불변'을 구할 수 있다 여기시옵니까.

—아직 급제는 하지 않으셨으나 그분 이름을 온 경京 사람이 모두 들어 안답니다.

서울 거리를 떠도는 소문이 듣고자 하지 않아도 귓바퀴에 묻어 왔나이다. 떠들썩하게 사내를, 아니, 실은 사내의 문재文才를 칭송하며 그의 시에는 해당화 향내가 깃들었다 하더이다. 해당화 낭랑은 사내의 모습을 찾아냈습니다. 백화가 만발한 후원이었지요. 아직 여명이 오롯이 찾지 않은 그 댁 후원은 요염한 어둠에 반나마 싸였고 이슬은 꽃잎마다 풀마다 버겁도록 맺혀 낭랑과 제 발목을 적셨습니다. 낭랑은 맨발로 풀을 디디고 소리 나지 않는 걸음으로 달음질쳤습니다. 높다랗게 달린 대청, 떠도는 분내, 수런거리는 불온한 기운에 진작 눈치를 챘거니와 사내 몸이 잠긴 곳은 그의 싸늘하나 청빈한 초가삼간이 아니라 대갓집 흉내를 내 지붕을 날렵하게 꾸린 청루였나이다.

—나리!

해당화 낭랑은 사내를 서방님, 하고 부르지 못하였습니다. 정식으로 물 한 그릇 떠놓고 식 올린 것이 아닌지라, 그저 비녀 하나 나눈 사이일 뿐이라, 낭랑은 제 오랜 숙원마저 그에게 바치어 놓고도 분노 대신 눈물을 비쳤나이다. 용왕녀마마께서는 그 낭랑더러 어리석다 하시겠습니까. 하나 저라면 그 사내를, 아니 오히려 저를, 더욱 어리석다 이를 것이옵니다.

—오, 그대는…… 그래, 틀림없이 일전에 바닷가를 찾았던 때

버들가지 났었던 계집이렷다? 네 이름을 내가 지어주었을 것인
즉, 그 이름 분명 매련이었더냐, 아니면 매영이었더냐?

─나리, 보잘것없는 소녀의 물건은 잘 쓰셨나이까. 바라시던
바는 차고 넘치도록 이루셨나이까. 나리께서 부족한 것 없이 따
슨 진지를 들고 따슨 잠자리를 얻으셨으니 소녀는 더 바랄 것도
돌이켜 가슴 칠 것도 없사옵니다. 한즉.

낭랑은 청루에서도 가장 화치한 방에 거처 잡고 앉아 불콰하
니 취한 사내 앞에 날아갈 듯 절을 했습니다. 절을 하는 동작 어
디에도 슬픔에 잠겨 흔들리는 기색 없었으나 낭랑의 눈가가 젖어
있었던 것은 이 거북이 눈 어두운 탓 아니었겠지요.

─오늘은 이만 소녀의 몫을 거두러 온 것이나이다. 옛 정을 돌
이키신다면 좋은 말로 소녀를 축원해주시옵소서.

─그래, 그렇지! 그대 물건이 내게 있었구나. 까맣게 잊고 있었
다. 하나 어쩌면 좋은가, 매향? 아니, 매창아. 어찌하면 좋으냐? 네
가 준 물건이 무어였는지 영 기억이 나지를 않는다. 대신 내 곁에
앉아라, 아직 동이 트려면 멀었거니와 내 너를 품고 네게 걸맞은
시를 지어주리라.

─나리. 제가 건네드렸던 은비녀를 잊으셨습니까? 끝을 각지
게 해당화며 구름 새긴 그 보물이 기억나지 않으시옵니까?

사내는 술에 취해 몸을 뒤척이더니 문득 소매에서 은비녀를
꺼내 내밀었습니다. 사내는, 자신이 급작스레 얻은 재능이며 재
화, 행운까지 그 모든 것이 은비녀 덕인 것을 조금도 알지 못했습
니다. 그렇기에 사내는 해당화 낭랑이 눈물을 떨구는데도 고개

돌리지 않고 귀찮다는 듯 말했던 겝니다.

―그래, 이 비녀를 준 것이 너였구나. 잊고 있었다, 영영 잊어 기억하지 못했느니라. 자, 이 비녀를 거두어 가라. 이까짓 비녀야 이 기루에서는 강아지도 거들떠보지 않을 게다.

낭랑은 비녀를 받았습니다. 받더니 비녀를 두 손으로 공손히 받치고 찡그린 아미까지 들어 올려 오래도록 이마에 댄 채 울먹 였습니다. 눈물이 치맛자락 위로 후둑후둑 듣는데 지켜보기 안타 까워 제가 물었습니다.

―낭랑, 낭랑, 아까의 원은 아니 들은 것으로 하십시다. 낭랑은 다시 덕을 쌓으시오. 아직 시간이 끝나버린 것은 아니니 소담하 고 고운 해당화로 바람을 맞으시오. 그러는 편이 좋소.

―선인이 뱉은 말은 돌이킬 수 없는 법이옵니다. 거북나리께 서도 아실 터이니, 소녀에게 더는 미련이 없습니다. 이 비녀를 거 두어 동해든 서해든 가장 깊은 여울에 휩쓸리게 해주십시오. 물 결에 쓸리고 바위에 긁혀 복원치 못하게 해주십시오. 소녀는 예 머물겠나이다.

사내가 이룬 것은 모두 비녀의 덕이니 비녀가 사라지고 나면 그는 다시 볼품없는 몸이 될 것입니다. 낭랑은 그것을 알았기에 그를 돌보겠다 하였나이다.

―낭랑, 낭랑, 후회하지 않겠나이까?

―후회하지 않겠나이다. 어서 이 비녀를 거두어 가시오, 거북 나리. 소녀가 혹여 아까운 마음 품지 않게 제 약조를 제가 지키도 록 하소서.

―하면.

저는 비녀를 받아 들고 낭랑에게 말했습니다.

―하면, 낭랑. 세 해가 지난 후 오늘 반드시 낭랑을 뵈러 다시 오겠나이다. 무강하십시오.

그것이, 제 두 번째 자만이었습니다.

세 해가 지난 후 저는 조금 더 지혜로워졌고 조금 더 선인다워졌다고 스스로 믿었습니다. 구름을 타고 사방을 돌며 우화등선할 날을 기다리고 있었지요. 모든 것이 갖추어졌다 여기었으며 자신의 어디가 미욱한지 제대로 알지 못하던 시절입니다. 그리고, 용왕녀마마, 저는 꼭 그날에 해당화 낭랑을 찾아 경京으로 날았습니다.

―그런 이름으로 문명 떨친 사내가 분명 있었지, 세 해 전에 말이우. 허지만 지금은 없어. 그게 영 거짓부렁, 영 밑천 없는 짓이었단 말이지. 사실은 한심한 사내였다우.

―한심한 사내였어요. 고길 저며 쓴대도 아무도 거들떠보질 않을, 그런 인간이었어요. 지금은 어디서 무얼 한다더라…….

―뉘라 알겠어요? 그런 사내. 청루 계집들이 아는 것은 높은 전 나리들이며 이름과 뜻과 학식이 높은 사내들이랍니다. 아름다운 것이 가득한 세상에서 그런 비렁뱅이를 주워 기억할 이유야 없지요.

세 해 만에 찾은 서울에서 사내의 행방을 찾는 일은 예상보다 힘들었습니다. 세 해 전과는 여러모로 형편이 다르리라 짐작했지만 그야말로 본디 없던 이처럼 흔적이 옅었나이다.

—아, 그 샌님이라면 도성 바깥 어디에 산다는 소리를 들었지.

산 아래에서, 저는 익숙한 향기를 찾았습니다. 세 해 전보다 향은 더욱 미약해졌으나 완전히 사라진 것은 아니었기 때문에 그것이 해당화 낭랑 향내임을 알았답니다.

—낭랑, 낭랑, 예 계시옵니까?

—나리!

해당화 낭랑의 행색은 초라하여 세 해 전의 곱고 화사하던 모습은 남지 않았으나 얼굴에는 미소가 올라 있었습니다. 하나 고통 중에서 웃는 웃음만큼 보는 사람을 괴롭히는 것이 또 있겠습니까. 저는 마음이 아파 낭랑께 물었습니다.

—낭랑, 어찌 이리 마르셨습니까? 마치 하루에 물 한 표주박만 자신 것처럼.

—흙탕에 잠겨 피어도 정결한 연꽃처럼, 소첩은 비록 배 곯아도 더없이 기껍게 살고 있사오니 걱정 마시어요. 나리.

—배 곯아도 기껍다니요! 낭랑의 임께서는 무엇을 하시기에 두 사람 입을 감당하지 못한단 말입니까?

끝이 해진 소매 사이로 흰 손목이, 아니 더 이상 희지 않은 낭랑의 살갗이, 검붉게 죽어 있는 것을 발견했습니다. 낭랑은 시선을 피했다가 금세 다시 밝은 표정을 지어 보였습니다.

—서방님께서는 잘 들어오지 않으십니다. 하지만…… 하지만 괜찮아요.

괜찮아요.

힘주어 다시 말하고, 낭랑은 두 걸음 물러서서 배를 쓸어 보였습니다. 용왕녀마마께옵서도 아시는 바와 같이, 선인은 제법 눈이 밝습니다만 저는 미욱한 거북인 탓에 그제야 낭랑이 무엇을 말하고자 하는가 깨달았나이다.

—아이?

—제 아이랍니다.

잘라 말하고 낭랑은 웃었습니다. 활짝 핀 해당화는 소금내 나는 바람에도 지지 않고 빛을 더해가게 마련인 탓인지, 낭랑은 온몸에 가득한 상처에도 씩씩했습니다. 길게 늘어뜨려 가느다란 바람에도 비단 실처럼 흔들리며 향을 풍기던 머리카락은 아무렇게나 틀어 올려 놋쇠 꼬챙이 따위로 비녀를 삼았고 복숭아 빛이던 손톱은 병자가 쥐었던 은수저처럼 가뭇했습니다. 이것은 내 죄로구나, 하여 이 거북이 책망하기 시작하였습니다만 낭랑은 진정으로 기쁜 빛을 띠었습니다.

—나리께 고마운 마음뿐이옵니다. 그리 안타까운 표정 짓지 말아주십시오.

—하나…….

—물론 몸은 고되고, 낭군은 더 이상 어찌할 바 없는 인간이었습니다만, 그렇다 하여도 저는 해당화로 짠 바닷바람을 맞고 살던 시절보다 지금이 기껍나이다.

부푼 배를 쓰다듬으며 고개를 숙이고 웃음소리를 흘리는 낭랑의 목덜미마저 상처로 뒤덮여, 크고 작은 멍과 생채기 위로 결이 나쁜 뒷머리가 아무렇게나 뻗어 있었습니다. 용왕녀마마, 저는 반드시 부유함과 아름다운 행색만이 행복과 기쁨을 가지고 온다 믿지는 않사옵니다. 하나 과연 고통 중에서도, 빈곤과 처절 중에서도 행복을 찾아야 한다 단언할 것이라면 과연 우리 선인들은 무엇을 위해 사는 것입니까? 인간은 무엇을 바라 살아간단 말입니까.

저는 이승을 떠돌 적에 가장 비싼 비단으로 몸을 감싸고 열 사람의 목숨과 바꾼 관을 쓴 사람들이 자신들의 종을 밟고 말에 오르는 것을 보았나이다. 그자가 붓을 놀려 "가장 귀한 행복은 한 소쿠리 밥과 한 표주박의 물. 과연 지고한 기쁨은 간난 사이에서도 깃드는 것임을 알겠다" 기록하는 것을 보았나이다.

그렇습니다, 용왕녀마마. 저는, 빈곤하지 않은 자가 적빈을 칭송하는 것을 미워하나이다. 괴로움 중에서도 반드시 기쁨을 얻어야 한다고, 그렇지 못함은 다만 자신의 수행이 부족한 탓이라고 말하는 이를 안타깝게 여기나이다. 용왕녀마마, 제게 인간이란 그리도 알 수 없는 것이었으나 또한 이해하지 못하면서도 설운 것이었나이다. 저는 해당화 낭랑을 연민했습니다. 연민이란 사랑과도 분노와도 닮은 것이어서 지극히 개인적인 감정입니다. 사랑을 행하는 방식에 일백 가지가 존재한다면 연민을 행하는 방식에도 또한 일백 가지가 존재할 것이니, 저는 낭랑을 연민한 나머지 해서는 안 될 일을 하고 말았나이다.

─끼니조차 잇기 어렵고 낭군이라는 자는 인간답지 못한데 어찌하여 인간임이 기쁘다 하시는 겁니까? 낭랑, 저는 낭랑을 이해하지 못하겠나이다.

─낭군을 사랑하는 마음 따위는 이제 없습니다. 지난 세 해, 낭

군께서는 당신의 재주가 사라진 것이 모조리 제 탓이라 하시며 손을 대곤 하시었으니까요. 가장 한심한 인간이라 하여도 사모하고 안타까이 여겨 아끼는 이도 계실지 모르옵니다만, 저는 그렇지 못하옵니다. 저는 낭군을 사랑하지 않습니다. 하나.

　―하나?

　―하나, 살고 싶사옵니다.

　낭랑은 이 미욱한 거북의 눈을 똑바로 보았나이다. 두 눈은 검고도 깊었으며 피곤에 지친 기색이 남아 있는데도 모든 것을 꿰뚫어 놓을 듯이 반짝였습니다.

　―저는 여름이 지나면 인간의 들판이 황금빛으로 무르익기 전에 수명 다하는 해당화이옵니다. 처음에는 가을이 오는 것도 겨울이 닥치는 것도 신경 기울일 겨를이 없었나이다. 낭군의 신세는 벼락이 내리치는 것처럼 빠르게 추락하였고 저 역시 그러하였기에 바람벽 하나 성치 않은 집에서 겨울을 나야 했으니까요. 앓았고, 원망했고, 한탄했나이다. 낭군을, 저를, 하늘을, 들이치는 밤과 몰아치는 새벽마저 모조리 원망하였습니다. 두 해가 그렇게 지났나이다. 저는 힘없이 맞았고, 아아, 한때 꽃 정령으로 낮으나마 선계에 발을 올렸던 제가 살에 꿰인 까투리마냥 꺾였고, 낭군은 바깥으로 맴돌며 제게 원망만을 돌려주셨습니다.

　―낭랑.

　―나리께서 애초에 한 해를, 혹은 두 해를 약조하셨다면 얼마나 좋았을까 여기었습니다. 세 해가 되는 오늘만이 제 희망이었나이다. 한데, 올해 겨울이 물러갈 즈음에 저는 나리의 깊은 뜻을

알았나이다.

아니, 용왕녀마마, 아닙니다. 깊은 뜻 같은 것은 없었습니다.

—낭랑, 저는…….

—봄이 오려는가 하여 바깥으로 나섰더니 꽃이, 파르랗게 돋은 풀들 사이에 아직 찬 기운이 남았는데 가만가만 꽃이 피었더이다. 저는 이 땅에서, 지난봄에 비로소 수선화를 보았고 흰 얼레지를 보았습니다. 날이 가고 달이 가 제가 슬픔에 젖어 있는 사이에도 흙과 돌과 바람과 물 사이로 끝도 없이 정령들이 너울대더이다. 가느다란 가지 가득 희고 누른 꽃을 품은 나무들이 그림자를 만들었습니다. 날은 아직 온전히 풀리지 않았는데 풍년화가 앞장서 질 좋은 한지를 자근자근 찢어 엮은 듯한 꽃들을 열고, 얼마 지나지 않아서는 참꽃마리들이 희미한 담람색 꽃을 자그맣게 띄워 올리는 식으로 말입니다.

그러고는 바람꽃이 점을 찍어 놓은 것 같은 들판에 가득 피어오르고 풍륜초가, 뻐꾹채가, 산마늘이, 자줏빛 맥이 선명하게 박힌 흰 오랑캐꽃이 순서도 없이 빽빽하게 들어서더이다. 이 산에 저들에 정령들이 날고 날고 또 날더이다. 피고 피고 또 피어, 글을 짓는 것도 재화를 버는 것도 아닌데도 그리 온 힘 다해 피어…….

선인이시여, 저는 비로소 자신이 부끄러워졌습니다. 살아 있다는 것이 부끄럽고 기뻐 견딜 수 없었습니다. 그리고 이 아이가, 본 적 없는데도 더없이 사랑스러워서.

—낭랑. 비녀, 버리지 않고 지니고 있습니다. 차마 버릴 수 없었습니다! 낭랑, 지금이라도 늦지 않았으니 다시……!

─나리. 저는 더는 소원이 없나이다.

용왕녀마마, 인간의 청원이 그 자신의 진심인 경우가 얼마나 있다고 생각하시나이까? 진심이란, 그 자신조차 알 수 없는 최선의 것이란 과연 존재하기나 하는 것일는지요. 낭랑은 씩씩했고 다부졌고, 그리하여 아름다웠습니다. 하지만 시련이 그대를 강하게 하였으니 앞으로도 길이길이 간난 중에 머물라 말할 수야 없지 않겠습니까? 어떻게 해야 할지도 모르는 채 지니고 있으니 오로지 연민뿐이었나이다. 인간이 비는 소원과도 닮은, 그러니까 결코 최선도 차선도 아닌, 그 연민뿐이었습니다.

눈앞의 정념, 찰나의 욕망. 인간의 소원은 일컫자면 그러한 것에 불과하나니 산과 같은 재화, 고운 살결을 지닌 여자, 천 명이 머리를 조아리는 권좌, 그 무엇도 진실한 소원이 아니옵니다. 연민 또한 그러합니다. 진실된 선인의 술법이 하늘의 뜻을 닮은 바과 같이 진정한 연민은 사람을 살리며 또한 천하를 살리나이다.

하나, 이 거북은 미욱하여 그러지 못하였나이다.

─이 비녀, 돌려드릴 터이니, 부디, 낭랑⋯⋯.

─나리!

─낭랑, 낭랑! 비녀를 돌려드리겠나이다. 드릴 터이니 품고 계시다 이 길이 아니로다 여기시면 비녀를 꺾어 다시 해당화 씨앗으로 나시옵소서! 꺾이는 것을 깨닫는 즉시 낭랑께 돌아와 씨앗을 품어 좋은 자리에 두겠나이다. 낭랑, 이 거북이 나서는 뜻을 좋게 돌아봐주십시오.

저는 비녀를 돌려주고 도망치듯 구름을 돌렸습니다. 그리고 비녀가 꺾인 것은, 용왕녀마마, 그 해당화 낭랑의 비녀가 꺾여 사라진 것은 겨우 닷새 뒤였습니다. 저는 낭랑이 다시 꽃 정령 되기를 염원한 줄로 믿고 기쁜 마음으로 낭랑 사시던 터를 찾아갔습니다. 하늘은 비단을 펼쳐놓은 듯 말끔하고 녹음은 검어 보일 만큼이나 푸르렀습니다. 물 흐르는 소리는 작은 옥구슬이 쟁반을 구르는 양 하였으며 새들도 다투지 않아 애꿎은 깃털이 떨어지는 일도 없었습니다. 바위는 바위 자리에, 나무는 나무 자리에서 고요하였거니 이 거북의 구름만이 성급하게, 서툴게, 그 완벽한 조화를 깨뜨렸던 날이었나이다.

그런 날이었나이다.

—낭랑!

낭랑은 없었나이다. 회화나무 한 그루를 지나는데 피 냄새가 나기에 없던 두통이 일었는데 선인도 인간과 닮아 불길한 예감 따위는 묻어두게 마련이오니.

—낭랑! 해당화 낭랑! 아니 계십니까?

낡은 초막에서는 풀 내음이 나고 물과 곡물을 끓인 내음이 나고 또한 사람 내음이, 곰팡내가, 이끼 자라는 냄새가 나서 선인으로 오래도록 하늘이나 나돌아다닌 이 거북의 마음을 아프게 했나이다. 낭랑은 아무 데도 없고 사람 살 냄새 사이로 피 냄새가 돌아 그저 외면하고 돌아 나오고 싶었나이다.

—신령이시오?

소매를 잡는 이가 있었습니다. 방에 있는 대신 우거진 풀숲, 마당도 정원도 아니어서 인간 손길 없이 햇볕과 지나는 비와 먼지와 바람이 키우는 대로 건들대며 자란 풀과 나무와 덩굴 사이에 사내가 있었더이다. 그가 누구인지 말하지 않아도 이 거북은 그를 알고 있었기에 그만 울컥 소리를 칠 뻔했습니다만 다행히도 그전에 사내가 입을 열었나이다.

─그렇구면, 이 악한 놈을 벌하러 오신 신령이시구면. 허허, 내, 몰랐네그려. 참말로 신령이 있는 줄은 몰랐네그려. 있으믄 진작 오셔서…… 진작 오시어서…… 데리고 가지 않으시구.

어째서 이제야.

라고, 사내가 말하더이다. 흐느낄 기운도 없는 듯 늘어져서는 꼭 구겨진 천이나 종이 뭉치같이 널브러졌습니다. 머리카락은 아무렇게나 자라 꼭 저 자신이 처박혀 있던 풀숲과 닮았으며 얼굴에는 미소도 슬픔도 고통도 분노도 이미 없어, 눈물이라도 흘릴 듯이 주먹을 아귀 쥐고 선 이 거북이 되레 무안하더이다. 용왕녀 마마, 오랜 세월 감정을 정돈하는 법을 배웠습니다만 스스로도 정의 내리지 못하는 것을 가지런히 두는 법을 배우는 것이, 그것부터가 이미 주제넘었던가 하나이다. 종심從心하기를 원할수록 귀는 부드러워지지 않고 뜻은 바로 서지 않으며 하늘이 내린 운수 따위 한 톨도 없었나니 다만 거북 몸으로 나서 긴 세월 무얼 바라 살아왔던가 여기었습니다. 한 송이 해당화 낭랑조차 기껍게 만들지 못하고 사라지게 한 것은, 실은 그 사내가 아니라 저였던지도 모른다고 비로소 자각했지요.

─신령님이니 아시겠지요? 이놈의 죄를 말이외다. 아시거든 어서 숨을 거두어 가시오.

―어느 맘 좋은 신령이 있어 그리 쉽게 안식을 준다더냐? 네놈이 쓸모가 없어 숨 거두러 온 이 신령도 질이 좋지를 아니하니 어디 속이 풀어질 때까지 말이나 내려놓고 가자.

―말이라……. 싫소, 싫어. 온 평생토록 지겹게 떠들었으니 이제 인간 말 따위 뉘 할까보오? 죄 많은 놈은 벌레로나 난다니 다음 생은 퍽 좋을 듯싶소. 꽃잎 끝에 앉았다 이슬에 파묻혀 비명도 없이 갔으믄 하오.

―누가 네놈 지쳤으니 말 아니해도 좋다고 허락하더냐. 너 같은 놈은 다음 생에 매미로나 나서 목이 터지도록 맴맴 울다 뚝 떨어질 게다.

사내는 여전히 흙바닥에 늘어진 채 몸을 간신히 뒤척여 머리맡에 그늘을 드리우고 선 이 거북을 올려다보더이다. 그리고 파리하게 마른 뺨을 움직여 웃음을 짓고, 역시나 뼈만 남아 앙상한 손가락을 이쪽으로 펼쳐 보이더이다.

―야아…… 이거 좋은 신령을 만났구먼그래. 이렇게 울어주시다니 말이오.

비가 온다고 생각했사옵니다. 선인이란 잘 울지 않는 법이니까요. 눈앞이 흐려 사내 표정이 잘 보이지 않기에 잘되었구나 여기었답니다, 그를, 들여다보고 있는 일이 고통스러웠으니까요. 용왕녀마마, 저는 고통을 싫어합니다. 시련조차 두리지 않는 것이 선인이라 하며 그럼에도 불구하고 인간에게, 산 것에게 내리는 모든 시련을 동정하는 것이 또한 선인이라 하더이다. 하나 저는 고통을 싫어하여 피하기에 도리어 인간에게도 물것에게도 쉽게 동정하나이다. 영 깨우치질 못해 되다 만 놈이었던 것이겠지요.

―누가 너 따위를 위해 운다더냐. 이것은 네 반려였던 꽃 정령 몫이다. 하니, 어서 말을 내려놓아라. 네놈 지고 있는 말이 하 무거워 도무지 이 신령이 네놈을 끌어갈 수 없지 않느냐.

―그런가……. 무겁구먼, 이놈도. 아무것도 먹지 않고 죽음이 오기를 기다렸는데 그래도 이 안에 든 말이 무겁다니, 평생을 떠들었는데도 무겁다니……. 하나 물읍시다. 신령님, 이놈 안에 얼마나 되는 먹물이 들었더니까?

―인간 배때기에 먹물이고 나발이고 뭣이 얼마나 들었나 관계치 않는다. 네놈이 모르는 일을 알 리가 없지. 말했지 않느냐, 나는 불량한 놈이니 불량한 인간을 끌어가 매미로나 나게 할 것이라고.

거짓말이었습니다만 그때에는 그리 말할 수밖에 없었나이다. 그는 소매에서 부러진 비녀를 꺼내 보였습니다. 해당화 낭랑의 비녀였지요.

―좋은 여자였더이다. 신령님, 본디 꽃이라 참으로 곱고 맑은 여자였습니다. 꽃은 꽃답게 살다 가게 두면 좋았을 것을, 끌어낸 것은 제 죄일 겝니다. 문재가 딱히 부족한 것도 아니었으니 조금만 더 시문을 멋지게 꾸미고 책문을 이끄는 데 앞뒤를 맞출 수 있다면 되리라 여기었나이다. 큰 시험에 연이어 낙방한 것도, 촌부였던 부모가 말렸던 것도 제 실력이 부족한 탓으로 알았나이다. 낭랑께 비녀를 빌릴 때에도 노자나 마련하고 말 작정이었으나 경京에 당도하여 비로소 알았나이다.

용왕녀마마, 인간들이 사는 곳은 퍽 복잡하나이다. 마마께서도 아시는 바와 같이 비단을 감는 이도 재강이나 주워다 먹는 이도 정해져 있는 곳이옵니다. 어떤 이는 피를 토하며 새벽까지 일해도 찬 바닥을 벗어나는 일 없으나 어떤 이는 아무것도 바라지 않아도 모든 것이 풍요로운 곳이옵니다. 사내는 가난한 문벌을 타고났으며 또한 빈한하여 관리가 될 수 없었던 모양이옵니다.

　―하면 어째서 그 비녀로…….

　―비녀로 재화를 마련했으나 그것으로 얻은 관직 따위 오르기 싫었나이다. 젊은 놈 객기란 그런 것이니, 마지막 남은 오기였소. 이 손으로 잡은 것이 아니면 아무 소용도 없거니 모든 것이, 아무것도, 잡히지 않는다 하니 허탈하고 괴로웠나이다. 비녀는 요술단지였으니 아무 생각 없이 놀고 먹고 진탕 파묻혀 살다 죽어버리리라 하였습니다.

　그런데 정령 소저가 오시어 함께 밭을 일구다 죽어도 좋다 하더이다. 비녀는 버렸다 하기에 처음에는 믿지 않고 소저를 상처 입혔소. 때리고 밟고 구박하였습니다. 그때의 이놈은 하늘 아래 모든 것이 원망스러웠으니 힘없이 맞고 있는 소저가 눈에 차지 않았습니다. 해서는 아니될 짓을 했지요. 어째서……. 어째서 그 여자가 내 앞에 나타난 것일까. 차라리 아무것도 몰랐다면 좋았을 것입니다. 이놈 실력이 촌구석 실력이라 그렇다고, 저 높은 곳에 이름이 오르고 편전에 오르는 이들은 성현의 뜻을 뉘보다 잘 아는 이들이라고 믿는 것이 좋았을 터입니다. 언젠가는 이 세상이 더 좋아지리라, 다만 가난한 자리에 태어났다는 이유로 꿈이 꺾이고 뜻이 밟히는 일은 없으리라 천진하게 믿는 편이 제게 나았나이다. 그런데 비녀를 얻어 알게 돼버린 것이오. 썩어 빠진 세상, 애초에, 이놈 자리 따위 있지도 않았다는 것을.

　─그래서 죽였나!

　─죽인 것은 누구입니까? 비녀를 꺾은 것은 또 누구입니까!

　사내는 오히려 되물었나이다.

　─사랑한다든가 행복하다든가 하는 일은 누가 정해주나이까? 죽음을 맞는 순간 웃고 있었던 이는 행복했고 울던 이는 슬펐나이까? 일생토록 즐거운 일만 겪는 이는 없습니다. 일생토록 오로지 고통뿐인 이도 없습니다. 뉘의 삶이 더 가치 있으며 뉘의 삶이 더 행복하나이까? 일생토록 제 반려를, 오로지 사랑하기만 하는 이 따위 없소이다. 세상에서 가장 잘난 사내를 맞은 계집도, 세상에서 가장 잘난 계집을 맞은 사내도, 이따금 미워하고 이따금 상상 속에서나마 목을 조릅니다. 부모마저 핏덩이 자식을 앞에 두고 이따금은 외면하고 도망치는 꿈을 꿉니다. 그러나 이따금 동정하고 이따금 사모하며 이따금 존경하고 다시 애틋해지는 것이나이다.

　신령님, 저는, 소저는, 서로를 연모하였나이까? 아니면 서로 가 없이 증오한 것이오니까? 저는 소저를……. 신령님, 저는 소저를 도무지 알 수 없었나이다. 그 동그란 배 안에 두 사람의 아이가 들었노라 말하며 생기 있게 빛나는 눈을 한 여자를 처음 보았고 어느 날 문득 몸을 일으켜 눈물을 흘리며 저를 향해 비명을 지르는 여자를 처음 보았나이다. 찰나가 지날 적마다 새로운 눈으로 저를 보고 나무를 보고 하늘을 보다 문득 말하더이다. 웃던 얼굴로 울고 울던 얼굴로 웃는 일은 인간에게 흔하옵니다만 그날 소저는 가만히 배를 쓰다듬으며 반은 웃고 반은 우는 얼굴로 입술을 열어 말하더이다.

문득 말했다 하더이다. 용왕녀마마, 그 낭랑이 말입니다. 인간으로 태어나 행복하며 세상 조화가 그저 사랑스러워 못 견디겠다 하였던 낭랑께서 며칠 만에 신산한 눈으로 제 낭군을 돌아보며 비녀를 내어보였답니다.

'지겹다'고.

'인간으로 사는 일은 고통스럽고 고통스럽고 고통스럽고 고통스러운 일이니, 이제 지쳐버렸다'고.

―비녀를 내어 꺾으려는 소저를 말렸나이다. 소저가 죽어 없어질까 겁이 나서, 슬퍼서, 그 손목을 쥐었는데 소저가 묻더이다. 서방님, 서방님께서 안타까이 여기시는 것은 저이옵니까, 비녀이옵니까? 서방님, 서방님께서 슬퍼 우시는 까닭은 서방님의 팔자가 안타까워서이옵니까, 아니면 이년 보기가 안쓰러워 그러시옵니까? 하고, 제게 묻더이다. 소저가 묻는 순간 저도 통 알 수가 없어지기에 그만 손목 놓쳐버렸나이다. 그러자 소저는 말릴 새도 없이 비녀를 쥐고…….

비녀를 쥐고 낭랑은 외쳤다 합니다.

'이까짓 것! 술법을 타고나도 타고나지 않아도 사는 것은 괴롭지 않으냐! 이까짓 것! 해당화로 나서 바닷바람 맞으며 한 계절 타오르다 죽는 것도, 인간으로 나서 땀 흘리고 울어대며 한평생

건다 죽는 것도 결국은 같은 일 아니더냐! 마음으로 죄 짓지 아니하는 족속 따위 있지도 않거늘 세상 어디에 신이 있고 하늘이 있더냐! 이까짓 것, 없어져버려라! 없어져버려라! 태어나지 않는 것이 좋았다!' ……고.

그러고는 비녀를 동댕이칠 듯이 들어 올렸다가 차마 내리치지 못하여 눈물을 뚝뚝 떨구며 어깨를 떨더랍니다. 동그란 어깨를 바들바들 떨고 낡은 치맛단, 혹은 솔기 터진 저고리 가슴을 아무렇게나 움켜쥐고 고통을 견뎌보려는 양 입술을 깨물더랍니다. 낭랑은 비녀를 던지지 못하고 제 낭군 손에 척 찔러주더니 부엌으로 달려가 칼을 들었답니다. 폭우가 질 적에 먼 하늘을 단숨에 갈라놓는 번개만큼 빠른 몸놀림이었답니다. 꽃잎에 들어 동그랗게 뭉쳤다가 번져 흙밭에 떨어져 내리는 빗방울만큼이나 빠르더랍니다. 칼을 들어 제 목을 단숨에 찔러, 낭랑은 인간으로 죽었답니다. 육신은 썩고 뼈는 삭아 잔벌레들의 귀한 먹이가 되는, 다시는 바닷가에서 꽃 한 송이로 한들거릴 수 없고 선계의 말석이나마 꿈꿀 수도 없는, 그 인간 몸으로 부엌 바닥에 쓰러지더랍니다. 사내는 낭랑의 식은 몸뚱이를 안고 한번에 숨이 끊어진 탓에 한 마디 시원한 소리도 하지 않은 그 뺨을 두드리며 울다가 집 근처 양지바른 데를 파헤쳐 봉분을 꾸려주었더랍니다. 낭랑이 품은 아이는 어미 배 속에서 함께 죽었겠지요. 사내는 봉분을 다 꾸리고 나서 비녀를 꺼내 한참 들여다보았는데 모든 것이 그저 이 비녀 탓인가 싶어 분질러버렸다 하더이다. 세상사 다 싫고도 지겨워 그만 피 내음 묻은 풀숲에나 고개 디밀고 누웠는데 백골이 되기에는 숨이 하 많이도 남았더라구요. 있는 숨 굳이 끊는 일마저 무상하여 백골이 될 날 기다리며 자는 듯 누웠다구요.

—그러니 신령님, 과연 비녀를 꺾은 것은 저입니까, 소저이옵니까? 소저를 죽게 만든 것은 저입니까, 아니면 저는 영 모르는 다른 것이옵니까? 시시비비를 가리는 저울에 달아보기 전에는 아무도 모르는 일인가요.

용왕녀마마. 과연 낭랑은 왜 '지쳤다'고 말하였을까요. 어찌하여 그 며칠 전에는 그토록 행복에 겨웠더니 그날에는 급작스레 모든 것을 거침없이 내버리고자 하였을까요. 낭랑은 왜 비녀를 쥐고 있었으며 어찌하여 비녀를 내던질 기회를 가졌던 것이며 또한 어찌하여, 그 비녀 부러뜨릴 기회를 스스로 저버렸던 것일까요. 이 거북은 미욱한 탓에 용왕녀께서 물으신다 하여도 답할 거리가 궁색하거니와 다만 사내가 모진 숨 끊어지지 않아 제 옷자락 쥐고 던진 말은 기억하나이다.

—닷새 전부터 소저께서 소매 사이에 무얼 숨겼다가 이따금 내어보며 한숨을 짓더니, 울었다 웃었다 여러 차례 반복하더이다. 이제야 생각하니 그게 이 물건인가 싶으니, 과연 선계의 물건이란 인간을 행복하게 하나이까, 아니면 불행하게 하나이까. 평생 낙원을 꿈꾸었기에 글월을 익혔거니, 배 속에 든 먹물조차 온통 쓸모없는 일에 소비한 이가 감히 묻습니다. 신령님, 인간에게 낙원에서 온 물건이란 과연 복이더니까.

모르겠다, 고 답했더니 그러냐며 웃더이다. 소매를 쥐었던 손가락에서 힘이 빠져나가고 사내의 퀭한 눈이 닫혔으나 이 거북

보기에 그의 숨은 아직 걷힐 시기가 아니더이다. 손대지 않고 버려두고 자리를 떴는데 한참을 하늘에서 맴도노라니 나무꾼인지 아니면 심마니인지 모를 사람이 하나 지나다 사내를 발견하여 소란을 피웠지요. 아마도 데리고 가 질긴 숨을 이어 붙였을 것인데. 후에 사내가 어찌 살아 무엇을 이루었는가 저도 모르겠나이다. 아마 그가 원하던 관직 따위 지니지 못하였을 것이며 그렇다고 문명을 떨치지도 않았을 것입니다. 그에게 문제가 있었는가, 그마저 비녀의 일인가, 실은 그조차 알지 못하나이다. 그러면 네가 정녕 무엇을 아는가 하고 용왕녀께서 노하실지 모르옵니다만 보잘것없는 이야기로 귀하신 마마님의 귀를 어지럽히고 나아가 심경을 피곤케 함은 오로지 이 거북이 지은 죄를, 이 거북이 품은 두려움을 여쭈어 올릴까 하는 까닭에서입니다.

저는 두렵사옵니다, 제 술법으로 지을 죄가 두렵사옵니다. 낭랑을 겪은 후로 구름을 띄우고 산천을 떠돌 때면 결코 인간을 만나지 아니하였고 혹 만나도 말 건네지 아니하였으며 말 건네도 동정하지 아니하였나이다. 그러려 했나이다. 죽어가는, 물 한 모금 원하는 이에게 물을 건네는 일마저 두렸으며 다만 맑은 뜻을 품어 관직에 오르거나 사람을 사랑하는 자마저 외면하였습니다. 과연 선인이란 힘을 지닌 만큼 인간을 돕는 자이더니까. 용왕녀마마, 이 거북은 그것을 아직도 알지 못하기에, 들어주어 두루 복락을 누릴 원이 무엇이며 두루 망가뜨릴 원이 무엇인가 분별할 줄 모르기에 저 이승을 꺼리나이다.

저 이승에서 지을 죄가 두렵고, 짓지 아니하여도 겪을 마음의 고통이 두렵고, 또한 치열하게 살아 나가는 것들 보는 것조차 두려워, 애틋한 만큼이나 끔찍하옵니다. 지옥이란 다만 저 이승이 아니올는지요. 살고, 없애고, 미워하고, 혹은 연정을 불태워 모든 것이 부서지나이다. 모든 것을 만드는 마음이 고스란히 무엇을 죽이더이다. 이 거북이 과연 저 땅에서 무엇을 할까요. 그러니 다만 이승을 꺼리나이다. 물을 모르는 자가 배를 꺼리듯이, 거북이 허공을 꺼리듯이.

어떻습니까? 마마. 이제 흡족한 답이 되었나이까?

"그러냐."

한사릉은 불편한 표정을 지었다. 입꼬리를 올려 도도한 웃음을 지어 보이려는가 싶더니 이내 생각에 잠긴 듯 턱을 괴고 고개를 외로 돌린다. 깊고 풍부한 눈동자 빛깔이 햇볕을 한 조각 받아 반짝이다가 파도가 닥쳐 바위에 날아드는 쪽으로 시선을 떨어뜨린다. 한사릉은 은가위를 내어 가만히 들여다보았다. 그녀는 아비에게 버려지고 천하궁에서 미움을 샀다. 하여 이승으로 삼신 직위를 얻어 내려왔으나 그것이 신통하지 못하였던 고로 원성을 듣게 되었다. 천하궁에서는 그녀를 대신해 다른 삼신을 내렸는데 사릉이 인정할 수 없다 상고하여 결국 두 선녀 간에 우열을 가리게 됐다.

"그러하냐."

다시, 되뇐다. 설자유는 사실 이 일을 맡고 싶지 않았다. 가위를 가지고 와 사릉에게 전해주면서 괜스레 그 여자가 품고 있을 수백 가지 상념에 휘말리기도 싫었다. 새로 내린 삼신은 현명하고도 마음이 고와 모두들 사랑하는 자라 하였으나 한사릉은, 아비도 버린 딸이다. 어린 시절에는 곱다 곱다 하고 어르고 달래며 감싸 기르더니 버릇이 나쁘게 들었다는 소리가 안과 밖에서 터지자 용왕의 위엄에 누를 끼쳤다며 내쳐 버렸다. 죽으라고 황야에 던지려는 걸 그 용왕비가 울며 빌어 간신히 이승으로 내려설 적에 마침 삼신 자리가 비었던 시절인지라 그 자리에 앉았다.

"자유라고 했느냐."

"네, 마마."

"자네가…… 그……."

"마마?"

"아니, 아무것도……. 아무것도 아니다. 되었다."

자유는 모르는 척 능청을 부렸으나 실은 한사릉이 하고 싶은 말을 알았다. 입술을 깨물고 고집스레 고개를 돌린 용왕녀가 무엇을 말하고 싶은지 잘 알고 있었다. 애틋하고, 애틋한 만큼 두려운 이승의 물물들이 연신 자유의 머리에 떠올랐다. 그녀를 돕게 되면 다른 삼신 낭랑 쪽은 어찌 될 것인가.

아니될 일이다.

한숨을 쉬며 자유는 고개를 흔들었다. 사릉은 미간에 깊은 주름을 잡고 다시 입술을 열었다, 천 근은 되는 듯이 힘겹게.

"자네는, 그…… 삼신……."

"하문하시옵소서."

"아니다. 돌아가라! 썩 돌아가!"

한사릉은 묻고 싶은 것이다. 삼신의 직위를 어떻게 수행하면 되는가 막막하여서. 그녀는 한 번도 배운 적이 없다. 용왕비가 은 가위며 실을 챙겨 들리며 아이를 꺼내는 법을 가르치고자 하였으나 용왕이 벽력같이 호통을 쳐 사릉은 채 삼신 역할을 배우기도 전에 내쳐지고 말았다. 하여 이승에 당도한 후 아이를 빼낼 적에 찬 물에 담갔다 더운 물에 담갔다 종잡을 수 없으니 죽어 나가는 아이가 부지기수였으며, 어미의 배를 가르기도 하고 혹은 옆구리를 가르기도 하니 죽는 여자 역시 감히 헤아릴 수 없었다. 들어선 아이를 석 달 만에 꺼내기도 하고 서른 달 만에 꺼내기도 하니 세상에 두서가 없었고 법칙이 허물어졌다. 서툰 삼신을 비웃듯 돌림병 차사들이 온갖 귓것들과 뒤엉켜 온 땅을 뛰놀았다. 과연 원성이 높을 만하였고 한사릉의 업이 하늘을 찌를 만도 하였다. 그러나 아무것도 배우지 못한 선녀가 할 수 있는 건 없다. 선인이라하여도 옳고 그름을, 살아가는 방도를, 사람을 이해하는 법을 배우지 않고 터득할 수 없다. 보지 않고 알 수 없으며 만지지 않고 깨달을 수 없으며 살지 않고서는 죽음조차 모른다.

"마마."

은가위는 쉽게 부러지지 않으나 사릉은 어미에게, 아비에게, 형제자매에게 구원을 요청하고자 가위를 자주 분질렀다. 가위가 없으니 내려주십사 청원하면 관리라는 자들이 덜렁 하강하여 금세 돌아갈 뿐 아무도 '내가 네 고통을 안다'고 말하지 않았다. 그녀가 입을 열어 '삼신 일을 제대로 알고 싶다'고 말하지 않았기에 아무도 답하지 않았다. 이것은 이대로 좋은 것인가, 하고 자유는 생각했다. 용왕녀로 태어나 아름다움도 고귀함도 두루 갖춘 그녀가, 그러나 자존심을 꺾어 무릎 꿇는 법을 알지 못하는 그녀가, 아무것도 모르는 곳에 팽개쳐져 아무것도 모르는 일을 행하며 매번 두려워 떨었을 그녀가 안쓰러워 견딜 수 없었다.

"마마. 누구나 배우고 겪어서야 알게 되나이다. 살아온 세월도 중하지 않고 지위고하도, 종족도 중요하지 않은 것입니다. 누구나 물을 배우기 전에 물을 알지 못합니다. 성좌를 배우기 전에 하늘을 올려다본들 크고 작은 구슬이 가득 박힌 모래사장 같을 뿐입니다."

배우는 것을 두려워하지 말라고 말하고 싶었다. 그러나 한사름은 견고하게 등을 돌린 채 아무 말도 하지 않았다. 동정 받고 싶지 않다, 고 그녀의 등이 말했다. 나는 어차피 혼자다, 고 그녀의 목덜미가 말했다. 보이지 않는 그녀의 표정이 울고 있었으나 또한 보이지 않는 그녀의 악문 입술이 모든 것을 증오했다. 자유는 더 이상 가까이 가고 싶지 않았다. 손을 대고 싶은 만큼이나 두려워서, 또 한 번 자신의 서툰 헤아림으로 타인의 삶에 참견할 수는 없었다.

"돌아가라."

"만안하시옵소서, 마마. 하직 올리나이다."

그녀는 절을 올리는 자유를 결코 돌아보지 않는다. 자유는 구름 방향을 돌려 하늘로 솟구쳤다. 다시는 추락하지 않을 것처럼 솟아오르고 또 솟아올라 다시 지상을 보았을 적에는 드넓은 해변조차 손바닥만 한 땅덩이로 멀어져서, 그 안에 주저앉은 여자는 점 하나로도 남지 않았다. 이대로 좋은 것일까. 다시 죄를 짓지 않겠다고 고개를 저으며 자유는 동해를 향해 날았다.

—소녀는 해당화이옵거니 복이 많답니다. 본디 별명 붙기를 화선花仙, 꽃 중의 신선이라 붙었으니 따로 선계에 오르지 않고 다만 피었다 져도 이미 선인이 아니오니까?

그런 말도 했었지. 자유는 곱씹었다. 기쁘다 말한 것도 지겹다 말한 것도 필시 얼마간은 진정을 담고 있었을 터이니 어느 쪽이 오롯한 거짓이라고 감히 가릴 수야 없으리라. 저승에 죄를 달아 시비를 가리는 저울이 있다 전하거니와 과연 그녀의 모든 생을 두고 불행이라 말할 것인가 행복이라 말할 것인가. 자유는 손을 뻗어 이미 짙은 구름에 휩싸여서 보이지 않게 되어버린 이승을 향했다. 안개를 잡는 것만큼이나 인간을 잡는 일도 무상하였다. 진심도 영원도 연정도, 혹은 꿈마저 무상하니 어느 것은 죄이고 또한 어느 것은 죄가 아니란 말이더냐.

하늘이 어두웠다. 아마도 곧 지상에 비꽃이 피리라.

■ 화 선 은 ……

2004년~2005년 사이에 쓴 글이었던 듯합니다.

『호천기연담昊天奇緣談』이라는 장편의 외전. 『호천기연담』은 한국 설화 기반에 선계와 지상을 오가는 글이었습니다. 여우 선인과, 어린 항아와, 그리고 짐승이거나 인간인 존재들 이야기.

이 「화선」은 제법 알려진 삼신설화에 나오는, '진짜 삼신이 서기 전에 맹탕인 주제에 일을 맡아 세상을 혼란에 빠뜨린 용왕 딸' 편에서 시작한 글이었습니다. 혹은 해당화의 별명이 화선이라기에 무턱대고 쓰기 시작했던 거였을까요? 이제 와서는 잘 기억이 나지 않네요. 이적을 일으키는 정령과 인간의 연애담을 비틀어보고 싶었던 것뿐일지도 모릅니다.

『호천기연담』 외전이 하나는 「화선」이고 하나는 「화적」인데, 「화적」 쪽은 '조신의 꿈'을 비튼 글이었으니까 이것도 역시 연애담을 비튼 거였을 가능성이 더 높겠네요. 여전히 『요재지이』나 『어우야담』 『열이전』 『천예록』 같은 책들을 몹시 좋아합니다.

내용에 관해서는 보이는 것이 다니까 군이 첨언하기 어렵지만…… 말하자면 대단한 결심을 하고, 위대한 결단을 내리고, 존경스러운 동정심과 연민으로 손을 내민 다음 순간에 사람은 참 쉽게 모든 걸 저버리는구나 하는 그런 이야깁니다. 세계를 구원하기로 결심한 다음 순간, 새 옷에 오물을 튀긴 자동차 한 대에 모든 장엄함이 사라진다거나 하는 식이지요. 겨우 도를 깨친 고승이 밀린 설거지거리를 보는 순간 짜증이 확 치밀어서 그만 도로아미타불이 되었다는 우스개 같은 겁니다. 자잘한 일상을 쌓아 올려 단단하게 만들어낸 숭엄이란 얼마나 어려운가요. 결국 세계를 부수는 건 대단한 고난이나 역경이 아니라 일상적인 어느 찰나일 겁니다.

온우주
단편선

백 탑 의　도 시

백탑의 도시

멀찍이 감파란 들렘바 산줄기가 검다. 영원히 세상을 태워놓을 것 같던 시뻘건 태양이 기어이 침몰할 때 한 무리 바람과 더불어 끌려간 구름 그림자는 그보다 더 검다. 세상은 핏빛으로 물들었다가 이내 온갖 종류의 암흑으로 뒤덮인다. 황금 왕국과 저승 세계의 접경, 아무도 살 수 없는 사막이 들렘바 산을 향해 펼쳐져 있었다. 한낮 내내 새들조차 날다 숨이 막혀 떨어질 만큼 뜨겁던 모래들이 식어 이제는 동토의 얼어붙은 바위보다도 찼다.

보름달이 움튼 이른 밤, 손바닥만 한 오아시스 옆에 자리 잡은 오두막의 들창이 소리 없이 열렸다.

재스민꽃 빛깔 머리카락 몇 가닥이 외투 바깥으로 드러난 소녀가 먼 지평선으로부터 달을 등지고 나타나 오두막의 문을 두드렸다.

"스이람."

세 번 문이 울리기 전에 스이람 페페는 부름에 답했다.

"네, 순례자여. 스이람 페페는 여기에 있습니다."

검은 머리와 검은 눈의 어린 모래지기는 맨발이었다. 푸른 등불을 손에 쥔 모래지기는 낯선 손님이 누구인지 한눈에 알아보았다. 그러나 그녀가 제 이름을 밝히기 전까지는 등을 꼿꼿이 세우고 마치 한 번도 본 적이 없는 아몬드나무를 앞에 둔 평범한 소녀처럼 굴기로 결심했다.

"스이람 페페는 당신을 모릅니다."

들창을 열기도 전부터, 그러니까 황금 왕국의 버려진 사막이 뜨겁게 타오르던 한낮부터, 스이람 페페는 그렇게 몇 번이고 몇 번이고 마음먹었던 것이다.

"나는 아즈룽가 마이얌. 죽은 땅의 모래지기를 만나러 왔다."

다이아몬드 왕성의 유리 정원에서 지저귀는 새들처럼 아름다운 목소리였다. 황금 왕국의 지배자, 달의 딸 아즈룽가 공주. 스이람은 태연히 무릎을 꿇고 공주의 뾰족한 비단신 끝에 제 이마를 가져다 대어 백성의 예를 갖추었다.

"친애하는 스이람, 고개를 들라."

"스이람 페페는 달의 따님께서 왜 스이람 페페를 아시는지 묻습니다."

아즈룽가 공주의 유리 눈동자가 스이람을 물끄러미 내려다보았다.

"내게 몰약을 가져다주는 진주바다의 상인이 알려주었다."

"황금 왕국의 공주님, 스이람 페페는 진주바다의 상인이 죽은 땅을 지나가지 않는 것을 압니다."

"내게 황금을 가져다주는 제비붓꽃 산속의 사냥꾼이 몰래 당신을 엿보았노라."

"모든 달과 무수한 별들의 따님, 스이람 페페는 제비붓꽃 산에서 이 사막까지 삼십 년이나 걸린다고 말합니다."

스이람이 아즈룽가의 장밋빛 입술을 향해 등불을 들이밀었다. 푸르스름한 빛이 얼비친 상아색 피부에는 상처가 없었다. 많은 물과 많은 음식을 충분히 먹고 부드러운 침상에서 눈을 붙인 사람의 그 매끄러운 뺨을 핥듯 일렁이던 등불이 훌쩍 멀어졌다. 스이람은 불을 끄고 제 집의 문을 열었다.

"들어오시지요, 고귀한 공주님. 스이람 페페는 달에서 온 악마들이 당신을 해치도록 내버려두지 않습니다."

화덕에 불을 피우고 스이람 페페는 미리 퍼 담아 열흘 동안 그늘에서 묵힌 모래로 밥을 지었다. 붉은 기운이 빠진 모래는 새하얀 빛깔로 반짝거렸다. 아즈룽가는 자신의 머리타래를 장식한 수백 개의 진주처럼 흰 그 모래를 가만히 응시했다.

"당신만이 달에서 떨어져 내린 저 모래들을 만지고 또 정화할 수 있다 들었다."

"스이람 페페는 달의 모래를 만집니다. 스이람 페페는 달까지 갈 날개를 만듭니다. 그러나 스이람 페페는."

"그래, 당신은 가지 않지. 날개를 만들고 달까지 가는 하늘길을 알면서도 당신은 결코 이곳을 떠나지 않아. 모래지기여, 어째서냐? 나의 왕국이 삼 년 동안이나 불타올라 아무것도 남지 않았을 때, 당신은 내가 널리 달로 갈 사람을 구하는 것을 알면서도 어전으로 오지 않았다. 그 또한 어찌하여서냐?"

"스이람 페페는 아무 곳으로도 가지 않는다고 답합니다. 스이람 페페는 달의 사막을 지켜야 한다고 말합니다."

"그러면 저것은?"

아즈룽가는 기름한 눈으로 자애롭게 웃으며 손을 뻗어 스이람 페페의 등 뒤를 가리켰다. 그을음이 잔뜩 낀 오두막 벽에 기댄 두 장의 날개를, 마치 추궁하듯 손가락질하자 스이람 페페는 유리알 같은 눈동자로 아즈룽가의 얼굴을 되비추었다. 아즈룽가는 왕국의 그 누구에게도 숙여본 적이 없는 흰 이마를 찌푸렸다. 아직 덜 자란 어린아이 같은, 그러나 아즈룽가 마이얌이 황금 왕국의 공주로 태어나기 전부터 내내 모래지기로 살아왔다는 스이람 페페의 눈동자 안에서 한 쌍의 그녀 자신이 초조한 표정을 지었다.

"저 날개는 누구를 위함인가?"

"스이람 페페는 달까지 가는 하늘길을 안다고 답합니다. 스이람 페페는 날개를 만들고, 날개는 달까지 갑니다. 스이람 페페는 순례자의 청원을 듣고 순례자는 달의 모래 위를 날아오릅니다."

"당신이 가기 위한 것이지?"

"달의 따님께서 바라신다면 스이람 페페는 그 등에 날개를 달아드립니다."

"내 묻는 말에 답해라, 스이람 페페. 너는 내 부름에 응하지도 않고 내 질문에도 답하지 않으니 참으로 무례하구나. 너는 달의 악마들을 피해 이 황량한 사막을 지키고 앉았을 뿐이고 나는 달과 뭇 별들의 이름을 이어받은 저 황금 왕국의 주인이다. 응당 내 명에 따르는 것이 옳을 터."

"스이람 페페는 거짓말을 하지 않는다고 답합니다. 스이람 페페의 대답이 무언가를 감춘 듯 여겨지신다면 그것은 묻는 분께서 감추고 계신 탓이라고 말합니다."

"좋다, 내 네가 감히 내게서 듣고자 하는 이름을 말해주겠다. 스이람 페페, 저 날개는."

아즈룽가 마이얌은 더러운 조각천과 반짝거리는 쇠붙이, 이름 모를 뼛조각으로 누덕누덕 기워 만든 날개의 바로 앞까지 친히 걸어갔다. 호박과 산호, 진주와 파려玻瓈, 온갖 찬란한 금은붙이들로 한껏 장식한 머리타래가 그녀의 걸음 반대쪽으로 풍성하게 쏟아져 내려 그 그림자를 덮었다. 아즈룽가는 끝내 물었다.

"저 날개는 쟈르두 탈문을 위한 것인가?"

스이람 페페는 표정 없이 고개를 저었다. 놀리는 기색도, 상대를 압도했다며 우쭐거리는 기쁨도 없이 마치 백지와도 같은 얼굴이었다. 아즈룽가 마이얌은 화덕에서 끓기 시작한 모래들이 간헐적으로 내는 숨소리를 들었다. 스이람 페페가 자신의 눈동자처럼 검은 냄비 속을 들여다보며 말했다.

"스이람 페페는 저것이 백한 번째 날개라고 답합니다."

"백한 번째? 내 바란 것은 백 개의 탑이었다. 어찌하여 여분의 날개가 필요한가?"

"스이람 페페는 저것이 백한 번째 날개라고 답합니다."

"죽은 땅의 모래지기여. 그는 언제 돌아오는가?"

"스이람 페페는 그가 돌아오지 않는다고 답합니다."

"그가 오지 않는다면 너는 왜 저 날개를 만들었지?"

"스이람 페페는 약속을 지킨다고 답합니다. 스이람 페페는."

"너는 그가 무엇을 하는지 다 알고 있었지? 그러면 그가 왜 돌아오지 않는다고 말하는 것이냐? 답하라, 왕국의 이방인이여. 나는 그의 행방을 알기 위해 너를 찾아왔다."

"스이람 페페는 처음부터 당신의 그 말을 기다렸다고 답합니다. 스이람 페페는 말합니다, 황금 왕국의 지배자이며 달과 뭇 별의 따님이신 아즈룽가 공주님께."

황금 왕국의 왕도王都는 3년 동안 불타올랐다.

불길은 인간이 수천 년을 공들여 만들어낸 모든 것을 가리지 않고 집어삼켜, 재와 연기와 자욱한 비명만을 남겨놓았다. 아무 가치도 없는 전쟁이 겨우 끝나고 불길이 사윈 뒤 아름다운 아즈룽가 마이얌 공주가 빈 옥좌에 앉았다.

한때 홍수정과 벽옥에 빗대 칭송받았으나 이제는 그을음과 붉은 모래먼지로 뒤덮인 무참한 도시를 발아래 굽어보며, 아즈룽가는 모든 것을 다시 세워야만 한다는 사실을 깨달았다. 결심은 빨랐다. 그녀는 발이 빠른 이들을 시켜 널리 사람을 구했다. 아즈룽가 공주의 자비로운 마음과 눈부신 미모에 대한 소문과 더불어 머지않아 황금 왕국 어디에나 그녀의 말이 닿았다.

　―바라건대 용감한 백성이여, 나를 위해 일해주지 않으려는가? 천 년이 흘러도, 다시 억겁의 불길에 휩싸여도 스러지지 않을 단단한 탑을 세우고자 하노라.

　각지에서 구름처럼 사람들이 몰려들었다. 잠자리 날개처럼 하늘거리는 소맷자락 사이에서 희고 투명한 손가락을 내밀어, 아즈룽가 마이얌은 그녀의 아름다운 낯을 가린 휘장을 잠깐씩 걷어 올렸다. 그리고 그녀를 위해 땅끝에서 달려온 무모하고 우직한 이들에게 미소 지어주었다.

　흔한 모래와 진흙을 이겨 만든 벽돌로는 안 된다. 수천 개의 유리구슬과 청동 화살촉을 섞어 만들고 밀랍과 치즈를 부어 쌓은 벽도 기껏 기십 마리 군마의 발굽 소리에 허물어지고 말았다. 바위와 강철을 깎아 지은 문도, 사람의 피와 뼈로 바른 천장과 금강석 계단도 천 년을 버틸 수는 없었다. 아즈룽가 공주는 끈기 있게 기다렸다. 놀라운 인내와 위엄으로 그녀는 홀로 옥좌를 견뎠으나 여러 해가 바뀌도록 그녀의 뭇 백성들은 쉬이 만족스러운 결과를 가져오지 못했다.

　―만민에게 사랑받아 마땅하신 공주님, 제가 감히 생각건대.

　그때 쟈르두 탈문이 아즈룽가 공주의 높다란 모자 그림자 끝에 엎드려 상주하였다.

　―왕국이 태어나기 전에도, 새들이 나는 법을 잊고 지상을 배

회하며 말과 소가 되기 전에도 내내 저 들렘바 산과 하늘을 견디며 펼쳐져 있었던 사막을 기억하십시오. 달의 모래들은 무엇에도 상하지 않을 만큼 굳셉니다.

그때 달은 아직 크고 둥근 순백색의 구슬이었고 그 표면은 유리처럼 매끄러워 상처 하나 없었다. 황금 왕국의 모든 사람이 쟈르두 탈문의 말을 듣고 고개를 들어 하늘을 살폈을 때도 달은 천연덕스러운 얼굴로 유유히 친구의 동녘을 밝히고 있었다. 아즈룽가는 왕국이 불탄 후 처음으로 푸른 장미가 수놓인 커튼을 벗어나 상아 층계 위에 섰다. 한 줄기 봄바람을 빌려 달과 뭇 별의 딸이 그에게 친히 말을 건넸다.

─충성스러운 자여, 그대가 친히 그 중대한 임무를 맡아주겠는가?

─기꺼이, 명령에 따르겠습니다.

쟈르두 탈문은 걸치고 있던 성문지기의 옷을 벗어 그의 작은 집 벽에 걸고 잘 다린 순례복을 꺼내 입었다. 낡은 깃발을 꿰매 황금 왕국의 문장을 만들어 걸친 채, 죽은 형의 아이들이 만들어준 차가운 빵과 쓴 맛이 나는 술을 가지고 그는 떠났다.

들렘바 산과 하늘이 맞닿은 곳을 향해.

황금 왕국의 허물어진 성벽을 등지고 다이아몬드처럼 찬란한 공주가 머무는 궁정의 그림자에 내쫓기듯 동녘으로.

달로 가는 길을 아는 자는 달에서 떨어지는 모래들을 돌보며 황금 왕국과 저승의 경계에 홀로 사는 모래지기뿐이었다. 모래지기의 이름도 얼굴도 알지 못했지만 쟈르두 탈문은 불처럼 뜨거운 한낮의 모래에 다친 발을 질질 끌며 작은 오두막에 당도했다.

그는 오두막의 들창을 정중하게 두드렸다.

한낮에 모래지기는 아무도 만나지 않기에 스이람 페페는 그 부름에 답하지 못했다.

해가 떨어질 때까지 쟈르두 탈문은 달의 모래들이 웅성거리며 흐느끼고, 혹은 핏빛으로 물들며 동으로 서로 휘몰아치는 소리를 들었다. 때로 악마가 태어났다. 갈 곳도 머물 곳도 없는 망집이 이승도 아니고 저승도 아닌 사막을 배회하며 산 것을 질시하여 그 숨을 거두었다.

서녘이 피처럼 붉은 빛으로 차올랐다.

쟈르두 탈문은 가느다란 실보다도 연약한 숨을 몰아쉬며 모래지기의 오두막 들창 앞에 쓰러졌다. 모래지기는 해가 지자 들창을 열고 등불을 켜 문밖으로 나왔다.

—스이람 페페는 당신에게 살라고 말합니다.

스이람 페페는 쟈르두 탈문을 오두막 안으로 데려가 그 목숨을 구했다.

모래지기의 등불을 쐬며 열 번의 낮과 밤 동안 그녀의 냄비에서 끓어오른 물을 마신 쟈르두 탈문은 가뿐한 몸으로 깨어났다. 그는 그 속을 알지 못할 검은 눈을 마주한 채 열렬히 무릎을 꿇고 자비를 청했다.

—스이람 페페는 달을 조각낼 수는 없다고 답합니다. 스이람 페페는 이렇게 말합니다. 달에 부는 바람에 그 표면이 닳아 가루가 되어 떨어질 뿐, 수천 수만 년의 세월도 달을 상처내지는 못했

다고.

　—그러나 나의 달이며 별이신 공주님을 위해서라면.

　—스이람 페페는 당신이 죽어 떨어지리라고 말합니다.

　—죽어도.

　—스이람 페페는 당신이.

　—죽더라도 그분의 원을 이룰 수만 있다면.

　—죽지 않기를 바란다고.

　—청컨대.

　—말합니다.

쟈르두 탈문은 스이람 페페의 깨벗은 발등에 입 맞추었다. 스이람 페페는 그 성심에 답하지 않을 수 없었다. 그래서 그녀는 스무 날 동안 그에게 달의 모래로 만든 밥과 물을 먹였다. 밤마다 사막을 떠돌며 달의 악마들이 흘린 깃털을 모으고 달의 이슬이 맺혀 굳어진 호박과 진주를 주웠다. 그리고 이미 지상에 없는 짐승들의 뼈로 얼개를 짓고 잊혀진 민족의 언어가 적힌 종이로 속을 채워 커다란 날개를 만들었다.

그는 달로 갔다.

동이 트기 직전 들렘바 산 가장 높은 봉우리를 박차고 스이람 페페가 만든 날개를 펴덕여 하늘길을 헤엄쳐, 그는 달에 닿았다.

달은 시리도록 차고 단단했다.

작은 흠 하나 없는 그 거대한 구슬에 쟈르두 탈문은 피를 토할 때까지 달려들었다. 그는 미끄러지고, 미끄러지고, 미끄러지고 또 미끄러졌다. 달에 미세한 균열이 가고 쟈르두 탈문의 손바닥 하나만 한 조각이 떨어져 나오는 데는 적어도 열아흐레가 걸렸다. 처음은 어렵고 감격스러웠으나 두 번째는 쉬웠다.

그는 석 달 열흘 동안 달에서 돌을 캐내 바람을 틈타 지상으로 실어 보냈다. 떨어진 달 조각들은 물론 스이람 페페가 지키고 선 사막에 차곡차곡 쌓였다.

—나의 가장 충성스러운 백성이여.

쟈르두 탈문이 돌아와 첫 번째 탑을 완성하자 아즈룽가 공주는 창가에 핀 싱싱한 장미 한 송이를 보냈다. 은쟁반에 올라앉은 장미꽃잎의 붉은 색채보다도 더 붉게 상기된 얼굴로 쟈르두 탈문은 공주를 연모했다.

—만약 내가.

—쟈르두 탈문, 본디 문지기였던 가련한 백성이여. 그대가.

—내가 백 개의 탑을 쌓는다면.

—그대가 나를 위해 달의 돌로 백 개의 탑을 쌓아준다면.

—나의 공주님께서.

—나는 기꺼워 그대에게 큰 상을 내리리라.

—기뻐하며 웃어주시겠지.

성문이 열릴 때 이따금 훔쳐보던 창가에서 장미꽃 한 송이의 자리가 없어졌겠구나 상상하며 쟈르두 탈문은 사막으로, 달로, 다시 지상으로 걸음을 옮겼다. 달에는 점점 구덩이가 많아지고 깊어졌다. 지상에서도 그 상흔을 발견할 수 있을 정도였다. 순백색 빛에 감싸여 새치름하게 성좌의 무수한 소용돌이를 가로지르던 달은 작은 무당벌레의 얼룩 같은 여러 개의 그늘을 지니게 되었다.

— 스이람 페페는 당신이 더 다치지 않기를 바란다고 말합니다.

— 저를 걱정해주어 고맙습니다만, 스이람 페페. 그러나 내가
백 개의 탑을 쌓는다면 나의 공주님께서 손등에 입 맞추는 것을
허락해주실지도 모릅니다.

스이람 페페는 달에서 발을 헛디뎌 추락한 쟈르두 탈문을 돌
보고, 그의 찢어진 날개를 깁고, 부러진 뼈와 날갯살을 다시 붙이
며 달의 모래로 지은 밥과 물을 먹였다. 그는 몇 번이고 저승의
문전에 떨어졌고 몇 번이고 스이람 페페의 손에 목숨을 건졌다.

달의 계곡들은 수를 더해가고 그에 비례하여 황량하던 왕도王
都는 청백색의 무구한 빛을 뿌리는 여러 개의 탑으로 번성해갔
다. 하나에서 둘로, 둘에서 넷으로, 넷에서 일곱, 열, 서른 개와 마
흔 개로 늘어가는 탑을 발치에 두고 아즈룽가 공주는 어느 때보
다도 향기롭게 군림하였다.

— 백 번째 탑을 완성하면 나의 공주님, 저만을 위해 한 번만
웃어주시겠습니까?

쟈르두 탈문이 아흔아홉 번째 탑을 쌓고 공주의 창밖에 엎드
려 사뢰자 공주는 시녀를 시켜 창을 절반 열게 하고 친히 화병의
카라 꽃을 한 송이 뽑아 내밀었다. 쟈르두 탈문은 사랑하는 공주
의 흰 피부에 닿듯 떨며 꽃송이에 입술을 스쳤다.

— 웃어주고말고. 그대가 나를 위해 백 번째 탑을 다 쌓으면.

그는 사막으로 떠났다.

공주는 그가 다른 아흔아홉 개의 탑보다 크고 화려한 마지막

탑을 쌓기 위해 돌아올 날을 기다렸다. 그러나 상처 입은 달이 차고 이울고 다시 차기를 반복하며 어린 새가 나는 법을 배워 남쪽 먼 왕국으로 떠나는 계절이 오도록 쟈르두 탈문은 오지 않았다. 공주는 창을 열어 말라버린 장미 덤불을 가만히 내려다보았다.

물으러 가겠다.

공주는 듣는 이 없는 정원을 향해 나직이 중얼거리고는 금사와 은사로 자은 치마와 베일을 벗어 던졌다. 공주는 여러 해 동안 쓸 일이 없었던 두꺼운 외투를 꺼내 걸쳤다. 방금 피어난 것처럼 고운 장미들을 얼음 창고에서 꺼내 발치에 흩뜨리고 올리브 가지 무늬를 수놓은 푸른 비단 신을 신었다. 그림자가 보이지 않을 만큼 길고 화려한 재스민꽃 빛깔 머리카락을 외투 속에 감추고 그녀는 해가 지기를 기다려 사막으로 떠났다.

"스이람."

공주는 문을 두드렸다.

그는 왜 돌아오지 않는가?

그의 날개는 꺾이고 그의 숨은 끊어지고 말았는가? 그리하여 금석 같은 충성의 맹세를 저버렸던가? 그렇지 않으면…….

"네, 순례자여. 스이람 페페는 여기에 있습니다."

감파란 어둠을 은은히 밝히며 모습을 드러낸 모래지기는 쟈르두 탈문이 그러했듯 맨발이었다. 더 이상 부드럽지 않을, 사막의 송곳 같은 모래에도 상하지 않는 단단한 발에 시선을 떨어뜨리며 아즈룽가는 제 속으로 들끓던 질문을 가라앉혔다.

오두막의 거무죽죽한 벽에 누덕누덕 기운 날개 한 쌍이 기대어 있었다.

　스이람 페페는 쟈르두 탈문을 치료하고, 돌보고, 먹이고, 재우
고, 날개를 만들어 달아주고, 길을 알려주고, 사막에 서서 하염없
이 기다리며, 달의 돌을 모아 지키고, 탑을 쌓으러 가는 그의 등을
밀어주며, 돌아와 다시 달로 향하는 그에게 손을 흔들고, 이따금
미끄러져 떨어진 그를 받아 부러진 날개를 고쳐준 일을 소상히
전했다.

　"그래서?"

　날이 밝도록 이야기에 귀를 기울인 아즈룽가는 내내 입을 다
물고 있다가 스이람의 말이 끊어지자 그렇게 되물었다.

　"스이람 페페는 당신의 말을 이해하지 못합니다."

　"나 역시 네 말을 이해하지 못하겠다. 스이람, 네 노고가 얼마
나 대단했던가는 잘 알았다. 그러나 그와 같은 일들이 내 질문과
무슨 관계가 있단 말이냐? 내가 알고자 하는 것은 쟈르두 탈문이
왜 돌아오지 않는가, 그뿐이다."

　"스이람 페페는 날개를 만든다고 말합니다. 스이람 페페는 쟈
르두에게 새 날개를 만들어 아교와 용의 엄니를 녹여 만든 풀로
붙여주었다고 전합니다. 그러나 백 번째 날개는 들렘바 산의 벌

을 불러 그 밀랍으로."

백 번째 탑을 쌓기 위해 달로 떠나는 쟈르두 탈문의 등에 스이람 페페는 날개를 붙여주었다. 달의 냉기와 별들의 폭풍과 태양의 들끓는 불길에도 상하지 않는 풀로 붙여왔던 그 날개를. 그러나 백 번째에는 그리하지 않았다.

스이람 페페는 밀랍과 얼음으로 그의 등을 문질렀다.

상처가 많은, 어차피 백 년도 살 수 없을 인간의 살갗에 그녀는 녹아 흐르기 쉬운 풀로 날개를 고정해주었다. 일견 단단해 보이지만 그 날개로는 달에 겨우 당도하는 것이 고작일 터였다. 약간의 충격에도 밀랍은 허물어지고 얼음은 녹아 눈물방울처럼 달의 표면에 떨어지리라. 그의 탓에 무수히 팬 달의 상흔들로 고여 든 물방울이 모여 달에도 오아시스가 생길지도 모른다.

—이번이 마지막입니다, 신성한 모래지기여. 마지막 달의 돌을 가지고 돌아오면 나는 저 왕도에 백 번째 탑을 쌓고 다른 인간들과 더불어 살아가겠습니다. 기다려주십시오. 당신에게 감사의 마음을 전하며 제대로 된 작별인사를 남기러 올 날까지.

벅찬 감격에 목소리가 떨렸다. 빗방울 같은 눈물이 쟈르두 탈문의 뺨을 더럽혔다. 스이람 페페는 수백 해 수천 해 지켜온 사막에서 언제나 그러했듯 표정 없이 서 있었다. 그가 돌아서서 날개를 퍼덕거렸다. 들렘바 산의 꼭대기로 훌쩍 뛰어올라 정상을 한번 박차고 모래 폭풍의 소용돌이를 닮은 성운으로, 젖빛 별 바다로, 그리고 그 중심에 눈동자처럼 외따로 박힌 달의 한가운데로 쟈르두 탈문은 떠났다.

스이람 페페의 새카만 눈동자에 별들이 거꾸로 와 비추었다가 일렁이며 부풀어 올랐다.

그녀는 모든 것을 고집스레 움켜쥐고 결코 놓치지 않는 어린 아이처럼 고개를 한껏 들어 올렸다. 그러자 고이고, 끓고, 이윽고 넘쳐난 눈물은 술렁거리는 별들의 그림자를 담고 그녀의 눈가에서 말라붙었다.

"그는."

아즈룽가 마이얌은 고요한, 인간 같지 않은 모래지기의 얼굴을 쏘아보았다.

"날개를 잃었겠군. 그러니 돌아오지 못하고 달에 남았겠어."

스이람 페페는 눈을 깜박였다. 그것이 긍정을 뜻한다는 걸 아즈룽가는 단숨에 이해했다. 우아한 입매를 비틀어 열며, 아즈룽가는 쟈르두 탈문의 이름을 입에 올렸다. 그리고 웃었다.

쟈르두 탈문이 한 번만이라도 제 눈에 담기를 바라 마지않았던 그 눈부신 미소가 두 뺨과 노기 어린 눈가에 머물다 스러졌다.

"스이람 페페. 그가 끝내 연모하였던 건 나다."

"스이람 페페는."

"달로 가서 그를 데려올 건가? 아니면 기다려 그가 견디다 못해 달에서 몸을 던지기를, 저 사막에 산산조각 나 떨어지기를 기다릴 셈인가? 상관없다. 나는 조금 전에 바라던 답을 얻었으니. 이제 당신에게는 아무런 의문도 남지 않았으니."

"스이람 페페는 쟈르두가 돌아오지 않는다고 말했습니다, 말했습니다!"

"나는 배신을 싫어한다. 거짓말쟁이는 용서하지 않아. 그러나 그는 배신자도 거짓말쟁이도 아니다. 그것을 알았다."

아즈룽가 마이얌이 벌새처럼 재빨리 외투를 둘렀다. 늘어져 달의 모래가 묻은 머리카락을 쓸어 올리자 스이람 페페의 오두막은 재스민꽃 향기로 가득 찼다. 아즈룽가가 잔혹한 교태가 어린 미소를 지으며 스이람 페페의 짧은 머리카락을 손끝으로 밀어내고 거친 뺨에 입 맞추었다.

"스이람, 그는 나를 사랑한다. 백 개의 탑을 쌓겠다는 맹세를 그는 어기지 않는다. 나는 만족한다."

"백 번째 탑을 쌓지 못합니다. 그는 달에서 돌아올 수 없으니까요. 스이람 페페는 만약 공주님이 원한다면 저 날개를."

"내게, 그를 데리러 가라고?"

"만약에……."

"그는 나를 사랑한다. 그는 나를 위해 백 개의 탑을 쌓지. 당신을 위해서가 아니라 다만 나를 위해서. 그러면 나는 그를 향해 웃어주리라. 그는 그 이상을 바라지 않으니 나 역시 그 이상을 주지 않으리라."

"스이람 페페는 공주님이 그를 만나러 가주기를 바랍니다. 스이람 페페의 마음처럼 그의 마음이 달의 악마가 되지 않기를…… 스이람 페페는, 그가, 다시는 돌아오지 않는다고…… 돌아올 수 없다고……."

"그래. 그는 오지 못한다. 그는 다시 당신을 향해 말을 걸 수도 없다. 그러나 그는 백 번째 탑을 쌓겠다는 맹세를 저버리지 않는다. 그는 나를 사랑하니까. 안심해라, 스이람. 나는 그를 위해 웃을 터이니."

완연히 떠오른 태양이 모래사막을 달구어놓았다. 모든 것을 불태울 듯 타오르는 그 열기 속으로 아즈룽가 공주는 성큼 발을 내디뎠다. 달과 별과 꽃과 모든 세상이 함께 사랑하는 아름다운 지배자는 향기에 취한 나비처럼 유유히 모래 위에 발자국을 남겼다. 새빨갛게 타오른 모래들이 사락사락사락 기분 좋은 소리를 냈다.

"백 번째 탑은!"

스이람 페페는 낮 동안 바깥으로 나설 수 없었기에 활짝 열린 문 안에서 그림자와 재와 먼지에 젖어 공주를 향해 소리쳤다.

"백 번째 탑은 완성되지 않아! 당신이 가지 않으면 그는 백 번째 탑을 쌓을 수 없어! 그러니까, 그러니까 스이람 페페는 당신이……."

"나는 웃을 거다, 스이람. 그는 백 번째 탑을 쌓고 있으니. 내 왕국이 아니라 그가 머무는 곳에. 돌아오지 못할 그 달에서 그는 내게 한 맹세를 지킬 테니까. 왜냐하면."

스이람 페페는 문을 닫았다. 세찬 모래바람이 달의 악마들을 데려왔다. 악마들의 울부짖는 소리가 그녀의 작은 오두막을 들썩이게 했다. 그녀가 한참 만에 다시 문을 열었을 때 아즈룽가 공주는 이미 거기에 없었다. 그녀의 분홍색 진주들도, 푸른 비단 신과 재스민꽃 같은 머리카락 한 올도 거기에 남지 않았다.

왜냐하면 그는 나를 사랑하니까.

스이람 페페가 그를 사랑하듯이.

스이람 페페는 벽에 기댄 날개 한 쌍을 쓰다듬었다. 스이람 페페는 들렘바 산꼭대기를 박차고 달로 가는 법을 알았다. 이승과 저승의 경계를 더는 돌보지 않고, 시나브로 쏟아져 쌓이기만 하는 모래언덕과 지독한 침묵을 내팽개치고 그녀는 저 상처가 많은 흰 달까지 훌쩍 날아갈 수도 있었다.

그러나 그녀는 그렇게 하지 않았다.

달에서는 다시 돌들이 떨어지지 않았고, 날개가 달리지 않은 인간 남자가, 황금 왕국의 공주님을 위해 아흔아홉 개의 탑을 인간들의 도시에 쌓은 바로 그 남자가 기어이 고독에 지쳐 추락하는 일도 결코 일어나지 않았다.

이따금 게으른 철새들이 식어버린 사막을 가로질러 뒤늦게 제 무리를 찾아 날아가는 계절이면 스이람 페페는 등불 없이 밤의 사막을 거닐다 걸음을 멈추었다. 그러고는 어떤 기이한 충동에 사로잡혀 고개를 들어 올리는 것이다. 달은,

그런 날이면 어김없이 옅은 구름 띠를 두르고 거대한 은쟁반처럼 떠올랐는데 스이람 페페는 젊은 여자의 양양히 웃는 낯인 듯도 싶고 드센 불길처럼 우듬지를 한껏 치켜올린 향나무인 듯도 싶은, 혹은 과연 장대한 탑일지도 모를 거무스름한 달의 상흔을 오랫동안 응시하지 않을 수 없었다.

식어버린 불꽃의 아직 더운 티끌 같은 별들이 그녀의 검은 눈 가득 떨어졌다.

■ 백탑의 도시는……

2011년 9월 13일 완성.

백탑의 도시라고 하면 역시 프라하. 프라하에 처음 갔을 때 가이드북에서 '백탑의 도시'라는 별명을 보고는 백白이라고 생각해, '도대체 여기 어디에 하얀 탑이 있다는 건가?' 하고 열심히 헤맸습니다. 하얀 탑이 아니라 백百이 구나 깨달은 다음에도 내내 '백 개의 탑의 도시'라는 그 어딘가 몽환적인 이름이 기억에 남았습니다.

거울 100회 기념으로 100을 키워드 삼은 글을 쓰는 게 어떠냐는 제안을 들었을 때, 당연히 그 '백탑의 도시'라는 제목이 제일 먼저 떠올랐습니다. 그래서 제대로 익지도 않은 글을 꺼내 어떻게든 쓰다보니 처음부터 끝까지 완전히 취향으로 도배한 소품이 나오고 말았습니다. 따져보면 저는 언제나 머릿속에서 열심히 굴리거나, 혼자서 품은 채 꼭 안고 빈둥거리다가, 등이 떠밀린 후에야 비로소 그럭저럭 토해내곤 후회하는 타입인지라 이나마 써낸 것도 거울 100회라는 마감에 99퍼센트 빚을 졌던 겁니다.

품고만 있으면 아무것도 되지 않아요. 한 글자씩 쓰는 수밖에 없습니다. 하나씩 달의 모래들로 탑을 쌓듯이. 알면서도 어렵습니다.

천 번의 밤 천 번의 낮

천 번의 밤 천 번의 낮

"그러니 용서하소서, 왕이시여. 그 고귀한 분께서는 이미 당신의 백성이 아니십니다. 꽃가마 태워 고이 모셔 붉은 강 건너 당신 몫이 되시었던 날과 같이 검은 강 건너 모래바람과 모래 산을 지나 멀리 떠나버리셨거니, 이미 당신의 땅에 계시지 않으십니다."

마녀는 말했다. 검은 후드 아래 얼굴에 드리운 그림자마저 급속히 늙어버리고 드러난 입술은 푸르게 질렸다. 왕은 늪의 딸, 용이 낳고 인간의 피와 뼈가 기른 여자를 향해 당당한 시선을 돌렸다. 마녀는 왕을 보지 않았다. 그녀의 눈은 후드의 그림자가 지워버렸고 그녀의 목소리는 마법 덕분에 웅웅대는 소리로만 들렸다. 바람 사이로 쇳소리가 묻어나는 목소리를 가진 마녀를 향해 왕은 당당하게 말했다.

"그런 것은 이미 짐도 알고 있느니라. 짐이 그대에게 고쳐 묻노니, 답하라, 마녀여. 공주는 어디로 갔는가? 유리새 날개 빛깔 눈동자에 만물이 어리나, 그러나 아무것도 볼 수 없는 그 가련하고 순결한 분은 어디로 떠났는가? 답하라, 마녀여. 흙탕도 오물도 혹은 죽은 인간의 뼈와 피조차 짐의 땅에 있나니 그대는 짐의 백성이라, 사악한 힘으로 하여 존재하는 그대마저 짐의 은총 아래 있나니, 답하라. 그대는 답할 의무가 있다. 한 손에 가위를 들고 한 손에 칼을 든, 비천하고 남루한 사내가 그 고귀하신 분을 훔쳐냈거니 짐은 그 사내에게 죄를 묻고야 말리라."

왕은 충실한 기사에게 명해 마녀의 목에 사슬을 채웠다. 기사는 자신의 선한 손으로 불결한 마녀를 쥐고 싶지 않았으므로 자신의 종자에게 사슬을 건네주었다. 종자도 신을 향해 자신의 신세를 한탄한 후 집으로 돌아가 아내와 자식에게 물었는데, 영리한 막내 아이가 동네 구석을 떠도는 거지를 꾀어 마녀에게 쇠를 채우는 일을 시키라 일러주었다. 거지는 종자에게 채찍으로 맞고도 짓무른 눈에 눈물을 흘리며 마녀에게 손대는 것을 거절하였으나 협박에 견디지 못해 마녀의 목에 사슬을 감았다. 왕이 마녀를 앞세워 왕좌를 비운 지 얼마 되지 않아 거지는 나무에 목을 매 죽었다. 마녀의 눈을 보았기 때문에 저주를 받았다는 소문이 돌았으므로 그 시신을 아무도 거두지 않았다. 이윽고 까마귀들이 날아들어 음산하게 울었다. 마을 사람들이 그 나무를 말라 죽게 하였다.

"말하라, 마녀여."

"이 더러운 입술에서 무엇을 듣고자 하십니까, 인간의 우두머리여."

　마녀의 목소리는 초연하였으며 자조도 절망도 없었다. 왕은 그것이 거슬려 고귀한 눈을 찌푸렸다. 마녀의 걸음은 소리가 없고 마녀의 목소리는 언제나 쇳소리를 냈다. 마녀의 눈을 본 사람은 아무도 없었고 마녀의 얼굴을 어루만지는 이도 없을 터였다. 마녀가 낯을 씻은 물은 썩었고 마녀가 디딘 땅은 죽었다. 마녀가 살아가는 집은 저주받았고 그 지붕 위로는 새조차 날지 않으며 구름조차 쉬지 않을 것이다. 왕은 입안으로 기도문을 외웠다. 성스러운 아흔아홉 이름과 높은 곳에 침묵하시는 신께 빌어 이 더러운 마녀의 곁에서 한시라도 빨리 당신의 대리자를 구하시옵기를 원했다. 그는 왕이었다. 태어나던 날 꽃비가 내리고 성모께서 올리브 가지를 내리시며 세 가지 빛깔 구름이 피어나 아름다운 왕성 위로 어린 구세주의 형상을 그렸다는, 진정한 왕이었다. 왕의 아들이었으며 왕비의 아들이었으며 또한 세 개 나라를 발아래 두어 지배하는 위대한 지휘관이었다. 햇빛 아래 찬란하게 반짝이는 백금의 성에서 살았고 높은 첨탑에서 자신의, 구릉과 강과 숲의 나라를 자애롭게 돌아보기를 즐겼다. 신을 믿는 대륙에서 왕을 두려워하지 않는 자는 아무도 없었다.

　그리고 왕은 왕답게, 공주와 혼인하였다.

　"공주에 관해, 그대의 더러운 입으로 감히 말할 수 없는 그 고귀한 분에 관해 말하라. 짐은 알고 있다. 그 남루한 사내, 천박한 이발사에게 짐의 공주에 관해 떠들어댄 사람이 다른 누구도 아닌 그대임을. 그 사내가 악마에게 심장을 팔기를 맹세하고 그림자를 벗어 던지도록 유혹한 이도, 그리하여 공주를 훔쳐낼 수 있게 도운 이도 그대임을 짐은 알고 있다. 그러니 그대는 말하라. 공주에 관해 그대는 무어라고 전했는가? 시궁쥐와 몽마들을 부리고 밤고양이와 부엉이로 변해 감히 짐의 첨탑에서 공주를 훔쳐본 그대, 그 사내에게 무어라고 전하였는가?"

왕은 공주와 혼인하는 법이었다. 공주는 왕과 혼인하여 왕비가 되고, 다시 축복받은 왕자를 낳아 왕으로 길러내는 법이었다. 왕이 왕자였던 시절 먼 나라에 공주가 태어났고 두 나라는 혼약을 맺기로 하였다. 왕자가 왕이 된 후 빛나는 갑옷을 입고 신의 이름으로 다른 나라를 향해 말 달리는 동안 공주는 눈이 부시게 아름다워졌다 했다. 왕은 세 나라를 발아래 둔 후 비로소 공주가, 신의 뜻을 빌어 제 두 눈을 스스로 멀게 하였음을 알았다. 신하들은 호소했다.

'두 눈이 먼 공주와 혼인하실 이유가 없사옵니다.'

백성들은 줄을 이어 수군거렸다.

'두 눈이 먼 공주와 혼인하실 이유가 없으시지 않은가.'

그러나 왕은 신의를 어기지 않기 위해 자애로운 마음으로 공주를 맞아들였다. 왕은 반드시 공주와 혼인해야 하기 때문이다.

꽃가마를 타고 금과 은으로 만든 신을 신고 또한 물과 불과 바람의 축복을 받은 드레스를 입고 공주가 붉은 강을 건너던 날 어떤 신하가 왕에게 반기를 들었다. 공주가 빛나는 백금의 성에 도착했을 때 왕은 왕좌를 비우고 사악한 그 신하를 처단하러 말을 몰고 떠났다.

"아아, 왕이여. 물론 보았답니다. 왕께서 아시는 바와 같이 저는 시궁쥐와 몽마를 부리는 여자니까요. 밤고양이로 변해 왕의 백성들을 도적질하러 다닐 적에 공주를 태운 꽃가마가 백금의 성에 닿는 것을 보았답니다. 왕께서 말을 몰아 서쪽 언덕을 지나버리신 후에 공주께서는 혼자 성에 닿으셨더랬지요, 이미 부엉이만이 노래를 부르는 시간이었는데. 그래요, 왕이여. 저는 보았습니다. 공주는 혼자 가마에서 내려 보이지 않는 눈으로 백금의 성에 들었지요. 공주는 혼자 계단을 오르고 옷자락을 수습하고 홍옥으로 된 공주의 관을 부모의 나라로 돌려보냈어요. 그리고 혼자 탑에 올라 혼자 창가를 지켰더랬습니다. 하염없이 바깥을 내다보며 공주는 노래 부르셨습니다. 베 짜는 여자의 어리고 작은 딸처럼 맨발로 맨손으로 창문을 짚고 모국어로 노래 부르셨습니다."

"모국어? 그렇다, 공주는 게으른 학생이었다. 눈이 보이지 않아 일곱 명의 선생을 붙여주었는데 매일 고향에서 가지고 온 악기를 뜯으며 노래하기만을 원했다 했지. 긴 전쟁에서 돌아와 그 순결한 이에게 피 냄새 옮을까 염려하여 걸음 하지 않았더니 한 번도 첨탑에서 나오지 않으셨다. 얌전히 앉아 돌처럼 환영처럼 뱃사람 유혹하는 세이렌처럼 노래만 부른다 했다. 짐에게 와 떠드는 이는 선생들뿐이었다. 일곱 사람이 일곱 마디 지껄여 심기를 불편하게 하기에 역정을 내면 모두들 입을 다물곤 했지. 그들이 말했다, 공주는 게으른 학생이더라고. 아무것도 보지 못하니 아무것도 배울 수 없다고."

"공주는 먼 나라의 딸입니다. 설고 선 땅에 와 막막한 어둠 가운데 오직 왕 뵙기를 바랐습니다. 하나 밤부엉이 말고는 아무도 상대해주지 않으니 잘못 옮겨 심은 꽃나무처럼 하루하루 말라갔답니다. 밤부엉이는 공주가 가련하여 매일매일 창가로 날아들어 부리로 창을 쪼아드렸지요."

왕은 어쩐지 화가 치밀어 손에 쥔 사슬을 잡아당겼다. 마녀는 검은 천으로 감싼 몸을 버둥대며 모래 바닥에 쓰러졌다. 마법 지팡이가 손에서 떨어져 나가 저만치 앞을 나뒹굴었다. 마녀는 엉금엉금 바닥을 기었다, 두꺼비와 같이. 왕은 유쾌해 껄껄껄 웃었다. 마녀는 혼자 지팡이를 찾아 혼자 땅을 짚고 혼자 몸을 일으켰다. 왕을 향해 돌아서지 않았다.

마녀는 모래바람을 뚫고 걸어 검은 강 앞에 당도했다. 왕의 땅이 끝나는 자리에 서서 마녀는 물었을 뿐이다, 검은 강을 건너겠느냐고.

"건넌다. 그 천한 사내가 건너간 길이라면 짐도 해낼 수 있으리라."

그리고 다시, 왕은 마녀에게 물었다.

"그대는 묻는 말에만 답하라. 이발사에게 무어라고 했느냐? 공주에 관해 무어라고 전해 유혹하였느냐?"

마녀는 앞장서 걸었다. 마녀의 목에 채운 쇠사슬이 덜그럭거리고 왕은 그녀에게 물 한 모금 주지 않았다. 마녀는 지팡이로 모래밭을 짚었다. 마녀의 두 다리 아래에서 모래 소리가 들렸다. 왕은 마녀가 발소리를 내는 것에 크게 만족했다.

'왕은 신의 이름으로 마녀를 길들이고 있노라!'

왕은 스스로 생각해낸 그 문장이 퍽 아름답다고 생각했다. 마녀는 검은 강의 첫 물결에 발을 담그고 손을 내밀어 물을 떠 마셨다. 왕은 검은 물을 마시고 싶지 않았으므로 백금의 성에서 가지고 온 물을 마셨다. 그리고 마녀로 하여금 마법을 부리게 하였다. 마녀는 커다란 부엉이로 변하여 왕을 태우고 검은 강을 건넜다. 강을 반쯤 건넌 후에 마녀는 밤부엉이 시절 보았던 공주에 관해, 이발사에게 전해준 그대로 떠들기 시작했다. 공주에 관해 이야기할 때 마녀의 목소리는 기괴한 쇳소리면서도 노래처럼 즐겁고 유쾌했으며 지는 꽃을 향하듯 동정으로 가득 차 있었다. 왕은 비로소 공주의 입술이 얼마나 달콤하고 신비한지, 그 눈물이 얼마나 가엾으며 마음 아픈지, 그리고 혼인식 날 두른 베일 아래 감춰진 두 눈이 얼마나 아름다운 빛으로 반짝이는지 알게 되었다. 마녀는 공주의 말투를 흉내 내어 공주의 모국어로 노래하고 원망하고 한탄하다가 이내 밤부엉이 소리로 울부짖었다.

마녀가 이발사에 관해 이야기하기 전에 두 사람은 검은 강을 다 건넜다. 강을 건너자 붉은 땅이 드러났다. 왕의 몫 아닌 땅에 두 발을 디디자마자 마녀는 두 팔을 뻗어 하늘을 향해 경배를 올렸다. 왕은 마녀가 하늘을 우러르는 것이 마음에 들지 않았다. 마녀는 앞장서 걸으며 말했다.

"공주는 외로워했습니다. 고향 땅으로 날아가고 싶어 이 가련한 밤부엉이에게도 자문을 구하셨지요. 아무것도 보이지 않기에 더럽혀질 수조차 없는 그 유리 눈에 눈물이 그렁그렁 고여 있었으니 얼음 심장을 가진 이 밤부엉이마저 함께 우는 수밖에 없었답니다. 왕이여, 아마 그대의 꿈자리를 어지럽힌 밤부엉이가 있었을 것입니다. 무쇠처럼 눈꺼풀을 닫고 잠과 투쟁하려는 때 당신의 귓가를 더럽히는 부엉이 소리 있었을 것입니다. 그리하여 왕께서는 몸을 일으키시고 횃불을 든 시종을 불러 이렇게 말씀하셨겠지요. '들어보라! 내 고귀한 백금 성 바깥을 맴돌며 때로는 성스러운 나무에 깃들어 저 요망한 새가 울어대는도다! 왕의 잠을 방해하며 안식을 해치니 저 새를 당장 잡아 부리를 뽑아버려라!' 아아, 왕이시여, 모르시겠거니와 왕께서 내리신 그 명령으로 하여 일백 마리의 부엉이들이 숨을 잃었답니다."

"내가 듣고자 한 것은 그것이 아니다! 묻지 아니한 것을 떠들어대지 말라, 그것은 악마의 복음이니!"

왕은 자주색 망토를 떨치고 모래바람을 헤치며 앞으로 앞으로 걸었다. 이방인의 땅에 두 다리를 디디게 될 줄은 몰랐다. 이곳은 왕의 땅이 아니며 왕이 정복한 땅도 정복할 땅도 아니었다. 이곳은 왕이 버린 땅, 검은 물을 먹고 자란 바위와 모래만이 바람에 쓸려 태어나고 자라는 땅이었으며 이교의 신이 제 젖을 짜 기르는 땅이었다. 마녀는 다시 말했다.

"공주께서 다만 노래를 벗고 홀로 시들어가기에 저는 할멈으로 꾸미고 시내로 나가 여러 사람에게 공주 이야기를 했습니다. 단 물이 많이 나는 과일을 파는 사내를 만나 이야기하고 천에 푸른색 염색을 하는 사내를 만나 이야기했습지요. 어린애를 업은 여자에게도, 날씬한 허리에 구슬을 꿴 띠를 두른 여자에게도 이야기했습니다. 귀가 어두운 노인, 내일 밥 먹을 거리가 없어 근심하는 병자, 불치병이 있는 것을 감추고 몰래 시내로 숨어 깃든 어린애들에게도 이야기했습니다. 저는 말입니다, 왕이시여, 저는 부정한 자이기에 햇빛과 달빛 아래 가리는 것이 없나이다. 문둥병으로 썩어 떨어진 살점을 삶아 약을 고는가 하면 또한 장미꽃을 띄운 물에 씻어낸, 가장 성스러운 갓난아이를 훔쳐 저주받은 기름에 튀겨냅니다. 마녀란 그런 것입니다. 왕께서는 밝은 것을 사랑하며 어여쁜 것을 아끼시나 마녀는 어두운 것도 밝은 것만큼 사랑하며 천박하고 더러운 것도 어여쁜 것만큼 귀하게 여기나이다."

"그리하여? 시장의 천한 사내들마저 공주에 관해 지저귀게 되었다는 것인가? 마녀여. 백금 성의 창문에 그림자를 떨어뜨리는 성스러운 나무들뿐 아니라, 검은 강 주변을 에워싸고 바늘처럼 솟아 자라는 한 포기 잡초마저 공주에 관해 떠들어댔다는 것인가? 그대가, 악마에게 몸을 팔고 어둠에 혼을 건넨 그대가 그리하였는가!"

"왕이시여."

모래바람이 불어 그렇지 않아도 흐린 태양을 누르게 감추었다. 마녀의 검은 망토는 더 이상 낡고 더러운 것이 아니었다. 모래에 쓸리고 검은 물에 젖으며 그림자와 밤을 지나는 동안 마녀의 망토 위로 까마귀 날개 깃털 같은 윤기가 흐르기 시작했다. 후드 아래 그림자는 더욱 짙었으나 드러난 입술은 싱그럽게 반짝였다. 마녀는 엄숙한 입매로 선언하였다.

"왕이시여. 과연 그러합니다. 제가 그리하였습니다, 밤부엉이

이며 비쩍 마른 검정고양이이며 몽마와 춤추고 염소와 혼인하는 여자인 제가, 그렇게 하였나이다. 광장에 서서 외쳤답니다. 카니발의 왕, 등이 굽은 광대와 더불어 팔짱을 끼고 춤추며 종려나무를 손에 쥐고 월계관을 썼나이다. 온몸에 찬 술을 뿌리고 핏방울을 맛보며 칼춤을 추었더랬지요. 아, 아, 그날에 나는 이발사를 만났나이다. 오색 옷을 갖추고 왕의 어릿광대처럼 꾸린 사내가 광대 가면을 쓴 채 군중 사이를 흘러다니고 있기에 제가 날아들어 속삭였답니다."

—그대여, 그대는 아시는가요? 왕이 아니신 분, 그러나 옥좌 앞에서 수백 번도 더 재주를 넘은 분, 그대는 아시는가요? 저 높고 깊은 백금 탑에 홀로 앉아 눈물짓는 가련한 공주가 그대를 기다리고 계시다는 걸 말입니다. 그래요, 공주는 일곱 명의 선생보다 한 명의 어릿광대를 더 사랑했습니다. 하늘의 말을 듣고 천사의 나팔을 부는 일곱 선생보다도 단 한 명의 어릿광대가 금으로 된 공을 쥐고 재주 부리는 걸 더 존경했습니다. 그러나 가련한 어릿광대는 왕의 심기를 어지럽힌 죄로 사지가 찢겨서 죽었답니다. 까마귀와 마녀만이 그를 위해 울었지요. 그러니 공주는 다시 혼자 몸이 되었답니다. 밤부엉이만이 귓가에 속삭이는, 자그만 목소리로 고향 노래를 불러도 자기 자신 말고는 누구도 들어주지 않는, 그런 삶으로 돌아가고 말았답니다. 그러니까 당신의 이야기로 공주를 즐겁게 해주세요. 당신의 노래로 공주를 웃게 해주세요. 당신이라면 할 수 있어요, 축제의 어릿광대 님.

마녀의 속삭임에 사내는 가면을 벗고 하늘을 올려다보았다. 광대 가면을 벗고 땀에 전 눈가를 문지르자 울긋불긋 칠한 얼굴 분장이 지워져 손등을 더럽혔다. 하늘에는 꽃가루 색종이가 온통 휘날리고 집집마다 한껏 벽장식을 둘렀다. 창문마다 문을 열고 사람들이 바깥을 구경한다. 길을 가득 메운 인파는 모두 소리를 지르고 웃고 떠든다. 사내는 흥겨운 축제 무리에서 떨어져 나와 마녀의 목소리를 따라 걸었다. 걷고 또 걸어 검은 숲에 닿았을 때 축포 소리가 아득히 먼 하늘에서 울렸다. 사내는 검은 숲에서 마녀의 노래를 들었다.

그대는 아실 거예요, 축제의 어릿광대.
오랜 친구들과 어우러져
술을 마시고 고기를 먹으며 흥겹게 떠든 후
혼자 방으로 돌아온 밤에
그대는 공주를 만났으니까.
환한 낮에 가장 화려한 거리를 걸으며
한 아름 좋은 물건을 산 후
집으로 돌아와 방문을 등으로 닫았을 때
그대는 공주를 보았으니까.
방을 메우는 어둠
이따금 빛을 머금고 피어오르는 먼지
한 뼘도 움직이지 않는 가구들 틈새에서
그대는 공주와 나란히 앉았더랬어.
그러니까 그대는 공주를 위로할 수 있을 거예요.

손님과 함께 유쾌하게 떠들며 가위질을 해놓고

저녁이면 문을 닫지.

문을 닫은 후에 그대는 혼자,

스스로 잘라낸 머리카락들을 쓸어내는 거예요.

혼자 빗자루를 움직여 바닥을 쓸어내고

주인에게서 버림받은 머리카락들을 쓰레기통에 담아

버리는 거지요.

그럴 때마다 그대는 봤어,

노을 떨어지는 창가에 기대 고향 노래를 부르는 공주를.

자, 머뭇거리지 말고

두 다리를 움직여 보름달을 가로질러요.

나는 마녀, 그대 원하는 걸 줄 수 있지.

나는 마녀, 그대 탐내는 걸 지어낼 수 있지.

나는 마녀, 그대 두 다리에 날개를 달아줄 거야.

그대는 날아서 공주에게 갈 수 있어.

공주를 만나 두 사람이 나란히 서서

달빛을 어깨에 얹으며

서로 위로할 수 있을 거야.

그대도 원하고 있죠?

그대도 바라고 있는 거죠?

손님들이 낮 내내 떠들어댄 신비로운 이야기들,

가지각색의 소문들을

공주에게 들려주고 싶은 거죠?

사내는 공주를 만났다. 은하수로 짜낸 것 같은 베일을 드리우고 장미보다 붉은 입술을 벌려 모국어로 노래하는 공주를. 사내는 공주 앞에서 은 가위를 잘각이며 밤새워 이야기했다. 신비한 이야기, 흥미로운 이야기, 검은 강 건너 붉은 사막 지나 멀고 먼 동쪽 지평선에서 전해온 소문들을 떠들었다.

"잠깐. 어째서 그 비루한 이발사가 내 소중한 공주와 이야기할 수 있었다는 건가? 공주는 항상 울고 있다고 했다, 마녀여. 매일 신세를 한탄하며 고향 그리는 노래를 부를 뿐이라 내 왕국의 언어 따위 배울 수 없다 했다. 그런데 어째서 그 이발사는 내 공주에게 헛된 이야기를 들려줄 수 있었던 것인가?"

"그건 말이지요, 왕이시여."

마녀는 붉고 싱그러운 입술에 마법 지팡이 끝을 가져다 대고 붉은 모래언덕을 향해 휘둘러 보였다. 지팡이 끝에서 역풍이 불어 세찬 바람을 가르고 모래언덕을 향해 한 줄기 빛의 길을 내놓았다. 빛의 길은 마녀의 이처럼 희고 아름다운 색을 띠고 있었다. 마녀는 길 위로 한 발을 올려놓고 뒤를 돌아보며 왕을 향해 손을 뻗었다. 왕은 분노했다. 감히 마녀 따위가 왕을 똑바로 바라보고 있다. 감히 마녀 따위가 사술로 만든 악마의 길에 자신을 청하고 있다. 왕은 마녀의 손길을 거부하고 마녀가 만든 길을 벗어났다. 왕이 마녀의 길을 벗어나자 시야는 누르고 붉게 물들고 귀를 스치는 바람은 범처럼 울었다. 왕은 이를 악물고 흐린 시야를 향해 무작정 걸었다. 발이 푹푹 빠지는 붉은 모래의 땅, 이곳은 이방의 신이 지배하는 곳이기에 왕의 신은 응답하지 않는다. 왕은 왕이 모시는 신이 있던 땅을 돌아보았다. 이미 검은 강조차 보이지 않았기에 왕의 신이 머무는 땅은 한 점으로도 보이지 않은 지 오래였다. 그 땅에서 왕의 검劍은 신의 이름으로 칭송받았고 왕의 이름은 빛났다. 그러나 이 땅에서 왕의 검은 모래에 날이 닳고 왕의 이름을 부르는 자는 아무도 존재하지 않는 것이다. 왕은 걷고, 또 걸었다. 밤과 낮을 알 수 없는 채 오랜 시간이 흐르고 왕은 완전히 지쳐 붉은 모래언덕에 도착했다. 바람이 거짓말처럼 걷히고 하늘이 새파랗게 개었다. 헐떡이는 왕 곁에 의연히 서서 마녀는 노래하듯 말했다.

"그건 말이지요, 왕이시여. 이발사는 마법 가위를 가지고 있었기 때문이랍니다."

"그 가위는 어디서 비롯한 것인가? 사악한 마녀! 악마의 하수꾼아! 네년이 그 요망한 가위를 그 사내에게 건네었는가? 공주를 꾀여내라고! 눈이 보이지 않아 밝은 것과 어두운 것을 모르는 그 귀한 분을 움직이라고!"

"그럴 리가. 왕이여, 힘을 내세요. 아직 가야 할 길은 길고 아득한데 벌써 두 무릎과 두 팔을 이방인의 대지에 기대다니 어떻게 된 일인가요?"

마녀에게 조롱당한 왕은 분노하여 그녀를 향해 검을 휘둘렀다. 후드 자락이 잘려 나가고 지팡이가 요란한 소리를 냈다. 마녀는 비명을 질렀다. 그러나 왕의 땅에서와 같이 땅 바닥에 가련하게 팽개쳐지지는 않았다. 마녀는 지팡이를 휘둘러 왕의 배를 후려치고 나는 듯이 앞으로 달려갔다. 왕은 마녀의 뒤를 따라 달려 검을 뽑아 들었으나 마녀는 마법을 부려 왕의 눈을 멀게 만들었다.

"어리석은 왕! 불쌍한 남자! 당신은 아직도 당신이 신의 땅에 있다고 생각하는가? 여기는 그대의 땅이 아니고 그러므로 나도 그대 백성이 아니야! 아니, 본디부터 나는 그대의 것이 아니었다! 어리석은 왕! 불쌍한 남자! 그 눈에 덮인 눈꺼풀은 다시 떨어져 나가지 않을 것이니 그대 눈에 아침 햇살이 비치는 일은 영영 없을 것이다! 분하다면 나를 잡아보아라! 분하거든 공주를 되찾아보아라! 어리석고도 어리석은 자야!"

요란하게 웃으며 마녀는 춤을 추었다. 모래를 박차고 바람을 가르는 소리가 들렸다. 왕은 자신을 감싼 어둠을 이기지 못해 얼굴을 쥐어뜯다 이방인의 대지에 쓰러져 울부짖었다. 아, 아아, 신을 부르며 왕은 영원한 어둠을 맞아들였다. 마녀가 날아들어 왕의 어깨를 스쳤다. 소매를 흔들어 가슴을 두드리고 배를 어루만지며 마녀는 노래하고 춤추었다.

"그대의 신부는 어둠, 그대의 신은 이제 여기에 없어! 아, 불쌍하고 가련한 남자. 아, 덧없는 관을 썼다 덧없는 일상으로 돌아가는 것이 카니발의 왕이라지. 그대도 이제는 카니발의 왕. 그대도 이제는 눈이 없는 불구. 아, 어리석은 남자, 마법사의 땅에서 왕 같은 건 아무런 의미도 없다네. 여기에는 남자, 그리고 여자, 여기에는 여자, 그리고 남자, 소매를 흔들며 춤추는 밤고양이밖에 아무것도 없어! 이야기를 들려주는 밤부엉이밖에 아무것도 없었어! 지쳐 죽는 날까지 걸어가자꾸나, 어릿광대야. 여름 개처럼 혀를 빼물고 온몸에서 피땀을 흘리며 모래 먼지로 사라지는 날까지 걷고 또 걷자꾸나. 네 몸에 들러붙은 그 어둠이 지쳐 떨어져 나갈 날이 혹 올지도 모르니까 말이야!"

마녀는 왕의 목에 사슬을 매고 힘껏 끌어당겼다. 왕은 마녀가 이랴, 이랴, 하고 외치며 덩실덩실 걷는 걸음에 맞춰 한발 두발 힘 겹게 걸었다. 모래를 씹고 먼지를 마셨다. 눈앞은 어둠뿐이었건 만 태양은 정수리에 들러붙어 있는지 열기는 걸음을 뗄 적마다 한층 거세졌다. 마녀는 소리 높여 외쳤다.

"일백삼십 일을 더 걸으면 동쪽 나라가 나타나지! 이방의 왕이 사는 상아 궁전이 나타나지! 그날까지 힘내렴, 내 당나귀야!"

마녀는 한 마리 비루한 당나귀와 함께 동쪽 왕의 도시에 닿았 다. 알뿌리 모양 지붕이 미미한 크림색을 띤 채 하늘로 비틀려 솟 은 도시, 백 개의 탑이 눈이 실 만큼 흰 빛을 자랑하며 비죽비죽 자란 도시는 마녀를 향해 성문을 활짝 열었다. 마녀의 검은 베일 은 이제 가을 밤[栗]의 보늬같이 부드러운 결을 지니고 있었으며 깡총하게 드러난 두 발목에는 자개로 된 장신구가 맑은 소리를 냈다.

"아름다운 예언자여, 어디에서 오셨습니까?"

말쑥하게 차려입은 사람들이 쉴 새 없이 마녀 주위를 에워쌌 다. 마녀는 우아한 걸음으로 사람들 사이를 헤치고 걸으며 손에 든 지팡이를 휘둘러 꽃과 보석을 만들어냈다.

"해가 지는 땅에서 왔답니다. 검은 강을 건너, 죽은 자가 다시 살아오듯 태양의 뿌리를 따라왔지요. 붉은 사막을 건너! 오, 검은 왕께 신의 입맞춤이 영구토록 머물기를!"

"예언자여, 아름다운 예언자여. 그 당나귀는 꼭 사람처럼 생겼군요."

어떤 눈 밝은 사내가 물었을 때 당나귀는 꼭 그 말을 알아들은 것처럼 온몸을 흔들며 울부짖었다. 당나귀는 한때 서쪽 나라의 왕이었으며 세 나라를 발밑에 무릎 꿇린 패자였다. 왕은 당나귀가 아니라 금안장을 얹은 준마를 타고 은으로 만든 갑옷을 둘렀으며 신의 이름을 빌린 검으로 만물을 호령했었다. 그런 그에게 마녀가 말했다, '너는 내 당나귀다!'라고.

"오, 그 얼마나 두려운 말씀이신지! 자애로우신 양반, 만약 당신의 두 눈도 신께서 내린 것이며 당신의 두 귀도 신의 찬가를 들을 수 있는 것이라면 똑똑히 보고 똑똑히 듣도록 해요. 이 가련한 짐승의 어디가 사람 같다는 거죠? 이 짐승은 나와 함께 검은 강을 건넜고 붉은 사막을 가로질렀습니다. 두 귀는 늘어졌고 길고 볼품없는 얼굴은 끔찍하게 늙어버렸지요. 못난 꼬리로는 파리 한 마리 제대로 쫓지 못하며 네 다리는 뼈만 남아 내 몸을 싣기는커녕 제 몸을 지탱하지조차 못하지요. 아직도 내 짐승이 사람으로 보이는가요? 만약 그렇다면 지금 이 순간 모든 이들 앞에 선언하시오, 서쪽에서 온 예언자는 거짓말을 하고 있다고!"

왕은 온몸으로 애원했다. 자신을 골똘히 내려다보고 있는 사내를 향해, 소리치고 또 소리쳤다.

"들리지 않는가! 나는 사람이다! 보이지 않는가! 나는 사람이다! 내 울음을 듣고 내 얼굴을 보아다오! 나는 분명 사람이다! 어째서 아무도 진실을 보지 못하는 것인가!"

　그러나 주위에 몰려 선 이들은 한꺼번에 떠들었다.

　"과연, 아무리 봐도 당나귀가 아닌가?"

　"대신께서 지나치셨다. 저것은 분명 당나귀다!"

　"신께 맹세코 저것은 신이 창조하신 당나귀다. 사람이 아니다."

　왕은 절망하였다. 마녀는 생긋 웃으며 손에 쥔 끈을 끌어당겼다. 왕은 거리 한복판에 고꾸라져 절망으로 울부짖고 고통으로 분노했다. 마녀는 사람들을 헤치고 노래를 부르며 걸었다. 발목을 장식한 채 쟁그랑대는 것은 어린아이의 손가락뼈이련만 이 땅의 인간들은 모두 그것이 보석이라고 말했다. 왕은 그때마다 소리쳤다.

　"아니! 그것은 어린애의 뼈다! 똑똑히 봐라! 어린애의 피가 맺혀 있지 않은가!"

　그러면 마녀는 웃으며 손에 쥔 고삐를 잡아챘다.

　동쪽 왕께 영광 있으라!

　동쪽 왕국에 축복 머물라!

　신께서 사랑하시는 딸이

　검은 강 건너 붉은 사막 넘어 닿았노니, 닿았노니,

　부르심 있으신 즉 어디라도 달려가리라!

　비루먹은 당나귀 한 마리 털을 다듬고

　다리를 어루만져 낫게 하시는도다.

　광명 잃은 계집애를 품에 안으시고

　위로하시는도다.

신께서 그리하시는도다.

왕께서 그리하시는도다.

검은 땅을 선택하시고 밤을 주시며

흰 땅을 선택하시고 낮을 주시니

만민이 땀 흘리고 먹고 마시는구나.

동쪽 왕께 영광 있으라, 동쪽 왕국에 축복 머물라!

신께서 사랑하시는 딸이 비로소 닿았노니, 닿았노니,

보지 못하는 자 보게 하시리!

듣지 못하는 자 듣게 하시리!

걸어라, 내 가엾은 당나귀야!

섧게 우는 어린 것아, 걸어라! 걸어라!

마땅히 왕께서 맞으시리!

　　마녀는 온 도시를 돌며 노래하고 또 노래하였다. 다시 일백 일
이 흘렀을 때 왕은 소리치는 것을 포기하기 시작했다. 마녀가 끈
을 잡아당기면 걷고 끈을 느슨히 하면 앉아 쉬었다. 어린아이들
이 돌을 던지면 맞았으며 물동이를 인 여자가 동정하여 물을 주
면 그것을 마셨다. 사내가 먹을 것을 주면 먹었으며, 그러나 마녀
가 먹을 것을 멀리 차내면 체념하고 고개를 늘어뜨렸다. 왕은 말
라갔다. 왕이 말라 뼈가 드러나기 시작할 때쯤 좋은 옷을 입은 사
람이 와서 마녀를 데리고 갔다. 마녀는 동쪽 왕에게 나아가 왕을
가리켜 보이며 같은 노래를 반복했다. 동쪽 왕이 물었다.

　　"그대는 그 당나귀 말고 무엇을 내게 주려는가?"

"왕께서 모든 것을 가지고 계시니 무엇을 드리겠나이까? 예언자는 앞날을 노래할 뿐이오니."

"그러면 그대는 무엇을 원하는가?"

"제 당나귀를 위해 탑을 주십시오. 빛이 새어 들지 않는 탑을, 단단한 자물쇠를 주십시오."

그러자 동쪽 왕이 다시 물었다.

"내가 그것을 주면 그대는 무엇을 하려는가?"

"서쪽의 지도를 드리리다. 붉은 사막을 넘고 검은 강을 건너면 왕께서는 동쪽과 서쪽의 왕이 되실 수 있으십니다."

동쪽 왕은 크게 기뻐하며 마녀에게 탑을 주었다. 마녀는 깊숙하게 절하고 춤을 춘 후 자신의 몫이 된 탑으로 가, 왕으로 하여금 머물도록 했다. 탑은 희고 늘씬하고 아름다웠으나 빛이 들지 않았다. 짙은 색 휘장이 백만 겹 드리워진 탑은 본디 죽은 애첩의 것이라 했다. 동쪽 왕의 이름을 부르고 또 불렀으나 한 번도 얼굴을 보지 못하고 죽은 애첩의 시신은 아직 그 방에 남아 있다고도 했다. 왕은 두려워하였으나 마녀는 왕을 그 방에 두었다. 왕은 백만 겹의 휘장 안을 들여다보려 하였으나 마녀가 막았다. 마녀는 이야기하고 왕은 들으며 시간이 흘렀다.

"모든 이야기가 끝나면, 어리석은 왕이여, 당신도 다시 인간이 될 수 있을지도 모르지요. 당신 손으로 저 동쪽 왕의 목을 베고 이 붉고 검은 이방의 대지마저 당신의 깃발 아래 둘 수 있을지도 모를 일입니다. 하지만 지금 당신은 한 마리 불행한 당나귀, 이 땅에서 당신 신의 이름 따위는 통하지 않아요. 여기는 마법사들의 땅, 황소가 태양의 상징인 땅, 혹은 일천 명의 여인들이 맨발로 왕의 이름을 부르며 물속으로 뛰어드는 땅이기도 하니까요. 이 땅은 마녀가 얼굴을 가리지 않고 그림자가 빛을 피해 숨지 않으며 독이 향기를 풍기고 부패하고 부정한 것이 말끔한 얼굴 뒤에 숨을 필요가 없는 땅이니까요. 왕이여, 다시 말하거니와 당신이 어여삐 여긴 모든 아름다운 것들만큼이나 당신이 증오하고 멸시한 모든 거짓된 것들도 이 땅에서는 이름을 얻는답니다. 아, 가련한, 빛의 도련님. 지금은 오물투성이 당나귀일 뿐이시라니……"

마녀는 자주색 비단으로 만든 방석을 내밀어 왕의 몸을 기대게 했다. 그리고 자신은 푸른 비단으로 만든 방석에 비스듬히 누워 몇 가지 노래를 불렀다. 왕은 마녀의 노래가 끝날 때까지 아무 말도 하지 않았다. 눈을 감고 왕은 많은 것을 생각했다. 마녀를 향한 증오와, 혐오와, 그리고 두려움이 지나자 고통 사이에서 한 줄기 연민이 돋았다. 왕은 비로소 마녀의 이야기에 귀를 기울였다. 마녀의 목소리는 지저귀는 새 같고 마녀의 입술은 오월의 장미 같았다. 마녀가 이야기하는 공주와 이발사는, 허락한 적 없는데도 왕의 머릿속으로 물밀 듯 쏟아져 들어와 제멋대로 노래하고 춤추었다.

"이발사는 공주를 진심으로 동정했습니다. 어떻게 그럴 수 있는가 당신은 물을 것입니다만, 나는 답할 필요를 느끼지 못하나이다. 다만 이발사는 공주를 위해 밤부엉이에게 목숨을 걸었고 밤부엉이는 그 천진한 맹세를 위해 구름을 불렀습니다. 검은 구름들을 한없이 불러 푸르고 고결한 달을 가리고 왕의 백성이 잠든 거리마다 꽃씨를 뿌렸지요. 꽃들은 사람들 눈을 피해 흐드러지게 피어 이발사의 두 다리를 버텨주었으며 이윽고 꽃 넝쿨이 자라 탑신을 감고 올랐습니다. 이발사는 제 영혼을 바치고 얻은 은 가위를 들고 공주 앞에서 춤추고 노래했답니다. 은가위로 한 번 짤랑이는 소리를 내면 일곱 정령이 등꽃 아래에서 날아 나오고 앵초가 무더기로 쏟아져 내렸지요. 다시 은가위를 한 번 짤랑이면 아주 먼 나라에 사는 왕과 왕비가 나란히 우산을 쓰고 낙타를 몰며 다가왔고, 공주가 자신의 눈을 한탄하며 눈물 흘리면 은가위가 두 번 짤랑이며 모국의 폭포 소리가 들렸답니다. 공주는 모국어로 말하고 모국어로 노래하며 모국어로 된 이야기들을 들었습니다. 왕이시여, 과연 공주께서 이발사를 존경하고 이발사를 사랑하며 이발사를 한 번 어루만지기를 원하였다 하여 그것을 탓하시렵니까? 공주는 모국을 위해 맨몸으로 당신의 영토에 들어섰지요. 꽃가마 안까지 당신 백성들이 원망하는 목소리가 들리고 당신 가신들이 비웃는 소리가 새어 드는데 당신은 그 어린 분께 다가가 손 한 번 잡아준 일이 없었나이다. 당신은 그분의 이야기를 들은 적 없고 그분의 모국에 관해 알지 못했으며 그분의 두 눈을 똑바로 바라본 일조차 없습니다. 당신은 단 한 번 식을 올렸을 뿐, 언제나 전장에서 검을 쥐고 있었으니 당신이 혼인한 것은 그 불쌍한 분이 아니라 차라리 한 자루 검일 테지요, 은빛 광채를 뿌리는."

"과연 그러하다."

왕이 그렇게 말했으므로 마녀는 잠깐 이야기를 멈추었다. 왕은 공주를 만났다, 바로 그 순간. 마녀가 지팡이를 들어 올리고 마녀만의 언어로 명령하였을 때, 왕은 한 무리 수선화를 닮은 빛 사이로 어렴풋이 한 소녀가 걸어오는 것을 보았다. 소녀는 왕과 혼인하던 그날처럼 흰 눈 빛깔 베일을 드리우고 보리 이삭 빛깔 레이스가 달린 드레스를 입고 있었다. 레이스 자락 아래로 위태 하게 뾰족한 신발을 신은 두 발이 번갈아 보이고 한 발 한 발, 공 주는 걸었다. 눈이 보이지 않는 데다 신마저 불편하기에 낯선 땅 에서 불안과 공포에 사로잡힌 걸음을 걸어 알지 못하고 사랑하 지 않으며 사랑받을 수 없을 지아비를 향해 다가왔다. 왕은 자신 이 오로지 연민하여 울고 있음을 알았다. 눈물이 넘쳐 앞이 보이 지 않았다. 왕의 시야에 남은 것은 희고 맑은 빛뿐. 그는 귓가에 울리는 요란한 은가위 소리를 들었다.

"공주는 언제나 이 빛의 세계만을 보며 살아온 것인가."

"그렇답니다, 왕이시여."

왕은 마녀의 저주가 자신의 몸에서 걷히는 것을 알았다. 두 다 리로 서서 두 손으로 얼굴을 가리고 그는 부끄러움과 더불어 지 극한 슬픔을 느꼈다. 왕은 태어날 때부터 왕이었으므로 한 번도 노래한 적이 없었다. 왕은 공주와 혼인할 때도 오로지 왕이었으 므로 공주의 얼굴을 본 적이 없었다. 혼인한 이후 탑에 갇힌 공주 를 한 번도 찾지 않았고 한 번도 가련하게 여기지 않았다. 아무도 사랑하지 않았고 아무도 원하지 않았으며 또한 아무에게도 눈물 을 요구하지 않았다. 왕은 마녀에게 물었다.

"마녀여, 나를 불쌍히 여겨 울어주려는가? 공주를 동정해 그 찬 손에 이발사의 손을 이끌어주었듯 내 두 손에도 누군가의 손을 끌어주려는가? 내 손은 검과 홀만을 쥐기 위해 만들어졌으며 피와 권력만으로 씻어왔다. 이 두 손에도 누군가의 손을 잡을 자격이 아직 남았다고, 그대라면 말해주려는가?"

"공주께서는 이 밤부엉이에게 모든 것을 걸고 기원하셨나이다. 목숨을 걸고 육신과 마음을 하나로 묶어 어린 양을 제단에 바치듯 마녀의 달 아래 무릎 꿇었나이다."

마녀여, 밤부엉이여, 홀로 내 벗이었던 이여!

조국이 없기에 언어가 없고, 언어가 없기에 부정하며, 부정하기에 자유로운 그대

그대 제단 아래 기원하나니 내 모든 것을 거두시되 다만 한 가지⋯⋯

다만 한 가지

내 정의롭고 위대한 지아비께 신의 축복 있기를!

내 올곧고 강인한 지아비께 그가 모시는 신의 은총 머물기를!

아, 마녀여, 내 기원은 오로지 이것뿐

지아비께서 그가 모시는 신의 가장 위대한 교리를 알게 해주시옵소서.

그것을 위해 내 죽으리라

그것을 위해 내 숨을 바치리라

마녀여, 몽마와 질투의 벗이며 복수의 연인이여!

"공주께서는 나를 위해 기원하셨는가? 내가⋯⋯ 내가 사랑을 배우기를."

왕은 그가 모시는 신이 사랑의 신임을 알고 있었기에 무릎을

꿇고 공주를 위해 기도했다. 신이 말한 것은 사랑. 왕은 그의 모든 세월을 후회하듯 오래도록 통곡했다. 그리고 다시 몸을 일으켜 마녀를 향해 손을 내밀었다.

"마녀여, 그대가 내게 사랑을 말해주겠는가?"

"왕께서 저를 사랑하시는가요?"

"나는 그대를 사랑한다."

"함께 가시렵니까?"

"그대와 함께 가고자 한다."

그러자 마녀는 울음을 터뜨릴 듯 입술을 일그러뜨렸다. 이내 몸을 일으키더니 한참이나 붙박여 서 있다가 손에 쥔 지팡이를 흔들어 소리를 냈다. 마녀가 마녀의 언어로 주문을 외우자 왕은 마녀가 검은 베일을 벗고 흰 베일을 쓰는 것을 보았다. 황금색 머리카락이 미풍이 쓸고 지나는 호수처럼 여울져 흘러내리고 짙은 속눈썹 아래 두 눈동자는 유리새 날개 빛깔이었다. 왕은 그녀의 두 눈동자가 낯익다고 생각했다. 그녀는 베일을 걷고 걸어 나와 왕의 손을 쥐었다. 희고 가느다란 손가락도, 드러난 목덜미와 내민 발목도 탑신만큼이나 희었다. 왕이 두고 온 백금의 성보다도 희고 가장 맑은 날 보았던 구름보다도 희었다. 한 번도 빛을 본 적이 없는 것처럼 흰 손가락을 떨며 그녀는 가느다란 목소리로 말했다.

"그 말을 기다렸어요. 천 번의 낮과 천 번의 밤이 지나는 동안 계속."

정확한 왕토王土의 언어로 말하는 그 목소리가 나이팅게일처럼 고왔다. 왕은 그제야 그녀가 누구인지 알아차렸다. 쿵쾅대는 발소리가 문 바깥에서 울리고 왕은 자신의 두 손에 들린 은가위를 발견했다. 방 안에 피 냄새가 진동하고 왕은, 아니 이발사는 고개를 돌려 어느새 말끔하게 걷힌 백만 겹의 휘장 속을 들여다보았다. 황금색 머리카락이 비단처럼 늘어지고 붉은 입술은 파리하게 질린, 유리새 날개 빛깔 눈동자를 가진 공주의 시신이 거기에 있었다. 아무것도 비칠 리 없는 공주의 두 눈은 왕을 똑바로 바라보았고 그 입술은 웃음을 띠고 있었다. 그 곁에 선 마녀의 검은 후드 아래 똑같이 검은 머리카락이 흘러내리고 마녀의 두 눈이 기괴하게 반짝였다. 마녀는 지팡이를 내밀어 쇳소리로 말했다.

"어리석은 남자, 그러기에 말하지 않았어요? 공주는 이미 당신 백성이 아니라고, 틀림없이 사뢰어 올리지 않았어요? 그런데도 찾아 나선 것은 당신, 그런데도 손에 넣으려 한 것은 당신, 그러니 밤부엉이에게는 죄가 없답니다."

공주의 시신은 파도에 쓸려 사라지는 모래성처럼 허물어지더니 몇 가닥 머리카락만을 남겨놓았다. 이발사, 혹은 한때 왕으로 불렸던 사내는 제 손에 든 은가위가 실은 공주의 뼈로 되어 있다는 것을 알았다. 문이 부서질 듯 열리고 왕의 병사들이 들이닥쳐 왕의 두 손과 두 발을 묶어 광장으로 데려갔다.

그 말을 기다렸어요.
천 번의 낮과 천 번의 밤이 지나는 동안
계속.

마녀의 노래가 들렸다.

아, 인간이란 알 수 없구나.

공주를 위해 이발사의 영혼과 육신이

내 달빛 제단에 올랐고

또한 왕을 위해 공주는

천 번의 낮 천 번의 밤 동안 모래 위를 걸었으니.

나는 몽마의 벗, 질투와 염원의 딸, 밤과 정념의 연인이니

맑은 것도 흐린 것도 내게는 다르지 않답니다.

나는 당신 백성 아니니

내가 따르는 것은 오로지 계약뿐!

내가 따르는 것은 오로지 법칙뿐!

끌려가며, 그는 자신이 왕이라고 주장하였으나 아무도 믿지 않았다. 왕은 마녀를 앞세워 동쪽 먼 곳으로 떠났으므로 공주의 탑에서 발견된 이발사는 왕일 수 없다고 백성들은 말했다. 병사들은 이발사의 머리카락을 깎고 대신들은 이발사의 은가위를 빼앗아 제단에 바쳤다. 이발사는 왕을 능멸한 죄로 사지가 찢겨 죽었다. 옥좌가 오래 비자 정복당했던 세 나라에서 난이 일어났다. 마녀는 울며 늪으로 돌아가 꼭 천 일을 더 살고 동쪽으로 떠났다.

이리하여 공주는 복수를 완성했다.

■ 천 번 의 밤 천 번 의 낮 은 ……

2004년 12월 11일. 당시 사용하던 블로그에서 받은 리퀘스트 중 "님의 이야기는 동양풍이라는 느낌이 강해서 서양 설정의 이야기는 어떨까도 싶어요. 그래서 '세빌리아의 이발사 청년과 눈이 보이지 않는 공주님' 같은 이야기는 어떨까요?"에 답하여 쓴 글입니다.

물고 물리는 구조와 마녀, 공주, 오만한 왕과 이발사. 은 가위.

키워드만 놓고 첫머리와 끝을 정한 후, 쓰는 데는 정작 오래 걸리지 않았던 듯한 기억이 납니다. 제목은 하지메 치토세의 앨범에 실린 동명의 노래에서 따왔습니다.

온우주
단편선

太平聖代의 古典的 純情

- 김인정 작품집『홀연』

정보라

　제목은 괜히 멋 부리려고 저렇게 쓴 게 아니고 이 책의 작품들이 대체로 동양적인 정서가 강한 편이라 나도 어쩐지 뭔가 한자로 써야 할 것만 같았다. "태평성대"는 일부 작품에만 해당될 것이고 그보다 내가 이야기하고 싶은 부분은 "고전적 순정"이다.

　이 작품집에서 김인정 작가가 다루는 가장 중요한 주제는 사람이 사람을 좋아한다는 감정이다. 작품의 설정, 배경, 줄거리나 주인공은 각각 다르고, 느긋하고 해학적인 '만담' 시리즈를 거쳐 뒤로 갈수록 분위기가 무거워지는 방향으로 배치되어 있지만, 모든 작품에서 일관되게 나타나는 주제는 애정이다. 남녀간의 애정인 경우도 있지만 그보다는 인간과 인간 사이에 느끼는 깊은 호감에 가깝다. 그러므로 애정을 다루는 장르에 대해서 이야기해 보자.

1. 멜로드라마

서양 문학에서 멜로드라마의 기원은 낭만주의의 전신인 감상주의 소설이다. 로맨스 장르가 지금은 좀 찬밥 신세이지만 사실 그 연원은 상당히 오래됐다. 연원이 오래된 만큼 장르 특성도 확실한 편이라서, 전형적인 줄거리를 보면 이렇다. 신분이나 사회적 위상이 극단적으로 차이 나는 두 남녀가 우연히 만나서 첫눈에 운명적으로 사랑에 빠진다. 그러나 물론 사회는 그들의 사랑을 용납하지 않고, 주로 신분이 높은 쪽에서 집안의 반대로 사랑하지 않는 상대와 정략결혼을 해야 하는 위기가 찾아온다. 한편 신분이 낮은 쪽은 가난과 비천한 신분으로 인하여 여러 가지 어려움을 겪게 되고, 결국 이루어질 수 없는 사랑에 괴로워하다가 어느 한쪽이 자살 등의 비극적 죽음을 맞는 것으로 결말을 맺는다.

너무나 정형화된 줄거리라서 요약해놓고 보니까 더 맥이 빠지는 것 같기도 하지만 여기서 짚고 넘어갈 멜로드라마의 가장 큰 특징은 극단성과 우연성이다. 일단 주인공 남녀의 신분이 극단적으로 차이가 나야 하며 (예: 귀족 남성과 거지 소녀, 공주와 하인 등등) 줄거리는 합리적인 근거나 이유보다는 우연한 사건에 의해서 진행된다. 애초에 남녀 주인공이 마주치는 것도 우연이고, 사랑에 빠지는 것도 우연이고, 두 사람이 아무리 비밀리에 사랑하려 해도 남들이 다 그 사실을 알게 되는 계기 또한 우연이다. 그리고 신분이 높은 쪽에서 사랑하지 않는 사람과 정략결혼을 해야만 하는 상황에 처하거나 신분이 낮은 쪽에서 예를 들어 너무 가난해서 병든 부모님을 치료할 약값이 없어서 돌아가신다든가 비천한 신분으로 인해 가족이 억울한 누명을 쓴다든가 등등 사회적 계급이나 위상으로 인한 위기에 몰렸을 때 주인공들은 합리적인 탈출구를 모색하기보다는 (주로 신분이 낮은 쪽에서) 죽음이라는 극단적인 해결책을 선택한다.

한쪽이 죽는 결말은 귀천상혼貴賤相婚이라는 사회적 문제를 해결해준다. 즉 신분과 계급을 포함하여 기존의 사회적 질서는 절대로 무너질 수 없다는 것이 멜로드라마의 교훈이다. 그러면서 동시에 신분이나 사회적 위상이 낮은 쪽 주인공이 겪는 어려움과 결말의 비극적 죽음에 대해서 독자가 눈물을 한 바가지 쏟으며 동정하는 것으로 사회적 의무를 다했다는 산뜻한 감정적 해소를 유발한다. 앞에서도 말했듯이 멜로드라마가 생겨난 것은 18세기 말 19세기 초의 일이었고, 이때만 해도 글을 읽고 쓸 줄 안다는 것은 동서양을 막론하고 일부 상류층만이 누릴 수 있는 특권이었다. 멜로드라마는 그중에서도 살롱에서 귀족 여성들을 대상으로 발달한 장르이기 때문에 신분 낮은 주인공의 위기와 죽음에 대해 귀족들이 한없이 동정하고 눈물을 쏟으며 카타르시스를 느낀 후에 실제로 하층계급의 복지를 위해서는 현실적으로 아무 일도 하지 않으면서 "나는 하층계급의 어려움에 이렇게 깊이 공감하는 좋은 사람이야"라는 안락한 자기 만족을 얻게 해주는 문학 장르였다. 그러니까 본래 멜로드라마란 태생도 기능도 아주 보수적인 장르인 것이다.

멜로드라마에 대해서 이렇게 길게 이야기하는 이유는 여기 실린 김인정 작가의 작품 중에서 「동백冬柏」과 「화선花仙」 두 작품이 특징적으로 멜로드라마의 전개방식을 보여주기 때문이다. 두 작품 모두 남녀 주인공 중에서 한쪽은 인간이지만 다른 한쪽은 초자연적인 존재이기 때문에 일단 사회적 계급뿐 아니라 실존적 위상에서 극단적으로 차이가 난다. 이 두 주인공은 「화선」에서처럼 말 그대로 "길 가다가" 우연히 만나 사랑에 빠지거나, 아니면 「동백」에서처럼 우연한 사건을 통해 친밀감을 느끼게 된다. 그리고 멜로드라마의 전개에서 위기는 필수요소이므로 「동백」과 「화선」에서도 당연히 위기가 찾아온다. 두 작품 모두 여성 주인공은 신체적으로 물리적으로 대단히 연약하며 자기방어의 수단이 처음부터 없거나(「동백」), 있어도 감정적인 이유에서 사용하지 않기 때문에(「화선」) 두 작품에서 위기는 극단적으로 연약한 여성 주인공을 향한 폭력의 형태로 찾아온다. 김인정의 작품들과 멜로드라마의 정형화된 전개가 갈라지는 것이 바로 이 부분이다.

아, 결국 죽는구나 하며 눈을 딱 감았을 때 마음 한구석이 못 견디게 괴로웠다. 오래 살지 못할 걸 알고 있었는데. 그래서 죽음 따윈 무섭지 않을 줄 알았는데. 그런데 이렇게나 두렵다니.

이렇게나 살고 싶다니.

아픔 때문일까, 온몸이 불처럼 후끈 달았다.

— 「동백冬柏」 중에서

「동백」의 여주인공 혜령처럼 지병이 있어 신체적으로 늘 시달리는 경우가 아니더라도 인간은 본래 약하다. 종잇장에 살갗을 베어도 곧바로 피를 흘리고 아무리 발버둥쳐도 백 년을 살지 못한다. 인간 존재의 한계라는 것은 동서고금의 여러 문학 장르에서 다루었고 앞으로도 영원한 화두로 남을 주제이겠지만 이 주제를 다룰 때 환상문학만의 강점은 인간을 인간이 아닌 존재와 대비시킬 수 있다는 것이다. 김인정 작가는 멜로드라마의 전개 형식과 극단성이라는 특징을 빌려 이 한없이 연약한 인간 존재 안에서 "불처럼 후끈 달아"오르지만 곧 사그라들 생명력의 서글픈 아름다움을 재조명한다. 「동백」에서 인간인 혜령의 "살고 싶다"는 열망은 결국 이루어져 그녀는 산의 주인인 용과 함께 유한하지만 그래도 행복한 결말을 맞이한다.

「화선」의 전개나 결말은 이에 비해 훨씬 더 멜로드라마틱해 보인다. 해당화 낭랑은 사랑하는 남자의 반려가 되지만 남편의 폭력과 인간으로 살아간다는 것의 고통과 절망을 이기지 못해 결국 죽음을 선택한다. 이야기의 화자인 거북신선은 이에 대하여 "인간이 신물神物을 소유하는 것이 과연 좋은 일인가" 묻는다. 인간은 인간의 분수를 알아야 하며 결점투성이인 한낱 사람이 신물을 소유해봤자 좋을 게 없다는 교훈은 신선이 등장하는 환상적 설정으로 인해 사회적 계급과 위상을 강조하는 멜로드라마의 교훈이라기보다 민담이나 설화적 교훈에 더 가까워 보인다.

그러나 이러한 천편일률적 교훈성을 뒤집는 것은 바로 여주인공인 해당화 낭랑의 죽음이다. 비녀를 돌려받아 다시 꽃으로 태어나서 선계로 올라갈 기회를 버리고 여주인공은 인간으로 살다 인간의 아이를 가진 채 인간으로서 죽는 쪽을 택한다.

> (중략) 선인이시여, 저는 비로소 자신이 부끄러워졌습니다. 살아
> 있다는 것이 부끄럽고 기뻐 견딜 수 없었습니다. 그리고 이 아이가,
> 본 적 없는데도 더없이 사랑스러워서.
> ─낭랑. 비녀, 버리지 않고 지니고 있습니다. 차마 버릴 수 없었습
> 니다! 낭랑, 지금이라도 늦지 않았으니 다시⋯⋯!
> ─나리. 저는 더는 소원이 없나이다.
>
> ─「화선花仙」 중에서

「동백」에서 작가가 인간의 유한하고도 연약한 생명을 분명하
게 긍정하는 데 비해, 「화선」에서는 인간으로 존재한다는 것 자
체가 기쁨인지 괴로움인지 한 마디로 답을 주지 않는다. 해당화
낭랑이 인간으로서, 여자로서 겪는 괴로움과 슬픔은 극단적이지
만 그녀의 정인이자 남편이 짊어진 짐 또한 가볍지는 않다. 앞날
을 내다볼 수 없고 그러므로 자신이 원하는 것을 얻는 일이 진실
로 행복인지, 행복이 무엇이며 불행이 무엇인지 단언할 수 없다
는 인간적 한계에 대해서 거북 신선은 위로하지도 저주하지도 않
고 단지 질문할 뿐이다. 그 질문에 내재된 모순과 역설이 그 자체
로 대답이다. 이것은 내용과 형식 양쪽에서 철학도 과학도 아닌
소설, 이야기만이 제공할 수 있는 인간에 대한 통찰이다.

2. 순정

일본을 중심으로 하는 학원물이나 미국 중심의 로맨스 장르
등 현대화된 순정물은 대체로 그 전개방식이 멜로드라마의 대척
점에 있는 것으로 보인다.

일단 순정물의 주인공들은 우연히 만나는 것이 아니라 같은
학교 혹은 직장에서 분명한 인간관계로 맺어져 있다. (물론 그렇게
같은 학교나 직장에서 마주치게 된 경위까지 따지고 들면 우연이 아니
라고는 할 수 없겠지만 전형적 멜로드라마에서 말 그대로 "길 가다" 마
주쳐서 "첫눈에 사랑에 빠지는" 설정하고 진지하게 비교해보면 학교 선
후배나 직장 동료라는 설명은 너무 합리적이라 놀라울 지경이다.) 학교
나 직장에서 만난다는 것은 순정물의 주인공들이 멜로드라마의
주인공들과는 달리 공식적인 사회적 신분이나 위상에서 어느 정
도 동등하거나 최소한 공통점이 있다는 사실을 시사한다.

그래서인지 멜로드라마의 원형 전개에서는 결말이 비극으로
끝나는 것이 상례인 데 비해서 현대적 순정물은 두 주인공의 사
랑이 대부분 이루어지는 방향으로 진행된다. 이렇게 둘이 이루어
지는 과정을 독자가 '구경'하면서 공감하고 대리만족을 얻는 것
이 순정물의 기능이기도 하다.

또한 멜로드라마의 주인공들이 순식간에 사랑에 빠졌다가 엄
청난 위기가 닥치고 결국 한쪽이 죽어버리는 등 극단적인 사건
들을 겪으면서 줄거리가 널을 뛰는 것이 장르 특성인 점에 비해
서 순정물의 주인공들은 학교나 직장을 같이 다니면서 최소한 몇

달, 길게는 몇 년씩, 극중에서 비교적 긴 기간 동안 좋건 싫건 계속 마주치고 학업이나 업무 등 정해진 활동을 함께 해야 한다. 그러므로 작가는 주인공들이 사랑에 빠지고 위기가 닥치고 그 위기를 극복한다는 과정을 비교적 여유 있게 조절하고 무한히 변형할 수 있다. 예를 들어 첫눈에 사랑에 빠졌지만 서로 마음을 드러내지 않다가 위기가 닥쳐서 고백을 할 수도 있고, 반대로 오랫동안 무난하게 같이 지내면서 천천히 감정을 키울 수도 있으며, 혹은 오랫동안 여러 가지 위기를 겪으면서 좋기도 하고 싫기도 했다가 결말에서 사랑이 이루어질 수도 있고, 기타 등등등.

여기서 순정물의 위기는 그 기능이 멜로드라마의 위기와 정반대이다. 원형적 멜로드라마에서 위기는 두 주인공 중에서 한쪽을 죽음으로 몰고 간다. 그러나 앞서 말했듯이 순정물의 목표는 대체로 두 주인공이 이루어지는 것이기 때문에, 위기가 닥친다 해도 그 덕분에 주인공(들)의 어떤 특성이 매력적으로 돋보이거나 두 주인공이 위기를 통해 사랑을 고백하거나 관계를 굳건히 다지는 등, 위기라고 해도 결국은 주인공들에게 호의적인 방향으로 순화되어 진행되는 것이다.

이 작품집의 앞부분에 배치된 '만담' 시리즈와 「심각하게 찬란한」이 바로 이런 전형적인 순정물의 구도를 따른다. 물론 '만담' 시리즈의 주인공은 둘 다 남자이긴 하지만 우정을 넘어섰고 연정에는 살짝 못 미치는 깊은 인간적 애정과 호의로 연결되었다는 사실과 줄거리 전개나 설정상의 여러 특징적 요소들을 고려할 때 '만담' 시리즈도 변형된 순정물로 취급하는 쪽이 옳을 것이다.

네 작품 모두 주인공 중 한쪽은 왕족(혹은 왕!)이기 때문에 지배적인 위치에서 어느 정도 권한도 갖지만 그 때문에 혈통의 정당성을 의심받거나 의심받다 못해 역모가 일어나거나 신분을 숨겼다가 위협을 당하는 등의 위기에 처하기도 하고 ('만담' 시리즈) 왕족이기 때문에 경외와 동경의 대상이면서도 동시에 그 누구와도 진실로 친밀한 관계를 맺지 못하고 사회적으로 고립된 처지에 놓이기도 한다. (「심각하게 찬란한」)

그러나 순정물이기 때문에 '만담' 시리즈에서는 심지어 역모라는 중대 범죄행위조차 실제로는 그 정도가 매우 약하여 두 주인공의 개인적 배경, 현재 관계와 성격 특성을 설명해주는 장치로서 상당히 가볍게 다루어진다. 「심각하게 찬란한」에서도 주인공이 겪는 위기는 일종의 반전 구실도 하지만 또한 독자에게 서겸 선배가 주인공을 좋아한다는 사실을 알려주는 장치로서의 기능도 가진다. 어차피 정형적 순정물에서 주인공(들)의 생명이나 거대한 가치체계를 심각하게 위협하는 진짜 위기는 없기 때문에, 독자에 따라 호불호가 갈릴 수는 있겠지만 이런 장르를 좋아하는 독자라면 비교적 마음 편하게 귀여운 주인공들의 알콩달콩한 일상사를 즐길 수 있다.

내 대답 같은 건 들을 생각도 없는지 서겸 선배는 자기 할 말만 줄줄 늘어놓고 곧바로 몸을 날리더니, 하늘을 유유히 가로지르는 거대한 판 초콜릿 위로 훌쩍 올라탔습니다. 판 초콜릿 위에 위풍당당하게 선 채 서겸 선배는 우아한 뒷모습을 내게 향하고는 별사탕 강과 우유

푸딩 산을 넘어 멀리멀리 사라졌습니다.

—「심각하게 찬란한」 중에서

　이 작품에서 좋아하는 남자아이에게 도시락을 전해주느냐 마느냐의 문제에서 시작된 음식 묘사는 주인공의 감정이 만들어낸 세계인 디저트의 무릉도원에서 정점에 이른다. 게다가 남자 주인공 서겸 선배가 구름 대신 판 초콜릿을 "위풍당당하게" 타고 "우아한 뒷모습"을 보이며 별사탕 강과 우유푸딩 산을 넘어 사라진다는 묘사는 봉래산의 신선으로 대표되는 동양적 도사의 형상과 여학생스러운 단것에 대한 판타지를 모두 합쳐놓은 포복절도할 명장면이다.

3. 고전적 동양

　여기서 볼 수 있듯이 김인정 작가의 작품들은 대부분 아주 고전적인 의미에서 동양적이다. 「심각하게 찬란한」은 고등학교에서 부서활동이 의무적이라거나 좋아하는 남자아이에게 직접 만든 도시락을 전해주고 축구부에서 여학생이 매니저로 활동하는 등 일본 학원물의 요소들이 많이 나오지만 어쨌든 위에 언급한 마술적 장면들이나 "봉래"나 "영주" 등의 국가/도시 이름과 등장인물들의 이름 등에서 일본이나 한국이라고 딱 점찍을 수 없는 범汎동양적 분위기가 강하게 엿보인다.

사실 고전 동양풍의 분위기는 김인정 작가의 작품세계에서 가장 특징적인 요소이며 작가의 강점이기도 하다. 지명이나 이름뿐만 아니라 기본적으로 한문에 바탕을 둔 문체와 어휘, 고전적으로 독특한 어조 등은 이제는 한국어에서 잘 사용하지 않고 거의 사장된 것이나 다름없기 때문에 외국어를 배우듯이 오래 배워서 상당히 숙달하지 않으면 자연스럽게 구사하기 힘들다. (한문은 사실 외국어니까.) 그런데 앞서 논의한 「동백」과 「화선」부터 '만담' 시리즈를 포함하는 많은 작품에 나타난 시대적 배경과 동양적 신화에 바탕을 둔 초자연적인 등장인물(등장선물仙物?)들의 묘사까지, 김인정 작가는 이제 '판타지'라고 하면 열 명 중 아홉 명은 가장 먼저 '용과 마법사와 기사'가 등장하는 중세 서양의 환상문학을 떠올릴 오늘날의 한국에서 고전적 동양의 언어와 형상을 통합적으로, 총체적으로, 더없이 능숙하게 구사할 수 있는 드문 능력을 지녔다.

"여, 유운! 어떤가, 순박한 백성을 교화하는 숭고한 작업은? 보람찼는가?"

한 소리 하려는 유운의 말을 잽싸게 끊어내며 선이 물었다.

"보람차고말고요. 소귀에 경을 외는 재미는 해보지 않은 사람은 모르는 법이지요. 반야심경을 외면 음머, 하고 금강경을 외면 음메에, 한답니다. 어찌나 귀엽던지."

—「역천만담逆天漫談」 중에서

"소 귀에 경 읽기"라는 속담의 뜻이야 한국인이라면 거의 모두 알 것이며, 불교에 전혀 관심이 없더라도 금강경이나 반야심경이 무엇인지 대충 감은 잡을 수 있을 것이다. 그러나 현대 한국의 젊은 작가들 중에서 이렇게 특징적인 동양적, 한국적 요소들을 이토록 적절히 결합하여 이렇게 고전적인 반어적 해학을 자연스럽고도 실제로 재미있게 구사할 수 있는 작가는 많지 않을 것이다. 순정물이라는 현대적 장르의 전개방식과 이러한 고전적이고 동양적인 관점과 태도, 언어의 결합은 대단히 독창적인 작품들을 탄생시켰다. 나 또한 태평성대의 백성이 된 듯 마음 편하게, 귀여운 주인공들의 사랑스러운 이야기를 찬찬히 따라가면 된다. 주인공들의 태도나 전체적인 분위기는 느긋하고 관조적이며, 중심인물들이 드러내는 감정의 결은 순수하고 따뜻하고, 두 사람 사이를 흐르는 '좋아한다'는 감정은 깊고 탄탄하다. 고전적이되 고루하지 않으며, 즐겁고 마음 편하지만 결코 경박하지는 않다.

4. 고전적 판타지

김인정 작가의 작품들이 모두 고전적 동양을 배경으로 하는 것은 물론 아니다. 이 작품집에도 말미에 실린 두 작품 중 「백탑의 도시」는 『천일야화』에 등장할 것 같은 중동풍의 우화적 판타지이고 「천 번의 밤 천 번의 낮」은 마녀와 왕과 탑에 갇힌 공주가 등장하는 서양 중세 로망스의 분위기를 따라간다. 양쪽 다 사랑을 주제로 하고 있으나, 앞서 논의한 동양적, 그러니까 중동은 제외하고 동북아시아의 한자문화권을 중심으로 하는 고전 동양풍의 작품들과는 달리「백탑의 도시」와「천 번의 밤 천 번의 낮」은 비뚤어진 사랑, 사람을 상처 입히고 고통의 수렁에 빠뜨리는 어두운 사랑을 이야기한다.

이 중「백탑의 도시」는 공주를 위해 원하는 대로 백 개의 탑을 세우려 몸과 마음을 바치는 남자와 그를 지켜보고 도와주며 괴로워하는 다른 여자라는 구도와 순정이라는 주제 면에서「화선」을 연상시킨다.「화선」의 해당화 낭랑(여성)과 그녀의 정인(남성), 그리고 이 둘을 지켜보는 거북 신선(남성)의 성별을 바꾸면 등장인물간의 관계역학은 거의 들어맞을 것이다. 그러나「백탑의 도시」에는「화선」에 나타난 것 같은 정교하고도 섬세한 인간 존재에 대한 성찰은 없다. 사실「백탑의 도시」는 삼각관계를 다루는 치정극이다. 더 사랑하는 쪽이 언제나 더 슬프게 마련이며, 잊지 못하는 사람이 가장 슬프다는 사실을 아름답게 이야기해주는 독특한 우화이다.

그리고「천 번의 밤 천 번의 낮」은 이 작품집에서 유일한 복수극이라는 점에서 특이하다. 현실과 비현실, 이승과 저승, 시와 산문이 기묘하게 뒤섞여, 마녀의 주술에 홀려 현실인지 아닌지, 현실이 아니라면 좋은 꿈인지 악몽인지 구분할 수도 없는 환상 속에서 헤매다 나온 것 같은 작품이다. 앞서 말한 대로 왕과 탑 위의 공주와 마녀 등의 요소들뿐만 아니라 산문 안에 노래가 등장하는 형식이나 왕이 당나귀로, 이발사로 변하고 마녀가 공주로 변하는 (혹은 공주가 마녀로 변했다가 다시 본래 모습으로 돌아오는) 변신이라는 요소는 서양 중세의 민담과 로망스가 결합된 듯한 분위기를 자아낸다. 「백탑의 도시」가 보여주는 우화적 분위기와 「천 번의 밤 천 번의 낮」이 보여주는 서구 중세의 분위기는 김인정 작가가 꼭 동양에 한정되지 않더라도 고전성이라는 요소에 매우 강하며, 어떤 식으로 변형하든 자신이 생각한 고전적인 세계를 대단히 능숙하게 형상화하는 작가임을 보여준다.

5. 결론

그리하여 끝맺을 지점에 다다른 것 같다.

앞서 길게 논의했듯이 멜로드라마나 순정물이나 결국 '애정물'로 통칭할 수 있는 정형화된 장르이다. 남녀 주인공의 개인적 출신 배경이나 성격특성은 물론 줄거리 전개 방식이나 결말까지 장르에 따라 몇 가지 변형만 있을 뿐 대체로 정해져 있다. 꼭 애정물이 아니더라도 이렇게까지 견고하게 정형화된 장르의 요소들을 잘 활용하기란 쉽지 않다. 독자 입장에서 특정 장르를 기대하고 읽기 시작했을 때 변형이 너무 심하면 실망할 것이고, 반대로 아무 기대 없이 읽기 시작했을 때 특정 장르의 형식들이 너무 강하게 보이면 '뻔한 이야기'로 치부되고 말 것이기 때문이다.

그런 면에서 서구의 멜로드라마와 현대의 순정물이라는 장르 형식의 틀 안에 고전적, 특히 동양적인 세계를 형상화하는 김인정 작가는 진정 독특한 작품세계를 구축할 줄 아는 특이한 경우에 해당한다. 그렇게 독창적이면서도 전혀 독자를 가르치거나 교훈을 주려고 드는 법 없이 그저 옛날 이야기를 하듯이 차분하게, 때로는 넉살 좋게 풀어나간다. 그러므로 독자는 그냥 들려주는 대로 따라가면 된다. 어쨌든 김인정 작가는 '좋아한다'는 감정에 대한 이야기들을 탁월하게 잘 쓰는 작가이고, 사람이 사람을 좋아하는 이야기란 본래 인간의 삶에서 가장 따스하고 아름다운 부분들을 보여주기 때문이다.

정보라
문학 박사.
연세대학교 인문학부를 졸업하고 예일대학교 러시아 지역학과에서 석사 학위를,
인디애나 대학교 슬라브 어문학부에서 박사학위를 취득했다.
러시아와 폴란드 현대 문학과 유토피아 소설을 주로 연구한다.
대학에서 러시아어와 문학을 강의하며 번역에도 힘쓰고 있다.

엮은이의 말

　김인정 작가의 글을 처음 읽은 것은 꽤 오래전으로, 다른 곳에 있을 때였다. 황금드래곤문학상 본심에 오른 장편 『화조풍월』을 읽게 되었는데, 그때는 한국작가의 판타지 소설이 한창 출판되던 때였고 그러므로 황금드래곤문학상이라는 공모전도 열리게 된 것이니만큼 상당히 많은 작품을 읽었었지만, 사실 『화조풍월』이 내가 처음 읽은 동양풍 장편이었다. 그래서 본심 작품 중에서도 상당히 눈여겨보았던 기억이 난다.

　이후 환상문학웹진 거울에서 독자우수단편선정단으로서 김인정 작가의 글을 뽑게 되었는데, 그 작가가 이 작가라고 생각하진 못했었다. 그때 독자우수단편으로 선정된 글은 「Eyes On Me」였는데, 거울을 소재로 예쁜 이미지를 조각조각 나열한 글이었다. 뚜렷한 시작과 끝, 스토리라인이 있는 글이 아니었기 때문에 당시에 썼던 평가가 좋은 말보다는 나쁜 말이 많이 남아 있긴 하지만, 그때에도 안정적이고 탄탄한 문장을 보아 내공이 있는 작가이리라는 생각을 했었다.

　필진으로 합류한 후에야 이 작가가 다양한 장르와 배경과 테마로 글을 쓰고자 노력하는 작가라는 것을 알았다. 상당히 많은 작품이 있었지만, 한 권의 책으로 추려내기 위해서 눈물을 머금고 포기한 작품이 많다. 분량이 많아 한 작품을 위해 너무 여러 작품을 희생해야 하거나, 분량도 내용도 괜찮지만 이 작품이 들어가면 전체 작품집의 성격이 모호해질 수 있다거나 하는 이유였다. 온우주 단편선의 김인정 작품집을 엮기 이전에 김인정 작가는「천 번의 밤 천 번의 낮」을 표제작으로 하는 단편집을 전자책으로 출간한 바가 있는데, 이 표제작 외에 온우주 단편선과 겹치는 작품이 하나도 없을 정도이다. 그 전자책에는 소품이라고 할 수 있는 것들이 많고, 그중에는 처음에 수록작으로 올리고 싶어 따로 골라두었던 작품들도 있었는데, 앞서 말했던 두 이유 중 대체로 수록작의 통일성 문제로 포기할 수밖에 없었다. 사랑하는 사람이 시간의 틈새로 사라져버린 이야기라든가, 현대의 자연현상을 지탱하고 있는 마법사 집단에 관한 이야기라든가, 아예 본격적인 서양 판타지풍 궁전과 귀족 집을 배경으로 하는 사랑이야기 같은 것들이었는데, 사실 지금도 꽤 아깝다. 그 작품들도 모두 예쁘고 보석 같았고, 김인정 작가의 한 면을 드러내주는 작품들이었으므로. 하지만 사실 너무 배경이 중구난방이 될까봐 빼면서도, 어느 면에서는 또한, 어느 작품이든 김인정 작가의 특징이 언제나 살아 있기 때문에 뺀다는 결심을 할 수도 있었다. 그 특징이란, 영롱함과 애틋함이다.

　김인정 작가는 입버릇처럼 어느 글은 되게 힘들게 썼고 어느 글은 굉장히 막 썼다고 말한다. 하지만 김인정 작가의 글은 어느 글이든 예쁘고 영롱하다. 물론 중심에는 다른 것도 보이지만, 그것은 느끼는 사람이라면 느낄 거고, 못 느끼는 사람에게는 굳이 말할 필요가 없는 것이니 차치하고, 김인정 작가의 글은 말로서도 글로서도, 이야기도 인물도 참으로 어여쁘다. 이야기와 인물의 어여쁨이 어디에서 기인하는지는 정도경님의 해설이 굉장히 중요한 부분을 지적해주고 있다고 생각한다. 욕심 없는 애정과 순정을 상대에게 줄 수 있는 인물과, 질척이지 않는 이야기라니, 참으로 어여쁘다고 표현할 수밖에 없지 않은가? 보기에 좋다는 의미로도, 깨끗하고 풋풋하고 젊다는 의미로도 김인정 작가의 이야기는 어여쁘다.

또한 김인정 작가의 글은 애틋하다. 이룰 수 없거나 닿을 수 없음을 전제로 하는 이야기들이 많아서 그런 건지 모르겠다. 「동백」의 여자아이가 아무리 오래 산다 한들, 정말로 100년을 산다고 해도 용에게는 남은 날이 무한히도 펼쳐져 있을 것이다. 「심각하게 찬란한」에서 단해는 기억을 못하는 것이 그저 보통 사람처럼 건망증이 심해서 그러는 것이 아니라, 단순한 결점 같은 것이 아니라 특별한 능력이 있어서 절대로 기억을 '할 수 없는' 것이기 때문에 서겸을 매번 똑같이 원망하고 미안해할 것이다. (여담이지만 그걸 귀엽게 바라보며 매번 좋다고 예쁘다고 하는 서겸의 취향은 정말로 이상하다 못해 인간이 아닌 것처럼 보인다. 나는 서겸이 정말로 그 나이의 고등학생이 아니라는 데에 책 한 권을, 어쩌면 인간이 아닐지도 모른다는 데에 한 끼 식사를 걸 용의가 있다. 그리고 이런 이야기를 써달라고 김인정 작가를 조를 준비가 되어 있다.) '만담' 또는 '월훤잡기'의 군신은 의지할 데라곤 아무 데도 없는 기간 동안 서로에게만 의지했기에 서로를 애틋하게 아낀다. 「백탑의 도시」에서 남자는 그저 공주의 웃음 한 번을 위하여 모든 것을 버리고 백 개의 탑을 지으러 달에 가지만, 돌아오지 않는다. 남자를 사랑한 여자는 그를 다른 이에게 주기 싫어 그를 속이고, 남자가 사랑한 여자는 그가 자신을 배신하였는지 안 하였는지만이 관심사다. 결과적으로 여자들은 그를 다시 만날 수 없다. 「천 번의 밤 천 번의 낮」에서 공주는 마녀를 통해 복수를 완성했지만, 그 복수를 위해 사랑을 한 마녀는 울어야 했다. 세상에 한쪽으로만 통하는 감정은 없기 때문이다. 이렇게 김인정 작가는 사람과 사람 사이에, 사람과 세상 사이에 어쩌할 수 없이 약하고 부질없는 기원 같은 것을, 체념한 것 같으면서도 끝없이 갈망하며 놓지 못하는 갈망 같은 것을 이야기한다.

개인적으로도 글에 관한 이야기를 편집자로서, 작가로서 많이 나누게 되었는데, 이러한 글 안의 분위기는 김인정 작가가 글에 대해 갖고 있는 감정과도 비슷한 느낌이다. 계속해서 쓰고, 글을 잘 쓰기 위해 이런저런 시도를 한다. 아끼고 사랑하지만, 모자라다고 생각하며 항상 글을 생각하면 슬픈 기분이 되고, 놓아야지 입버릇처럼 말한다. 하지만 한편으로는 다시 어떤 걸 쓰고 싶은데, 하면서 다음 글을 생각한다. 이번 글만 끝나면 나도 이런 걸 써보고 싶다고, 저런 시대나 그런 배경이나 이런 인물이 좋다고, 사실은 말만 시작하면 쏟아져 나오는 게 글에 관한 이야기면서 항상 도돌이표처럼 끝은 자신감 부족과 자학으로 돌아온다. 이제는 틀에 박힌 나선처럼 보이지만 그 과정이 언제나 똑같다고 해서 그저 습관처럼 긁고 있기만 한 것은 아니다. 아무것도 없이 긁기만 해도 상처가 나는데, 중요하고 소중하게 생각하는 부분을 계속 쑤셔대는데 상처가 나지 않을 리 없다. 그래서 항상 새 살이 돋아나 아무나 싶으면 다시 딱지가 뜯어지는 것만 같은 그 과정을 보면서 나는 계속 글만큼 작가도 사랑스럽다고 생각한다. 그런 작가들이 있다. 글을 쓰는 게 재미있고 신나는 게 아니라 오히려 괴롭고 힘든. 글을, 자신에게 과분하다고 생각하고 잘해주지도 않지만 고통스러워도 놓지 못하고 한사코 욕심 내야만 하는 연인처럼 느끼는 작가들이 있다. 후기를 늘려달라고 했더니 작가가 이미 고백해버린 것 같지만, 김인정 작가만 그런 것은 아니다. 글이란 것이, 이야기란 것이 그렇게 쉽지 않은데 절실해서 안타깝고, 그러나 바로 그래서 아름다운 작가들이 있다. 그렇게 아름다운데, 자긴 힘들다며 부끄러워한다. 당황하고 화낼 때도 있다. 하지만 그래도 나한테는 말할 자격이 있지 않을까. 남인 건 마찬가지지만 생판 남은 아니고 당신이 그러는 과정을 계속 지켜보았고, 그 글 안으로 들어갔고 함께 무언가를 엮어낸 나라면 말해도 조금은 믿어주지 않을까, 어쩌면 내가 말해야만 하는 게 아닐까 싶은 것이다. 당신은 아름답다고. 말을 하다보니 마치, 단해가 울고 불고 절규할 때 너무 좋다고 말하며 안아주는 평서겸이 된 것 같은 기분이 든다.

　역시나 남이니까 맘 편하게 볼 수 있는 것인지 모르겠지만, 이 작가가 자학으로 인해 너무 힘들어서 무언가를 포기하게 되지 않기를 바라고 있다. 이서영 작가와는 다른 의미로, 이 작가가 힘들어하는 과정에서 떨어지는 꿀이 몹시 영롱하고 애틋하고 아름답기 때문이지만, 그런 글을 쓰는 영혼 또한 무척 좋아하게 되었기 때문이다.

엮은이의 말이 갈수록 닭살이 되어가는 기분인데, 누군가의 글을 여러 번 읽으며 그것에 동화되고 이야기한다는 것은 아무래도 작가의 속으로 들어가는 기분이, 그래서 아주 가까운 친구가 되는 기분이 들기 때문인 것 같다. 이런 아름다운 것을 가지고 있어서, 그리고 밖으로 꺼내서 볼 수 있도록 만들어주어서 고마운 마음이다. 이러한 멋진 일을 하면서 살아갈 수 있음에도.

"무시무시한 부탁을 할게요."

"네."

"내일까지 후기를 써줘요."

"네?"

그래서 지금 백지를 앞에 놓고 앉아 있습니다. 언젠가 책을 내게 된다면 뭔가 멋진 후기를 써내야지! 라는 꿈을 가지고 살아왔습니다만 현실이라는 건 언제나 기대와는 다른 형태로 들이닥치게 마련인가 봅니다.

사실 어릴 때부터 작가가 되고 싶었던 건 아닙니다. 뭐가 되고 싶은 건지 모르겠고 내가 할 줄 아는 게 뭔지 모르겠다고 고민을 토로하는 내용이 어린 시절 일기장에 잔뜩 남아 있는 걸 보면 틀림없습니다. '어린이' 시절엔 적당히 선생님이 되고 싶다고 썼지만 그건 장래희망과 그 이유를 쓰라는 주관식 시험문제에 답하기 좋았기 때문일 뿐이지, 교사로서의 사명감 따윈 없었습니다. 작가가 되고 싶다, 고 생각한 후에도 '아니면 별 수 없고' 정도였습니다. 되고 싶지만, 아니면 말고. 되고 싶다고 해서 될 수 있는 게 아니니까. 재능이 없다면 손을 떼면 그만이니까. 그래서 꼬물꼬물 글을 썼는데 작가가 되라든가 재능이 있다든가 하는 말을 들고 싶어서 '조금만 더 올해만 더 내년까지만 더' 하고 오기를 부리다가 그냥 나이를 먹고 말았습니다. 절필에 실패해서 계속 쓰고 있는 것 같네요. 포기하라는 말을 들으면 그만둘 줄 알았는데 이상한 일입니다. 듣고도 왜 쓰고 있는 걸까요? 고민해본들 답은 없는 문제겠지요. 글이란 건 이쪽을 돌아봐주지 않는 연인 같은 겁니다. 열렬한 짝사랑입니다. 나도 천재 같은 거면 좋을 텐데. 뭐 그런 식으로 한탄하면서도 계속 계속 쓰는 사이에 어릴 적에 잘 쓰던 친구들도 하나 둘 그만두거나 소식이 끊어졌고 '아직도 쓰고 있네!' 하는 말을 듣게 될 때면 혼자 '아, 그러게. 난 아직도 쓰고 있구나.' 하고 생각합니다. 이렇게 오래 쓸 줄은 몰랐고 매사에 끈기가 부족한 내가 어떻게든 글 쓰는 일로 먹고살기 위해 포기하지 않고 계속 노력 비슷한 걸 하게 될 줄도 몰랐습니다. 가지 않은 길들은 때로 달콤하고 유혹적이지만 내가 걷는 길은 상처투성이라도 돌아보면 그럭저럭 가슴 뭉클한 것이더군요.

계속, 글을 써서 먹고살기 위해 열심히 하겠습니다.

계속, '뭐야! 아직도 쓰고 있네!' 하는 말을 들으면서 '그러게' 하고 생각하겠습니다.

십 년쯤 글을 써서 밥을 먹으면서도 글만 쓴 게 아니기 때문인지 내 자신 작가라고 말한 적이 없는데, 이 책이 나오고 나면 그렇게 은근슬쩍 겸손을 가장한 도망은 더 치지 못할지도 모르겠습니다. '아직 종이책을 출판한 적은 없으니까' 하는 핑계도 대기 어렵겠군요. 그렇게 생각하면 기쁘기도 하고 부끄럽기도 합니다. 언제나 글을 쓸 때면 읽어주었으면 싶으면서도 아무도 읽지 않아주었으면 하고 바라듯이. 여전히 학창시절처럼 지금도 때로 책날 개의 작가 나이를 계산해보고, 데뷔 때의 그와 나를 비교하며 실망하거나 선망합니다. 언제나 남의 이야기에서 좋은 점을 발견하고 부러워하고, 언제나 내 이야기의 부족한 점을 틀어쥔 채 전전 긍긍합니다. 바람의 크기만큼 노력할 수 있다면 좋겠습니다. 결국 사는 것과 쓰는 것이 별로 다르지 않습니다. 만족스럽지 않고, 얼마쯤은 최선이고, 그런데도 그냥 그렇죠. 매일매일 이제 슬슬 그만두는 게 좋지 않을까 생각합니다. 안 써도 된다는 것도 알고 있습니다. 안 써도 살 수 있다는 것도.

그런데도 쓸 수밖에 없는 건, 결국 이야기가 좋기 때문입니다. 이야기들은 어떤 순간에도 내 인생의 빵이었고 또 장미였으니까.

현실의 고단함이나 사소한 실수들이나 돌이킬 수 없는 절망감에도 불구하고 책을 읽는 건 좋은 일이었고 세상엔 아름다운 이야기들이 많았고 언어들이란 냇가의 작은 돌들 같아서 때로 하잘것없어 보여도 태양 아래 찬란하게 마련이었습니다. 살아간다는 것도 그럴 것이고 나도 그럴 것이고 세상 또한 그럴 것이라고 믿을 수 있었던 건 전적으로 그 무수한 '이야기들'에 힘입은 바가 큽니다.

그렇게 주워 받은 위안들을 누군가에게 되돌려줄 수 있다면 좋겠습니다.

의외로 사소한 즐거움이 사람을 견디게 하고 살아가게 만드니까.

그 아름다움이 사람을 구원해주니까.

특별한 인간이 아니라도, 아주 위대한 무언가는 될 수 없어도, 그래도 쓰는 일은 '괜찮은' 일입니다. 좋은 겁니다. 그래서 나는 어쨌거나 내가 계속 써와서, 포기하지 않고 이야기를 사랑해서 정말로 다행이라고 생각합니다. 앞으로도 그러려고 합니다. 언제나 기대와는 다른 형태로 들이닥치는, 기적 같은 나날이란 아직 쓰이지 않은 이야기들만큼 멋지리라 믿습니다.

종이책으로 나올 일은 없을 줄 알았던 글들을 골라주시고 책으로 엮어주신 출판사 여러분께 감사 드립니다. 이중에는 오래된 글들도 있고, 제 애정이나 노력과는 별개로 능력이 미치지 못해 부족한 부분들도 있지만, 그럼에도 불구하고 이렇게나 그럴듯한 형태를 갖춘 것은 모두 훌륭한 편집장님의 노고 덕분입니다.

덧붙여 마음의 지주인 가족, 사랑하는 친구들에게.

그리고 무엇보다도 이 글을 읽고 계실 독자에게 온 마음으로 감사를 전합니다.

홀연

김인정 작품집

초판 1쇄 펴낸날 2013년 9월 29일

지은이 김인정
펴낸이 이규승
엮은이 최지혜
디자인 김은영, 양선희
마케팅 김정호
출력 상지CTP
인쇄 · 제본 동양인쇄(주)

펴낸곳 온우주
등록번호 제215-93-02179호
주소 138-847 서울시 송파구 석촌동 284-2 501호 (백제고분로40길 4-7 501)
전화 02-3432-5999
팩스 02-6442-3432
홈페이지 www.onuju.com | onuju@onuju.com

ISBN 978-89-98711-07-8 03810

* 책값은 뒤표지에 있습니다.
* 잘못된 책은 구입한 곳에서 교환해드립니다.